UNTER REGEN ÜBER WASSER

LINE SOPHIE HALBERG

Die Personen und die Handlung des Romans sind frei erfunden. Etwaige Ähnlichkeiten mit tatsächlichen Begebenheiten oder lebenden oder verstorbenen Personen wären rein zufällig.

Line Sophie Halberg
c/o autorenglück.de
Franz-Mehring-Str. 15
01237 Dresden

1.

Helena rekelt sich auf ihrer Liege vor dem Bungalow. Ihr Blick auf den Pool ist verschwommen, denn das vom Vordach fallende Wasser wirkt wie ein Vorhang aus Klarsichtfolie.

Noch vor einer halben Stunde zeigte die Sonne ihr strahlendes Willkommen-in-Florida-Gesicht, doch jetzt versinkt das Paradies im Regen. Wolkentürme schütten Wassermassen auf die Erde, Palmen sind zerzaust und neigen sich im Sturm, und auch am Käfig, der das Pooldeck umgibt wie ein riesiges Fliegengitter, rütteln heftige Böen. Es ist wie jeden Nachmittag im Sommer, ein irres Schauspiel der Natur.

Endlich lässt der Regen nach. Helena schiebt sich von ihrer Liege, streckt sich und zieht den Bikini in Form. Das blöde Ding klebt an der Haut. Am liebsten würde sie ihn ausziehen, aber Josie sagt, dass man das hier nicht darf. Nackt am Pool eines Wohnhauses mit spießigen Nachbarn im prüden Amerika – da stünde angeblich gleich die Polizei vor der Tür.

Helena greift hinter sich und öffnet den Verschluss. Pfeif doch auf die Amis. Sie streift den Bikini vom Körper und wirft ihn auf die Liege. Nackt tritt sie an den Pool. Er sieht fantastisch aus. Das Wasser hat sich milchig-weiß gefärbt, und obendrauf schwebt feiner Nebel. Helena taucht einen Fuß hinein und dann den zweiten. Stufe um Stufe geht sie die Treppe nach unten. Es fühlt sich an, als würde sie nach einem feuchtkalten Tag in die warme Badewanne steigen.

Auf dem Wasser zappelt was. Ein kleiner Grasfrosch kämpft um sein Leben. Helena watet zu ihm hin, umschließt das zitternde Tierchen mit den Händen und setzt es vorsichtig aufs Pooldeck. Dann lässt sie sich ins Wasser fallen. Sie schwimmt ein paar Züge und dreht sich auf den Rücken. Wasser tropft ihr ins Gesicht. Sie blinzelt, lässt sich treiben.

»Helena!«

Helena hebt den Kopf. Josie hat sich aus dem Haus gewagt und steht am Beckenrand.

»Komm rein, es ist herrlich!«

»Bei Gewitter? Bist du irre?«

»Angsthase!«

Josie hat beide Arme in die Seiten gestemmt und zieht ein skeptisches Gesicht. Schmale Lippen, angedeutetes Kopfschütteln. Helena verdreht die Augen. So sieht ihre Mutter aus, wenn ihr irgendwas nicht passt, und ihre Mutter will sie hier nun absolut nicht haben. »Jetzt komm schon, Josie!«

»Weiß nicht.«

»Hast wohl Angst, du könntest nass werden?«

Josie blickt in den Himmel und zuckt mit den Schultern. Dann steigt sie in den Pool. »Helena! Sag mal, spinnst du? Du kannst doch hier nicht völlig nackt ...«

»Sicher kann ich. Siehst du doch.«

Josie schüttelt den Kopf. »Du bist mal wieder ... Mann eh, ehrlich!«

Helena legt sich zurück und lässt sich wieder treiben. Wie gut, dass sie Josie überreden konnte, hier mit ihr noch einmal

Urlaub zu machen. In Josies Feriendomizil, in einer Kleinstadt vom Reißbrett mitten in Südwest-Florida, am Ende einer spießig-süßen Wohnstraße, in der ein Haus dem anderen ähnlichsieht und der gleiche Briefkasten vor jeder Einfahrt steht, wie ein Flamingo auf einem Bein. Noch einmal auszuspannen, bevor sie gemeinsam nach Kalifornien weiterreisen, endgültig weg vom trüben Deutschland, rein ins Abenteuer. Frei sein. Ungestört und nur sie beide.

Unter ihren Körper schieben sich zwei Hände. Jetzt wird sie gehalten und sachte durch das warme Wasser bewegt. Langsam hin und langsam her.

»Gefällt es dir, wenn ich dich auf Händen trage?«

»Trag mich Josie, trag mich bis nach Kalifornien und für immer und ewig.« Helena schließt die Augen. Den Moment muss sie sich merken. Später, wenn sie alt und faltig ist, will sie sich unbedingt daran erinnern können, wie sie so nackt, in warmem Wasser, auf weichen Armen gelegen hat. Dann wird sie sehnsüchtig daran zurückdenken, wie schön er damals war, dieser Moment. Der Anfang wunderbarer Jahre. Sicher werden es die schönsten ihres ganzen Lebens.

Ein Ruck. Plötzlich geht es abwärts. Wasser schwappt ihr ins Gesicht, läuft in die Nase. Helena rudert mit beiden Armen, tritt um sich und kommt wieder an die Oberfläche. Sie schnappt nach Luft. Josie kichert und krault davon.

»Na warte!« Mit kräftigen Zügen schwimmt Helena los, erwischt Josie am Fußgelenk und zieht sie zu sich. »Du Biest!« Sie packt sie an den Hüften, hebt sie hoch und wirft sie ins Wasser. Josie quiekt, dann geht sie unter. Blasen steigen auf und auf dem Wasser kreiseln kleine Strudel. Prustend taucht sie wieder auf, reibt sich das Wasser aus Nase und Augen und streicht die nassen Haare aus dem

Gesicht. Helena schwimmt auf sie zu, greift nach ihr und zieht sie an sich.

Josie wirft den Kopf nach hinten. Ihr langes Haar schwimmt wie ein Teppich auf dem Wasser, Tröpfchen rinnen über ihre süßen Sommersprossen. Wie schön sie ist. Ihre Josie.

Drüben auf der Liege geht das Handy. Egal. Das ist ihr Moment, den wird ihr niemand zerstören. Sie nähert sich Josies Gesicht, küsst sie zärtlich auf die Nasenspitze, wandert zur Seite und knabbert sachte an ihrem Ohr.

Josie stöhnt leise. »Helena«, haucht sie, »doch nicht schon wieder und vor allem nicht hier drin.«

Helena zieht an den Bändern von Josies Bikini. Das Oberteil löst sich, gleitet ins Wasser und schwimmt an der Oberfläche. Sie schiebt es beiseite. Ihr ist egal, wo sie gerade sind oder wie spät es ist, und auch, dass sie, seit sie hier sind, eigentlich nichts weiter tun, als essen, trinken, dösen und miteinander schlafen. Oft und voller Leidenschaft. Mit den Fingerspitzen fährt sie über Josies runde Brüste.

»Helena ...«

»Pst.«

»Dein Handy geht die ganze Zeit.«

»Egal.« Helena legt ihren Mund auf Josies feuchte Lippen. Sie will nichts hören oder sehen. Sie will fühlen. Josie und sich selbst. Sie fährt mit der Zungenspitze über Josies Unterlippe, saugt sie zärtlich ein und nimmt sie zwischen ihre Zähne.

Sachte wird sie weggeschoben. »Jetzt geh doch erst mal ran.«

»Ich lass mir doch nicht von so einem blöden Handy vorschreiben, wann ich meine Liebste verführe.« Wieder sucht sie Josies Lippen, die sich endlich öffnen. Josie schmeckt süß, ihre Zunge ist weich, Helena umkreist sie, zärtlich und dann immer fester. Endlich werden sie es mal im Wasser tun. Das hat sie sich die ganzen Tage schon gewünscht. Sie drückt sich stärker an sie ran und küsst sie noch heftiger.

Josie schlüpft ihr aus den Armen. Sie taucht kurz ab und ein Stück weiter wieder auf. »Vielleicht ist es ja etwas Wichtiges.«

»Verdammt!« Helena schlägt mit der flachen Hand aufs Wasser. Josie ist vielleicht eine Spaßbremse! Sie dreht sich um und watet zur Treppe. Mit drei Sätzen ist sie an der Liege und schaut aufs Handy. Och nee! Nicht mal am anderen Ende der Welt kann sie vor den Moralpredigten ihrer Mutter sicher sein. Dafür ist sie extra rausgekommen? Unschlüssig starrt sie auf das Telefon. Sechs Anrufe!

»Wer ist es denn?«

Helena winkt ab und dreht sich um. Sie öffnet die Schiebetür des Bungalows und schlüpft ins Wohnzimmer. Kühl ist es hier drin. Dabei hat sie die Klimaanlage doch erst gestern repariert. Sie fischt sich ein Handtuch aus einem der vielen Klamottenhaufen und wickelt es um ihren Oberkörper. Sechs Anrufe von ihrer Mutter innerhalb von einer halben Stunde? Helena tippt auf den grünen Hörer.

»Helena, endlich.«

»Was gibt es denn so dringend!«

Stille.

»Mama?«

»Du musst heimkommen.«

»Ja klar, ich steig mal eben ins Auto und komm rüber nach Potsdam.«

»Dein Vater ist ... sein Herz ... tot.« Die letzten Worte geh'n in einem Schluchzen unter.

Mutters Worte rauschen im Ohr. Nein, die Klimaanlage ist es, die rauscht. Ein eisiger Luftzug fährt über die Haut, kalte Wassertropfen kriechen abwärts, Härchen stehen steil nach oben. Papa? Helena sinkt auf die Couch. Der ganze Körper ist auf einmal taub.

»Helena? Bist du noch dran?«

»Mama ich ... ist gut, ich ... scheiße. Ja, ich komme.«

Helena lässt das Telefon sinken. Sie starrt auf ihre nackten Zehen, um die sich kleine Pfützen sammeln. Ihr Vater tot? Das kann nicht sein.

Die Schiebetür wird aufgezogen. »Wo bleibst du denn, du wollest doch nur schnell ... Helena?«

»Es war meine Mutter. Ich muss nach Hause.«

»Seit wann hörst du auf deine Mutter!«

»Mein Vater ...«

»Wir sind gerade mal vier Tage hier. Ich hab extra das Haus nicht anderweitig vermietet, weil du unbedingt noch mal hier hin wolltest.«

»Mein Vater ist gestorben.«

»Was?«

Helena nickt mit offenem Mund.

»Und ... was wird jetzt?«

Helena zuckt mit den Schultern. Genau diese Frage bohrt sich gerade in ihren Magen, nimmt ihr die Luft und jegliches Gefühl. Was wird jetzt. Was wird mit ihrer Mutter, mit Papas Baufirma und überhaupt?

Helena versucht zu schlucken, doch der Mund ist trocken.

»Soll ich mit dir nach Potsdam kommen?«

»Nein, lass Josie. Ich muss nur ein paar Dinge regeln, dann bin ich ganz schnell wieder hier.«

2.

Am übernächsten Morgen sitzt Helena neben ihrer Mutter im Büro von Papas Steuerberater. Der Besprechungsraum wirkt kahl. Auf dem Tisch steht nur ein Telefon, das ständig blinkt, daneben liegen ein paar Blöcke, drei Visitenkarten und zwei Kulis.

Helena schenkt sich und ihrer Mutter Wasser ein. Wo bleibt denn nun dieser Steuerberater? Das Warten nervt. Sie ist müde und hat einen üblen Druck in Kopf und Bauch, eine Mischung aus Trauer und Jetlag.

Ihre Mutter sieht auch nicht gut aus. Die Haare sind zerwühlt, die Wimperntusche ist verlaufen und an ihre sonst so vollen Lippen erinnert nur die verschmierte Linie eines matt-rosa Konturstifts. Wozu dieser schnelle Termin beim Steuerberater? Papa ist noch nicht einmal beerdigt worden. Offenbar hat ihre Mutter das Gefühl dafür verloren, was wirklich wichtig ist. Helena streckt die Beine aus. Ihr solls egal sein. Sie macht, was ihre Mutter möchte, damit sie so schnell wie möglich wieder zurück nach Florida kann.

Draußen im Flur redet jemand. Vielleicht ist ja alles nur ein großes Missverständnis und Papa kommt gleich zur Tür herein? Mit großen Schritten, dem Zollstock in der Hosentasche und Kalkspritzern im Gesicht? Angestrengt schaut Helena in Richtung Tür, aber da baumelt nur ein dunkelbrauner Regenschirm, verlassen am Garderobenständer.

Die Tür klappt auf. Es ist nicht ihr Vater. Es ist ein fremder Mann mittleren Alters mit zugeknöpftem Poloshirt. Er reicht Mama die Hand. »Frau Kühn, entschuldigen Sie bitte, dass Sie warten mussten.«

»Schon gut, Herr Tetzlaff. Das hier ist also meine Tochter Helena.«

Herr Tetzlaff gibt auch ihr die Hand, nickt ein wenig betreten und setzt sich gegenüber. »Ähm, zunächst mein aufrichtiges Beileid an Sie beide.«

Mama schnieft. »Er wollte nur kurz ins Bad, dann gab es dieses dumpfe Geräusch und ...« Ein lauter Schluchzer kommt aus ihrem Hals. Helena reicht ihr ein frisches Taschentuch.

»Kann ich Ihnen ... Möchten Sie vielleicht einen Kaffee?«

Mama schnäuzt sich und schüttelt den Kopf. Helena trinkt einen Schluck vom Mineralwasser und stellt das Glas wieder ab. Kaffee wäre wirklich gut gewesen.

Herr Tetzlaff breitet Unterlagen vor sich aus, lauter Zettel mit Zahlen, nebenbei tippt er auf der Tastatur seines Laptops. Jetzt hebt er den Kopf. Doch anstatt zu ihrer Mutter, schaut er zu ihr. »Frau Kühn, Sie kennen die Einzelheiten?«

Mama hüstelt.

»Ach so, ja. Also, Frau Kühn, ich mach es kurz, das Bauunternehmen gehört ja jetzt Ihnen und Ihrer Mutter je zur Hälfte.«

Helena greift noch mal zum Wasserglas und setzt es an die Lippen.

»Da Ihre Mutter fachfremd ist, nehme ich an, dass Sie die Firma alleine weiterführen?«

»Wie bitte, was soll ich?« Helena stellt das Glas zurück. »Kommt gar nicht in Frage, Herr Tetzlaff, ich habe andere Pläne. Und außerdem bin ich ja nun auch keine direkte Bauexpertin. Zumindest nicht für Einfamilienhäuser.«

»Aber ich dachte, aufgrund der Umstände …«

»Nein, nein, wir werden verkaufen.«

Ihre Mutter sitzt auf einmal kerzengerade neben ihr. »Da habe ich ja wohl auch noch ein Wörtchen mitzureden«, murmelt sie ins Taschentuch.

Herr Tetzlaff macht eine beschwichtigende Handbewegung. Er lehnt sich zurück und legt die Fingerspitzen vor dem Körper aneinander. »Jetzt mal langsam und eins nach dem anderen. Wie alt sind Sie eigentlich, Frau Kühn?«

»Vierunddreißig.«

»Aha. Vierunddreißig. Und Sie haben BWL und Bauingenieurwesen studiert, richtig?«

»Schon, aber alles ohne Abschluss. Dafür aber noch ein paar Semester Amerikanistik, weil ich …«

»Wäre es denn dann nicht an der Zeit, endlich mal Verantwortung zu übernehmen?«

Was? Frechheit! Was bildet der sich ein! Helena hebt das Kinn. Augenblicklich hasst sie diesen Tetzlaff.

Der schaut auf seine Zettel. »Also gut, nehmen wir mal an, Sie würden wirklich verkaufen …« Er tippt auf dem Laptop, kraust die Stirn und nickt. »Ihr Vater war krank. Die aktuellen Zahlen sind nicht berauschend, das schmälert den Erlös.« Ohne aufzublicken, tippt er weiter. »Davon gehen die Kosten für die zwischenzeitliche Fremdverwaltung ab, die Erbschaftsteuer, und Sie müssen alle Darlehen tilgen. Da bleibt nicht viel. Schon gar nicht die gewünschte Altersversorgung für Ihre Mutter.« Jetzt blickt der Tetzlaff auf und schaut sie an. »Frau Kühn, ein Verkauf wäre nicht nur unsinnig, er wäre nahezu, entschuldigen Sie, dass ich das so sage, er wäre idiotisch.«

Mama schnäuzt noch mal ins Taschentuch. Umständlich faltet sie es zusammen und steckt es in die Hosentasche. »Herr Tetzlaff, bitte, gibt es denn gar keine Alternative?«

»Natürlich gibt es die. Der Betrieb wird mindestens fünf Jahre weitergeführt, bestenfalls sieben, dann sparen Sie nämlich mehrere hunderttausend Euro Erbschaftsteuer. In dieser Zeit könnten Sie das Unternehmen auf Stand bringen und seinen Wert vielleicht sogar noch steigern.«

»Ich zieh doch nicht zurück nach Potsdam!«

»Du bekommst unser Haus, Helena.«

»Wie bitte? Auch noch das Haus? Und du? Du ziehst ins Altersheim, oder was? Stimmt, mit sechsundfünfzig wird das ja auch allerhöchste Zeit.«

»Helena!«

»Was!«

»Ich kann hier nicht bleiben. Nicht in Potsdam, wo mich alles an deinen Vater erinnert.«

Helena schluckt. Irgendetwas stimmt hier nicht. Sie verschränkt die Arme vor der Brust. »Gut. Ich fasse also zusammen: Ich schufte im eigenen Bauunternehmen, ziehe in ein Einfamilienhaus ins spießige Potsdam und zahle Unterhalt an meine Mutter. Den Traumjob in Kalifornien lasse ich sausen, lege mein gesamtes Privatleben lahm und versaue mir die Zukunft!« Helena schüttelt den Kopf. Sie hasst nicht nur den Tetzlaff, jetzt hasst sie auch noch ihre Mutter.

Der Tetzlaff tippt derweil schon wieder irgendetwas in den Laptop. Wie kann der nur bei einem so existenziellen Problem derart gleichgültig sein?

Endlich blickt er auf. »Überlegen Sie es sich doch noch mal, Frau Kühn.«

»Nein! Ich hab doch keinen Plan vom Baugeschäft! Außerdem verabscheue ich Papierkram. Ich will Feierabende, Wochenenden und meine Freiheit. Oder soll ich etwa mit Ende fünfzig tot umfallen wie mein Vater?«

»Stopp mal, Frau Kühn! Offenbar ist Ihnen der Ernst der Lage nicht klar. Mit jedem Tag, an dem Sie nicht handeln, fällt der Wert des Unternehmens. Da hängen Arbeitsplätze dran.«

Schweigen.

Mama starrt auf ihre Fingernägel. Der Tetzlaff starrt auf Mama, und Helena, die starrt auf den vergessenen Regenschirm am Garderobenständer. Das ist doch alles nicht gerecht. Man überfährt sie hier und lässt sie liegen. Sie schreit und fleht, doch niemand kommt und hilft ihr auf. Schlimmer noch, gerade macht man sie zum Sündenbock.

Helena erhebt sich. »Geben Sie sich keine Mühe, Herr Tetzlaff. Ich werde den Betrieb nicht übernehmen.« Abwechselnd blickt sie in die beiden Augenpaare, die auf sie gerichtet sind. »Keine Chance, das ist mein letztes Wort!«

***

Papas Grab ist voller Kränze. Helena beugt sich nach vorn und zieht eine dunkelgrüne Schleife in Form. *In Ehren und Gedenken*, steht da in goldener Schnörkelschrift. Papa war stadtbekannt, das ist ihr gestern erst so richtig klar geworden, als hier so viele fremde Menschen waren. Schade, denn in ihrer Vorstellung standen sie und ihre Mutter nämlich nur zu zweit an Papas Grab. Es wäre still gewesen und sonnig. Sie hätten zugesehen, wie der Sarg langsam herabgelassen wird und dabei andächtig Abschied genommen.

Weit gefehlt. Die gestrige Beerdigung, die war das blanke Gegenteil. Es schüttete wie aus Kannen, im Gedrängel hatte man ständig Schirmspitzen im Gesicht, sie standen in Pfützen und froren erbärmlich. Abschied nehmen konnte man da vergessen.

Helena geht um das Grab herum. Am Rand liegt Mamas rote Rose. *In ewiger Liebe*, steht auf der Schleife. Sie nimmt sie vorsichtig auf und legt sie weiter in die Mitte. »Ach Papa.« Merkst du denn gar nicht, was du angerichtet hast? Lässt uns einfach hier im Stich! Helena schüttelt den Kopf. Verdammt, was hast du dir dabei gedacht! Du wusstest doch, was ich vorhabe. In fünfzehn Jahren oder zwanzig, ja, da hättest du entspannt in Rente gehen können, aber doch nicht jetzt! Mit Wucht haut sie die Schuhspitze in den Kies. Steinchen spritzen durch die Luft.

Sie zieht den Kopf ein und schaut hinter sich. Zwei Reihen weiter ist eine Beerdigung. Hoffentlich haben die ihren kleinen Ausbruch nicht mitbekommen. Mit der Schuhsohle schiebt sie den Kies zurück in das Loch, das sie gerade in den Boden getreten hat. »Sorry, Papa.« Du kannst ja schließlich nichts dafür. Und ja, ich weiß, du hast dir immer gewünscht, dass ich deine Firma übernehme. Aber versteh doch, ich kann das jetzt nicht. Es ist der falsche Zeitpunkt.

Helena starrt auf die Rose. Wenn sie doch wenigstens weinen könnte, den ganzen Ärger und Schmerz aus sich rauslassen, so wie Mama. Aber sie ist eben nicht wie ihre Mutter. Im Elend versinken, ist nicht ihr Ding. Außerdem, Papa hat immer gesagt: *Nichts im Leben ist so schlecht, dass es nicht für irgendetwas gut ist.* Nur, gerade fällt es schwer, daran zu glauben.

Drüben wird getragene Blasmusik gespielt. Helena blickt sich um. Da ist wohl auch eine wichtige Person gestorben. Die Beerdigung wirkt sehr offiziell. Am Grab stehen lauter Männer in dunklen Anzügen, zwischen ihnen eine Frau. Blond. Edler, dunkelblauer Mantel. Groß ist sie. Eine schlanke Gestalt. Schade, dass sie mit dem Rücken zu ihr steht.

Die Sonne drückt sich durch die Wolkendecke. Die da drüben haben eindeutig mehr Glück mit dem Wetter.

Die blonde Frau bewegt sich. Jetzt dreht sie sich doch tatsächlich zu ihr um. Sie hat ein helles Gesicht, die Haare sind gleichlang und streng hinter die Ohren geklemmt. Helena starrt wie gebannt zu ihr hinüber. Sie steht ganz still. Die Frau kommt ihr bekannt vor.

In der Hosentasche vibriert das Handy. Helena zieht es heraus. Sofort schaut sie wieder auf. Die blonde Frau dreht sich zurück zum Grab. Im selben Moment verschwindet die Sonne hinter den Wolken.

»Josie, hi.«

»Wie steht es, Helena?«

Helena setzt sich in Bewegung. »Geht so. Bin noch auf dem Friedhof, aber gerade auf dem Weg nach Hause.«

»Weißt du schon, wann du zurückkommst?«

»Ich denke, noch zwei, drei Tage, wegen meiner Mutter, du verstehst? Aber ich schaue heute Abend, ob ich schon mal einen Flug buchen kann.«

»Perfekt. Ich habe übrigens zwei neue Restaurants entdeckt. Und noch ein paar Flaschen Wein besorgt. Napa Valley, nur für dich mein Schatz.«

Helena beschleunigt den Schritt. »Das klingt gut. Ich beeile mich. Vielleicht kann ich ja auch schon übermorgen ... Na, ich schau mal.«

»Okay, Süße. Melde dich, ja? Ich vermiss dich.«

»Ich dich auch.«

***

Helena öffnet die Haustür und tritt in den Flur. Sie hängt ihre Jacke an den Haken und streift die Schuhe ab.

»Mama? Ich bin wieder da.« Sie schaut in die Küche, aber da ist niemand. Schade. Was zu essen wäre schön gewesen. Aber Mutter kocht nun mal nicht gern. Deshalb wirkt hier auch alles noch so neu und unbenutzt wie in einem Musterhaus. Papa hat es selbst gebaut. Modern und auf dem neusten Stand der Technik. Das Feinste vom Feinen. Doch Mama mag es nicht, sie will hier weg. Oh Gott, Papa, wenn du das wüsstest, es würde dir das Herz brechen!

Plötzlich ist er da. Er sitzt in der Ecke, auf seinem Stuhl, mit breitem Grinsen und einem Glas Bier in der Hand. Er sieht geschafft aus, aber glücklich. Helena hört auf zu atmen. Nicht nur, dass sie ihn sieht, sie spürt ihn auch. Ihr Vater ist in diesem Raum. Langsam geht sie auf ihn zu, möchte mehr von ihm, will ihn berühren. Doch je näher sie ihm kommt, desto mehr löst er sich auf. Plötzlich ist er ganz verschwunden und über der Lehne des Stuhls hängt nur noch seine blau-karierte Lieblingsweste. Helena bleibt stehen und holt wieder Luft. In ihrer Brust wird es eng. Im Kopf ist es leer. Ihr Vater ist nicht mehr da. Ihr Vater ist gestorben. Tot. Plötzlich verspürt sie eine riesengroße Sehnsucht nach ihm.

»Helena?«

Das Rufen kam aus dem Wohnzimmer. Helena geht hinüber, wie in Trance, noch immer fühlt sie ihren Vater.

Mama sitzt im trüben Licht am Esstisch, vor ihr liegt eine geöffnete Tageszeitung. Mit der flachen Hand streicht sie fast zärtlich über das Papier. »Schau mal, die Anzeige ist genau, wie ich sie wollte.«

»Ja.«

»Die würde ihm gefallen.«

Helena nimmt sich einen Stuhl und setzt sich neben ihre Mutter an den Tisch. Die Todesanzeige hat eine dezente Umrahmung und eine zarte Rose in der Ecke, doch Helena steht in Gedanken in der Küche und sieht ihren Vater.

»Ich habe vorhin noch einmal mit unserem Steuerberater telefoniert.«

Helena zuckt zusammen. Sofort ist sie wieder in der Gegenwart.

»Es war ein sehr langes Gespräch.«

»Und? Denkt er immer noch, ich würde …«

»Nein. Du hattest Recht. Es kann keiner von dir verlangen, dass du diese Firma übernimmst. Er hört sich jetzt mal um, damit wir einen Käufer finden.«

Helena lässt locker. Na Gott sei Dank! Endlich mal eine gute Nachricht. »Das klingt doch super.«

Klack. Eine Träne. Schon fällt die nächste.

Helena starrt auf die Zeitung. Die saugt die Tränen auf wie Löschpapier.

Mama schnieft. »Herr Tetzlaff meint aber, dass es mit dem Verkauf dauern könne. Vielleicht sogar ein ganzes Jahr. Bis dahin kommt irgendein Verwalter. Helena, das geht doch nicht! Oder kannst du dir etwa vorstellen, wie ein fremder Mensch in Papas Sachen wühlt?«

Helena legt die Hand auf Mamas Finger. Sie sind eiskalt. »Ein Jahr? So lange? Das versteh ich nicht.«

»Der Tetzlaff muss es doch wissen!«

»Tja dann ... weiß ich auch nicht. Aber ach, das wird schon.« Helena zieht ihre Hand zurück. Irgendwie kann sie das nicht nachvollziehen. Ein ganzes Jahr soll so was dauern? Und selbst wenn, wo ist das Problem mit dem Verwalter? Spätestens nach dem Verkauf ist doch eh ein Fremder Chef in Papas Firma. Sie zieht sich die nasse Zeitung heran und blättert ein bisschen darin rum.

»Helena, du ...«

Das Bild in der Mitte, das ist doch ... Das ist sie! Das ist die blonde Frau vom Friedhof. *Clara Habermanns ... Oberbürgermeisterin?* Helena fasst sich an die Stirn. Sie wusste doch, dass sie sie von irgendwoher kennt. Klar, die Bürgermeisterin! In echt sah sie so anders aus als in der Zeitung. Noch viel attraktiver.

»Helena! Hörst du mir überhaupt zu?«

»Äh, ja, klar, natürlich. Was hast du gesagt?«

Mutter schaut sie direkt an. Ihre Augen gleichen dunklen Löchern. Die Haare sind zerwühlt, die Ansätze grau. Sie sollte zum Frisör.

Mamas Lippen werden schmal. Urplötzlich steht sie auf. Sie geht zwei Schritte, stoppt abrupt und macht einen Schlenker. Dann schnellt ihr Arm nach vorn, sie stützt sich an die Wand.

»Mama? Alles okay?«

Mama wankt, die Beine zittern, knicken ein. Sie ist auf einmal leichenblass und bebt am ganzen Körper. Helena springt auf. Sie packt sie, reißt sie hoch und hält sie fest. Langsam führt sie sie zur Couch und hilft ihr, sich dort hinzulegen.

Sie selbst bleibt stehen. Ihr Herz geht schnell und ihre Knie sind ganz weich. Wahrscheinlich ist sie jetzt genauso blass wie ihre Mutter. So eine Scheiße. Was macht man jetzt am besten? Tröstende Worte wären gut. Aber welche denn? Oder Mama in den Arm nehmen und halten. Jede andere Tochter wüsste, was zu tun ist. Aber sie ... »Möchtest du vielleicht einen Tee?«

Mama schüttelt den Kopf.

»Was willst du dann?«

»Hilfe. Ich brauche Hilfe, Helena.«

»Ich rufe einen Arzt!«

»Nein.« Tränen. Wieder Tränen. »Ein fremder Verwalter, ich halte den Gedanken einfach nicht aus.« Die Worte kommen abgehackt aus ihrem Mund.

»Das ist doch nur für eine kurze Zeit. Ein paar Monate, maximal ein Jahr vielleicht. Dann kommt doch jemand, der sich kümmert und alles in Ehren hält.«

Mutter zittert. Sie liegt blass auf der Couch und blickt scheinbar ins Leere. Helena nimmt eine Decke und legt sie über ihren bebenden Körper. Das ist doch eigenartig. Wie aus dem Nichts hat sie einen solch heftigen Zusammenbruch? Oh Gott, nein, was unterstellt sie ihrer Mutter da! Ihr geht es schlecht. Total beschissen. Sie setzt sich auf den Sessel gegenüber.

Ein Jahr. ... Wenn ... wenn sie nun ein Jahr ihres freien Lebens opfern würde? Dann wäre ihre Mutter besänftigt, der Wert des Betriebes vermehrt und ihr Gewissen beruhigt. Und so schwer kann es ja nun auch nicht sein, eine Baufirma zu leiten. Aber ein ganzes Jahr? Das klingt lange. Nur, was ist schon ein Jahr, gegen ein restliches unbeschwertes Leben in finanzieller Unabhängigkeit?

Helena zieht die Füße auf den Sessel, legt die Arme um die Knie und den Kopf darauf ab. Das Haus ist wirklich schön. Wenn Mama tatsächlich wegziehen würde, hätte sie es für sich alleine. Vielleicht kommt Papa ab und zu vorbei?

Sie zieht die Beine fester an den Körper. Ein Teil von ihr mag den Gedanken, doch der andere drängt darauf aufzuspringen und wegzulaufen. Zu Josie und nach Kalifornien.

Mama weint, als gäbe es kein Morgen. Ihr Körper wird von heftigem Schluchzen gerüttelt.

»Beruhig dich doch bitte.«

Lauter. Sie weint immer lauter.

Helena dreht sich weg. Das Wohnzimmer kommt ihr plötzlich schmal vor. Und auch sie selbst wird immer kleiner. Sie schließt die Augen. Aber Mamas Wimmern lässt sich nicht ausblenden. Es bohrt sich in den Kopf und in den ganzen Körper. Dort nistet es sich ein. Scheiße! Nein! Sie will das nicht! Sie reißt die Augen wieder auf und schaut zu ihrer Mutter. »Gut, okay.«

Mama ist auf einmal still.

Helena nimmt einen tiefen Atemzug. »Ich kümmere mich um den Betrieb. Aber nur, solange das nötig ist. Keinen Tag länger, keinen einzigen Tag!«

***

Helena schaut auf die Armbanduhr. 6:35. Noch vor einer Woche hätte sie nicht im Traum daran gedacht, dass sie jetzt hier sitzen würde: in Potsdam, auf dem Hof von Papas Baubetrieb, auf einer umgedrehten Holzkiste, hinter einem gelben Schaufelbagger. Den Eingangsbereich vor dem Bürogebäude hat sie von hier aus gut im Blick. Noch eine knappe halbe Stunde, dann wird sie sich vor die Belegschaft stellen und erklären, dass sie ab jetzt diejenige ist, die das Sagen hat. Beim Training gestern, vor dem Spiegel, hat das ja ganz gut geklappt.

Helena unterdrückt ein Gähnen. Sie hasst frühes Aufstehen. Vor allem nach einer schlaflosen Nacht, mit so vielen Zweifeln. Es gibt Nächte, da werden die Sorgen einfach übermächtig. Sie breiten sich im Körper aus, bis einem der Verstand entgleitet. Am nächsten Morgen ist man wie gerädert und fragt sich, was das Ganze eigentlich sollte.

Helena blickt auf den Boden. Zwischen ihren Füßen wuchern Unkrautbüschel. Sie bückt sich und rupft ein Gänseblümchen gleich mit Wurzel aus der Erde. Irgendetwas braucht sie in den Händen.

Es klackert über den Asphalt. Da kommt Christiane, im Sommerkleid, mit rotlackierten Fingernägeln. Ihre Tasche baumelt in der Armbeuge. Sie schließt die Tür vom Bürogebäude auf und verschwindet nach drinnen.

Christiane. Papas recht Hand. Mehr als nur eine Assistentin. Die gute Seele, die ihm treu ergeben war. Ihm. Helena knickt ein frisches Gänseblümchen vom Stängel und rupft ihm alle Blütenblätter aus.

Auf dem Parkplatz hält ein Auto. Zwei Männer steigen aus. Jan und Andreas. Andi. Als Kind durfte sie zu ihm auf den Gabelstapler. Eine Runde über den Hof. Und noch eine, noch eine ... Sie konnte überhaupt nicht genug davon bekommen. *Kleine Zwecke*, hat er sie immer genannt. Aber das ist Vergangenheit. Jetzt ist sie erwachsen und ziemlich robust, was den Körperbau betrifft. Aber vor allem ist sie seine Chefin. Ab heute ist Schluss mit lustig! Leider.

Da kommen noch welche. Das müssen die beiden Azubis sein. Und die? Gehörn die etwa auch dazu? Nie gesehen.

Helena holt tief Luft. Würde sie rauchen, wäre eine Zigarette jetzt genau das Richtige. Quatsch! Als ob sie etwas brauchen würde, um sich zu beruhigen. Sie hat das alles voll im Griff.

Fünf vor sieben. Christiane kommt zurück aus dem Gebäude und stellt sich zu den Männern. Die sollten inzwischen vollzählig sein.

Helena steht auf, schiebt die Holzkiste zurück unter den Dachvorsprung und streckt sich. Das Handy summt. Josie? Josie redet also wieder mit ihr? Sie starrt auf das Display. Nie hätte sie gedacht, dass sie ihr eine solche Szene macht. Trauer und Enttäuschung, damit hatte sie gerechnet. Aber solche Wut und null Verständnis – das hat sie schwer getroffen. Helena steckt das Handy in die Hosentasche. Sie wird sie später zurückrufen.

Mit festen Schritten geht sie auf die Leute zu, die heben die Köpfe, das Gemurmel verstummt.

»Guten Morgen zusammen!« Helena stellt sich aufrecht hin, leicht breitbeinig, und sie verschränkt die Arme vor der Brust. Erwartungsvolle Gesichter. Zwei, vier, sechs, acht ... elf. Und das von Christiane. Blass sieht sie aus.

»Also, einige von Ihnen kennen mich ja bereits. Für die anderen stelle ich mich kurz vor: Ich bin Helena Kühn, die Tochter von Sebastian Kühn und seit dem ersten September Erbin seiner Firma. Ich denke, es ist im Sinne meines Vaters, dass der Betrieb, den er aufgebaut hat, mit Respekt, höchstem Einsatz und vor allem von einer Fachkraft weitergeführt wird.« Ein toller Satz. Innerlich klopft sie sich auf die Schulter.

Andi und Jan tauschen seltsame Blicke aus. Einer der Azubis schielt auf sein Handy. Christiane schaut zu Boden.

»Deshalb werde ich, nein, ich bin entschlossen, dieses Unternehmen für die nächste Zeit zu führen. Ich würde mich freuen, wenn Sie alle auch weiterhin für das Bauunternehmen Kühn arbeiten möchten. Vielleicht wird es eine schwierige Phase, aber wenn Sie mit mir an einem Strang ziehen, bekommen wir das hin.«

Gemurmel.

»In den nächsten Tagen werde ich mich einarbeiten, und zwar hier im Büro und auf jeder der Baustellen. Außerdem möchte ich, dass wir uns in Einzelgesprächen näher kennenlernen, denn wir müssen einander vertrauen.«

Helena lockert ihre Position. Gleich werden alle klatschen und die Sache ist erledigt. Es war doch leichter als gedacht.

Jan räuspert sich. »Wann sind denn diese Einzelgespräche? Ich hab da nämlich 'nen Urlaubsantrag für Donnerstag, das wär dringend.«

Der Azubi schaut vom Handy auf. »Ja, äh, und für mich muss bis morgen was ausgefüllt werden, für die Berufsschule, mein Berichtsheft. Da weiß ich nicht wie, weil ich ja noch gar nicht verfugen geübt habe.«

»Icke bin nächsten Monat zur Knie-OP, da fall ick ersma für 'ne Weile aus, Frau Kühn«, kommt es von links.

Na, das geht ja gut los. Helena hebt die Hand. »Eins nach dem anderen. Wichtig ist mir jetzt zunächst, dass es auf den Baustellen läuft. Kundenzufriedenheit steht vorne an.«

Ein sehr schmächtiger, beinahe ausgemergelt wirkender Mitarbeiter tritt hervor. »Ja, Frau Kühn, also gut, dass Sie es ansprechen. Sie müssen unbedingt ein paar Bauherren anrufen. Vor allem die eine, diese Schröder-Irgendwas, die faucht mich ständig an, weil es bei der nicht mehr fließt.«

»Das Wasser?«

»Nee, doch nich das Wasser!«

»Was denn dann?«

»Lebensenergie.«

»Wegen uns?«

»Ja. Wir hätten angeblich die falschen Fliesen verlegt. Walnuss. Sie hat wohl aber Peanut bestellt. Ich meine, Nuss ist doch Nuss, oder Frau Kühn?«

Lautes Lachen. Jetzt reden alle durcheinander.

Helena spürt, wie ihr heiß wird. Die sehen nur sich und ihre Befindlichkeiten und lassen sie nicht mal vernünftig hier ankommen.

»Ruhe mal Leute, ich hab da noch was.« Ein Hüne baut sich vor ihr auf. Blankpolierte Glatze, einen Ohrring, fette

Augenbrauen. *Meister Proper*, aber schlecht gelaunt. Auch den hat sie noch nie gesehen. Vielleicht wäre es sinnvoll gewesen, zunächst eine Art Vorstellungsrunde zu machen?

»Frau Kühn, was die Übernahme der Arbeitsverträge angeht, da wollte ich Ihnen nur schon mal sagen, ein Freund meines Bruders ist Anwalt. Der schaut sich das gerade an, ob das juristisch überhaupt alles sauber ist.«

Helena schluckt. Juristisch sauber? Woher soll sie denn das wissen? Meister Proper hat eisblaue Augen. Nicht schön, dieser Blick. Doch sie darf sich nicht einschüchtern lassen. Wenn sie jetzt Schwäche zeigt, dann hat sie ein für alle Mal verloren. Sie schiebt die Hände in die Hosentaschen und ballt sie zu Fäusten. »Also gut, meine Herren, erstmal an die Arbeit. Ihre Fragen klären wir später.« Sie dreht sich um, nimmt ein paar große Schritte und rettet sich in das Bürogebäude.

***

Oben wirft sie sich in Papas Schreibtischsessel. Was hat sie sich nur angetan? Nach nicht mal zehn Minuten ist sie schon komplett am Ende.

Helena wischt sich den Schweiß von der Stirn und schaut sich um. Sie hatte das Büro viel größer in Erinnerung und vor allem nicht so altbacken. In der Ecke löst sich die vergilbte Raufasertapete von der Wand, und daneben pocht die runde Blechuhr vor sich hin. Ein anscheinend unverwüstliches Relikt aus DDR-Zeiten. Seit vielen Jahren quält sich dieser schwarze Zeiger nun schon übers Ziffernblatt.

Helena bückt sich. Sie holt sich Papas Bauhelm auf den Schoß. Wieder und wieder streicht sie über das blaue Kühn'sche Firmenlogo. Sie könnte in Florida sein und mit Josie das Leben genießen.

Drüben raschelt was. Helena hebt den Kopf und blickt auf die geschlossene Schiebetür zum Vorzimmer. Hinter der großen Milchglasscheibe bewegt sich Christianes Schatten.

Die Tür wird aufgezogen. »Darf ich kurz, Helena?«

Helena nickt.

Christiane kommt an ihren Schreibtisch, stellt eine volle Kaffeetasse darauf ab und schiebt sie zu ihr rüber. »Ich dachte, der könnte dir guttun.«

Helena starrt auf die braune Flüssigkeit. Sie braucht kein Mitleid.

»Entschuldige, Helena, ich wollte nicht stören.«

»Nein nein, schon okay.«

Christiane zieht sich einen der Stühle heran und setzt sich Helena gegenüber. »Früher hast du oft da gesessen, erinnerst du dich? Ich hab es noch vor mir, deine Schultasche lag in der Ecke und dein dunkler Haarschopf hing tief über die Schreibtischplatte gebeugt.«

»Das ist ewig her.« Helena schaut auf. Christiane hat ganz eingefallene Wangen. Und Fältchen. Mitte fünfzig wird sie sicher auch schon sein.

»Warst immer so geschäftig. Erst die Hausaufgaben, dann die Firmenpost. Stempeln, unterschreiben, kopieren. Und immer mit wichtigem Gesicht.« Christiane seufzt. »Wo sind die ganzen Jahre hin? Aber ich hab damals schon gedacht: Eines Tages wird das hier mal die Chefin sein.«

Chefin? Helena zuckt zusammen. Ihr ist nicht mehr nach Chefin. Bis vor einer halben Stunde hat sie sich noch eingeredet, dass es etwas Gutes sei, im Mittelpunkt zu stehen, Entscheidungen zu treffen und Anweisungen zu geben. Streng und konsequent, aber gerecht. Sie klemmt die Lippen zwischen die Zähne und starrt auf Papas angebrochene Trauben-Nuss-Schokolade. Am liebsten würde sie losheulen.

»Schön, dass es hier endlich weitergeht, Helena.«

Helena schnipst einen Schokoladenkrümel von der Tischplatte. Fragt hier vielleicht auch mal jemand nach ihr? Danach, was sie gerade wegen dieses abgewrackten Ladens hier für Opfer bringt? Sie steht auf, macht zwei Schritte bis zum Fenster und blickt auf den Hof.

»Helena, ich kann ja verstehen, dass du ...«

Helena schnellt herum. »Nichts, Christiane, nichts kannst du verstehen! Ich brauche Wasser. Talsperren und Stauanlagen. Hunderte Meter hohe Staumauern die Millionen, nein, Milliarden Kubikmeter zurückhalten.« Helena breitet die Arme aus. Das Herz schlägt schneller. »Energie durch Wasserkraft, Bewässerung von Agrargebieten, Trinkwasser für Millionen von Menschen. Und immer draußen, umgeben von rauer Natur. Mein großer Traum! Übernächste Woche sollte es nach Kalifornien gehen. Allein das Visum zu bekommen, war ein echter Kraftaufwand.« Helena legt die Hände an die Wangen. Sie sind ganz heiß. Es kann überhaupt niemand verstehen, was es für sie bedeutet, ab jetzt in diesem Büro zu sitzen, um mit Häuslebauern über Fugenfarben oder Pflastersteine zu diskutieren und an Einsatzplänen zu basteln.

Sie dreht sich wieder um zum Fenster. Auf keinen Fall soll Christiane sehen, wie sie mit den Tränen kämpft. Sie schiebt die Hände in die Hosentaschen und starrt hinaus.

Weiche Sonne. Blassblauer Himmel. Auf dem Hof steht der alte *Barkas B 1000*. Stillgelegt und ganz alleine.

»Wie kannst du dich hier nur wohlfühlen, Christiane.«

»Ich war von Anfang an dabei. Mit deinem Vater und drei Leuten aus der ehemaligen PGH haben wir das alte Gebäude saniert und die Lagerhalle gebaut. Dein Vater hatte schlaflose Nächte, wegen der ganzen Schulden.« Christiane seufzt. »Er war ein fairer Chef, und er zahlte über Tarif. Meine Leute, hat er immer gesagt, meine Leute kommen mir an erster Stelle.«

Helena dreht sich um und lehnt sich an die Fensterbank.

Christianes Augen sind feucht. Jetzt versucht sie's also mit der Mitleidsnummer.

»Verstehst du denn nicht, Helena? Andreas zum Beispiel oder Jan, beide sind weit über fünfzig, wer weiß, ob die woanders überhaupt wieder einen Job bekommen würden. Nichts gegen Klimaschutz durch Wasserkraft in Kalifornien, aber hier, hier hängen ganze Familien dran.«

»Die Männer machten auf mich aber nicht den Eindruck, als würde für sie etwas auf dem Spiel stehen. Die haben sich benommen … Mal ehrlich, ihr wollt mich doch gar nicht als eure Chefin!«

Christiane lehnt sich auf dem Stuhl zurück. »Och … weißt du, Helena, was soll ich sagen, im Notfall frisst der Teufel Fliegen.«

»Was?«

Christianes Mundwinkel zucken. Plötzlich ist sie viel jünger, trägt eine ihrer verwaschenen Jeans, hat buntgesträhnte lange Haare und das liebenswerteste Gesicht überhaupt. Christiane. Sie hat ihr heimlich bei den Hausaufgaben vorgesagt, dann gab es Apfelsaft und selbst gebackene Kekse. Mit ihr hat sie sich immer wohlgefühlt.

»Wieso versuchst du, mich zu überreden, wenn du überhaupt nicht an mich glaubst?«

»Und du, Helena? Wieso willst du's denn trotz allem machen?«

Helena greift nach der Tasse, die ihr Christiane gebracht hat. Der Kaffee ist kräftig, heiß und tut gut. Sie trinkt noch einen Schluck. »Du würdest mir also helfen, wenn ich hier nicht gleich alles hinbekommen würde?«

»Absolut! Apfelsaft und Plätzchen inklusive.«

Helena stellt die Tasse ab. Christiane hat es doch tatsächlich geschafft, ihr einen Lacher zu entlocken. »Na dann, vielleicht … nur, eine Sache wäre da aber noch.«

»Was denn?«

»Ich bin absolut kein Fan von langweiligen Einfamilienhäusern.«

»Ach Helena, wer bitte sagt denn, dass wir weiterhin nur langweilige Einfamilienhäuser bauen müssen?«

3.

Sechs Monate später

Alles ist nass. Rinnsale schlängeln am Boden, Wasser stürzt in Gullys oder sammelt sich in riesigen Pfützen. Vorletzte Woche lag noch Schnee, dann kam das Blitzeis und seitdem versinkt Potsdam im Dauergrau. Es regnet Platzregengüsse, Graupelschauer und Sprühregen, und all das im stetigen Wechsel. Helena ist darauf eingestellt. Matschwetter ist kein Drama, solange man die richtigen Klamotten anhat.

Sie watet in Gummistiefeln durch den Schlamm. Leider sind die Außenanlagen immer das Letzte, was auf Baustellen fertig wird. Bis dahin muss man sich über Trittbretter hangeln oder eben durch fetten, klebrigen Morast waten. Zum Glück sind es nur wenige Meter bis zur asphaltierten Straße, auf der im Lichtkegel der Laterne ihr Jeep auf sie wartet. Ihr *Dicker,* in exakt derselben Farbe wie die Gummistiefel. Dunkelgrün.

Sie wischt sich über das Gesicht. Schon wieder Regen. Aber was solls. Heute war ein guter Tag. Ihre Männer haben alles gegeben, damit hier morgen der Trockenbau beginnen kann. Jetzt muss sie nur noch schnell mal rüber auf die Baustelle in Babelsberg, wegen der Fußbodenheizung, und dann ist Feierabend. Sie wird sich unter die heiße Dusche stellen und danach ganz entspannt in bequemen Klamotten auf der Couch lümmeln. Morgen ist Freitag und dann endlich Wochenende.

Das Handy vibriert in der Jackentasche.

»Christiane?«

»Gehts gerade?«

»Klar, was gibts?«

»Reg dich bitte nicht gleich wieder auf.«

Helena bleibt stehen. Sie soll sich nicht aufregen? Dann kann es nur um eines gehen: ihr Angebot für den Bau der neuen städtischen Kita. »Sind wir etwa aus dem Rennen?«

»Das nicht. Aber Herr Kramer vom Bauamt hat schon wieder angerufen. Du müsstest bitte noch mal die Checklisten durchgehen und die fehlenden ...«

»Was bitte soll denn da schon wieder fehlen?«

»Das hat er nicht gesagt, ich ...«

»Wahrscheinlich wieder so ein sinnloses Zertifikat über irgendwas. Christiane, weißt du was? Vielleicht sollten wir denen mal alle achtundzwanzig Aktenordner mit dem ganzen Angebotskram zuschicken. Dann können die selbst raussuchen, was angeblich fehlt.«

»Helena ... du musst doch digital ...«

»Das war ein Scherz. Aber mir reicht es langsam. Ich hab keine Lust mehr, Wochenende um Wochenende meiner kostbaren Lebenszeit mit diesem verdammten Angebotsmist zu verbringen.«

»Vielleicht rufst du dort ja erst einmal an.«

»Klar, Christiane. Ich lass mich doch gern von Mitarbeiter zu Mitarbeiter verbinden oder aus Warteschleifen rauswerfen. Und wenn ich endlich diesen Kramer dranhabe, werde ich ihn freundlich daran erinnern, dass wir als kleines mittelständisches Unternehmen erstmals an einer öffentlichen Ausschreibung teilnehmen und daher die Zertifikate zur Nachhaltigkeit unserer Putzlappen oder die geforderte Bestätigung des Einsatzes von umweltverträglichen Mottenschutzmitteln aus Versehen vergessen haben, wir aber alles selbstverständlich schnell und sehr gern nachreichen werden.«

»Lass, Helena. Ich mach.«

»Quatsch!« Helena drückt Christiane weg und schiebt ihr Handy in die Jackentasche. Hätte sie die bürokratischen Dimensionen der Bewerbung um einen kommunalen Auftrag vorher auch nur ansatzweise geahnt, nie im Leben hätte sie sich diesen Ärger angetan. Dass es Zeit und Nerven kosten würde, sich mit den Entwürfen der Architektin auseinanderzusetzen, Abläufe zu planen, Materialien auszuwählen und die Einzelpreise haarklein zu kalkulieren, damit hat sie ja gerechnet. Aber dass sich ihr Leben seit mehreren Wochen nur um Eignungsnachweise, Standards, Zertifikate, Vollmachten, Genehmigungen, Bescheinigungen und Gütesiegel dreht, war nicht vorauszusehen. Die spinnen doch in ihrer Stadtverwaltung.

Na ja, es hilft nichts. Muss sie den Kramer vom Bauamt eben noch mal anrufen. Aber besser vom Auto aus, es regnet immer doller. Mit einem Ruck zieht sie den ersten Stiefel aus dem Schlamm, mit einem fetten Schmatzen folgt der zweite. Sie war tief eingesunken.

Im Auto setzt sie vorsichtig einen Fuß nach dem anderen auf die Schmutzmatte, nimmt ihr Handy aus der Tasche und wählt die Nummer vom Bauamt.

»Meyer!«

»Wie bitte?«

»Stadtverwaltung Potsdam, Sie sprechen mit Irene Meyer, was kann ich für Sie tun?«

»Helena Kühn. Ich möchte bitte Herrn Kramer … ich bin doch im Bauamt?«

»Moment bitte.«

Helena trommelt mit den Fingern aufs Lenkrad. Die Melodie der Warteschleife kann sie inzwischen rückwärts pfeifen.

»Hören Sie, Frau Kühn? Herr Kramer geht nicht ran. Er ist im Haus unterwegs, sagt die Kollegin. Seine Tasche steht wohl aber noch am Platz.«

»Könnten Sie denn nicht mal schauen, ob Sie ihn finden?«

»Leider nein. Ich bin im Homeoffice.«

»Dann geben Sie mir doch diese Kollegin von ihm.«

»Okay. Sekunde. Einen angenehmen Tag für Sie.«

Wieder das Gedudel.

»Roggenfeld-Schulz?«

»Hier spricht Helena Kühn, Bauunternehmen Kühn. Es geht um mein Angebot für die Kita Piratenhase. Eigentlich wollte ich Herrn Kramer sprechen.«

»Ja, der hat versucht, Sie zu erreichen.«

»Wissen Sie, worum es geht?«

»Ich glaube … warten Sie … irgendwas war mit dem Angebotsteil für die Lüftungsanlagen, weil doch die Energiebedarfsberechnungen gemäß EnEV auf Basis der DIN V 18599 … aber sicher bin ich nicht, da müssen Sie wirklich Herrn Kramer fragen, aber heute ist ja faktisch schon Feierabend, dann besser morgen. Ach Moment, freitags ist er nicht da. Dann ruft er Sie gleich am Montag zurück …«

»Frau Roggenfeld-Schulz, irgendwann endet die Ausschreibungsfrist. Ich müsste schon bitte zeitnah wissen, was noch fehlt.«

»Tut mir leid ...«

»Hören Sie, ich habe an meinem Angebot tage- und nächtelang gesessen. Wenn das jetzt wegen einer Kleinigkeit umsonst gewesen sein soll ... Es wäre mein erster Auftrag dieser Art, den möchte ich unbedingt bekommen.«

»Frau Kühn, ich verstehe, dass es schwierig ist, gerade weil sie mit öffentlichen Ausschreibungen noch keine Erfahrungen haben, aber ...«

»Ach! Jetzt liegt es also an mir?«

»Das hab ich doch gar nicht gesagt.«

»Ich möchte jetzt Herrn Kramer sprechen!«

»Hahaha, Frau Kühn, seien Sie mal froh, dass Sie um diese Uhrzeit überhaupt noch jemanden ans Telefon bekommen haben. In Berlin wäre da nur ein Anrufbeantworter dran, und auch der wäre schon seit einem halben Jahr voll. Hahaha.«

»Wir sind aber nicht in Berlin. Wir sind nicht in Berlin!« Helena wischt sie vom Handy. Die nehmen sie nicht ernst. In diesem Rathaus sitzen nur inkompetente, unmotivierte Leute. Sie startet den Motor. So nicht! Nicht mit ihr. Dann muss sie die Sache eben persönlich klären!

4.

Clara Habermanns sitzt in ihrer Amtsstube. Das Schreibtischlicht ist gedimmt, aus den alten Heizkörpern kommt leises, gleichmäßiges Klopfen. Endlich hat sie eine Pause. Eine kurze Unterbrechung des Termin-Hoppings, Dauerbeschusses und der absoluten Präsenz. Mal ein paar kostbare Minuten ohne autoritäre Mimik. Endlich Zeit für einen Kaffee, ein Durchatmen und ein paar Unterschriften. Leise kratzt die Spitze des Füllfederhalters über das geschöpfte Papier. Geburtstagskarten. Die wohl angenehmste Variante offizieller Anteilnahme.

Die Tür vom Vorzimmer klappt auf. Clara hebt den Kopf. Helga? Was hat sie denn schon wieder?

»Frau Habermanns, Herr Müller vom Jugendamt fragt, ob Sie ausnahmsweise kurz Zeit hätten. Es geht um seinen Artikel im Amtsblatt.«

»Unangemeldet?«

»Ich weiß, aber er meint, es dauere nur zwei Minuten.«

»Jetzt nicht, Frau Skowronek-Stelzig. Geben Sie ihm für Montag einen Termin.«

Helga nickt und schließt die Tür.

Clara holt tief Luft. Nicht mal fünf Minuten Ruhe hat man hier. Sie dreht den Kopf zum Fenster. Es regnet und regnet. Dunkel und still läuft das Wasser an den hohen Scheiben abwärts. Die Schlafzimmerfenster müsste sie eigentlich auch mal putzen. Wobei ... welchen Sinn soll das haben? Sie nimmt den Füller wieder in die Hand. Wie kommt sie denn jetzt auf ihre Schlafzimmerfenster?

Im Vorzimmer sind Stimmen. Sie werden immer lauter. Aber Helga hat das sicherlich im Griff. Normalerweise ist sie ja ein verlässlicher Vorzimmerdrachen.

Clara klemmt sich eine Haarsträhne hinters rechte Ohr, nimmt die nächste Geburtstagskarte in die Hand und streicht sachte über die Prägung des Potsdamer Stadtwappens.

Die Tür springt auf. Eine Frau poltert ins Zimmer. Helga folgt ihr mit wedelnden Armen. »Ich hab Ihnen gesagt, die Frau Oberbürgermeisterin will jetzt nicht …«

»Moment!« Clara hebt die Hand. »Was bitte soll das hier?«

»Kühn. Mein Name ist Helena Kühn. Bauunternehmen Kühn. Ich beteilige mich am Ausschreibungsverfahren für die neue Kita. Aber Ihr Bauamt? Nichts! Keine Unterstützung! Am Telefon muss ich mir noch sagen lassen, ich hätte keine Ahnung vom Geschäft, das ist das Allerletzte!«

Clara mustert die Frau. Helena Kühn. In einer olivgrünen gewachsten Männerjacke, die Haare sind nass und völlig zerzaust.

»Frau Skowronek-Stelzig, lassen Sie uns bitte allein.«

»Aber Frau Habermanns, Sie wollten doch nicht …«

»Und schließen Sie bitte die Tür.«

Die Assistentin zuckt mit den Schultern, dreht sich um und geht. Die Tür fällt ins Schloss.

»Frau Kühn, für unsere Diskussion nehme ich mir maximal zehn Minuten, dann muss ich weiterarbeiten. Möchten Sie sich setzen?«

»Nein.«

»Wie kann ich Ihnen helfen?«

»Frau Habermanns, Sie sind die Chefin der Verwaltung und zuständig, wenn Ihr Laden nicht läuft.«

»Möchten Sie nur Ihren Frust ablassen, oder eine inhaltliche Diskussion?«

»Wenn ich meine Firma so führen würde wie Sie, dann hätte ich schon keine Kunden mehr und wäre pleite.«

Clara lehnt sich zurück. »Sie sind also der Meinung, das Bauamt hat nicht korrekt gearbeitet?«

»Das Bauamt! Oh, hatte ich fast vergessen, Sie sind ja Beamtin und Politikerin in einem. Wenn Sie was gegen die Wand gefahren haben, dann ist der Vorgänger schuld. Oder die Opposition. Oder am besten gleich die EU. Aber ...«

Frau Kühn hält plötzlich inne. Aus ihren leicht geöffneten Lippen kommt nichts mehr. Ihre dunklen Augen werden schmal. Jetzt greifen ihre Hände in die Haare, ordnen sie, schieben die nassen Strähnen aus ihrem Gesicht. Frau Kühns Blick verändert sich. Wird weicher. »Ähm, also, Frau Habermanns, ganz so hab ich das gerade nicht gemeint. Es ist sicherlich schon eine beachtliche Leistung, eine so große Verwaltung zu leiten. Als Chefin haben Sie es offensichtlich drauf.«

Clara stutzt. Wieso dieser Sinneswandel? Sogar ein Kompliment? »Wie läuft denn *Ihre* Firma so, Frau Kühn?«

»Wie *meine* Firma läuft? Das woll'n Sie wirklich wissen?«

»Ja, natürlich. Ich möchte wissen, was Sie für Probleme haben. Es kommt nämlich nicht oft vor, dass mir jemand seine Argumente so direkt ins Gesicht schmettert.«

Frau Kühn nickt sachte. Jetzt lächelt sie sogar. Das Lächeln steht ihr.

»Ich hab die Firma erst vor einem halben Jahr übernommen. Wir sind bekannt für unsere Einfamilienhäuser, aber …«

Clara schlägt ein Bein über das andere. Frau Kühn hat das markante Gesicht einer Kriegerin, aber ihre Augen haben etwas Weiches. Braun sind sie. Mit einem ganz leichten grünen Schein. Und ihre Stimme … angenehm und ausdrucksstark. Clara wandert mit den Augen abwärts. Gummistiefel. Mit dunklen Pfützen um den Sohlen.

»Frau Habermanns?«

»Hm?«

»Was meinen Sie dazu?«

»Also ja, Sie leisten viel, Frau Kühn.«

»Danke. Freut mich, dass Sie das so sehen.«

Clara legt den Kopf ein wenig schief. »Glauben Sie nicht, dass wir uns in der Politik, genau wie Sie in Ihrem Unternehmen, auch viel Mühe geben, um etwas zu bewegen?«

»Aber sicher. Sie woll'n ja schließlich wiedergewählt werden.«

Clara muss schmunzeln. »Jaja, so was hör ich praktisch jeden zweiten Tag.«

»Frau Habermanns, Sie glauben wohl, Sie brauchen nur ein wenig nett zu lächeln, und schon werden sie mich ganz schnell wieder los? So einfach ist das nicht.«

Clara schluckt. Einen Moment lang war sie unkonzentriert, das darf ihr keinesfalls noch mal passieren. Sie richtet sich in ihrem Schreibtischsessel auf. »Ich sagte doch bereits, dass ich mir Zeit für unser Gespräch nehme. Also bitte, Frau Kühn, weshalb sind Sie hier?«

»Na, nehmen wir nur mal das Verputzen der Wände, eine einfache Arbeit also, allein die Präambel Ihrer Ausschreibung dafür umfasst schon ganze vierzehn Seiten. Für mich bedeutet das stundenlangen Aufwand. Nur für ein bisschen Putz an der Wand. Das ist bürokratischer Wahnsinn, Frau Habermanns. Helfen Sie, den abzubauen!«

»Moment mal, Frau Kühn. Wir als Stadt tragen Verantwortung. Es ist eine gesamtgesellschaftliche Aufgabe, dem Klimawandel entgegenzuwirken und Ressourcenschutz zu betreiben. Wir handeln nach den Prinzipien einer umfassenden Nachhaltigkeit. Durch die geforderten Unterlagen wird sichergestellt, dass …«

»Bringen Sie Ihre Verwaltung auf Zack!«

»Stopp Frau Kühn! Bleiben Sie bitte sachlich!«

»Das bin ich! Aber Sie, Sie verfallen hier in ihr politisches Sprechblasen-Gelaber. Und überhaupt, wieso starren Sie eigentlich die ganze Zeit auf meine Hände?«

Clara hebt das Kinn ein wenig höher. »Ich starre nicht auf Ihre Hände, Frau Kühn.«

»Worauf denn dann!«

»Ich starre auf Ihre Füße.«

»Auf meine …?«

»Ihnen ist schon klar, dass Sie hier gerade meinen frisch gereinigten Parkettboden eindrecken?«

Stille.

Frau Kühn atmet hörbar ein. Mit minimalem Kopfschütteln wendet sie sich ab, geht in Richtung Tür, stoppt und dreht sich noch mal zu ihr um. »Danke, Frau Habermanns, dass Sie mir zugehört haben.« Dann verschwindet sie ins Vorzimmer.

Clara sieht ihr hinterher und fährt die Körperspannung runter. Sie legt die Hände ineinander. Sie zittern. Helena Kühn in ihrem Büro. In natura und ganz aus der Nähe. Darauf war sie nicht vorbereitet. Leider.

»Die war nicht aufzuhalten, es tut mir so leid, Frau Habermanns.« Helga steht im Türrahmen, mit verstörtem Blick, die Schultern hochgezogen.

»Das sollte es auch. Da hätte ja sonst wer hier reinplatzen können. Sie müssen mich in Zukunft bitte besser abschirmen, Frau Skowronek-Stelzig.« Clara steht auf, greift nach ihrer Tasche.

»Was wollte denn Frau Kühn?«

»Frau Kühn?«

»Helena Kühn, Frau Habermanns. Ich dachte ... Ich hatte den Eindruck, dass Sie sie kennen?«

»Nein! ... Ach so, ja, natürlich kenne ich Frau Kühn. Ich meine, also, das Bauunternehmen ist ja ein Begriff hier in der Stadt. Nur ...« Clara blickt auf ihr Parkett. »Frau Skowronek-Stelzig, würden Sie bitte dafür sorgen, dass diese Sauerei hier wieder in Ordnung gebracht wird! Ich muss los. Zur Ausschusssitzung.«

***

Helena stellt ihren Jeep im Carport ab. Sie nimmt den Seiteneingang des Hauses zu ihrem Wasch- und Umziehraum und drückt auf den Lichtschalter. Neonlampen flackern auf.

Die Schmutzschleuse ist das Einzige, was sie nach dem Auszug ihrer Mutter nicht verändert hat. Neben ihren, hängen Papas Arbeitsjacken an den Haken, und auch seine Stiefel, Mützen und Schutzhandschuhe konnte sie einfach nicht entsorgen. Durch seine Sachen ist ihr Vater immer da, und sie hat das Gefühl, mit allem doch nicht ganz so sehr alleine dazustehen.

Sie schiebt die verkrusteten Stiefel von den Füßen und wirft die Jacke über den Ständer. Die anderen Klamotten streift sie ab und lässt sie auf die Fliesen fallen. Aufräumen kann sie später noch, nur ihre Stiefel, die können auf keinen Fall so schmutzig bleiben. Zwischen Daumen und Zeigefinger trägt sie die beiden bis in das eckige Waschbecken. Dort schrubbt sie über das Profil. Wasser trifft auf Gummi und gluckert dann als braune Brühe durch den Abfluss.

Wie kann man sich über ein bisschen Schlamm nur dermaßen aufregen? Was für eine arrogante Oberbürgermeisterin! Sitzt da im piekfeinen Business-Anzug, in protzigem Ambiente, und denkt nur an ihr Parkett. Mit Bürgernähe hat das wahrlich nichts zu tun. Helena stellt das Wasser ab und ihre Stiefel ins Regal. Jetzt kann sie endlich selbst unter die Dusche.

Das warme Wasser tut gut. Es spült den Schlamm aus den Haaren und den Schweiß von der Haut. Der Schaum ist weich und riecht nach Mandeln. Helena schließt die Augen und steht ganz still.

Frau Habermanns hat feine Gesichtszüge. Glatte Haut, sehr gepflegt. Aber nur weil sie toll aussieht, rechtfertigt das noch lange nicht so ein Verhalten. Mit der konnte man ja überhaupt nicht vernünftig reden!

Helena öffnet die Augen wieder. Ob blond ihre natürliche Haarfarbe ist? Dann wäre sie ja unten auch ... Blödsinn! Was für Gedanken!

Sie stellt das Wasser kälter. Sie sollte endlich damit aufhören, an die Oberbürgermeisterin zu denken, und vor allem sollte sie sich nicht mehr wegen dieser Kita ärgern. Das macht doch alles keinen Sinn. Wahrscheinlich hat den Auftrag schon jemand anderes zugesagt bekommen. Inoffiziell und hintenrum. Einer, der die Zertifikate mal eben aus der Schublade zieht. So ein überregionaler Bauunternehmer mit Dumpingpreis, bei dem man die Baumängel gleich mitbestellt. Einer, der nur diese weißen Kästen bauen kann, wie sie auf engen Baulücken aus dem Boden schießen. Solche in die Moderne transformierte DDR-Plattenbauten. Einheitswohnungen im Einheitsdesign, angeboten in Hochglanzprospekten, dafür exorbitant teuer.

Helena tritt aus der Dusche, reißt sich das Handtuch vom Haken und reibt sich trocken. Die Haut wird rot.

Mit noch nassen Haaren, aber in sauberen Klamotten verlässt sie die Schmutzschleuse und wechselt rüber in den Flur ihres Wohnhauses.

»Mausi, ich bin da!«

Die Katze kommt um die Ecke gefegt, stoppt und schaut mit ihren clever-grünen Augen zu ihr hoch.

»Na? Hast wohl Hunger, meine Süße?«

Mit einem Haufen grau-braun getigertem Fell zwischen den Füßen schlürft Helena in die Küche und öffnet eine frische Dose Katzenfutter. Mausi macht Männchen und reißt ihr den vollen Napf beinahe aus der Hand.

Sie selbst nimmt sich nur ein alkoholfreies Bier aus dem Kühlschrank und fläzt sich damit im Wohnzimmer aufs Sofa.

Auf dem Couchtisch liegen die Baupläne für die neue Kindertagesstätte der Stadt Potsdam. Ein kommunales Projekt. Das sollte hohe Einnahmen versprechen und eine Steigerung des Firmenwertes bedeuten, doch vor allem sollte das ihr Sprungbrett in die Freiheit sein. Der Steuerberater würde endlich aufhören, an ihrem Gewinn rumzunörgeln. Außerdem reizt sie dieser besondere Bau: ein futuristisches Schiff, speziell designt. Aber Ideenklau. Ganz eindeutig hat die Architektin den Stil eines bekannten Stararchitekten kopiert. So also kassiert man heutzutage erste Preise bei Architekturwettbewerben. Helena knallt die Flasche auf die Baupläne.

Mausi zuckt zusammen. Helena schaut auf den Boden. Sie hat gar nicht bemerkt, wie ihr Liebling reingekommen ist. Die Geflügelvariation in Gelee muss sie in Windeseile aufgefressen haben.

»Na komm, mein Schatz.«

Vier Pfoten landen auf dem Schoß, die Katze dreht sich drei Mal um die eigene Achse, lässt sich fallen und schlingt den Schwanz im Halbkreis um den Körper. Es sieht aus, als wolle sie damit das ganze Fellpaket zusammenhalten.

»Du glaubst gar nicht, meine Süße, was ich eben erlebt habe.«

Mausi blickt auf, streckt die Vorderpfoten aus und legt den Kopf darauf ab. Wie in Zeitlupe schließt sie die Augen.

Helena legt die Hände flach aufs Fell. Der kleine Körper hebt und senkt sich, er ist weich und warm. Es war die beste

Entscheidung seit Langem, diese Katze anzuschaffen. So hat sie wenigstens etwas Gesellschaft in diesem für sie viel zu großen Haus. Jemanden, der ihr zuhört und der sie versteht.

Nicht wie diese Habermanns. Diese abgebrühte Kommunalpolitikerin. Obwohl, es gab Momente, da wirkte sie überhaupt nicht so abgebrüht. Fast ein wenig unsicher. Außerdem waren da immer wieder diese Blicke …

Helena malt mit dem Zeigefinger Mausis Wirbelsäule nach. Vom Kopf aus immer weiter. Wirbel für Wirbel. Das Fell wird borstiger hinten. Mausis Schwanz schnellt in die Höhe und legt sich dann mit elegantem Schwung zurück.

Helena betrachtet das schlafende Tier. Wenn sie nun noch einmal versuchen würde, mit Frau Habermanns in Kontakt zu kommen? Diesmal wohlüberlegt. Freundlich. Zuvorkommend? Wenn doch heutzutage immer nur alles über Beziehungen läuft, käme sie so vielleicht an den Auftrag für den Kita-Bau? Helena beugt sich nach vorn und legt die Wange auf das warme Fell der Katze. Sie müsste sich was einfallen lassen. Irgendetwas Geniales.

***

»Wäscht man Handtücher bei dreißig Grad oder halten die vierzig aus, Mama?«

Clara lacht und schüttelt den Kopf. Wie süß. Jetzt fragt er schon nach Haushaltstipps, an ihrem Abendbrottisch. Er schaufelt Berge in sich rein. Spirelli und Gulasch. Gestern Abend hat sie den gekocht, aber bisher nichts davon gegessen. Keinen Appetit.

»Handtücher wäscht man mindestens bei sechzig Grad, Tim. Ansonsten solltest du einen ordentlichen Schuss Hygienespüler dazugeben.«

»Hygienespüler ist umweltschädlich.«

Clara legt das Besteck beiseite und schaut zu ihm rüber. Endlich ist er mal hier. Füllt ihr die Küche mit seiner herzergreifenden Lässigkeit. Nicht mehr Kind und noch nicht wirklich Mann. Irgendwas dazwischen. Ein Kopf voller Pläne, beneidenswert unbekümmert.

Tim schaut vom Teller auf. »Was?«

»Satt?«

»Kann ich den Rest mitnehmen?«

»Nimm mit, was du willst.«

Tims Mundwinkel gehen nach oben, er springt vom Stuhl auf und steckt den Kopf in den Kühlschrank. »Echt jetzt? Kann ich auch …«

»Ich hab mal wieder viel zu viel gekauft. Seit du ausgezogen bist, da …«

»Wusst ich's doch, ich fehle dir.«

»Ach wo.«

»Dabei dachte ich, du merkst noch nicht mal, dass ich weg bin.« Tim wendet Käsepackungen hin und her. Gleich wird es einen Kommentar zum Verpackungsmüll geben.

»Wenn du einsam bist Mama, such dir doch mal endlich einen Kerl. Du bist doch noch ganz gut in Schuss.«

»Ganz gut in Schuss? Also hör mal! Und einen Kerl schon mal gar nicht, das weißt du doch.«

»Dann eben irgendwen.«

»Wann beginnt noch mal dein Sommersemester?«

»Lenkst schon wieder ab, Mama. Wirklich. Hattest du nicht auch mal gesagt, dass du so eine nette kleine Eigentumswohnung kaufen willst?«

»Ach. Na ja.«

»Dann machs dir doch wenigstens mal bisschen gemütlicher hier. Die ganzen Jahre wolltest du schon was an die kahle Wand im Wohnzimmer hängen. Und der Flur, der ist auch immer noch komplett weiß.«

»Ich bin doch eh kaum zu Hause, Tim.« Clara steht auf, nimmt Tims leeren Teller und stellt ihn auf die Spülmaschine. Was soll man denn in einen Flur hängen? Irgendwelchen Schnickschnack? Wozu. Und überhaupt, Kerl, Eigentumswohnung, gemütlich machen ... »Was willst du mir eigentlich sagen, Tim?«

Tim zuckt mit den Achseln. Er wirkt betreten. Irgendwie sieht das nicht gut aus.

»Tim!«

»Also, ähm, ich wollte ... In nächster Zeit werde ich wohl nicht ganz so oft vorbeikommen können.«

»Was heißt *nicht ganz so oft*? Ich seh dich doch so schon kaum.«

»Ich werde das Sommersemester im Ausland studieren.«

»Was? Aber wieso ... Wo!«

»Kanada.«

Clara lehnt am Küchenschrank. Kanada.

»Ich hatte Glück. Das Stipendium vom Deutschen Akademischen Austauschdienst bekommt nur einer aus der Fakultät.«

»Wann!«

»Ich fliege Mitte April, Semesterbeginn ist dort Anfang Mai.«

Clara dreht sich zur Arbeitsplatte. Sie muss was trinken. Sie füllt Mineralwasser ins Glas. Ein Teil geht daneben. »Das weißt du doch nicht erst seit gestern.« Sie dreht sich zurück.

Tim lehnt lässig an der Wand und schaut auf sein Smartphone. Er blickt sie nicht mal an. Schiebt Bildchen hin und her. Immer dieses Handy.

»Nein, eine Weile weiß ich das schon.«

»Und warum hast du nichts gesagt?«

Jetzt schaut er auf. Sein Blick: Mitleid und Bedauern.

»Ich muss los, Mama. Und entspann dich. Sind ja noch sechs Wochen Zeit. Im Oktober bin ich auch schon wieder da.«

Oktober!

Er stopft die Käsepackungen und die Dose mit dem Gulasch in den Rucksack und trabt in den Flur.

Clara geht hinterher. Kanada. Bis Oktober.

Tim angelt die Jacke vom Haken, wirft einen kritischen Blick in den Spiegel und fährt sich mit den Fingern durch den blonden Scheitel. »Das mit dem Kerl, Mama, das überleg dir mal.« Er umarmt sie auf die lässige Art. Leider viel zu kurz.

»Machs gut, mein Großer. Ach und ... natürlich freue ich mich für dich.«

Clara schließt die Wohnungstür hinter ihm und dreht den Schlüssel zwei Mal um. Seine Schritte auf den Stufen werden immer leiser. Kanada. Ein halbes Jahr.

Sie beugt den Oberkörper Richtung Spiegel. *Noch gut in Schuss!* Wie man mit dreiundvierzig nun mal aussieht. Mit zwei Fingern schiebt sie die Haut von der Wange in Richtung Ohr. Die kleinen Fältchen verschwinden. Tim macht sich Sorgen, will, dass sie abgelenkt ist, wenn er weg ist. Das braucht er doch gar nicht. Und eine Beziehung? Tja. Entweder Privatleben oder Karriere in der Politik. Dass beides zusammen in ihrem Fall nicht funktioniert, hat sie ja schon bitter zu spüren bekommen. Das will sie nicht noch mal erleben. Deshalb muss sie sauber bleiben. Unangreifbar. Schließlich ist sie unter ständiger Beobachtung.

Clara geht zurück in die Küche, räumt das Geschirr in die Spülmaschine und poliert zuerst den Esstisch und dann die Arbeitsplatten der Schränke. Kanada.

Sie schenkt sich ein Glas Riesling ein und geht damit ins Wohnzimmer. Dort sinkt sie auf die Couch und schaltet den Fernseher an. Sie nimmt einen Schluck, dann stellt sie das Glas auf das Tischchen.

Was für ein Tag. Helena Kühn in ihrem Büro. Ganz nah an ihrem Schreibtisch. In grünen, verdreckten Gummistiefeln. Frau Kühn ... Die hat echt Temperament. Das hätte man so gar nicht vermutet. Aber heftig war er schon, ihr Auftritt. Zum Glück war das wohl nur eine spontane Verbalattacke und kein ernsthafter Angriff auf ihre Person. Man hört ja so einiges.

Clara trinkt noch einen Schluck. Unsinn. Doch nicht Frau Kühn. Die war nur etwas aufgeregt. Schade, dass sie nicht mehr Zeit hatten und sie ganz normal miteinander ... Ach was.

Clara schaltet den Fernseher wieder aus. Es ist spät. Die Nachbarn sind wohl auch schon im Bett. Überhaupt, eine Ruhe ist das heute wieder hier in diesem Haus. Kanada. Ein halbes Jahr. Sie sollte stolz auf ihren Sohn sein. Ist sie ja, sehr sogar, aber ... Der einzige Mensch in ihrer privaten Welt, mit dem sie vernünftig reden kann, verlässt sie. Und er hat sich nicht einmal getraut, ihr das zu sagen. Klammert sie etwa? Nein. Das war nur der Schock. Zu plötzlich. Außerdem, alles hat auch seine guten Seiten. Jetzt hat sie noch mehr Zeit und kann sich in die Arbeit stürzen. Übernächstes Jahr sind Kommunalwahlen.

5.

Helena ist in Babelsberg auf der Baustelle, einem halbfertigen Einfamilienhaus mit Gauben-überladener Dachlandschaft und zwei gedrehten Säulen im Eingangsportal. Überhaupt nicht ihr persönlicher Geschmack, aber sie hat gelernt, dass es darauf nicht ankommt.

Sie wirft noch schnell einen prüfenden Blick auf den Boden. Die Estrichdämmung und die Fußbodenheizung liegen, dann kanns hier also morgen weitergehen. Hektisch schaut sie auf die Uhr. Sie ist spät dran, müsste längst auf der nächsten Baustelle sein, aber ... Mist! Schon wieder klingelt ihr Handy.

»Josie, hi. Du, es passt gerade überhaupt nicht.«

»Wieder nicht?«

»Nein. Ich ...«

»Nie hast du Zeit.«

»Ich? Du hast dich letztens ganze acht Tage nicht gemeldet, schon vergessen?«

»Helena ich vermisse dich.«

»Ich dich doch auch, aber jetzt gehts echt nicht. Ich melde mich später, versprochen.« Helena drückt Josie weg und starrt auf das Display. Sofort ist dieses dumpfe Gefühl wieder da. Ihr schlechtes Gewissen. Josie muss aber auch immer in den unpassendsten Momenten anrufen.

Helena tritt ins Freie. Tja, so ist das eben, wenn man eine Fernbeziehung führt, man weiß nie, ob einen die andere vermisst oder vergisst.

Sie stemmt die Schulter gegen die Haustür und schließt ab. Irgendetwas klemmt hier noch. Da muss sie sich unbedingt drum kümmern.

»Frau Kühn, ich grüße Sie!«

Helena dreht sich um. Über die Trittbretter, die im Matsch liegen, tänzelt Herr Krüger, der Bauherr.

Helena holt tief Luft. Das passt jetzt zeitlich überhaupt nicht!

Herr Krüger kommt näher. Er ist ein Mann in vollster Blüte seines Lebens: birnenförmiger Körper, volles Gesicht und beginnender Haarausfall. Ein älterer Familienvater mit dem Blick eines Mannes, der immer bekommt, was er will, egal ob er sein gegenüber zu einem One-Night-Stand überrumpeln oder im Restaurant einen Espresso aufs Haus erschnorren will. Aber als Kunde hat er einen entscheidenden Vorteil: Dem Krüger braucht Helena wenigstens nicht wegen des Geldes nachzulaufen. Der zahlt immer pünktlich.

»Herr Krüger, hallo. Sie wollen wohl mal nach dem Rechten sehen?«

»Wenn's keine großen Umstände macht.«

»Dann kommen Sie mal rein. Wir sind voll im Zeitplan und können morgen mit dem Estrich loslegen.« Helena schließt die Haustür wieder auf und verdreht dabei die Augen. Aber auch das hat sie gelernt: Der Kunde ist König.

Sie gehen eine Runde durch das Haus, sie erklärt ihm den Baufortschritt und eine halbe Stunde später stehen sie wieder draußen. Helena schaut auf die Armbanduhr.

Herr Krüger wischt mit dem Handrücken Betonstaub vom Revers seines Sakkos. »Sie haben das wirklich im Griff, Frau Kühn. Ihr Vater hätte das auch nicht besser gemacht.«

»Mein Vater?«

»Wir kannten uns, wussten Sie das nicht?«

»Nein.«

»Meine Frau und ich sind in Potsdam gut etabliert. Und außerdem sitze ich im Stadtrat. Denken sie denn, Frau Kühn, ohne Einfluss und Kontakte kommt man sonst an so ein begehrtes Grundstück in dieser hervorragenden Lage?«

Helena nickt. Wichtigtuer hat sie des Öfteren in ihrer Kundschaft und gerade verspürt sie weder Lust noch Zeit, mit diesem hier zu plaudern. Und schon gar nicht über ihren Vater. Besser ist, sie geht erst gar nicht weiter darauf ein.

»Das war wirklich tragisch, als Ihr Vater so plötzlich verstorben ist. Und Sie sind ja auch erst …«

»Alt genug, Herr Krüger.« Helena streckt ihm die Hand entgegen. »Ich muss weiter.«

»Moment, kommen Sie mal mit, ich will Ihnen was zeigen.« Herr Krüger läuft los. Helena folgt ihm wohl oder übel hinter das Haus. Dort zeigt er auf die Lehmberge. »Wissen Sie, was das hier werden soll?«

»Ihr Garten. Rasen. Ein paar Sträucher vielleicht?«

»Ich möchte einen Pool.«

»Einen Pool? Schwimmen Sie gern?«

»Eher weniger.«

»Wieso dann einen Pool?«

»Der Nachbar hat einen. Und für die Kinder natürlich.«

»Verstehe.« Helena nickt. Einen Pool. Das riesige Haus reicht dem wohl nicht?

»Sie können doch Pools bauen, Frau Kühn? Mit Infinity-Kante? Die muss absolut gerade sein, das wissen Sie doch, oder?«

Hält der sie für blöd? »Selbstverständlich können wir Infinity-Kanten.«

»Das freut mich, Frau Kühn. Noch mal, Sie stehen Ihrem Vater in keiner Weise nach. Sehr bemerkenswert.«

»Wie soll er denn werden, der Pool?«

»Na, das volle Programm. Schön groß, Whirlpool, Wasserfall und eben die Kante. Passt ja irgendwie auch in Ihr eigentliches Interessengebiet, oder? Wollten Sie nicht ursprünglich lieber Talsperren bauen?« Er grinst.

Helena schluckt. Langsam wird es unheimlich.

»Mein Architekt hat die Pläne fertig und mailt sie Ihnen rüber.«

»Gut, soll er machen. Ich schau drauf und schicke Ihnen ein Angebot. Ist ja schließlich eine Zusatzleistung, die kostet Sie einige Euro.«

Helena läuft los. Nur schnell zurück zum Auto, weg von hier. Ihr eigentliches Interessengebiet. Der spinnt ja. Was geht den Mann ihr Leben an?

Krüger hält Schritt. »Mir ist klar, dass das was kostet, Frau Kühn. Kein Problem. Und zeitlich dürfte das ja auch bei Ihnen passen. Noch hat der Kita-Bau ja nicht begonnen. Außerdem, nicht dass ich Ihnen das nicht gönnen würde, aber Ihre Chancen auf den Zuschlag stehen sowieso nicht besonders hoch.«

Helena stoppt. Wie bitte? Woher will der Krüger denn das wissen? Das kann doch nicht ... ist doch ... Was will denn dieser Mann von ihr? »Herr Krüger, machen Sie's gut.«

***

Am darauffolgenden Montag, gegen Mittag, klopft Helena, mit einem Stapel Kopien in der Hand, an die Tür des Bauamtsleiters Walter Kramer. Bis ins Rathaus hat sie's also schon einmal geschafft. Sie kann es immer noch nicht fassen, wie einfach das auf einmal ging. Ein kleiner Zufall heute Morgen und ein bisschen Fantasie haben gereicht, dass der sonst so vielbeschäftigte Bauamtsleiter plötzlich Zeit für sie hat.

»Na, Frau Kühn, Ihrem Gesichtsausdruck nach zu urteilen, war Ihre Suche im Stadtarchiv erfolgreich?« Der Kramer weist auf einen Besucherstuhl neben seinem Schreibtisch.

»War sie.« Helena setzt sich. Sie breitet die Kopien aus und lehnt sich zurück.

Herr Kramer schiebt die Blätter hin und her. »Sehr schön, Frau Kühn. Dann ist die Kuh ja vom Eis.«

Helena nickt. Nichts anderes hatte sie erwartet, und eigentlich hätte sie das Ganze auch alleine klären können, aber so eine Chance, die konnte sie sich nicht entgehen lassen. Sie legt den Kopf leicht schräg und lächelt ihn an. »Wenn ich schon mal hier bin, Herr Kramer, dann könnten wir ja direkt noch mal über mein Angebot für den Kita-Bau sprechen.«

»Über Ihr Angebot? Tja ... Aber Sie haben doch jetzt alle Unterlagen nachgereicht.«

»Schon. Aber es ist besser, ich erkläre Ihnen direkt, wie ich mir da alles so gedacht habe, also zum Beispiel um die

Schadstoffgrenzwerte einzuhalten, habe ich extra ... und für die Flucht- und Rettungswege ist meine Kalkulation ... wegen dem Löschwasser und Entflammbarkeiten ... und dann ...«

Herr Kramer lehnt sich zurück und verschränkt die Hände hinterm Kopf.

Helena redet weiter, dann hat sie endlich alles abgespult, was sie sich in Gedanken zurechtgelegt hatte. Sie öffnet die Jacke. Ihr ist ganz heiß geworden. Aber das macht nichts, der Kramer kann ruhig sehen, wie sehr sie für die Sache brennt. Ihn zu überzeugen, ist der erste Schritt. »Sie finden mein Angebot also gut?«

»Durchaus.«

»Was meinen Sie, Herr Kramer, sollten Sie das nicht mal mit Frau Habermanns besprechen?«

Er lacht auf. »Ach was.«

»Wieso denn nicht?«

»Für solche Details hat Frau Habermanns weder Zeit noch Nerven.«

»Woher woll'n Sie denn das wissen? Sie könnten sie doch wenigstens mal fragen.«

»Was glauben Sie denn, wozu es das Bauamt gibt.«

Helena verzieht das Gesicht. So einfach, wie sie dachte, ist das offenbar doch nicht. Sie bemüht sich weiter um ein Lächeln. »Aber Herr Kramer, einen Versuch wär's doch wert.«

»Nein!«

Mist!

Herr Kramer schaut auf seine Armbanduhr. »Außerdem, jetzt hab ich Mittagspause.«

Helena nickt. Klar. Öffentlicher Dienst nach Vorschrift. Wie konnte sie vergessen, wo sie sich befindet. Sie schiebt die Kopien zu einem Stapel zusammen, steckt sie in die Tasche und steht auf. »Na dann, Herr Kramer, danke für Ihre Zeit.«

»Haben Sie denn etwa keinen Hunger?«

»Nein. Wieso?«

»Unsere Kantine ist öffentlich. Sie könnten mit.«

Helena schaut ihn an. Mit dem Kramer essen gehen? Dafür hat sie weder Appetit noch Zeit. Aber, vielleicht könnte sie ihn ja bei lockerem Plaudern noch ein bisschen bearbeiten? »Gute Idee, Herr Kramer. Ich komme mit.«

Sie verlassen sein Büro, laufen einen langen Flur entlang und biegen dann um eine Ecke. Es folgt ein weiterer Flur und danach führt die Treppe abwärts. Helena wird unruhig. Eigentlich muss sie dringend zu Krügers Baustelle. Noch ein langer Flur. Wo ist denn nun diese Kantine? Nein, das dauert alles viel zu lange. Sie sollte besser los. Den Kramer kriegt sie eh nicht umgestimmt. Wieder eine Ecke. »Herr Kramer, es tut mir leid, aber ich muss …« Helena stoppt. Vor ihnen läuft eine große, schlanke Gestalt in dunklem Anzug. Blonde Haare, akkurat bis in den Nacken. Helena durchfährt ein kleiner Freudenschauer.

»Hallo Frau Habermanns«, sagt der Kramer.

Frau Habermanns dreht sich um, hat einen perplexen Gesichtsausdruck, aber jetzt lächelt sie. Sie mustert Helena von oben bis unten, schaut auf ihre Füße, dann hält sie ihr die Hand entgegen. »Willkommen im Rathaus, Frau Kühn.«

Helena greift zu. Die Hand ist schmal, ihr Druck ist fest und zart zugleich.

Frau Habermanns blickt zu Herrn Kramer. »Und? Alles klar zwischen Ihnen und Frau Kühn?«

»Bestens, Frau Habermanns. Bestens.«

Helena stutzt. Auf einmal ist sie sich gar nicht mehr so sicher, ob sie den spontanen Termin im Bauamt nur wegen ihrer kleinen Schummelei bekommen hat. Vielleicht war die Beschwerde letztens doch nicht so umsonst? Na, das wäre ja ein Ding.

»Frau Kühn und ich, wir wollen essen gehen.«

Da ist er wieder, dieser Blick. Frau Habermanns sieht sie an und irgendetwas blitzt in ihren Augen. »Was halten Sie davon, wenn ich mich anschließe?«

»Äh, na gerne doch.«

»Gut. Gehen wir essen.«

Sie setzen sich in Bewegung. Helena unterdrückt ein Schmunzeln. Da soll mal einer behaupten, es gäbe keine Zufälle. Seit Tagen zermartert sie sich den Kopf, wie sie an die Oberbürgermeisterin herankommen könnte, und nun läuft sie hier neben ihr, als wäre das die normalste Sache der Welt. Was für eine Chance! Helena schielt zur Seite. Frau Habermanns' Gang wirkt geschmeidig. Ganz im Gegensatz zu ihren eigenen immer viel zu großen, beinahe stampfenden Schritten. Sie versucht, sich an ihren Rhythmus anzupassen. Heute muss sie sich von ihrer allerbesten Seite zeigen.

Die Kantine des Potsdamer Stadthauses ist ein langer Schlauch mit Holz an der Decke, das eher an ein Museum erinnert. Helena überfliegt die Angebote auf der Tafel. »Können Sie denn was empfehlen, Frau Habermanns?«

»Tja …«

»Wie ist die Hähnchenbrust?«

»Die ist gut. Aber Vorsicht, die Portion ist nichts für zarte Geschöpfe.«

Frau Habermanns lächelt so seltsam? Meint die etwa, sie sei ein zartes Geschöpf? Helena wendet sich zum Tresen. »Einmal die Hähnchenbrust, bitte.« Dann dreht sie sich zurück zu ihr. »Nehmen Sie die auch?«

»Nein! Bloß nicht. Das ist doch viel zu viel!«

Helena zuckt mit den Achseln. Auf ihrer Zunge liegt ein Konter, aber den verkneift sie sich mal besser. Schließlich will sie die Gunst dieser Frau, um den Auftrag für den Kita-Bau an Land zu ziehen.

Hinter dem Tresen lädt ein junger Mann Spaghetti auf einen Teller. Darüber verteilt er eine große Kelle breiige Tomatensoße. Dann noch eine. Obendrauf kommt die Hähnchenbrust in Käse-Eihülle. Stattlich. Ob der Turm wohl hält? Noch eine Kelle? Spinat? Er schiebt die Spaghetti zur Seite, die türmen sich bedrohlich auf, und nun landet der dunkelgrüne Matsch daneben. Porzellan ist überhaupt keins mehr zu sehen. »Bitteschön.«

Ach du Scheiße! Helena stellt sich den Teller auf ihr Tablett, geht zur Kasse, zahlt und setzt sich an einen Vierertisch. Frau Habermanns und Herr Kramer sind ihr gefolgt. Beide haben sie etwas leicht Essbares gewählt: Kartoffelsuppe mit gebratenen Bockwurstscheiben.

Helena betrachtet den Berg auf ihrem Teller. Sie hätte ahnen müssen, dass Frau Habermanns sie ärgern will. Eine Retourkutsche wegen letztens. Und sie fällt auch noch darauf rein. Aber gut, jetzt ist es so. Keinesfalls wird sie schwächeln. Den Gefallen tut sie ihr nicht. Sie beginnt zu essen.

Herr Kramer räuspert sich. »Wie war denn Ihr Wochenende, Frau Habermanns? Bei dem hervorragenden Wetter?«

Frau Habermanns starrt auf ihre Suppe, bis eben hat sie umgerührt, jetzt steht der Löffel still. »Bestens.« Sie hebt den Kopf und schaut zu Helena. »Was führt Sie eigentlich zu uns?«

»Äh, was?«

»Na, weshalb Sie hier sind, Frau Kühn.«

»Ach so, ja, wegen einer Fliegerbombe.«

Frau Habermanns rechter Mundwinkel geht zur Seite. »Aha. Eine Fliegerbombe. Na so was.«

Herr Kramer legt seinen Löffel weg. »Frau Kühns Baggerfahrer ist heute Morgen auf etwas Großes, Hartes gestoßen. Und da war die Vermutung, es handle sich um eine Fliegerbombe aus dem Zweiten Weltkrieg.«

»War es sicher nicht, denn dann hätte man mich nämlich informiert.«

»Nein. Es war nur ein dickes Abwasserrohr. Stimmts Frau Kühn?«

»Wie? Ja.« Helena stopft den nächsten Bissen in den Mund. Mehr wird sie jetzt nicht sagen. Sie muss unbedingt diesen Teller leer bekommen, damit es wieder unentschieden steht und sie endlich ein normales Gespräch mit Frau Habermanns beginnen kann.

Aus dem Augenwinkel schielt sie zu ihr rüber. Frau Habermanns löffelt langsam ihre Suppe. Sie redet dabei mit Herrn Kramer über irgendwas. Ein längerer Dialog, was gut ist, denn das verschafft Freiraum für die Hähnchenbrust in Eihülle.

»Und was wird nun? Frau Kühn?«

Helena kaut und schluckt. Noch ein Stück vom Fleisch. Kauen. Schlucken. »Nix weiter. Rohr ausgraben und dann alles wie geplant.« Noch einen Bissen. Gleich hat sie es geschafft. Ein letzter Rest Nudeln und Soße. Fertig. Sie legt das Besteck auf den Teller und lehnt sich zurück. Na, Frau Habermanns, da staunen Sie, hat wohl nicht geklappt mit dem Ärgern, was?

Frau Habermanns schaut sie an. Ein leichtes Nicken.

Helena erwidert den Blick. Punkt für sie. Jetzt braucht sie nur noch einen guten Übergang vom Nudelberg zur neuen Potsdamer Kita und die Sache ist geritzt. »Frau Habermanns, ich …«

»Ich muss leider los, Frau Kühn. Enthüllung einer Gedenktafel.«

Helena sackt innerlich zusammen. Das darf doch jetzt nicht wahr sein. »Sie müssen weg?«

Frau Habermanns lächelt müde und deutet ein Achselzucken an. Sie sieht aus, als wäre ihr gerade überhaupt nicht nach Gedenktafeln zumute.

Sie stehen auf und bringen die leeren Teller zur Geschirrablage. Herr Kramer geht vornweg in Richtung Ausgang. Helena folgt ihm. So ein verdammter Mist aber auch. Sie wollte Frau Habermanns zeigen, dass sie auch anders kann, stattdessen haut sie Nudelberge in sich rein. So eine Chance zu vertun! Sie könnte sich ohrfeigen.

»Frau Kühn?«

Helena dreht sich um. Frau Habermanns steht hinter ihr. Höchstens einen halben Meter entfernt.

»Mein Hinweis auf die Portionsgröße vorhin, also, ich wollte Sie damit nicht ärgern.«

Helena steht steif, sieht in die blauen Augen gegenüber. Auf einmal fühlt sie sich, wie eben aufgewacht, als hätte sie gerade etwas Wichtiges verschlafen. Was muss Frau Habermanns nur von ihr denken? Dass sie eine grobschlächtige Halbstarke vom Bau ist, die nur meckern und sich vollfressen kann? Helena schluckt. Ihr fällt nichts ein, was sie erwidern könnte. Es ist aber auch einfach die falsche Umgebung.

»Wie wäre es, Frau Habermanns, wenn Sie mich mal auf einer meiner Baustellen besuchen? Dann zeige ich Ihnen, wie ich so arbeite.«

Frau Habermanns' Lächeln wechselt auf Skepsis. »Ja. Nein. Danke, Frau Kühn, das ist sehr freundlich. Aber eigentlich ...«

»Super. Das machen wir so. Ich ruf Sie an.« Helena dreht sich um und geht. In ihrem Inneren formt sich ein Jubelschrei.

***

»Halten Sie bitte hier.«

Claras Fahrer fährt an den Straßenrand und stellt den Motor ab.

»Es dauert nicht lange.«

Sie steigt aus der Limousine und läuft zurück um die Straßenecke. Vor dem Bauplatz steht ein dunkelgrüner Jeep mit dem Firmenlogo von Frau Kühn. Also ist sie hier richtig. Ist sie das wirklich? Aber selbstverständlich ist sie das. Schließlich ist es eine völlig normale wirtschaftsnahe Verwaltungsdienstleistung, wenn man mal bei einer mittelständischen Unternehmerin der Stadt vorbeischaut.

Clara läuft noch ein paar Schritte bis hinter die Absperrung. Weiter geht es nicht. Zu schmutzig.

Der Platz sieht aus wie eine Mondlandschaft mit großem Krater. Die Abendsonne lässt die Pfützen glänzen, und außer den Vögeln, die jetzt im Frühjahr selbst am Abend um die Wette spektakeln, ist nichts zu hören. Keine Baumaschinen und keine Stimmen. Alles wirkt verlassen.

Clara steht still. Sie sollte nicht hier sein. Und im Kopf weiß sie das auch, aber ... Da hinten ist sie! Frau Kühn schaut rüber, jetzt kommt sie auf sie zu. Große feste Schritte. Grüne Gummistiefel. Clara blickt zu Boden. Irgendwie fühlt sie sich unwohl, in ihrem engen Kostüm und den Pumps, am Rande dieser Lehmgrube.

»Frau Habermanns, ich freue mich.«

»Hallo Frau Kühn, leider hab ich gar nicht so viel Zeit, mein Fahrer wartet um die Ecke.«

Frau Kühn zeigt hinter sich. »Die Baufortschritte liegen unter der Erde. Kommen Sie, wir machen einen Rundgang.«

»Nein, nein, von hier aus kann ich bestens sehen.« Clara deutet auf ihre Schuhe. Sie würde damit heillos im Morast versinken.

»Welche Größe haben Sie? 40?«

»Wieso?«

»Moment.« Frau Kühn stapft rüber zum Jeep. Mit einem Paar dunkelgrünen Gummistiefeln kommt sie zurück und lässt sie vor Clara auf den Boden fallen. »Hier, die müssten passen.«

Clara blickt auf die Stiefel. Frau Kühn glaubt doch nicht im Ernst, dass sie die anzieht? Und die Bausachen interessieren sie eigentlich auch gar nicht. Sie wollte doch nur mal … Ja, was überhaupt?

»Kommen Sie, Frau Habermanns, die sind sauber. Dafür erspar ich Ihnen den Helm, es kann ja noch nichts herunterfallen.«

Fremde Stiefel. Schon beim Gedanken daran kribbelt's an der Unterlippe. Aber jetzt einen Rückzieher machen? Das wäre peinlich. Clara schlüpft aus einem der Pumps und in den ersten Stiefel. Dann in den zweiten. Was für ein scheußliches Gefühl, mit den Nylonstrümpfen.

»Woll'n wir?« Frau Kühn macht eine einladende Kopfbewegung. Fehlt nur, dass sie sie noch an die Hand nehmen will.

Clara folgt ihr durch den Dreck nach hinten zu den Baucontainern. Von hier aus hat man den Überblick über die gesamte Baugrube. Da ist irgendwelcher Beton. Und es ragen rostige Eisenstäbe in die Höhe.

»Das wird ein Bungalow.«

»Aha.«

»Und Frau Habermanns, was sagen Sie?«

»Ja. Schön.«

»Die Fundamente sind fertig gegossen. Das große für die Bodenplatte, Streifenfundamente für die Wände, und was Sie dort sehen, sind Einzelfundamente für die tragenden Pfeiler.«

Frau Kühn zeigt hierhin und dahin. Ihre Arme sind braun. Dabei ist doch erst April.

»... wasserundurchlässiger Beton, Abdichtband ... Verstärkung der Wände, Armierungsstahl ...«

Starke Unterarme hat sie. Diese Muskeln. Die Frau hat Kraft. Wie sie sich bewegt ... Man müsste selber auch mal was für seinen Körper tun. Sicher treibt sie irgendeinen Sport? Tennis vielleicht?

»... Betonmischfahrzeuge, Pumpe ... gießen und glattziehen ... trocknen ... mit Folien abdecken ...«

Sie hat ja Sommersprossen. Doch, Tennis könnte passen. Das spielt man ja draußen. Gegen diese schön gebräunte Haut wirkt ihre eigene wie blassweißes Seidenpapier.

»Oder, Frau Habermanns?«

»Beeindruckend.«

»Na ja und als Nächstes werden die Wände und Pfeiler gegossen und dann kommt schon die Kellerdecke. Hier ist später der Eingang und da drüben, sehen Sie, da ist dann der hintere Ausgang, der in den Garten führt.«

Clara schaut in die gezeigte Richtung. Beim besten Willen kann sie sich nicht vorstellen, wie das später einmal aussehen soll. Da sind nur Erde und Beton. Überall Dreck. Aber Frau Kühn strahlt und sieht sie an, als erwarte sie jetzt einen Kommentar von ihr.

»Hut ab, Frau Kühn. Für mich wäre das alles nichts. Aber Sie scheinen sich ja auf Baustellen richtig wohl zu fühlen.«

»Finden Sie?«

»Das ist das erste Mal, dass ich Sie so gelöst erlebe.«

»Jetzt passen die Umstände.«

»Hm?«

»Heute habe ich Heimvorteil. Dazu dieser romantische Sonnenuntergang.«

»Sie finden es auf einer Baustelle also romantisch?«

Frau Kühn lächelt. Hinter den herben Gesichtszügen kommt ihre Weichheit hervor. Dieses Sanfte. Geheimnisvolle? Stopp! Sie sollte mal schnellstens ... »Ja, also, Frau Kühn, das war wirklich sehr informativ. Danke, dass Sie sich die Zeit genommen haben. Jetzt wollen Sie sicher nach Hause.« Clara läuft los. Sie muss zurück. Der Fahrer wartet.

Frau Kühn folgt ihr. »Mich zieht nichts nach Hause, Frau Habermanns.«

Clara geht schneller. Sie auch nicht. Ganz und gar nicht. Aber das muss leider ihr Geheimnis bleiben.

Die Pumps hat keiner geklaut, sie stehen am Rande der Baustelle. Clara blickt zu Boden. Die Stiefel sind voller Schlamm und müssen irgendwie von ihren Füßen, dabei gibt es überhaupt nichts zum Festhalten. Und dann der enge Rock? Das wird schwierig.

»Soll ich helfen?«

»Nein, nein, das geht schon.«

Clara stellt das rechte Bein vor das linke und versucht, den Stiefel mit den Füßen auszuziehen. Sie strauchelt. Kippt und reißt die Arme hoch. »Huch!«

Ein Ruck, ein fester Griff am Ellenbogen. Frau Kühn hat zugepackt und hält sie fest.

Clara umfasst den muskulösen Unterarm, hat so stabilen Halt. Es fühlt sich gut an. Sie streift den ersten Stiefel ab und schlüpft in ihren Schuh. Dann folgt die zweite Seite. Clara hebt den Kopf. Frau Kühns Gesicht ist direkt vor ihr. Die Lippen liegen locker aufeinander. Leichtes Beben der Nasenflügel. Clara zuckt zurück. Irgendetwas zieht durch ihren Körper.

»Sie können mich jetzt wieder loslassen, Frau Kühn.«

Der Griff löst sich.

»Danke.«

Clara macht noch einen Schritt rückwärts und streicht den Rock glatt. Irgendwie ist sie ganz benommen. Was für eine peinliche Situation aber auch.

»Sie sagten, Ihr Fahrer wartet?«

»Äh, ja. Also dann, Frau Kühn. Noch mal danke.« Clara dreht sich um und läuft los.

Auf der gegenüberliegenden Straßenseite startet ein Auto. Reifen quietschen. Es biegt um die Ecke.

Clara schaut ihm hinterher. Plötzlich hat sie ein eigenartiges Gefühl. Sie wird doch eben hoffentlich keiner beobachtet haben?

6.

Helena hängt hinter ihrem Schreibtisch. Letzte Nacht, da konnte sie kaum schlafen, und wenn doch, dann jagten Lieferengpässe für Bauholz, Kreditzinserhöhungen oder Infinity-Kanten durch ihre Träume. Sie legt den Kopf in eine Hand und schaut zur Seite Richtung Fenster. Es ist aber auch diesig draußen. Und das im Wonnemonat Mai.

Sie holt das Handy näher ran und drückt auf *Josie*. Es ruft und ruft, doch nichts passiert. Helena blickt auf die Uhr. In Kalifornien ist es Nacht.

Sie schiebt das Handy wieder weg. Sie ist so matt. Am besten wird sein, sie bleibt heute nur im Büro. Dann wird der ganze, überfällige Papierkram wenigstens mal erledigt. Es soll tatsächlich Menschen geben, die so was lieben, doch zu denen gehört sie absolut nicht. Mit einem Seufzer steht sie auf, greift nach der halbleeren Kaffeetasse und tritt ans Fenster.

Der Hof wurde endlich gekehrt, aber der Papiermüll quillt schon wieder über. Christiane muss sich mal kümmern.

Einer der Sprinter kommt durch die Einfahrt und hält. Das ist Andi mit den beiden Azubis. Die holen den Kompressor.

Helena trinkt einen Schluck. Andi sieht man seine Ende fünfzig echt nicht an. Immer top in Form. Alte Schule. Ein Allrounder. Gold wert. Hat sich nun auch endlich an die iPads gewöhnt. Auf einmal ist er regelrecht begeistert davon, dass alles digital läuft: Terminplanung, Logistik, Einkauf und Lagerhaltung. Jetzt herrscht Ordnung in der Materialhalle.

Andi winkt zu ihr herauf. Helena hebt die Hand. Er zeigt mit dem Finger. Will hochkommen?

Helena nickt.

Zwei Minuten später steht er bei ihr im Büro. »Ham Se kurz Zeit, Chefin?«

»Gibts Probleme?«

»Eher Frust.«

»Wieder wegen der Jungs? Klappts immer noch nicht in der Berufsschule?«

Andi winkt ab. »Nee nee, alles gut. Seit Sie mit den beiden geredet haben, isses bestens. Und pünktlich sind se jetzt morgens auch.«

Na wenigstens das. Aber Andi macht wirklich ein besorgtes Gesicht. »Hol'n Sie sich doch erst mal 'nen Kaffee von drüben.«

Andi verschwindet und kommt mit einer Tasse zurück. »Danke, Chefin.«

Jetzt schauen sie gemeinsam aus dem Fenster.

»Und? Wo drückt denn nun der Schuh?«

»Ach! Ich bin nur am Rotieren. Kein Verlass auf die Subunternehmer. Der Fliesenleger zum Beispiel. Chefin, ich sag Ihnen, der schickt nur noch Ungelernte. Letztens die beiden, fliesen die doch die Kellertreppe von oben nach unten. Dann standen se dumm da und kamen nich mehr raus.«

»Nein!«

»Doch. Dann sind se drüber gelatscht, und weg war'n se. War ja schon viere. Und ich musste das wieder in Ordnung bringen.«

Was? Die Subunternehmer berechnen die Stundensätze für Fachkräfte! »Andi wirklich, so was muss ich doch wissen! Das geht auf keinen Fall. Ich klär das.«

»Danke, Chefin. Das wär echt gut.«

»Wie gehts eigentlich Ihrer Frau?«

Andis Gesichtszüge lösen sich. »Viel besser. Hat echt geholfen, dass ich das mit der flexiblen Arbeitszeit machen konnte, als sie aus'm Krankenhaus kam.«

»Schon gut.«

»Chefin, ich muss. Die Jungs warten unten.«

»Klar.«

»Und danke noch mal, für'n Kaffee.« Er hebt die Hand, dreht sich um und verschwindet durch die Schiebetür.

Helena setzt sich an den Schreibtisch. Wieder mal hat sie das Gefühl, ihr wächst das alles über den Kopf. Klärt man das eine, kommt das Nächste. Jetzt sind es die Subunternehmer. Darum muss sie sich unbedingt kümmern. Aber da sind ja auch noch die ganzen anderen E-Mails zu erledigen.

»Helena?« Christianes Kopf erscheint im Türspalt. »Herr Krüger möchte dich sprechen.«

»Ich bin nicht da.«

Christiane schiebt die Tür noch weiter auf und tritt zur Seite.

»Frau Kühn, ich grüße Sie.« Herr Krüger kommt einfach hereingestürmt. Er greift nach einem Stuhl, rückt ihn vor ihren Schreibtisch, setzt sich und verschränkt die Arme vor der Brust. »Liebste Frau Kühn, ich brauche kein Generalunternehmen, wenn ich mich um meinen Hausbau selber kümmern muss.«

Helena schaut ihn groß an. Gehts noch? »Wir liegen voll im Plan, Herr Krüger.«

»Auf meiner Baustelle geht es drunter und drüber, aber Sie? Sie lassen sich nicht blicken.«

Helena sackt innerlich zusammen. Für solche Art Diskussionen fehlt ihr heute eindeutig die notwendige Energie. Blöd nur, dass sie es in der letzten Zeit tatsächlich nicht geschafft hat, bei ihm vorbeizuschauen. Aber der muss sich doch deshalb nicht gleich so aufregen.

»Ist so, Frau Kühn. Ihre Arbeiter können anscheinend keine Pläne lesen. Die Trockenbauwände im Dachgeschoss sind falsch. Die Türen waren zu weit links.«

»Oh, also, das wird selbstverständlich korrigiert. Danke, dass Sie Bescheid geben.«

»Das wurde bereits *kor-ri-giert*. Jetzt, Frau Kühn, jetzt sind die Türen zu weit rechts. Seien Sie froh, dass ich meinen Frust bereits an Ihren Leuten ausgelassen habe, sonst säße ich jetzt nicht so ruhig hier.«

Helena kneift die Augen zusammen. Das ist ja wohl frech. Am liebsten würde sie ihn … Nein! Das geht nicht. Er ist ihr Kunde, er zahlt dafür, dass sie sich kümmert. Und das hat sie nicht. Zumindest nicht genug. Mist. Er hat sie kalt erwischt. »Tut mir echt leid, Herr Krüger, ich hatte eh vor, gleich rauszufahren, dann bring ich das in Ordnung.«

Der Krüger lehnt sich zu ihr rüber. Er riecht nach herbem Aftershave. »Lassen Sie sich mal eins erklären, Frau Kühn. Für die Kita-Bau-Ausschreibung läuft momentan die Zuschlagsfrist. Wissen Sie, was das bedeutet?«

»Äh …«

»Dass Sie in Zukunft mal lieber etwas netter zu mir sein sollten. Das könnte nämlich nicht schaden.« Mit einem Grinsen steht er auf, dreht sich um und geht.

Helena starrt ihm hinterher. Sie ist fassungslos. Wieder kommt der ihr mit dieser Kita-Sache. Und er droht sogar damit. Will er sie erpressen? Aber wieso! Sie bläst die Backen auf und lässt die Luft nach draußen. Sie hat sich in dem Mann getäuscht. Der Krüger hat zwei Gesichter.

***

Clara fährt sich mit den Händen durchs Gesicht. Am Vormittag gab es eine Besprechung nach der anderen, dann war ein Termin im Altersheim und danach einer bei der Feuerwehr. Bevor es zur Verwaltungsratssitzung der Sparkasse geht, bleibt gerade mal ein knappes Stündchen im Büro. Clara schlägt die Unterschriftenmappe auf. Sie überfliegt das erste Schreiben, setzt ihren Namen darunter und blättert weiter.

Eine Einladung von der Bundesarchitektenkammer? Was hat sie denn mit denen zu schaffen?

... Vortragsveranstaltung ... Schweriner Schloss ... städtische Kindertagesstätte Piratenhase ... kulturelle Umrahmung, Get-together ...

Wegen der neuen Kita soll sie bis nach Schwerin fahren? Zusammen mit der Architektin? Welchen Nutzen sollte das denn für die Stadt haben? Dass es diese Einladung überhaupt bis zu ihr auf den Schreibtisch geschafft hat! Clara pappt einen gelben Klebezettel auf die Karte, schreibt: *bitte freundliche Absage,* und blättert zum nächsten Schreiben in der Mappe.

Keine zehn Minuten später klingelt das Telefon.

»Frau Habermanns, ich hab hier einen Herrn von der Bundesarchitektenkammer dran, kann ich den durchstellen?«

Clara bläst die Wangen auf. Schweriner Schloss. Eigentlich wollte Sie ja nicht ... »Na gut.«

Natürlich ruft er wegen dieser Einladung an. »Frau Habermanns, das ist eine bundesweit bekannte und bedeutungsvolle Veranstaltung ... nur spektakuläre Projekte werden ausgewählt ... einzigartige Chance ...«

»Moment, darf ich Sie darauf hinweisen, dass wir noch nicht einmal mit dem Bau begonnen haben?«

»Und genau deshalb passt er ja so wunderbar in den vorgesehenen Rahmen, Frau Habermanns. Ich bitte Sie, erweisen Sie und Frau Stoldenberg uns die Ehre, sagen Sie zu.«

Clara verzieht das Gesicht. Frau Stoldenberg mag ja eine talentierte Architektin sein, aber sie redet so viel. Mit ihr zusammen nach Schwerin? Schon der Gedanke verursacht Kopfschmerzen. »Hören Sie, das müsste ich erst noch mit Frau Stoldenberg abstimmen.«

»Ja, natürlich, tun Sie das, Frau Habermanns.«

»Wir melden uns zeitnah. Auf Wiederhören.«

Clara legt auf. Schade, dass es um Architektur geht und nicht um Handwerk. Dann nämlich wäre Frau Kühn mit ihrem hervorragenden Fachwissen die Richtige für die Präsentation eines solchen Bauprojektes. Sie konnte diese Bausachen letztens so eindrucksvoll erläutern. Clara schüttelt den Kopf. Frau Kühn. Frau Kühn, Frau Kühn, Frau Kühn. Immer wieder Frau Kühn. Sie geht ihr einfach nicht mehr aus dem Sinn. Seit sie sie das erste Mal gesehen hat. Letzten Herbst, auf dieser ...

Helga steht in der Tür. »Frau Habermanns, ich hab Frau Stoldenberg in der Leitung. Wegen der Schwerin-Sache. Sie hat auch eine Einladung bekommen.«

»Ich will mich nicht weiter mit diesem Thema befassen.«

»Aber sie ...«

»Jetzt nicht!«

»Was soll ich ihr denn sagen?«

»Dass ich mit dem Herrn von der Architektenkammer schon gesprochen habe. Es geht um zehn Minuten Vortrag und ein bisschen Event. Dafür einen halben Tag und einen ganzen Abend opfern und in Summe mindestens fünf Stunden Auto fahren – aus meiner Sicht lohnt sich das nicht.«

Helga nickt und schließt die Tür.

Clara erledigt die restliche Post. Kurz darauf ruft Helga an. »Frau Stoldenberg hat gesagt, sie hätte eigentlich große Lust auf die Veranstaltung gehabt, aber sie pflichtet Ihnen bei. Wegen zehn Minuten Vortrag ist der Aufwand wirklich viel zu groß.«

»Okay. Danke.« Clara legt den Hörer auf. Na bitte. Frau Stoldenberg möchte nicht teilnehmen, somit wäre die Sache geklärt.

Sie sichtet ihre Unterlagen für die Verwaltungsratssitzung der Sparkasse. Die Agenda sollte sie vorab zumindest einmal lesen. *Wahl eines stellvertretenden Vorsitzenden ... gesellschaftliche Entwicklung ... Verwendung des Jahresüberschusses ...*

Schwerin. Ist es ein Fehler abzusagen, nur weil Frau Stoldenberg kein Interesse daran hat? Wer weiß, wozu es gut wäre, das eigene Projekt in einem solchen Rahmen vorzustellen. Eine Chance vielleicht?

Clara schiebt die Unterlagen für die Sitzung in eine Klarsichthülle und räumt sie in ihre Tasche. Vielleicht sollte man einfach mal zupacken, wenn sich Gelegenheiten bieten?

Sie nimmt ihr Handy: *Webseiten ... Favoriten ... häufig besucht ... Bauunternehmen Helena Kühn, Potsdam.* Clara holt tief Luft und drückt auf *anrufen.*

»Bauunternehmen Kühn, Christiane Pohl, was kann ich für Sie tun?«

»Clara Habermanns, guten Tag, ist denn Frau Kühn eventuell zu sprechen?«

Stille.

»Ja natürlich! Einen Moment bitte.«

Clara setzt sich aufrecht hin. Nette Musik. Vivaldi. Sommer. Doch ihr Herz schlägt lauter.

»Helena Kühn, Frau Habermanns, das ist ja eine Überraschung!«

»Bitte entschuldigen Sie, dass ich störe.«

»Sie stör'n doch nicht. Im Gegenteil, Sie retten mir gerade einen miserablen Tag.«

»Oh, also dann, es geht um Folgendes: In vierzehn Tagen, letzte Maiwoche, Donnerstag, hätten Sie da vielleicht Zeit?«

»Kommt ganz drauf an wofür, Frau Habermanns.«

»Ich, also nein, die Stadt Potsdam hat eine Einladung zur Teilnahme an einer ausgesprochen wichtigen Veranstaltung ins Schweriner Schloss erhalten. Es geht um die praktische Umsetzung architektonisch anspruchsvoller Bauprojekte und da dachte ich, Sie als hiesige Bauunternehmerin könnten mich vielleicht dorthin begleiten?«

»Oh. Okay? Und was genau soll ich da machen?«

»Nichts Schwieriges, Frau Kühn. Nur ein paar Worte sagen. Einen kleinen Vortag. So circa zehn Minuten. Also maximal zwanzig.«

»Einen Vortrag?«

»Es hat mich letztens sehr beeindruckt, wie anschaulich und detailliert Sie mir ihre Baustelle erklärt haben.«

»Tatsächlich?«

»Ja.«

»Aber einen Vortrag vor Publikum? Puh.«

»Ich halte auch einen. Anschließend gibts gutes Essen und Musik, dann fahren wir zurück. Sie brauchen sich um nichts zu kümmern.«

Frau Kühn bleibt stumm. Kein Wunder, bei dem Überfall. Wahrscheinlich zeigt sie ihr gerade einen Vogel.

Clara fährt sich durchs Gesicht. Es war unüberlegt, Frau Kühn wegen dieser Sache anzurufen. Noch dazu, weil sie ein Angebot für den Kita-Bau abgegeben hat, und wenn rauskäme, dass sie das Projekt vor Ende des Vergabeverfahrens präsentiert, bedeutet das vielleicht Ärger. »Macht nichts, Frau Kühn, das war nur eine Frage, ich wollte Sie damit nicht …«

»Okay, Frau Habermanns. Ich bin dabei.«

»Wirklich? Na das ist ja … Aber eins muss ich Ihnen gleich sagen, das ist eine hochoffizielle Angelegenheit, so ganz allgemein zu Bauwerken dieser Art. Es hat keinerlei Einfluss darauf, ob Sie den Zuschlag für den Kita-Bau bekommen oder nicht. Sie wissen ja, bei den Ausschreibungen kommunaler Projekte geht es ausschließlich um den niedrigsten Preis und nicht um …«

»Vorträge sind mein Spezialgebiet, Frau Habermanns.«

»Gut. Danke Frau Kühn. Wir schicken Ihnen noch ein paar Infos wegen der Einzelheiten.«

Clara beendet das Gespräch. Frau Kühn kommt mit ihr! Sie fahren beide nach Schwerin. Und wegen der Auftragsvergabe braucht sie sich keine Gedanken zu machen. Frau Kühn hat ohnehin keine Chance auf den Zuschlag.

Clara ruft die Assistentin an. »Frau Skowronek-Stelzig, bitte organisieren Sie den Schwerin-Ausflug, ich habe Ersatz für Frau Stoldenberg finden können. Wir müssten allerdings das Vortragsthema geringfügig modifizieren.«

7.

Der Fahrer bremst und hält am Straßenrand. Clara schaut aus dem Fenster. Hier also wohnt Frau Kühn. Ein Haus mit weit überstehenden Dächern, nach hinten versetztem Obergeschoss und integrierter Garage. Riesige Fenster. Hellgelbe Sandsteinklinker in der Mitte der Fassade in derselben Farbe wie die Pflastersteine der breiten Einfahrt. Klarheit und dezente Eleganz, extrem geschmackvoll.

Clara nimmt ihr Handy aus der Tasche. Nach fünfzehn Uhr ist es bereits. Wo bleibt Frau Kühn denn nur? Ihr Fahrer wirkt auch schon unruhig. In knapp drei Stunden beginnt die Veranstaltung und bis Schwerin ist es ja nun nicht gerade ein Katzensprung. Na, sie kommt sicher gleich. Dann könnten sie auf der Fahrt alles in Ruhe vorbesprechen, sich ein bisschen locker unterhalten, dann ist die Veranstaltung und danach ... Da ist sie ja.

Die Autotür wird aufgerissen. Frau Kühn plumpst neben sie auf den Rücksitz, mit noch feuchten Haaren, Blazer überm Arm, einem Laptop in der Hand und angenehmem Mandelduft. »Hallo. Sorry, wegen der Verspätung.«

»Kein Problem, schön, dass Sie da sind. Sie haben ja ein tolles Haus!«

Frau Kühn nickt. »Danke.« Sie schiebt ihre Tasche zwischen die Füße, klappt den Laptop auf und tippt.

»Äh, Frau Kühn, wollen wir nicht erst einmal ...«

»Was denn?«

»Ach nichts.« Clara zuckt mit den Achseln und schaut auf ihr Handy. Frau Kühn ist aber angespannt. Hatte wohl Zeitdruck? Na ja, sicher wird sie gleich zur Ruhe kommen und dann könnten sie auch miteinander reden.

Clara tippt, liest ihre Textnachrichten und schreibt ein paar Antworten, dann nimmt sie ihr iPad und scrollt durch die E-Mails. Ab und zu liest sie, antwortet, verschiebt oder löscht. Immer wieder schielt sie neben sich. Frau Kühn hat den Laptop auf dem Schoß und klickt durch irgendwelche Folien. Seit mindestens einer halben Stunde tut sie das. Jetzt könnte sie aber langsam einmal irgendetwas sagen. Stattdessen holt sie immer nur geräuschvoll Luft und schüttelt mit dem Kopf. Sie wird sich doch hoffentlich vernünftig vorbereitet haben?

Endlich. Frau Kühn legt ihren Laptop neben sich auf den Ledersitz.

»Und? Alles in Ordnung mit Ihrem Vortrag?«

»Nein.«

»Nein? Was meinen Sie damit?«

Frau Kühn zuckt mit den Achseln. »Weiß nicht. Mal sehen.«

Clara macht große Augen. *Weiß nicht, mal sehen*? Na das ist ja jetzt ... Sie dreht den Kopf zum Fenster. Auf einer Wiese stehen schwarze Rinder. Jedes grast für sich alleine. Lässt Frau Kühn sie etwa hängen? Sie dreht sich wieder zu ihr. »Wie stellen Sie sich denn das dann gleich vor?«

»Ich mach das schon irgendwie.« Frau Kühn rutscht auf der Sitzfläche nach vorn, lehnt den Kopf zurück und schließt die Augen.

Clara schaut auf ihren Körper, der sich bei jeder Atmung hebt und wieder senkt. Die will doch jetzt nicht etwa schlafen? Clara wird heiß. Es war ... ein Fehler! Wie konnte sie nur ernsthaft glauben, dass eine Bauunternehmerin mal eben einen sinnvollen Vortrag vor einer Menschenmenge hält? Frau Kühn kann im Matsch waten, Streifenfundamente gießen und vielleicht auch einen Bagger fahren, aber Vorträge halten, das kann sie offenbar nicht. Wieder schaut sie aus dem Fenster. Wald. Nichts als Wald. Und zwischen den Bäumen wuchern dürre Sträucher.

Clara beißt sich auf die Unterlippe. Nein, die Blamage tut sie sich nicht an. Dann macht sie's eben selbst. So schwer kanns doch nicht sein.

»Darf ich mal?« Clara holt sich den Laptop auf den Schoß. Sie klickt und überfliegt die ersten Folien. Die sind doch ganz ansprechend aufbereitet. Hübsche bunte Häuschen. Zahlen und Diagramme. ... *Tragwerksplanung? Plastizitätsvermögen? Elastizitätstheorie? ... EU-Normen?* »Oh!«

»Frau Habermanns, jetzt lassen Sie, ich hab doch gesagt, ich mach das schon«, kommt es von rechts.

Clara schaut zur Seite. Frau Kühn hat wohl den Ernst der Lage nicht erkannt! Wenn sie mit einer solchen Einstellung gleich dort ankommt, nicht auszudenken. »Nein, Frau Kühn, ich werde besser meinen eigenen Vortrag etwas ausdehnen. Das ist kein Problem.«

»Wie bitte?« Frau Kühn setzt sich auf, kneift die Augen zusammen und schaut ihr direkt ins Gesicht. »Wegen Ihnen habe ich extra eine Bauabnahme abgesagt, zwei potentielle Neukunden vertröstet und nichts zum Mittag gegessen. Jetzt will ich diesen Vortrag auch halten!«

Clara schluckt. Ihr wird schlecht.

***

Clara steht auf der Bühne im Veranstaltungssaal des Schweriner Schlosses und blickt auf etwa hundert Köpfe. Ihr ist noch immer übel, doch nicht wegen ihres Vortrags. Öffentlich zu sprechen, ist kein Thema. Egal wann und wo, sie steht ja immer vorn, oder oben oder in der Mitte, hält Reden, gibt Statements ab und muss ständig und zu jedem, wirklich jedem Thema eine Meinung haben. Ob sie nun bejubelt oder beschimpft wird, die Zuhörer unterhält oder langweilt, sie hat sich immer im Griff. Aber heute, heute ist das völlig anders. Was hat sie nur geritten, als sie Frau Kühn gebeten hat, sie zu begleiten? Oh, könnte es doch Frau Stoldenberg sein, die dort unten, am äußeren Platz der dritten Zuhörerreihe sitzt. Dann würde der Abend wenigstens nicht im Desaster enden.

Clara holt tief Luft und begrüßt die Teilnehmenden. Das Lächeln klappt. »... zu Zeiten knapper Kassen hat sich die Stadt Potsdam dennoch für ein solch ausgefallenes Projekt entschieden ... einen Kontrapunkt zur bestehenden Architektur der Stadt setzen ... Aufgeschlossenheit gegenüber moderner Baukunst ...« Fertig.

Es kommt Applaus. Nicht übermäßig, aber das ist ja klar, die Leute sitzen schließlich seit fast zwei Stunden still auf ihren Plätzen und sind sicher schon am Aufmerksamkeitslimit. Womöglich bekommen sie ja gar nicht mit, wenn Frau Kühn gleich scheitern wird? Hoffentlich.

Clara geht zurück zu ihrem Platz. Der Moderator kündigt Frau Kühn an. Die steht auf und geht nach vorn. Auf der Leinwand erscheint die erste ihrer Folien, ein riesiges Bild der geplanten Potsdamer Kita. Clara senkt den Kopf und schaut auf die verschränkten Finger.

»Schauen Sie, meine Damen und Herren, was Sie hier sehen, ist optisch ein Blickfang und an Praktikabilität kaum zu überbieten. Aber nüchtern betrachtet, handelt es sich um eine Häufung schräger Wände, jede Menge Glas und eine windschiefe Dachkonstruktion. Glauben Sie mir, als Bauunternehmerin träume ich nachts von anderen Dingen.«

Ein Lachen geht durch den Saal.

»Ausgelebte Kreativität von Architektinnen und Architekten sind wahre Herausforderungen für ein Bauunternehmen. Es ist nämlich nicht einfach, ein solches Bauwerk für die Ewigkeit umzusetzen und es dabei so aussehen zu lassen, als würde es jeden Moment einstürzen.«

Clara blickt sich um. Die Leute recken die Köpfe, schauen wie gebannt nach vorn und lächeln erwartungsvoll. Das ist nicht die Helena Kühn von vorhin im Auto! Diese hier spricht! Klare, deutliche Worte und zusammenhängende Sätze. Mehr noch, sie schüttelt alles aus dem Ärmel. Die Besonderheiten des Projektes, Anekdoten ihres Bauunternehmerinnendaseins, lobt sogar die Architektin. Die Leute sind ja völlig aus dem Häuschen. Frau Kühn ist der Star des Abends und hat sie die ganze Zeit auf den Arm genommen!

Der Moderator übernimmt wieder. *Wunderbar, Frau Kühn. Toll, Frau Kühn.* Der ist ja hin und weg von ihr. Der soll mal bloß nicht übertreiben.

»Meine Damen und Herren, Sie sind sicher meiner Meinung: Hier handelt es sich um ein herausragendes Beispiel vorbildlicher Zusammenarbeit von Kommune und Mittelstand. Frau Habermanns, möchten Sie denn nicht noch einmal zu uns auf die Bühne kommen?«

Applaus.

Clara erhebt sich und geht nach vorn. Sie stellt sich neben Frau Kühn und blickt in die Reihen. Die Gesichter wirken viel munterer als vorhin. Frau Kühns Vortrag war also besser als ihr eigener! Der Moderator sagt irgendwas. Sie hört nicht zu. Und das Lächeln fällt nun auch verdammt schwer.

Endlich dürfen sie zurück auf ihre Plätze. Als sie wieder sitzen, öffnet Clara den dritten Knopf ihrer Bluse, greift sich mit beiden Händen an den Kragen und zieht ihn auseinander.

»Frau Habermanns? Alles in Ordnung?«

»An Ihre Art Scherze muss ich mich erst noch gewöhnen.«

»Wie meinen Sie das?«

»Warten Sie ab, bis wir unter uns sind, Frau Kühn.«

***

Helena schlendert am Buffet entlang. Fleisch, Fisch, buntes Gemüse, das sieht alles richtig lecker aus, aber in diesem piekfeinen Ambiente ist das irgendwie zu kompliziert zu essen. Praktischer ist Fingerfood. Aufgespießte Häppchen. Damit kann wenigstens nichts schiefgehen. Sie nimmt sich einen Teller vom Stapel und wählt dann eine Birnenhälfte mit Käse, ein Melonenschiffchen mit Serranoschinken und eine Gurkenscheibe mit Räucherlachs auf Meerrettichdip. Es sieht klasse aus, nur leider ist das nichts zum Sattwerden, zumal ja auch das Mittagessen ausgefallen war.

Sie schlängelt sich durch die Leute, zurück an den Stehtisch. Frau Habermanns ist immer noch im Gespräch mit diesen beiden Herren. Kommunalpolitiker beim Fachsimpeln.

Helena stellt sich an die gegenüberliegende Tischseite und nimmt erst einmal einen Schluck aus ihrem Sektglas. Dann schiebt sie sich die Lachs-Gurkenscheibe in den Mund. Sehr lecker. Wirklich sehr lecker. Und auch sonst macht das hier alles richtig was her. Die luftige Orangerie mit Fenstern bis zum Boden und großblättrigen Grünpflanzen, die Stehtische mit reinweißen Hussen und Blümchen-Bouquets und das Streichquartett dort hinten in der Ecke. Vier Männer, keine Frau. Aber die Musik ist schön. Locker und leicht. Mozart? Bei *Streichquartett* kommt ihr nur Mozart in den Sinn.

Der Teller ist schon leer. Helena nimmt das Sektglas in die Hand, damit sie nicht ganz so einen unbeteiligten Eindruck macht. Frau Habermanns ist immer noch in Aktion, sie präsentiert sich als Königin des Small-Talks. Beeindruckend. Sie selbst ist froh, wenn sie nichts sagen muss. Zwanghafte Kommunikation mit fremden Menschen ohne notwendigen Informationsaustausch ergibt für sie irgendwie keinen Sinn.

Helena nippt am Sekt. Wie perfekt Frau Habermanns heute wieder aussieht: knitterfreier dunkelblauer Hosenanzug, weiße Seidenbluse, eine dünne Silberkette ohne Anhänger, kleine runde Ohrstecker, die Uhr zu all dem passend. Frau Habermanns. Immer makellos, schnörkellos und geradlinig. Nichts scheint sie dem Zufall zu überlassen.

Die Herren verabschieden sich und gehen weiter. Frau Habermanns greift nach ihrem Sektglas. Ihr freundliches Small-Talk-Lächeln ist plötzlich verschwunden. Mit zusammengepressten Lippen blickt sie starr an Helena vorbei. Was hat sie denn nur? Seit Ende des offiziellen Teils ist sie so eigenartig. Und dann diese Drohung. *Warten Sie ab, bis wir unter uns sind.*

»Was genau hat Ihnen denn an meinem Vortrag eigentlich nicht gefallen, Frau Habermanns?«

»Ihr Vortrag war in Ordnung.«

»Und warum haben Sie dann gesagt, Sie würden meine Scherze nicht mögen?«

»Sie hatten einen perfekten Vortrag vorbereitet und mir im Auto die ganze Zeit was vorgespielt. Diesen Scherz meinte ich.« Frau Habermanns schüttelt den Kopf und zieht die Mundwinkel zur Seite.

»Was?«

»Was! Ich hatte Schweißausbrüche, weil ich befürchtet habe, Sie stehen auf der Bühne und bekommen kein vernünftiges Wort heraus. Dabei ziehen Sie das perfekte Entertainment ab. Das hat Ihnen Spaß gemacht, oder?«

»Wie bitte? Was ich vorgetragen habe, war spontan überlegt.«

»Woll'n Sie mich auf den Arm nehmen?«

»Ich nehm Sie nicht auf den Arm. Was auf meinen Folien stand, war viel zu theoretisch und nicht zu gebrauchen. Das ist mir aber erst vorhin im Auto klargeworden. Als Sie neben mir saßen.«

»Als ich …«

»Die ganze Fahrt lang habe ich mir den Kopf darüber zerbrochen, wie ich es besser machen könnte.«

»Das glaub ich Ihnen nicht.«

»Doch, können Sie, Frau Habermanns! Mir bereitet nämlich niemand so eine glattgebügelte Politikerinnenrede vor. Ich muss selber denken!«

Zwei Frauen drehen sich um und machen große Augen.

»Nicht so laut! Vor allem, nicht hier drin!« Frau Habermanns stellt ihr Glas auf den Tisch, dreht sich um und läuft los.

Helena folgt ihr aus dem Gebäude in den Schlosshof. Sie fühlt sich völlig ungerecht behandelt. Sie hat nächtelang nicht schlafen können, weil sie es hasst, vor Menschen zu reden, so etwas deshalb möglichst vermeidet und eigentlich auch überhaupt nicht kann. Und nun ist ihr trotzdem ein so guter Vortrag gelungen, aber diese Habermanns macht einen auf bissige Oberbürgermeisterin.

Helena folgt ihr mit zwei Metern Abstand einen der Wege des Schlossparks entlang. Langsam kommt sie sich echt bescheuert vor, hier so hinter dieser Frau herzulaufen, die überhaupt kein Wort mehr sagt und grundlos sauer auf sie ist. Ja gut, das mit der glattgebügelten Politikerinnenrede war vielleicht ein wenig unangebracht. Aber das ist ihr halt so rausgerutscht.

»Frau Habermanns?«

Jetzt bleibt sie wenigstens mal stehen, dreht sich um, aber sagt noch immer nichts. Schaut sie nur an.

»Erst ihr überfallartiger Anruf, dann die Hektik, weil ich meine Termine umorganisieren musste und als Krönung auch noch diese Rede. Sie haben mir ganz schön was zugemutet.«

»Warum haben Sie dann nicht abgelehnt?«

»Wegen Ihnen. Das konnte ich doch nicht machen. War ja wichtig. Für die Stadt, meine ich.«

Frau Habermanns nickt. »Machen Sie das immer so?«

»Was denn?«

»Wenn's problematisch wird, nichts reden und dann alleine und spontan entscheiden?«

Was für eine Frage. Mit wem bitte soll sie denn all die Dinge besprechen, mit denen sie sich täglich so rumschlagen muss? Mit ihrer Katze vielleicht? »Ja, das mach ich immer so.«

»Frau Kühn, die Angelegenheit betraf uns beide!«

Helena nickt. Jetzt versteht sie erst, wo das Problem liegt. Frau Habermanns war in Panik geraten, nur weil sie selbst in Panik war und nichts gesagt hat. Dabei wollte sie doch nur souverän wirken und keine Schwäche zeigen.

»Tut mir leid, Frau Habermanns.« Helena stutzt. War das etwa eine Entschuldigung? Seit wann macht sie denn so was? Das muss an der milden Abendluft liegen, an der untergehenden Sonne und den beiden Gläsern Sekt. Da überkommt einen gleich so eine rührselige Stimmung.

»Schon gut, Frau Kühn, ich hab wohl einfach ein wenig überreagiert.« Frau Habermanns lächelt. Endlich ein Lächeln, das ehrlich wirkt. Wie gut ihr das steht.

Plötzlich scheint alles ganz friedlich. Sie stehen auf einer Brücke an der Südseite der Schlossinsel. Vor ihnen liegt der See. Helena schaut abwechselnd auf das Wasser und in Frau Habermanns' schönes Gesicht. Das ist nicht mehr die Oberbürgermeisterin. Vor ihr steht eine ganz normale Frau. Nein. Nicht normal. Irgendwie besonders. Außergewöhnlich. Wieder blickt Helena auf den See. Sie will nicht zurück in den Trubel.

Sie zeigt auf die bunten Lichterketten am anderen Ufer. »Schauen Sie mal, die kleinen Restaurants da drüben. Von dort aus hat man bestimmt einen tollen Blick auf das Schloss.«

Frau Habermanns blickt hinter sich und nickt.

»Was halten Sie davon, wenn wir da mal rübergehen?«

»Oh, nein Frau Kühn, mein Fahrer wartet doch auf uns.«

»Das scheint nicht weit zu sein.«

»Ist das etwa wieder eine Ihrer spontanen Ideen?«

»Ja. Aber ich denke diese hier, die könnte Ihnen vielleicht gefallen.«

Frau Habermanns dreht sich um, legt beide Hände auf das Brückengeländer und schaut rüber zu den bunten Lichtern. Sie strahlen ins Halbdunkel des lauwarmen Abends.

»Na meinetwegen, aber nur kurz.«

»Und Ihr Fahrer?«

»Die Hälfte seines Dienstes verbringt er sowieso damit, irgendwo auf mich zu warten.«

Helena macht in Gedanken einen Freudensprung und setzt sich in Bewegung. Jetzt ist sie diejenige, die vorangeht.

Sie laufen über die Brücke und nicht mal zehn Minuten später stehen sie auf der Gartenterrasse eines kleinen Lokals, direkt am See. Ein Tisch ist noch frei. Sie setzen sich auf weiche Kissen, lauschen dem gedämpften Geplauder der übrigen Gäste und schauen sich um. Der Blick ist fantastisch. Da steht das Schloss auf seiner Insel, mit hell erleuchteten Fenstern, dahinter glüht der Himmel orange-rot und all das spiegelt sich im Wasser. Wie ein Gemälde mit dick aufgetragenen, satten Ölfarben.

Helena ist wie gebannt. »Das ist ja fast so romantisch wie letztens auf der Baustelle.«

Frau Habermanns schmunzelt und greift nach der Getränkekarte. »Mögen Sie Rosé?«

»Ja, klar. Aber ich lade sie ein, hab da wohl was gutzumachen«.

Frau Habermanns legt die Karte weg. »Jetzt wird's gleich unromantisch.«

»Wieso?«

»Weil das nicht geht. Überlegen Sie mal, Sie laden die Bürgermeisterin ein und bekommen dann den Auftrag für den Kita-Bau.«

Helena lacht auf. »Sie lassen sich also durch ein Glas Wein bestechen? Das ist ja einfach. Keine nervige Angebotsabgabe ...«

»Ich lasse mich durch überhaupt nichts bestechen, es geht ums Prinzip.« Jetzt hat sie wieder diese aalglatte Bürgermeisterinnen-Mine.

»Frau Habermanns, wir trinken doch nur ein Glas Wein zusammen.«

»Es geht nicht darum, *was* wir miteinander tun. Gefährlich ist, was andere daraus machen.«

»Übertreiben Sie da nicht ein bisschen?« Was soll denn das jetzt? Frau Habermanns verdirbt die ganze Stimmung.

»Nicht umdrehen, Frau Kühn.«

»Wie?«

»Schräg hinter Ihnen sitzt einer von der Potsdamer Lokalpresse.«

»Ach Quatsch.«

»Doch, doch.«

Helena erstarrt. Scheiße. Wenn der sie beide sitzen sieht, macht er vielleicht eine Story draus und dann bekommt sie den Auftrag erst recht nicht, weil das ja dann Bestechung gewesen wäre und ...

Frau Habermanns lächelt. Grübchen tauchen auf. Schalk in den Augen?

»Nein! Sie haben mich veräppelt. Da ist gar keiner von der Presse.«

»Natürlich nicht. Aber Sie verstehen jetzt sicher, was ich meine?«

Die Bedienung kommt an den Tisch.

»Was denken Sie, Frau Kühn, schaffen wir eine ganze Flasche?«

»Ach klar.«

Frau Habermanns bestellt eine Flasche Rosé-Wein. Kurz darauf werden zwei Gläser auf den Tisch gestellt und vollgeschenkt.

»Na dann, Prost.«

»Auf Ihr Wohl, Frau Kühn.«

Der Wein schmeckt richtig gut. Auf dem Tisch flimmert eine kleine Laterne und von irgendwoher kommt leise Musik herübergeweht. Frau Habermanns schaut auf den See. Ihre Fingerspitzen gleiten am Stiel des Glases auf und ab, die andere Hand liegt locker auf dem Tisch. Sie hat große Hände. Lange schmale Finger. Kurze Fingernägel. Rund gefeilt. Kein Nagelhäutchen, keine Unebenheit. Wunderschöne Hände. »Wasser beruhigt«, sagt sie jetzt schon zum zweiten Mal und schaut immer noch auf den See.

Wasser beruhigt? Woran denkt sie denn bloß? »In Potsdam haben wir doch auch genügend Wasser. Und an den Ufern gibt es tolle Grundstücke mit prächtigen Häusern.«

»Ich weiß, Frau Kühn, aber die sieht man leider nur von der Seeseite.«

»Hat man als Potsdamer Oberbürgermeisterin denn kein eigenes Dienstboot?«

Jetzt schmunzelt sie wieder und nickt. »Na, das wär ja mal was. Möchten Sie noch Wein?«

»Klar.«

Frau Habermanns schenkt nach.

Der Alkohol kommt direkt in den Beinen an. Logisch, so ganz ohne Essen. Frau Habermanns' Wangen bekommen aber auch langsam Farbe. Süß sieht das aus.

»Sie haben mich heute wirklich überrascht, Frau Kühn.«

»Womit?«

»Mit Ihrer charmanten Rede.«

»Soso, Sie fanden meine Rede also *charmant*? Dieses Wort aus dem Mund einer Politikerin.«

Frau Habermanns stützt die Ellenbogen auf und legt den Kopf in beide Hände. »Sie scheinen etwas gegen Politikerinnen zu haben. Dabei sind wir ganz normale Menschen.«

»Weiß nicht, auf mich wirken Politiker unnahbar. Und dann immer diese überkorrekten, gestelzten Formulierungen.«

»Das ist Selbstschutz, Frau Kühn. Anders funktioniert der Job nicht.«

Helena nippt am Rosé. In Frau Habermanns stecken tatsächlich zwei Persönlichkeiten. Die einer unsympathischen Politikerin und die einer ... einer verdammt interessanten Frau. »Bei mir, Frau Habermanns, brauchen Sie weder Fassade noch Selbstschutz.«

Frau Habermanns‘ Mundwinkel zucken. Sie öffnet die Lippen.

»Noch mal Wein, die Damen?« Die Bedienung steht am Tisch.

»Äh.« Tatsächlich. Die Flasche ist leer. Das ging jetzt aber schnell. Nur, an einem solch lauen Frühsommerabend könnte man eigentlich noch ein Schlückchen nehmen. Aber noch eine ganze Flasche?

»Zögern bedeutet immer *ja*«, erklärt die Bedienung.

Frau Habermanns nickt. »Wir müssen ja nicht alles austrinken.« Sie bestellt die zweite Flasche Wein.

Kurz darauf sind die Gläser wieder voll. Sie schenken sich ein, prosten sich zu, trinken, plaudern und die Zeit vergeht. Irgendwann sind es dann auf einmal viel weniger Gäste auf der Terrasse. Helena schaut sich um. Mehrere Tische sind leer. Wie spät mag es sein? Besser sie schaut nicht nach. Das hier ist gerade so angenehm und darf noch nicht zu Ende gehen. Sie trinkt noch einen Schluck, ohne den Blick von Frau Habermanns abzuwenden. In ihren dunkelblauen Augen spiegelt sich das Licht der Tischlaterne. Sie ist wirklich ... Da könnte man glatt ... Schade eigentlich, dass eine prominente Politikerin absolut nicht in Frage kommt. Außerdem, sie hat ja Josie.

Frau Habermanns bleibt stumm. Auch sie scheint völlig in Gedanken zu sein. Aber das Schweigen ist angenehm. Es fühlt sich an wie eine sanfte Unterhaltung.

Plötzlich blickt sie auf. Abrupt, als wäre sie gerade weggenickt und wieder wach geworden. Sie schaut auf ihre Armbanduhr, greift nach ihrer Tasche, kramt hektisch darin rum und holt ihr Handy raus. »Es ist halb zwölf, Frau Kühn! Und mein Fahrer hat mehrfach versucht, mich zu erreichen.« Sie tippt eine Nachricht. »Vor zwei sind wir nicht in Potsdam. Man vermisst Sie doch sicher schon zu Hause.«

»Ja. Die Mausi.«

»Wer?«

»Meine Katze.«

»Mausi ist doch kein Name für eine Katze.«

»Ach, ich glaub, die findet das in Ordnung. Und auf Sie, Frau Habermanns? Wartet auf Sie denn auch eine Katze?«

Stille.

Frau Habermanns greift nach der Flasche und verteilt den Rest auf beide Gläser. »Auf mich, Frau Kühn, wartet noch nicht einmal eine Katze.«

Jetzt sieht sie traurig aus. Sie hält den Kopf gesenkt und starrt auf ihre Finger, mit denen sie an der Serviette spielt. Am liebsten würde Helena jetzt die Hand darauflegen und vorsichtig streicheln. Oder gleich die ganze Frau in den Arm nehmen und festhalten. Aber das geht nicht. Natürlich nicht. Man kann doch nicht einfach die Bürgermeisterin anfassen.

Frau Habermanns kippt sich den Rest vom Wein hinter, dann stemmt sie die Hände auf die Tischkante und drückt sich hoch. »Ich geh noch mal schnell wohin.«

Helena schaut ihr hinterher. Frau Habermanns hat arge Probleme, die Spur zu halten. »Ich zahl inzwischen mal!«

Die Bedienung kommt und legt ihr eine Rechnung hin.

Helena holt ihr Geld aus der Tasche. Die Scheine lassen sich irgendwie schwer auseinanderhalten. Außerdem verschwimmen die Zahlen auf dem Beleg. Und sie gibt gerade viel zu viel Trinkgeld, aber was solls.

Frau Habermanns kommt zurück. Helena steht auf, und sie verlassen das Lokal.

»Geben Sie mir mal die Rechnung, damit ich Ihnen die Hälfte wiedergeben kann.«

»Machen wir später.« Helena versucht, sich zu erinnern. Wo hat sie denn den Zettel hingesteckt? Hat sie ihn überhaupt mitgenommen? Und wie viel hat sie letztendlich bezahlt? Dunkel ist das auf einmal. Und die Beine wollen auch nicht, wie sie sollen. »Aus welcher Richtung sind wir eigentlich gekommen?«

Frau Habermanns wedelt mit dem Arm. »Von dort. Glaub ich.«

Sie laufen los. Unter den Sohlen knirscht der Kies. Da weiß man wenigstens, dass man noch auf dem Weg ist, bei der Finsternis. »Und wo lang jetzt?«

»Na, rechts. Ist doch kinderleicht!« Frau Habermanns macht einen Schlenker.

Aha. Kinderleicht. Na immerhin stehen endlich wieder Laternen am Wegesrand.

»Wir müssen jetzt gleich aber unbedingt ganz normal wirken, Frau Kühn, hören Sie?«

»Geht klar, Frau Oberbürgermeisterin!«

Frau Habermanns lacht auf. Helena stimmt ein. Na, das wird sicher schwierig mit dem *Normalwirken*.

Sie gehen weiter. Das Schloss taucht endlich wieder auf. Und dann der Parkplatz. Und auch die schwarze Limousine.

Sie stoppen. »Sind Sie bereit, Frau Kühn?«

»Jo.«

Helena blickt starr geradeaus. Tief Luft holen. Loslaufen. Gerade halten. Immer einen Schritt vor den anderen. Der Fahrer steigt aus dem Auto und öffnet beide Hintertüren. »Bitteschön.«

»Danke Herr Jost. Ist unerwartet etwas später geworden.«

Helena spannt die Bauchmuskeln an und dreht sich weg. Das ist so komisch, wie Frau Habermanns versucht, die Contenance zu wahren. Dabei sieht doch wohl ein Blinder, dass sie einen sitzen hat.

Von beiden Seiten steigen sie ins Auto und treffen sich auf dem Rücksitz. Ihr Fahrer schließt die Türen, Frau Habermanns schwankt sachte hin und her. Helena presst die Lippen aufeinander und schaut schnell zum Fenster. Wann hatte sie das letzte Mal nur so viel Spaß?

Sie fahren los und Helena streckt sich ein wenig aus. Langsam wird sie ruhiger, der Drang zu lachen lässt nach, und die Bauchmuskeln entspannen sich. Dafür schaukelt es im Auto. Es fühlt sich an, wie in einem Pferdekarussell, immer rauf und runter und dazu auch noch im Kreis. Fehlt nur noch das Gedudel eines Leierkastens. Helena schließt die Augen. Die Arme und die Beine werden schwer. Es ist angenehm, so hier zu sitzen. Neben ihr. Neben Frau Habermanns. Clara Habermanns. Clara.

Jetzt würde sie gern näher rücken. Sich an sie lehnen, den Kopf an ihre Schulter legen, herausfinden, wonach sie riecht, wie weich ihre Haut ist, wie sie sich anfühlt ...

Helena öffnet die Augen einen schmalen Spalt. Clara sitzt leicht schräg, ihr zugewandt und schaut sie an. Sie schaut sie wirklich an. Das ist so ... nur nicht einschlafen ... nur nicht ein...

8.

Das Erste, woran sich Helena wieder erinnern kann, ist, dass sie die Haustür hinter sich geschlossen hat, ins Schlafzimmer gewankt und aufs Bett gefallen ist. Halb drei Uhr morgens. Doch an Schlafen war nicht mehr zu denken. Sie war hellwach, das Herz jagte und ihr wurde plötzlich heiß und übel. Was dann kam, war die Hölle.

»Ich mach dir gleich mal eine große Kanne Kaffee.«

Helena hebt den Kopf. Das Büro bewegt sich. »Ja, bitte, Christiane. Und gleich noch eine zweite Kanne. Mit Kamillentee.«

Ob sie den heutigen Tag überhaupt schafft? Sie hätte liegen bleiben sollen, als dieser dusselige Wecker klingelte. Aber als Firmenchefin kann man sich nun mal nicht hängen lassen. ... Wie ihr Badezimmer aussieht. Stunden hat sie dort verbracht. Auf den harten Fliesen. Kniend. Vor der Toilette.

Helena hängt am Schreibtisch, den Kopf auf die Hände gestützt, die Augen geschlossen. Ihr Körper fühlt sich an, als wäre er von ihrem eigenen Geländewagen überrollt worden.

Zwei Flaschen Wein. Jede eine ganze Flasche. Vorher zwei Gläser Sekt und alles faktisch auf nüchternen Magen.

Christiane stellt die beiden Kannen auf den Besprechungstisch und je eine Tasse mit Kaffee und Kamillentee vor ihr auf den Schreibtisch. »Soll ich dir was zu essen besorgen?«

Sofort kommt brutaler Brechreiz. Helena schüttelt den Kopf. In kleinen Schlucken schlürft sie abwechselnd Kamillentee und Kaffee. Sie nimmt die dritte Kopfschmerztablette, aber die wird wohl sicher auch wieder nicht helfen. Doch das Allerschlimmste ist, dass sie nicht mehr weiß, wie sie und Frau Habermanns gestern verblieben sind. Wann sie sich wieder treffen. Ob überhaupt? Bestimmt. Nach diesem wunderschönen Abend. Warum ist sie nur im Auto eingeschlafen! Frau Habermanns. Clara. Ihr geht es sicherlich genauso schlecht wie ihr. Mal sehen, wann sie sich meldet.

***

Clara schafft es halbwegs pünktlich ins Rathaus. Den Tag wird sie irgendwie überstehen, schließlich ist sie lange Abende gewöhnt und Alkohol verträgt sie auch ganz gut.

Zügiger als gewöhnlich geht sie durchs Vorzimmer, schließt die Tür hinter sich und setzt sich an den Schreibtisch. Ein wenig flau im Magen ist ihr schon, aber das geht sicher gleich vorbei. Nur die schlaflose Nacht, das Wechselspiel aus komaartigem Wegnicken und kreisenden Gedanken, die wird ihr heute sicher zum Problem.

Sie schließt für einen Moment die Augen. Was um alles in der Welt ist ihr da gestern in Schwerin passiert? An einem offiziellen Abend, bei einem offiziellen Anlass, einer offiziellen Unterhaltung? Betrunken hat sie sich. Bedenkenlos und unkontrolliert. Sie hat rumgealbert und sentimentale Dinge von sich gegeben. Aber vor allem ... Sie hat sich einladen lassen! Von der Bewerberin für einen kommunalen Bauauftrag!

Clara fährt sich durch die Haare. Wie konnte sie sich nur so gehenlassen? Nie zuvor, in ihrer gesamten bisherigen Amtszeit, ist sie derart verantwortungslos gewesen.

Stocksteif sitzt sie da und starrt auf ihre Zeitung. Sie hat noch nicht geblättert, nichts gelesen. Sie legt den Kopf in die Hände. Gestern Abend ist sie eindeutig über eine Grenze getreten, hat das dunkelrote Leuchten ihrer Linien ignoriert. Das könnte ihr das Genick brechen.

Frau Kühn kann alles gegen sie verwenden. Vielleicht hat sie es sogar darauf angelegt? Hat sie aus der Reserve gelockt, um sie später damit zu erpressen? Die ganze Fahrt über hat sie kein Wort mehr gesprochen. Nur geschlafen. Oder so getan, keine Ahnung. Und als der Wagen hielt, ist sie einfach ausgestiegen. Grußlos. Sie ist zu ihrem Haus gegangen, ohne sich umzuschauen, und darin verschwunden. Dabei war vorher alles doch so schön.

Claras Augen fallen wieder zu. Da ist der gelbe Mond über dem See, das Orange der kleinen Laterne auf dem Tisch und das Braun dieser Augen in die sie immer wieder geblickt hat. Etwas reißt ihr durch den Körper. Derselbe Schmerz wie gestern Abend im Auto, als sie ihr beim Schlafen zugesehen hat. Als ihr klar wurde, dass sie viel zu weit gegangen ist.

Sie holt tief Luft. Warum nur? Warum Frau Kühn? Warum musste sie ihr nur im letzten Herbst auf jener Veranstaltung der Industrie- und Handelskammer ins Blickfeld rücken? Eine solche Art Frau, die ihren klitzekleinen wunden Punkt trifft und in ihr etwas auslöst, das mit gesundem Menschenverstand nicht nachvollziehbar ist? Mit ihren schulterlangen, vollen Haaren, ihrer aufrechten Körperhaltung und ihrer ausladenden Gestik stach sie ihr damals förmlich ins Auge. Frau Kühn stand an einem Tisch ganz hinten in der Ecke des Veranstaltungsraumes, trug Jeans, Turnschuhe und einen schwarzen Blazer. Beim Reden gestikulierte sie mit beiden Armen und schien dabei die gesamte Männerrunde vollkommen im Griff zu haben. Wer war diese Frau? Sie wollte sie unbedingt kennenlernen, blickte immer wieder in ihre Richtung und überlegte krampfhaft, wie sie sich ihr nähern könnte. Doch plötzlich war sie verschwunden. Einfach gegangen. Ab dem Moment war die Männerecke dunkel und der weitere Abend sinnlos.

Clara fährt sich durch die Haare. Vernünftig wäre gewesen, die Sache einfach zu vergessen. Aber nein, sie hat Erkundigungen eingeholt, um wen es sich handelt, ihr Bild im Internet betrachtet, und das wieder und wieder, wohl wissend, wie gefährlich das werden könnte. Mit der letzten Frau, bei der sie so unvernünftig war, hatte sie fast zwei Jahre ein heimliches Verhältnis und dadurch beinahe ihre politische Karriere verpfuscht.

Clara legt die Hände an die Wangen. Es wäre nichts passiert, hätte Frau Kühn nicht Ende Februar plötzlich in ihrem Büro gestanden. Wütend, nass und so verlockend. Seit jenem Abend macht sie einen Fehler nach dem anderen, nur um Frau Kühn näherzukommen. Aber die Krönung war der gestrige Abend. Ihr entfährt ein lauter Seufzer. Wieder ist da dieser Schmerz.

Sie setzt sich aufrecht hin und schlägt die Zeitung auf. Vielleicht ist sie ja noch mal mit einem blauen Auge davongekommen, und alles wird, wie es mal war. Dafür aber, darf sie sich keine Sentimentalitäten mehr erlauben. Ab jetzt wird sie Stärke zeigen. Außerdem, diese Frau Kühn, die sich nie vernünftig benehmen kann, andauernd unangenehm auffällt und sie nun auch noch zu einem solch unkontrollierten Verhalten angestiftet hat, passt sowieso nicht zu ihr.

***

Helena stöhnt innerlich. Was denn nun noch! Da war sie gestern mal einen Nachmittag nicht erreichbar und schon brach hier das Chaos aus. Falsche Materiallieferungen, Beschwerden über Baulärm, ein Anruf von der Bank. Und jetzt steht Christiane schon wieder vor ihrem Schreibtisch und will etwas von ihr. Helena richtet sich auf und zieht Luft in die Nase. Diese Übelkeit. Gleich kommt ihr die Kaffee-Kamillentee-Mischung wieder hoch.

»Tut mir leid, Helena, da kam ein Anruf vom Steuerbüro. Die brauchen die Daten für die Lohnabrechnung.«

»Mache ich Montag.«

»Montag ist schon Juni.«

»Mist. Dann schick du denen die Stundenzettel rüber. Schöne Grüße, sonst ist alles wie immer.«

Christianes Gesicht zeigt eine Mischung aus Mitleid und Genervtsein, aber wenigstens geht sie endlich.

Helena sackt erneut in sich zusammen. Mal ganz abgesehen davon, dass ihr kotzübel ist, hat sie heute überhaupt gar keinen Nerv für all das hier. Ihre Gedanken kreisen ganz woanders. Sie hofft so sehr, dass sich Frau

Habermanns bei ihr meldet. Helena schaut auf ihr Handy. Nichts. Leider. Wenn sie wenigstens eine klitzekleine Nachricht schicken würde. ... Süß sah sie aus. Dieser Blick, und immer hielt sie den Kopf leicht schräg, wenn sie die Haarsträhne hinters Ohr geschoben hat. Andauernd hat sie das gemacht, vor allem in den langen Momenten fortwährenden Schweigens, als sie einander nur angesehen haben.

Das Telefon klingelt.

Helena schreckt hoch. »Christiane. Was ist denn schon wieder?«

»Herr Krüger will dich sprechen.«

»Bitte nicht!«

»Ich stell durch.«

»Frau Kühn, also den Schwachsinn, den Sie hier fabriziert haben, müssen Sie sich sofort ansehen!«

»Wie bitte? Was denn für ...«

»Ich warte hier auf Sie.«

»Wie reden Sie denn mit mir!«

»Wenn Sie nicht sofort auf meiner Baustelle auftauchen, werden Sie sehen, was Sie davon haben.«

Aufgelegt.

Poh! Was war das denn? Dieses aufgeblasene Arschloch denkt doch nicht etwa, sie würde springen, nur weil der mit dem Finger schnippt?

Und in ihrem Zustand Auto fahren? Schon beim Gedanken daran melden sich Kaffee und Kamillentee. Helena schluckt. Sie legt den Kopf auf beide Fäuste und versucht den bitteren Geschmack runterzuschlucken.

Sie ist selbst schuld. Vorgestern schon hätte sie auf Krügers Baustelle nach dem Rechten sehen müssen, hatte es dann aber auf gestern verschoben, vor Schwerin jedoch nicht mehr geschafft, wollte nun eigentlich direkt heute Morgen … aber da, na ja. Jetzt ist was schiefgelaufen, und anstatt sie selbst, hat es der Krüger zuerst gesehen. Wenn sie jetzt hier sitzen bleibt und seinen Anruf ignoriert, dann bekommen es womöglich wieder ihre Leute ab? Und außerdem, wer weiß, wozu der fähig ist, wenn sie ihn noch weiter verärgert? Nein, sie muss zu ihm. Zumindest sollte sie es versuchen.

Vorsichtig erhebt sie sich. Die ersten Schritte gelingen, das Hämmern im Kopf ist erträglich, der Schwindel kontrollierbar. Also gut. Auf gehts.

Kurze Zeit später betritt sie sein fast fertiges Badezimmer. Besser sie bleibt auf Abstand. Sicher riecht sie noch nach Alkohol.

Der Krüger, in Schlips und Kragen, verschränkt die Arme vor dem Körper und schaut sie herausfordernd an. »Kommen Sie ruhig näher, Frau Kühn. Zum Waschbecken. Öffnen Sie doch bitte mal den Warmwasserhahn.«

Sie tut es und dreht auf. Es kommt … kalt. Nur kaltes Wasser.

Der Krüger hat sich im Türrahmen aufgebaut und ein hämisches Grinsen im Gesicht. »So, und nun bedienen sie mal die Toilettenspülung.«

Helena verdreht die Augen. Ihr ist klar, was gleich passiert. Das hier ist ein Installationsfehler peinlichster Art.

»Jetzt machen Sie schon, Frau Kühn.«

Sie drückt die Taste. Wärme schlägt entgegen. Aus dem Spülkasten läuft heißes Wasser.

»Ich klär das mit dem Installateur, Herr Krüger. Dafür hätte ich doch nicht extra herkommen müssen.« Ihr wird schon wieder schlecht. Die grauen Fliesen verschwimmen, die Fugen bilden Wellenlinien. Helena macht einen Schritt zur Seite und lehnt sich an die Wand.

»So gar nicht, Frau Kühn! Das ist eine verdammte Schlamperei!«

Helena schluckt schwer. Das Gesicht fühlt sich nass an. Kalter Schweiß. »Ich lass das in Ordnung bringen …«

»In Ordnung bringen? Na toll! Da müssen die Fliesen wieder ab, dann muss der Klempner noch mal ran, wie lange soll denn das bitteschön dauern? Ich will einziehen, Frau Kühn. Einziiiehen!«

Helena stößt sich von der Wand ab und macht einen Schritt auf ihn zu. »Verdammt, Herr Krüger. Jetzt halten Sie die Luft an! Das wird in Ordnung gebracht und gut.« Alles dreht sich. Immer schneller. Rauschen in den Ohren. Graues Flimmern vor den Augen.

»Aha, anscheinend … ganze Nacht Party … bekommen Ihren Job nicht mehr hin. … Ihnen schon einmal geraten … mehr Aufmerksamkeit … «

Helena macht zwei Schritte nach vorn, schiebt den Mann beiseite und wankt an ihm vorbei. Nur raus hier.

Die Treppe hat noch kein Geländer. Sie drückt die eine Hand an die Betonwand, die andere presst sie vor den Mund. Stufe um Stufe. Noch ein paar Meter. Endlich gelangt sie ins Freie.

Das Brennen im Magen kommt schlagartig. Neben dem Jeep ist irgendein Gestrüpp, Helena stützt sich mit einer Hand auf der Motorhaube ab und dann kommt alles ungebremst: Kaffee, Kamillentee und viel zu viele darin aufgelöste Kopfschmerztabletten.

Zitternd schleppt sie sich ins Auto. Die Sonne sticht in den Augen, sie lässt die Lider zufallen. Noch einen Moment sitzen und zu Kräften kommen. Hoffentlich hat sie der Krüger jetzt nicht beobachtet. Dieser arrogante Sack. Zwingt sie wegen einer Lappalie hier her und macht sie runter. Setzt sie unter Druck. Das muss ein Ende haben. Sie muss zusehen, dass sein kitschiges Angeberhaus endlich fertig wird.

Helena greift nach ihrem Handy. Kein Anruf von Frau Habermanns. Sie wirft es auf den Beifahrersitz, startet den Motor und fährt los, zurück in die Firma, an den schützenden Schreibtisch.

»Hat jemand für mich angerufen, Christiane?«

»Ich dachte, du willst heute keine Anrufe mehr.«

»Ja, eigentlich schon, aber ... Ach egal.«

Christiane hat Laugenstangen besorgt. Helena bricht kleine Stücke ab, schiebt die Bröckchen in den Mund und spült sie mit Kamillentee runter. Der Magen wehrt sich nicht, anscheinend bekommt sie die Übelkeit endlich in den Griff. Nur diese Kopfschmerzen und die lähmende Müdigkeit, die halten sich.

Hätte sie nur gestern Abend mehr gegessen. Aber als sie da so am See saßen, da war der Hunger plötzlich weg. Man braucht eben nichts zu essen, wenn man verliebt ist. Boa! Jetzt gehts aber mit ihr durch. Sie ist doch nicht verliebt! Doch nicht in die Oberbürgermeisterin!

Sie steckt den Rest der Laugenstange zurück in die Tüte und bläst die Salzklümpchen von der Schreibtischplatte. Aber melden könnte sich Frau Habermanns wirklich langsam mal. Zumindest fragen, wie es ihr so geht. Nur ...

wer sagt eigentlich, dass Frau Habermanns diejenige ist, die sich zuerst melden muss?

Helena steht auf und schließt die Schiebetür. Dann geht sie zurück an den Schreibtisch, nimmt das Telefon und wählt die Nummer vom Rathaus.

»Stadtverwaltung Potsdam, Vorzimmer der Oberbürgermeisterin, Helga Skowronek-Stelzig, guten Tag?«

»Helena Kühn. Könnte ich bitte Frau Habermanns sprechen?«

»Ja. Bestimmt. Ich schau mal. Einen kleinen Moment bitte.«

Musik dudelt. Helenas Herz wird schneller. Ihr ist schon wieder so heiß. Was will sie ihr eigentlich sagen, wenn sie gleich ...

»Frau Kühn, hören Sie?«

»Ja?«

»Frau Habermanns ist leider doch nicht zu sprechen.«

»Ach. Könnte sie mich denn dann bitte zurückrufen?«

»Ich richte es aus. Auf Wiederhören.«

Helena lässt den Hörer sinken. Sicher war es nur der falsche Zeitpunkt, und Frau Habermanns ruft gleich zurück. Neben ihr knallt eine Fliege gegen die Fensterscheibe. Sie überkommt ein eigenartiges Gefühl. Am späten Nachmittag versucht sie es erneut. Erneut wird sie abgewiesen.

***

Sonntagabend. Helena legt ihr Telefon beiseite. Das Gespräch mit Josie hätte sie sich sparen können. Es war kurz, hölzern und ohne Emotion. Vielleicht war es die frühe Uhrzeit in Kalifornien, vielleicht die Hitze hier im Wohnzimmer, oder beides. Josie hat irgendetwas von Staumauer und Wasserdruck erzählt und wieder mal von diesem Dave. Ganz egal, ob Josie von Pulled-Pork-Burger, Hiking im National Park oder Sunsets erzählt, dieser Dave spielt immer eine Rolle.

Helena tappt barfuß über die Bodenfliesen. Sie lässt die Jalousien ein Stück weiter runter und zieht alle Vorhänge zu. Wenn sie ehrlich ist, interessiert sie eigentlich schon länger nicht mehr wirklich, was Josie ihr erzählt. Ihr ist egal, wer dieser Dave ist und was er für eine Rolle in Josies Leben spielt. Und umgekehrt verspürt sie kaum noch Lust, Josie an ihrem eigenen Leben teilhaben zu lassen. Es hat sich was verändert. Was sie beide verband, ist irgendwo auf dem Weg, den Tausenden von Meilen, die sie seit Monaten voneinander trennen, abhandengekommen.

Wieder geht das Telefon.

»Mama. Hi.«

»Was für eine Hitze!«

»Hm.«

»Wie sieht es auf dem Friedhof aus? Du warst doch dort?«

Helena verdreht die Augen. Na wenigstens der Friedhof interessiert sie. »Ja, alles in Ordnung. Muss nur ständig hin, zum Gießen.«

»Jaja, die Sonne. Übrigens wollte ich dir noch erzählen, dass ich die Kreuzfahrt jetzt fest gebucht habe, da …«

Helena atmet tief ein. Ihre Mutter verjubelt das mühsam erarbeitete Geld, was sie ihr monatlich überweisen muss, diesmal also auf einer Kreuzfahrt. Sie schaltet das Telefon auf Lautsprecher und den Fernseher an. Ohne Ton.

Flöße. Sie gleiten dahin, auf spiegelglatter Havel. Drum herum ist sattes Grün. Blauer Himmel. Schäfchenwolken spiegeln sich im Wasser.

Irgendwann ist ihre Mutter fertig mit Erzählen und sie kann das Gespräch beenden. Sie nimmt die Fernbedienung und schaltet um.

Potsdamer Lokalfernsehen. Da ist ... Clara! Clara Habermanns bei der Eröffnung einer Sonderausstellung im Museum Barberini. *Licht und Schatten*.

Helena stellt den Ton an und setzt sich aufrecht hin. Clara. Unter einem perfekt sitzenden dunkelgrünen Blazer trägt sie eine locker fallende champagnerfarbene Bluse. Sie redet irgendetwas über Kunst und schiebt die Haare immer wieder hinters Ohr. Ihre blauen Augen leuchten im Scheinwerferlicht. Zarter Lippenstift. Jetzt lacht sie. Die Kamera schwenkt auf Skulpturen aus grauem Stein.

Helena schluckt. Clara. Sie hat nicht mehr zurückgerufen. Die ganze letzte Woche hat sie so darauf gehofft. Ihren Termin beim Bauamtsleiter hat sie extra auf die Mittagszeit legen lassen und den Speiseplan der Rathauskantine im Internet studiert. Es war Biokartoffeltag. Doch ihr Termin wurde abgesagt.

Clara Habermanns geht ihr einfach nicht mehr aus dem Sinn. Wer ist diese Frau? Wie lebt sie und mit wem? Im Internet findet man nur, dass sie einen erwachsenen Sohn hat. Nichts von einem Ehemann. Es gab auch Gerüchte, sie hätte mal was mit einer Frau gehabt. Na, wer weiß. Geht sie ja auch alles gar nichts an.

Helena drückt auf die Fernbedienung. Wieder gleitet so ein kleines braunes Floß übers Wasser. Mit einem Holzhäuschen drauf. Und einem Sonnendeck mit Campingstühlen. Langsam zieht es seine Bahn.

Wasser beruhigt, hatte Frau Habermanns in Schwerin immer wieder gesagt und dabei auf den See geschaut. Wasser scheint sie also zu mögen.

Helena schlendert in die Küche und holt sich eine Flasche alkoholfreies Bier aus dem Kühlschrank. Clara Habermanns. Toll sah sie wieder aus, da eben im Fernsehen. Aber sie ist eine Politikerin. Politiker mag sie nicht. Grundsätzlich nicht. Sie trinkt einen Schluck und stellt die Flasche ab. Dann geht sie zurück ins Wohnzimmer, öffnet alle Jalousien, Vorhänge und die Terrassentür. Ein frischer Luftzug weht herein. Ihr kommt eine Idee.

9.

Donnerstagabend, kurz vor zehn, steht Clara unter der Dusche, drückt Shampoo aus der Flasche, verteilt es auf dem Kopf und lässt die Fingerspitzen kreisen. Dann tritt sie zurück, unter die Brause, und schließt ihre Augen. Sofort umfängt sie angenehme Stille. Sie liebt diese winzigen Momente, wenn das Wasser über ihren Körper rinnt. Das ist wie Treiben auf dem Meer, auf dem Rücken liegend, links und rechts schaukeln kleine Wellen und über ihr ist blauer Himmel. Nichts müssen, keine Menschen, das Ufer irgendwo dahinten. Einfach nur schweigendes Schweben. Doch irgendetwas passt nicht. Es ist ... das Handy! Tim. Kanada. Endlich!

Clara tritt aus der Dusche. Ihr läuft ein Schaumrest in die Augen, sie kneift sie zusammen, während sie nach dem Telefon tastet. »Tim?«

»Ähm.« Räuspern. »Frau Habermanns? Hier spricht Helena Kühn.«

Clara erstarrt auf ihrem Badvorleger. Die gesamte Woche über hat sie Frau Kühns Anrufversuche erfolgreich abgewehrt und nun ... »Guten Abend Frau Kühn.«

»Entschuldigen Sie den späten Anruf, ich habe schon so oft versucht, Sie zu erreichen, aber ... Stör ich?«

»Was wollen Sie?«

»Sie etwas fragen.«

»Was!« Clara erschrickt über die Schärfe ihrer eigenen Stimme. Ein Gemisch aus Verwirrung und Nervosität war schroff aus ihr herausgeplatzt. Das war mehr als unhöflich. »Frau Kühn, bitte, ich wollte nicht ... natürlich, fragen Sie.«

»Sind Sie sicher?«

»Absolut.«

»Okay. Sie erinnern sich an unser Gespräch? Vor zwei Wochen. In Schwerin am See.«

»Ja.«

»Es ging um die Grundstücke mit den Villen, die man nur vom Wasser aus sehen kann.«

»Ach so, ja, natürlich.« Clara lässt locker. Gott sei Dank, das ist ein harmloses Thema.

»Ich könnte sie Ihnen zeigen.«

»Wie meinen Sie das?«

»Vom Wasser aus, mit einem Floß. So ein kleines, mit einem Holzhaus drauf. Na, Sie wissen schon.«

»Moment mal, Sie mieten ein Floß, wollen mit mir damit auf den See fahren und dann sehen wir uns Grundstücke an?«

»Genau so.«

»Ausgeschlossen, Frau Kühn! Das habe ich Ihnen doch ausführlich erklärt, dass ich Gefälligkeiten solcher Art unter keinen Umständen annehmen darf.«

»Das ist keine Gefälligkeit. Sie wollen Ihre Stadt vom Wasser aus sehen, ich organisiere das für Sie, und anschließend schicke ich Ihnen eine reguläre Rechnung für meine Leistungen.«

»Aber ...«

»Morgen, Frau Habermanns. Haben Sie Zeit? Gegen Abend? Das Wetter wird schön.«

»Nein, Frau Kühn. Also ja, ich könnte morgen tatsächlich, aber das geht wirklich nicht.«

»Die Architektur auf diesen Grundstücken ist einmalig. Vielleicht bekommen Sie ein paar Anregungen für zukünftige kommunale Projekte?«

Clara steht wie angewurzelt da, noch immer nass und nackt, das Handy zwischen Daumen und Zeigefinger geklemmt. Mit Helena Kühn an einem Sommerabend auf dem See. Ein sanfter Schauer zieht durch ihren Körper. Halt! Korruption im Amt ist strafbar. Alarmglocken schallen. Rote Linien leuchten. Nicht wieder übertreten! Sie hat es sich geschworen. Aber es gäbe doch eine Rechnung. Da könnte sie vielleicht ...

»Frau Habermanns? Sind Sie noch dran?«

Clara schließt die Augen. »Wohin soll ich kommen, morgen Abend?«

***

Helena schiebt den Motor in die richtige Position und lässt ihn einrasten. Die Schiffsschraube liegt nun unter Wasser. Das Floß ist in Natur zwar größer als im Fernsehen, aber das ist kein Problem. Wer Baumaschinen bedienen kann, kommt auch mit einem Floß klar. An einer Reißleine ziehen, damit der Motor anspringt, kann ja wohl jeder, den Ganghebel nach vorne oder hinten schieben auch, und Gas gibt man durch Drehen mit der Hand, wie bei einem Motorrad. Wenn der Motor läuft, macht man die Leinen los, legt rückwärts ab und wenn man weit genug vom Steg entfernt ist, schaltet man in den Vorwärtsgang und es kann losgehen. Auf YouTube klang das kinderleicht.

Sie hebt den Kopf und blickt auf die Havel. Da wimmelt es nur so von Segelbooten, Motorbooten, Tretbooten, Paddlern, Fahrgastschiffen, Lastkähnen. Na hoffentlich rammt sie keinen. Sie hätte wohl besser doch eine Testfahrt machen sollen.

Sie schaut auf die Uhr. Gleich sieben. In fünf Minuten kommt Frau Habermanns. Hoffentlich. Sonst wäre ja der ganze Aufwand umsonst gewesen. Und das Schweißvergießen. Dieses offizielle Outfit, lange dunkel-blaue Hose, Poloshirt und Leder-Sneakers, war vielleicht doch keine so gute Idee.

Nebenan legt eins der Flöße ab. Drei ältere Damen mit lautem Geschnatter und Sektgläsern in den Händen. Na, wenn die das mit einem Alkoholpegel hinbekommen, dann kanns ja wirklich nicht schwer sein. Wo war noch mal der Anker?

»Hallo Frau Kühn.«

Helena dreht sich um. Frau Habermanns steht auf dem Steg und trägt genau die Klamotten, die sie jetzt selbst gern anhätte: Shorts, leichte Turnschuhe, ein dunkelblaues Poloshirt aus Funktionsmaterial, Sonnenbrille und Basecap. »Das steht Ihnen … wirklich gut.«

Keine Regung.

Helena reicht ihr die Hand. »Kommen Sie, ich helfe Ihnen.«

»Nein, danke.« Frau Habermanns umfasst das Holzgeländer, macht einem großen Schritt und kommt auf das Floß.

Helena zieht die Hand zurück. »Schön, dass Sie da sind. Dann können wir ja los.«

»Einen Moment noch, Frau Kühn. Bevor wir ablegen, möchte ich erst die Rahmenbedingungen klären.«

Helena nickt. »Klar.« *Die Rahmenbedingungen.* Da spricht die Oberbürgermeisterin.

»Ich habe zwei Stunden eingeplant. Schaffen wir das?«

»Sicher. Wir können Ihren Fahrer doch nicht jedes Mal warten lassen.«

»Ich bin mit meinem Privatwagen hier, aber trotzdem.«

»Na dann. Und Sie kriegen selbstverständlich Ihre Rechnung.«

»Unbedingt.«

»War's das?«

»Ja.«

»Gut.«

Helena dreht sich zum Motor. Puh! Irgendwie hatte sie gehofft, dass Clara Habermanns zu ihr aufs Floß steigen würde und nicht die Oberbürgermeisterin. Na egal. Jetzt muss sie sich erst einmal konzentrieren und den Motor anwerfen. Sie zieht an der Reißleine und … nichts passiert.

Noch mal: Körperspannung, Luft anhalten, feste ziehen. Wieder nichts.

Helena schließt die Augen. Lieber Gott, bitte mach, dass dieses verdammte Ding anspringt. Die Leine fliegt nach hinten, im Arm zieht es schmerzhaft, aber der Motor sagt keinen einzigen Mucks. Hämmern im Kopf. Feuer im Gesicht.

»Frau Kühn, haben Sie denn den Benzinschlauch angeschlossen?«

Helena zieht Luft durch die Nase und hält sie an. Oh, wie peinlich!

Wenigstens das Ablegen klappt problemlos, und geradeaus fahren, ist ein Kinderspiel. Wie im Fernsehen bewegt sich das Floß langsam auf der Havel Richtung Süden, leichter Wind weht über die Haut, er löscht die kleinen Feuer im Gesicht und fühlt sich an wie kühlende Seide.

Helena hält Kurs in der Fahrrinne. Mit dem Floß kann jetzt nichts mehr schiefgehen, aber was Frau Habermanns betrifft, läuft es gerade absolut nicht so, wie sie sich das vorgestellt hat. Sie steht stumm da, hat beide Hände am Holzgeländer und schaut über das Wasser. Am Ufer stehen nur ein paar architektonische Hinterlassenschaften der DDR, aber sie hält den Blick darauf gerichtet, als gäbe es nichts Interessanteres auf der Welt als diese hässlichen Hochhäuser.

Helena schielt immer wieder zu ihr rüber. Basecap und Sonnenbrille. So ein sportliches Outfit traut man ihr gar nicht zu. Wenn sie doch auch sonst mal etwas lockerer wäre. Stattdessen stiert sie Löcher in die Luft. Woran denkt sie nur die ganze Zeit?

»Ist alles okay, Frau Habermanns?«

Frau Habermanns' Kopf fährt herum. »Ja. Äh, bestens. Danke.« Schon dreht sie sich wieder zurück und blickt übers Wasser.

Dann eben nicht. Helena schaut nach vorn. Vielleicht ist es eh besser, wenn sie sich erst einmal aufs Floß konzentriert. Es ist nämlich gar nicht so einfach, in der Mitte der Fahrrinne zu bleiben, damit die anderen links und rechts immer gut vorbeikommen. Zu blöd, dass sie es nicht mehr geschafft hat, sich mit den Vorfahrtsregeln zu beschäftigen.

Die Zeit vergeht, der Motor summt, die Wellen plätschern und das Abendlicht glitzert im Wasser. Inzwischen müsste das schon der Templiner See sein, was bedeutet, dass sie bereits eine ganze Weile gefahren sind und das, ohne ein sinnvolles Gespräch. Helena schiebt sich Haare aus dem Gesicht. So macht es keinen Sinn. Sie mietet kein Floß, nur um damit stumm durch die Gegend zu schippern. Wahrscheinlich hilft nur ein Frontalangriff. »Frau Habermanns?«

Frau Habermanns dreht sich um und lehnt sich mit dem Rücken ans Geländer. Jetzt wirkt sie, als hätte sie nur darauf gewartet, endlich wieder angesprochen zu werden.

»Sie wollten nicht mehr mit mir reden seit Schwerin, hab ich recht?«

Frau Habermanns macht große Augen.

Bingo! Mit dieser Frage hat sie sicher nicht gerechnet.

»Passen sie auf, da vorn!«

»Was?«

»Da!«

Helena blickt auf den See. Ein Motorboot. Es kommt schnell näher. Rauscht direkt auf sie zu! Wie war das noch mal mit der Vorfahrt? Hoffentlich weiß der im Boot ...

»Sie müssen ausweichen!«

»Wie?«

»Steuerbord!«

»Was?«

Frau Habermanns macht einen Ausfallschritt, ihr Arm schnellt nach vorn und greift ins Ruder. »Rechts, Frau Kühn! Rechts!«

Das Floß dreht langsam ab. Das Motorboot rauscht vorbei, Wasser spritzt ins Gesicht.

Was für ein Vollidiot! Helena steht steif. Mann, war das knapp. Und wieder musste ihr Frau Habermanns helfen. Peinlich ist das. Einfach nur peinlich.

Sie dreht sich um. Frau Habermanns lehnt mit der Schulter am Häuschen und hat ein leichtes Grinsen im Gesicht. Kein Wunder, so blöd, wie sie sich hier anstellt.

»Sie fahren nicht oft auf dem Wasser, oder?«

Helena schüttelt den Kopf. Jetzt wird sie rot. Mit Sicherheit. »Nee. Eher nicht so oft. Also, ehrlich gesagt, fast gar nicht.«

Frau Habermanns nickt und grinst noch mehr, aber nicht abfällig oder schadenfroh, nein, fast liebevoll und einfach amüsiert. Und locker. Endlich locker.

Jetzt muss Helena auch schmunzeln. Endlich ist die Steifheit weg. »Möchten Sie vielleicht etwas trinken auf den Schreck?«

»Wenn Sie haben, gerne. Nur bitte heute keinen Wein.«

»Nein. Wein heute nicht. Im Häuschen steht eine Kühltasche mit Mineralwasser, Bier, Radler, Sekt. Alles alkoholfrei. Suchen Sie was aus.«

Frau Habermanns verschwindet kurz und kommt mit zwei kleinen Flaschen Mineralwasser zurück. Sie wirft ihr eine davon zu. »Sie haben ja gut vorgesorgt.«

Helena zuckt mit den Achseln. Wenigstens eine Sache, die sie vernünftig vorbereitet hat. In der Hoffnung, dass sie … Oh! Was ist denn das da vorn? Irgendwie scheint der See zu Ende zu sein. Die Havel wird zu einer schmalen Wasserstraße, einer Art Kanal. Und das bei ihren Fahrkünsten? Bitte nicht! Helena schaut auf die Uhr. Kurz nach acht schon. Dann braucht sie gar nicht weiter darüber nachzudenken, wie sie diese schmale Einfahrt treffen könnte. »Wir müssen hier drehen, Frau Habermanns. Wegen Ihrer zeitlichen Vorgabe.«

Frau Habermanns schaut ebenfalls auf ihre Uhr, dann auf das Wasser und nun direkt in ihr Gesicht. »So streng habe ich das nun auch nicht gemeint.«

»Nicht?«

»Nach dieser engen Stelle kommt der Schwielowsee. Der ist wunderschön am Abend.«

»Passen wir denn da durch?«

Frau Habermanns lacht auf. »Na, aber sicher passen wir da durch. Lassen Sie mich mal.« Sie kommt auf sie zu und nimmt ihr das Steuer aus der Hand. Problemlos manövriert sie das Floß durch den Kanal. Und dann plötzlich, breitet sich ein riesiger, in Abendsonnen-Farben schillernder See vor ihnen aus. »Wow!«

»Sagte ich doch, Frau Kühn.«

Sie fahren noch ein Stück, Frau Habermanns lenkt das Floß nicht in die Mitte des Sees, sondern bleibt in Ufernähe. Hier ist es ruhiger und sie sind auf einmal ganz für sich alleine.

»Was halten Sie davon, wenn wir kurz ankern?«

Helena nickt. Nichts lieber als das. Wenn sie doch nur wüsste, wo der Anker ist.

Frau Habermanns hat den Motor abgestellt und lässt das Floß nun langsam auf das Schilf zutreiben. Wie selbstverständlich öffnet sie eine Luke, nimmt den Anker heraus, klappt ihn auf und lässt ihn ins Wasser gleiten.

»Woher wissen Sie das eigentlich alles so genau?«

»Was denn?«

»Na das alles, mit dem Floß, meine ich.«

»Ich habe einen Bootsführerschein.«

Helena wirft den Kopf in den Nacken und schließt die Augen. »Nein!«

Jetzt lachen beide.

Helena kann endlich lockerlassen. Sie braucht kein Ruder mehr festhalten, kann die Abendsonne genießen und diese traumhafte Naturkulisse. Und das mit Clara Habermanns, die jetzt ihr Basecap abnimmt, sich mit den Fingern durch die blonden Haare streicht, die Sonnenbrille nach oben schiebt und sie nun mit ihren leuchtend-blauen Augen ansieht. Die Oberbürgermeisterin ist unterwegs von Bord gegangen.

Helena weicht dem Blick aus. Irgendwie weiß sie gar nicht, was sie jetzt sagen soll. Sie starrt aufs Wasser. Frisch und klar, und ihr ist doch so furchtbar heiß. Die lange Hose klebt an den Beinen. Wenn sie jetzt nur mal eben ganz kurz, ganz schnell ... Damit sie einen klaren Kopf bekommt. Sie streift die Schuhe von den Füßen, zieht das Shirt über den Kopf und öffnet ihre Hose.

»Frau Kühn! Sie wollen doch nicht etwa …«

»Kommen Sie mit?« Die Hose sackt auf die Holzplanken.

»Schwimmen? Auf keinen Fall!« Frau Habermanns dreht sich weg und richtet den Blick starr geradeaus.

Helena lässt den BH zu Boden fallen und steigt aus ihrem Slip. Sie macht zwei Schritte zur Floßkante und springt. Es spritzt beim Eintauchen und ein Schwarm Vögel rauscht aus dem Schilf.

Das Wasser ist herrlich. Helena schwimmt kräftige Züge, dreht sich auf den Rücken und strampelt mit den Beinen. Die Abendsonne scheint ihr ins Gesicht.

Frau Habermanns steht auf dem Floß, starrt zu ihr herüber und bewegt sich keinen Meter. Schade. Für einen kurzen Moment hat sie tatsächlich gedacht, sie würde ihr ins Wasser folgen. In einem Liebesfilm funktioniert so was doch auch. Eine ergreift die Initiative, die andere ziert sich erst, streift dann aber ihre Klamotten ab und folgt nackt ins Wasser. Man tobt, neckt sich und spätestens am Ufer – gut, hier wäre es das Floß gewesen – küssen sich beide und dann … Deshalb sind die meisten Filme eben so ernüchternd, weil sie absolut nichts mit der Realität zu tun haben.

Helena dreht sich zurück und wechselt die Schwimmrichtung. Nein, nie im Leben würde Potsdams Oberbürgermeisterin nackt mit ihr im Schwielowsee schwimmen. Wahrscheinlich ist ihr das viel zu dreckig. Und zu kalt. Kalt wird es nun tatsächlich langsam. Und irgendwie … schon wieder peinlich. Und das wird gleich noch peinlicher, wenn sie wieder auf dieses Floß klettern muss. So eine bescheuerte Idee! Warum musste sie nur in den See springen? Ohne

Bikini und ohne nachzudenken? Auf die Art angelt man sich mit Sicherheit keinen kommunalen Bauauftrag.

***

Clara steht wie angewurzelt. Nicht zu fassen, bei Frau Kühn muss man wirklich mit allem rechnen. Ist das nun mutig oder eher unanständig? Wahrscheinlich beides. Aber eins war es mit Sicherheit: verdammt sexy. Frau Kühns gebräunter, durchtrainierter Körper - der Anblick war der Wahnsinn.

Sie kommt zurückgeschwommen. Gleich wird sie wieder aus dem Wasser steigen. Völlig nackt. Das geht doch nicht.

Clara dreht sich um und geht ins Häuschen. Gibt es denn kein Handtuch? Offenbar nicht. Die einzige Textilie ist eine Tischdecke mit rot-blauem Kreuzstichmuster und zotteligen Fransen. Clara zieht sie vom Tisch und geht zurück nach draußen.

Frau Kühn ist am Floß angekommen. Sie stützt die Hände auf den Rand und drückt sich kraftvoll hoch. Jetzt schwingt sie ein Bein auf Deck, gleich darauf das andere und richtet sich langsam vor ihr auf. Diese Muskeln. Gott, sie sollte nicht so hinstarren. Clara reißt die Arme auseinander und breitet die Tischdecke aus. So hat sie früher ihren Sohn empfangen, wenn er frierend aus dem Wasser kam.

Frau Kühn greift zu, wickelt den Stoff um ihren Oberkörper und klemmt ihn unter den Achseln fest. In ihren Haaren hängen Algen. Rinnsale aus Seewasser laufen über ihren Hals, das Dekolleté und bis zum Fransenrand der Decke. Rot und blau bestickt. Eine Meerjungfrau im

Indianerkostüm vor einer Geräuschkulisse aus Vogelstimmen, Insektensummen und Entengeschnatter. Das hat was. Jetzt nur nicht lachen.

Frau Kühn schaut an sich hinunter und zieht beide Mundwinkel zur Seite. »Ich, also, ich werd mich dann mal besser wieder anziehen.« Sie geht in die Hocke, mit der einen Hand klammert sie die Tischdecke fest, mit der anderen sammelt sie ihre Sachen vom Boden, und dann verschwindet sie im Häuschen.

Clara atmet durch. Sie stellt sich ans Geländer, legt beide Hände auf das warme Holz und blickt auf den See. Dass sie heute so viel geboten bekommt, hätte sie nicht vermutet. Dabei war sie am Anfang so nervös. Aber nur ein paar Minuten in der Nähe dieser Frau, und schon wurde sie ruhig. Alles fühlt sich richtig an. Dabei ist es das ja gerade absolut nicht. Es ist nicht richtig, was sie hier tut.

Eine Stockente schaukelt am Floß vorbei. Ihr folgen acht junge Entlein, schwarze flauschige Küken mit gelben Köpfchen, die sie vorwitzig in die Höhe strecken. Clara schließt die Augen. Sie sollte sich endlich mal entspannen, denn es gibt überhaupt gar keinen Grund mehr, sich Gedanken zu machen. Heute Vormittag hat ihr der Bauamtsleiter zugeflüstert, dass den Zuschlag für den Kita-Bau ein Bauunternehmer aus Hamburg bekommt. Am Montag wird das offiziell bekanntgegeben. Frau Kühn ist also raus und deshalb wäre es, selbst wenn man sie zusammen sehen würde, kein Problem mehr. Zumindest kein großes.

Von hinten nähert sich Frau Kühn. Sie stellt sich neben sie und legt die Hände ebenfalls auf das Geländer. Clara öffnet die Augen und rückt ein Stück weit näher an sie ran. Frau

Kühns Arm ist kalt vom Seewasser. Die kleinen Härchen stehen aufgerichtet. Clara hält den Atem an. Sie selbst hat Gänsehaut bis runter zu den Waden.

Frau Kühn räuspert sich. »Was müssen Sie nur von mir denken?«

Oh eine Menge. Zum Glück hast du keine Ahnung, was ich alles denke und vor allem, wie oft. Clara zuckt mit den Schultern. »Ich weiß doch inzwischen, wie spontan Sie sind, Frau Kühn.«

»Na ja, erst locke ich Sie unter dem Vorwand irgendwelcher Architektur auf dieses Floß, dann bringe ich es durch eine Kollision beinahe zum Kentern und am Ende springe ich nackt vor Ihnen in den See. Es tut mir wirklich leid.«

Clara dreht den Kopf. Frau Kühn schaut sie mit ihren braunen Augen an, in denen sich echtes Bedauern spiegelt. Und die untergehende Sonne. Der ganze wunderschöne Abend. »Ihnen muss nichts leidtun, wirklich nicht. Absolut nicht.« Sie flüstert.

Das Floss schwankt sachte, neben ihnen platscht ein Fisch zurück ins Wasser, irgendetwas quakt. Und immer noch diese Augen. Clara fährt sich mit der Zunge über ihre trocknen Lippen. »Sie hatten doch in Ihrer Kühltasche noch diesen alkoholfreien Sekt?«

Jetzt lächelt Frau Kühn. »Klar, Moment.« Schon verschwindet sie im Häuschen.

Clara setzt sich in einen der beiden Campingstühle. Frau Kühn kommt schon zurück, mit der geöffneten Flasche, sogar an Gläser hat sie gedacht. Sie schenkt ein, sie prosten sich zu und trinken. Alkoholfreier Sekt. Scheußliches Zeug. Aber heute schmeckt er köstlich. Dazu dieses angenehme

Schaukeln und Plätschern. Eine Mücke? Die darf heute leben. Der Moment ist einfach zu schön, um zuzuschlagen.

»Frau Kühn?«

»Ja?«

»Warum machen Sie das, mich, wie Sie es selbst bezeichnet haben, *auf dieses Floß locken*?«

Frau Kühn richtet ihren Blick in den Himmel. Der ist orange-gelb und spiegelt sich im Wasser. »In Schwerin. Das war so besonders … schön. Aber der Wein. Es war einfach zu viel Wein. Ich hatte einen Filmriss. Keine Ahnung …«

»Sie wissen nichts mehr vom Heimweg?«

»Nein. Absolut nichts. Ich weiß nicht, wie der Abend geendet hat.«

Sachte klopft das Wasser an das Holz unter den Füßen. Im Rücken rauscht das Schilf.

»Und jetzt wollten Sie noch einmal neu ansetzen und ein befriedigendes Ende erleben?«

Frau Kühn starrt weiter in den Himmel. Sie schüttelt den Kopf. »Nein. Kein Ende. Ich möchte kein Ende. Ich möchte, dass die Handlung weitergeht.«

Es fährt bis in die Zehen. Clara öffnet die Lippen, aber da kommt nichts. Kein Ende. Eine Libelle dreht hektische Kreise in der Luft und landet auf dem Holzgeländer. Ihre Flügel schwingen auf und ab. Auf … und ab. Kein Ende. Aber die Handlung darf nicht weitergehen. Auf keinen Fall darf sie das. In ein, höchstens zwei Stunden werden sie sich voneinander verabschieden und dann gehen beide ihrer Wege. Später. Noch sitzen sie gemeinsam hier. Es ist so wunderschön. Sie muss es genießen unbedingt genießen, denn es wird das letzte Mal sein, dass sie so mit Frau Kühn …

»Hab ich was Falsches gesagt?«

Clara schüttelt den Kopf.

»Sie sagen gar nichts mehr.«

»Weil ich … Sie haben recht, Frau Kühn. Das war zu viel Wein in Schwerin.«

Eine ganze Weile sitzen sie stumm nebeneinander und schauen dem Sonnenuntergang zu. Dann ist da nur noch dunkles Blau. Alles ist endlich. Leider.

»Wir müssen zurück, Frau Kühn.« Die Stimme klingt belegt.

»Ja.«

Sie stehen auf, Frau Kühn räumt die leere Flasche und die Gläser ins Häuschen und Clara startet das Floß. Langsam tuckern sie übers Wasser. Und wieder ist da dieses bedrückende Gefühl, wie letztens im Auto, auf dem Heimweg von Schwerin nach Potsdam.

Der Weg vom Floß zum Parkplatz ist nicht weit. Clara hat direkt hinter Frau Kühns Jeep geparkt. Jetzt stehen da zwei verlassene Autos im gelben Licht einer Straßenlaterne. Clara läuft ganz langsam.

»Sie fahren einen Audi, Frau Habermanns?«

»Ja?«

»Dachte ich mir.«

»Wieso?«

»Damit kann man nichts falsch machen.«

Frau Kühn stellt die Kühltasche in den Kofferraum ihres Jeeps und wirft ihn wieder zu. Jetzt steht sie vor ihr. Die braunen Augen … Enttäuschung. Klar. Sie ist enttäuscht. Sie wollte doch kein Ende. Sie wollen es beide nicht, aber es muss sein.

»Na dann, Frau Habermanns.« Frau Kühn streckt ihr die Hand entgegen. Clara nimmt sie und hält sie fest. »Danke. Danke für diesen besonderen Abend.« Die Worte klingen hohl.

Frau Kühn legt den Kopf ein wenig schräg und sieht sie von unten heraus an. Ein paar Zentimeter sind es doch, die sie kleiner ist als sie selbst. Das merkt man erst jetzt, wo sie ihr so nahe gegenübersteht. Clara hält noch immer ihre Hand. Täuscht sie sich, oder kommt Frau Kühn näher? Noch näher, hebt das Kinn und ...

Nein! Durch Claras Körper geht ein Ruck. Plötzlich setzt es aus. Alles Denken, alle Vernunft und alle Gewalt über sich selbst. Reflexartig schnellen die Hände nach vorn und stoßen Frau Kühn von sich.

Frau Kühn strauchelt und prallt rückwärts gegen ihren Jeep. Die Augen sind vom Schreck geweitet.

Clara schnellt zurück, als hätte sie sich auf das heftigste verbrannt. Was hat sie nur getan? Sie macht kehrt, rein ins Auto, Gurt, Anlasser, Gas. Im Rückspiegel ist eine Staubwolke zu sehen.

***

Die Ampel springt auf Rot. Clara tritt aufs Pedal und rast über die Kreuzung, dann biegt sie in die Einfahrt und dort auf ihren Parkplatz. Alle Verkehrswidrigkeiten der letzten Viertelstunde sind Lappalien gegen das, was ihr davor passiert ist: Sie hat sich vergessen. Völlig die Nerven verloren. Sie hat Frau Kühn von sich gestoßen! Körperlich angegriffen. Das wäre eine Straftat!

Sie stellt den Motor ab, leise rauscht die Klimaanlage. Wie nur kam sie auf die unfassbar absurde Idee, Frau Kühn wolle sie zum Abschied küssen? Eine Frau, von der sie noch nicht einmal weiß, ob sie überhaupt auf Frauen steht? Die sie vielleicht einfach nur sympathisch findet und die ihren missglückten Abgang nach Schwerin wieder gutmachen wollte? Wer weiß, was sie gemeint hat, als sie sagte, *sie wolle kein Ende*? Vielleicht war das nur so daher gesagt. Aber sie, sie musste gleich etwas hineininterpretieren. Und das nur, weil ihr diese Frau den Kopf verdreht hat.

Clara starrt auf den Fliederbusch vor ihrer Windschutzscheibe. Frau Kühn könnte sie auch damit erpressen, wegen der Kita-Angelegenheit zum Beispiel. Clara atmet langsam aus. Was für ein Glück, dass der Auftrag an den Hamburger ging. Gerade noch rechtzeitig.

Sie greift nach dem Lenkrad. Umklammert es. Sie kann nicht hoch in ihre Wohnung. Wie soll sie denn schlafen, wenn die Sache nicht geklärt ist?

Sie startet den Wagen und tritt aufs Gas. Der Motor heult auf. Sie muss Frau Kühn sagen, dass es ihr leidtut. Dass es ein Missgeschick war. Ein Reflex, nicht erklärbar.

Wieder fährt sie durch die Stadt, aber diesmal etwas langsamer. An einer roten Ampel fischt sie das Handy aus der Tasche.

»Helena Kühn?«

»Frau Kühn, ich bin's, könnten wir bitte reden?«

»Jetzt?«

»Jetzt!«

Am anderen Ende bleibt es still.

»Ich bin auf dem Weg zu Ihnen. Können wir uns bitte irgendwo treffen, wo wir ungestört sind. Ich will kein Aufsehen.«

»Irgendwo? Kommen Sie zu mir, da stört keiner.«

»Frau Kühn, ich möchte nicht …«

»Sie wissen noch, wo genau ich wohne?«

»Ja, aber …«

»Gut. Wenn Sie am Haus sind, steht das Garagentor offen. Sie fahren hinein und ich schließe es hinter Ihnen. Niemand wird Sie sehen.«

Aufgelegt.

Na ja, okay. Ist ja nur kurz reinfahren, die Sache besprechen und dann wieder raus. Clara blickt auf das Straßenschild. Die nächste muss sie links. Da ist es schon, das Haus. Sie setzt den Blinker, biegt in die Einfahrt und fährt in die Garage. Hinter ihr summt es. Ein großes elektrisches Tor rollt langsam nach unten. Dumpf schlägt es auf dem Boden auf.

Plötzlich ist es unheimlich still. Clara schaut sich um. Sie ist ganz allein hier drin. Weiße Wände, kein Fenster. Grelles Neonlicht schmerzt in den Augen. Auf einmal rast das Herz.

Eine Tür öffnet sich. Frau Kühn sieht noch genauso aus wie vorhin. Nur ihr Gesichtsausdruck ist jetzt anders. Distanzierter.

Clara lässt die Fensterscheibe runter. »Entschuldigen Sie die späte Störung, aber ich muss dringend etwas richtigstellen. Würden Sie sich bitte kurz zu mir ins Auto setzen?«

»Ich besprech das doch nicht in meiner Garage!«

»Bitte, Frau Kühn.«

»Jetzt kommen Sie schon. Kommen Sie kurz rein.«

Ein dumpfes Gefühl kommt aus der Magengegend. Auf fremdem Territorium ist es schwieriger, seinen Standpunkt zu vertreten. Aber ihr bleibt eigentlich keine Wahl. Sie muss kurz mit reingehen, reden, danach wird sie aber sofort wieder verschwinden. Clara nickt und steigt aus.

»Kommen Sie, hier entlang, durch meine Schmutzschleuse.«

Die Schleuse ist eine Art Waschhaus. Moderne ebenerdige Dusche, quadratisches Designerwaschbecken, Regenjacken an Haken, Gummistiefel im Regal. In Reih und Glied und mit dickem Profil.

Frau Kühn hält eine weitere Tür auf.

Clara folgt ihr hindurch. Hinter ihr klackt das Schloss. Jetzt ist sie drin, in Frau Kühns privatem Wohnhaus.

»Bitte, gehen Sie durch.«

Ein großer Flur, gedimmtes Licht, hier ist das Wohnzimmer. Moderner Style, ein wenig unordentlich.

»Setzen Sie sich doch.« Frau Kühn zeigt auf die Couch. Dann schiebt sie Zeitungen auf dem Tisch zu einem Stapel zusammen, nimmt irgendwelche Kleidungsstücke von der Lehne des Loungesessels gegenüber und lässt sich darauf fallen.

In der Ecke raschelt was. Eine ziemlich große, grau-braun getigerte Katze sitzt auf einer roten Wolldecke, streckt die Vorderpfoten aus und gähnt.

»Ist das die Mausi?«

»Das haben Sie sich also gemerkt.«

»Hm.«

Frau Kühn schaut auf die Uhr. »Dass Sie vierundvierzig Minuten, nachdem Sie mich von sich weggestoßen haben, hier bei mir auf dem Sofa sitzen, hätte ich ja nicht gedacht.

Lassen Sie mich raten, Frau Oberbürgermeistern, jetzt kommt sicher ein Dementi.«

Clara sitzt kerzengerade auf der vorderen Kante der Couch und umklammert den Autoschlüssel. Frau Kühn ist in der besseren Position. Das muss sie akzeptieren und entsprechend reagieren. »Ich möchte mich für mein Verhalten entschuldigen, es war absolut nicht meine Absicht.«

»Ach. Dann war es also ein Versehen?«

»Nicht direkt, aber, Sie wirkten auf mich, als wollten Sie mir vorhin auf dem Parkplatz …«

»Zu nahe kommen?«

»Ähm, nein, also ja, vielleicht.«

»Und diese Vorstellung hat Sie so dermaßen erschreckt?«

Clara drückt den Rücken weiter durch. »Ich stehe in der Öffentlichkeit, Frau Kühn, und kann mir absolut nichts erlauben, was mich angreifbar macht.«

»Aber Sie, Sie dürfen mich angreifen?«

»Natürlich nicht, aber …«

»Nehmen wir mal an, Frau Habermanns, ich fände Sie sehr nett, würde gern Zeit mit Ihnen verbringen und …«

»Das geht nicht!«

»Ach. Erlauben Ihnen Ihre Verwaltungsvorschriften etwa keine privaten Kontakte?«

»Mein Amt als Oberbürgermeisterin, Frau Kühn, das habe ich mir hart erkämpft.«

Frau Kühn zieht einen Mundwinkel zur Seite und schüttelt den Kopf.

Clara holt tief Luft. Frau Kühn scheint absolut keine Ahnung zu haben. »Wissen Sie eigentlich, wie anstrengend es ist, so ein Amt zu bekommen? Welchen Kraftaufwand es bedeutet, sich parteiintern durchzusetzen? Da gibt es schließlich viele Neider, die einem in den Rücken fallen.«

Helena zuckt mit den Schultern.

»Ich stell mich nicht umsonst bei strömendem Regen in die Fußgängerzone und verteile Kuchen und Kugelschreiber. Denken sie, ich brenne darauf, sonntagmorgens ein freundliches Gesicht auf der Rassekaninchenausstellung zu machen, wo ich lieber im Bett geblieben wäre? Und meinen Sie etwa, ich finde es toll, mich mit einer zwei Meter großen Plüschmöhre der hiesigen Erzeugergemeinschaft auf Fotos abbilden zu lassen? Das ist verdammt peinlich, Frau Kühn, wenn einen sogar der Koch in der Kantine darauf anspricht.« Stopp. Was redet sie denn hier. So darf sie nicht über ihren Job sprechen. Das war alles andere als souverän und eigentlich auch gar nicht das Thema.

Frau Kühn richtet sich in ihrem Sessel auf und legt den Kopf schräg. »Warum sind Sie denn dann Bürgermeisterin, wenn das alles so schrecklich ist?«

»Frau Kühn, also bitte!«

»Was zieht Sie denn in dieses Rathaus? Ihr umständlicher Verwaltungsmist andauernd. Wegen Ihnen saß ich wochenlang, nur um ein einziges Angebot zu schreiben. Bis heute gibt es keine Entscheidung, nur weil Sie Ihre Zuschlagsfrist zwei Mal verlängert haben. Wer weiß, an welchem bürokratischen Unfug das nun wieder lag. Wenn Sie das alles gut finden – bitte. Aber erwarten Sie bloß kein Mitleid von mir!«

»Reden Sie doch nicht, Frau Kühn! Sie machen das doch gerne. Womit sollten Sie sich denn sonst an den Wochenenden beschäftigen. Ein Privatleben scheinen Sie ja nicht zu haben. Sitzen hier allein mit einer Katze!«

»Das geht Sie gar nichts an, mit wem ich hier sitze! Außerdem habe ich sehr wohl ein Privatleben und dummerweise gehofft, ich könnte es mal ab und an mit Ihnen teilen. Doch Sie, Sie ...« Frau Kühn winkt ab. »Sinnlos.«

Clara schüttelt den Kopf. So nicht! Sie lässt sich hier nicht anschreien. Sie kneift die Augen zusammen, holt tief Luft und aus zum Schlag: »Zwischen Ihnen und mir, Frau Kühn, gibt es nichts Privates. *Überhaupt* nichts.«

Jetzt erstarrt sie innerlich. Das hat sie jetzt nicht wirklich so gesagt? In diesem zynischen und fiesen Ton? Offenbar ja. Frau Kühn schaut sie mit großen Augen an, ihr Mund steht offen. Zeigt blankes Entsetzen.

In der Ecke rumort es. Die Katze ist wach geworden, sitzt aufrecht und blickt zu ihnen rüber. Sie haben sich angeschrien. Wie konnte das so eskalieren? Zu spät. Clara blickt zu Boden. Es zerreißt sie innerlich, Frau Kühn so zu sehen. Und es ist einzig ihre Schuld. Doch da ist nichts mehr zu retten, weil alles mit einem Mal zusammengebrochen ist: ihr Anstand, ihr Vorsatz sachlich zu bleiben und ihre harte Schale.

***

Das hat gesessen. Ein verbaler Faustschlag, mitten ins Gesicht. Helena fehlen die Worte. Aber sie selbst ist nicht ganz schuldlos. Sie hat das provoziert, weil sie so sauer war, wegen Frau Habermanns' heftiger Abwehr einer ehrlich gemeinten Umarmung, noch bevor es wirklich dazu kommen konnte.

Frau Habermanns steht auf. »Ich gehe besser.«

»Warten Sie, ich muss Sie aus der Garage lassen.« Helena drückt sich aus dem Sessel. Die Beine fühlen sich an wie Blei.

Frau Habermanns bleibt stehen. Ihr Gesicht ist kalkweiß. »Es tut mir leid, Frau Kühn, so leid. Das müssen Sie mir bitte glauben.« Ihre Worte klingen hohl und reuevoll, so, als wolle sie sich selbst bestrafen. Aber wofür? Dafür, dass sie noch mal hergekommen ist? Oder für die Sache vorhin auf dem Parkplatz? Oder weil sie sich überhaupt auf diese Floßfahrt eingelassen hat?

Helena blickt in das bleiche Gesicht. Was für traurige Augen. Oh Gott, Clara Habermanns! Deine ganze Person ist ein einziger großer Widerspruch. Du würdest mir am liebsten um den Hals fallen, aber die Oberbürgermeisterin zerrt dich mit Gewalt aus meinem Haus.

Frau Habermanns ist schon im Flur. Helena läuft ihr hinterher und erreicht sie in der Schleuse. Sie greift von hinten ihre Hand. »Mir tut es auch leid«, flüstert sie.

Frau Habermanns dreht sich zu ihr um. Ihr Mund öffnet sich, so, als wolle sie etwas sagen. Doch sie bleibt stumm, lächelt nur zaghaft. Sie wirkt ganz anders als vorhin. Sie stößt Helena nicht von sich, zieht ihre Hand nicht weg, es kommt auch kein Protest. Sie steht einfach still vor ihr und schaut sie an. Mit einem seltsamen Blick. »Ich werd dann mal«, flüstert sie.

Helena löst den Griff. Frau Habermanns dreht sich um, geht, steigt ins Auto und fährt aus der Garage.

Zurück im Wohnzimmer sinkt Helena auf ihre Couch. Genau an dieser Stelle saß sie und ist noch zu spüren. Clara Habermanns. Hinter der rauen Fassade steckt eine weiche Frau, der offenbar selbst überhaupt nicht klar ist, wie einsam sie tatsächlich ist. Nach außen zeigt sie Härte, aber innerlich ist sie zerbrechlich wie hauchdünnes Glas. Genauso wie sie selber auch. Ob sie das spürt? Ist sie womöglich deshalb so außer Fassung, weil sie sich selbst in ihr wiedererkennt?

Helena schließt die Augen. Trotz allem Hin und Her gibt es Momente, da fühlt es sich unglaublich mit ihr an. Stimmig und weich. Als hätte jemand ein Band um sie beide gelegt.

10.

Helena parkt auf der Baustelle, einem alten Bauernhaus. Das Wochenende war mies. Ständig kamen da Gedanken an Clara Habermanns, an Freitagabend, an ihren Streit. Wie konnte das so eskalieren? Es war so unnötig. So völlig unnötig. Aber gut, es ist nun mal passiert und nun nicht mehr zu ändern. Außerdem hat sie an diesem Montag etwas Angenehmes vor sich: Heute ist Abriss-Tag.

Sie steigt aus dem Jeep und geht in das alte Gebäude. Aus mehreren Ecken kommt Hämmern und Poltern, in der Luft hängt feiner Staub, es riecht nach Putz, nach Schimmel und dem Muff aus längst vergangenen Zeiten.

So ein Komplettumbau ist eine echte Herausforderung und weckt gewisse Emotionen. Zuerst wird ausgemistet und das ganze alte Zeug zerschlagen oder abgebaut. Am Ende des Tages steht man inmitten von Schutt. Alles scheint chaotisch und es kommen Zweifel, ob das Haus jemals wieder bewohnbar sein wird. Doch jedes alte Haus hat seine Einzigartigkeit. Trägt man die Trümmer weg, sieht man das Wesen und den Kern. Neues fügt sich wie von selber ein und macht es dadurch schöner, als es jemals war. Ohne seinen Ursprung zu verändern, erblüht das Haus und bietet neue, ungeahnte Perspektiven.

»Morgen, Chefin.«

»Na Andi, wie läuft's?«

»Gut.«

»Andi, denk dran, das Fachwerk dahinten bleibt stehen.«

»Ja, Chefin.«

»Und die Jungs, die müssen ...«

»Schutzbrillen aufsetzen.«

»Sorg bitte dafür.«

»Mach ich. Bisher ham se ja nur Ziegel geschleppt.«

Helena öffnet eine Zimmertür, breitet die Arme aus und umfasst das Türblatt.

»Chefin, Sie können's wohl mal wieder nicht lassen?«

Sie hebt es an, stemmt es aus den Angeln und stellt es an der Wand ab. »Die Türen müssen alle raus.«

Andi zieht beide Mundwinkel zur Seite und nickt.

»Und die Zargen, die müssen sauber ...«

»Chefin, das wissen wir doch.«

Helena geht in die Küche. Links und rechts an der Wand stehen zwei hässliche braune Schrankzeilen. Massivholz, kein Furnier. Aber die Arbeitsflächen, das sind Pressspanplatten mit aufgeklebtem Marmorimitat. Gruslige Kombi. Irgendwann war so was wohl mal schick. Sie streift mit den Fingern über das Holz. Vor ihren Augen erscheint eine Frau um die sechzig mit Lockenwicklern und Kittelschürze. Sie steht vor dem Herd und brät Rouladen an.

Helena schaut auf die Uhr. Eigentlich ist sie in Eile, doch sie liebt nun mal den Abriss-Tag. Sie hat echt Lust, die alten Gewürzregale abzubauen. Sie organisiert sich einen Schraubenzieher und legt los. Schraube um Schraube dreht sie locker, dann hebt sie das erste Regal ganz vorsichtig von der Wand. Ein paar Putzbröckchen lösen sich und fallen zu Boden.

In der Hosentasche vibriert das Handy. »Ja, Christiane?«

»Helena, ich dachte, ich ruf dich direkt an.«

»Was Schlimmes?«

»Ja. Den Auftrag, den kriegt ein anderer.«

Helena steht still. Christianes Worte schwirren ihr im Kopf und finden keine Resonanz. Es gibt Dinge, die realisiert man zwar sofort, aber alles Innere wehrt sich, sie als gegeben hinzunehmen.

»Welchen Auftrag?«

»Helena!«

»Wieso, woher …?«

»Ein Hamburger bekommt ihn. Hab ich eben aus sicherer Quelle erfahren. Die Entscheidung ist wohl schon Ende letzter Woche gefallen, der Beschluss des Stadtrats heute Abend ist nur noch Makulatur.«

Helena drückt Christiane weg. Sie steht im Dreck in einer alten Küche und versucht, sich zu sortieren. Man hat sie also rausgekickt? Sie, als einziges hiesiges Unternehmen, das mitgeboten hat? Was für eine Sauerei! Ein Schlag in die Magengrube. Nein, direkt auf den Kopf.

Sie schleudert den Schraubenzieher in die Ecke und greift sich einen Vorschlaghammer. Mit beiden Händen umfasst sie den Stiel, holt aus und schlägt gegen die Küchenzeile. Holz splittert, eine Tür fliegt aus den Angeln. Jetzt stellt sie sich breitbeinig davor, schwingt den Hammer zwischen ihren Beinen, erst nach hinten, dann nach vorn, und haut mit voller Wucht von unten an die Arbeitsplatte. Es kracht, sie bricht heraus. Wieder holt Helena zum Schlag aus. Scheiß auf Schutzbrille und Handschuhe, sie haut den Ärger raus, schlägt und schlägt, es splittert, bröckelt, fällt. Und noch mal … Ausholen … Zuschlagen … Ausholen …

»Chefin!«

Helena stoppt und dreht sich um. Im Türrahmen steht Andi, mit bleichem Gesicht und offenem Mund.

»Chefin ... die Küche ... die sollte doch ...«

»Was!«

»Neu aufbereitet werden.«

Helena lässt den Hammer fallen. Dann läuft sie los, stiebt an ihm vorbei und durch den Flur nach draußen zum Auto. Sie hat den Auftrag nicht bekommen und jetzt auch noch die Küche zerstört. Schuld daran ist die verdammte Stadtverwaltung! Entscheidet solchen Irrsinn! Helena steigt ins Auto und knallt die Tür neben sich zu.

Eine halbe Stunde später sitzt sie immer noch still da. Nieselregen besprenkelt die Scheiben, langsam verschwindet die Außenwelt. Am liebsten würde sie für immer hierbleiben, abtauchen, sich verkriechen, wie in einem Kokon. Sie reibt sich das Gesicht. Den Auftrag bekommt ein Hamburger ... Ende letzter Woche ... also hat Frau Habermanns am Freitag ganz genau gewusst, dass sie den Auftrag nicht bekommt.

Helena zieht ihr Handy aus der Hosentasche und drückt auf *Clara Habermanns*.

»Frau Kühn!«

»Warum haben Sie mir nichts gesagt?«

»Äh ... Was meinen Sie?«

»Sie haben's doch am Freitag schon gewusst.«

»Frau Kühn, das ...«

»Warum denn ein Auswärtiger? Warum nicht ich?«

»Der Preis. Ihr Kollege aus Hamburg lag ein Stückchen unter Ihnen. Es war knapp, aber leider ...«

»Aber der Stadtrat hat doch noch gar nicht endgültig entschieden.«

»Das wird er aber. Die Beschlussvorlage steht.«

»Können Sie da nicht noch was machen?«

»Jetzt überschätzen Sie aber meine Kompetenzen, Frau Kühn. Im Stadtrat bin ich ganz normales Mitglied, und ich habe, wie alle anderen auch, nur eine einzige Stimme.«

Helena spielt am Autoschlüssel. »Wirklich, Sie hätten mir das sagen sollen, letzten Freitag.«

»Es ist doch noch gar nicht offiziell. Und außerdem, ich wollte den … unseren Abend nicht verderben und … Sind Sie etwa nur mit mir Floß gefahren, weil Sie den Auftrag wollten?«

Helena hält die Luft an. Irgendwie ja schon. Aber wiederum auch nicht. Was soll sie jetzt am besten sagen?

»Okay, Frau Kühn, verstehe.«

»Nein. Ich glaube nicht, dass Sie das verstehen, Frau Habermanns. Ich verstehe nämlich gerade selbst nichts mehr.«

***

Helena ist in Berlin auf einem Baustoffhof. Hinter den Kieshaufen liegen die Steine. Pflastersteine, Mauersteine, Einfassungen, Terrassenplatten.

Sie zieht ihr Notizbuch aus der Ledertasche, die schräg über ihrem Oberkörper hängt, und schlägt es auf. Dreißig Quadratmeter Granit braucht sie für die Terrasse ihrer Kunden. Kurzfristig und sinnfrei. Nun also doch kein Travertin, wie vom Architekten vorgeschlagen, das perfekt gepasst hätte und auch schon bestellt war. Und nur, weil der Bauherr den kullernden Rehaugen seiner jugendlichen Ehefrau nichts abschlagen konnte. Erst hat sein Mäuschen einen auf bockig gemacht und dann kam die Mitleidsnummer. Männer fall'n auf so was rein.

Helena starrt auf die Steine. Dann eben Granit. Ihr solls egal sein. Sie hat ganz andere Probleme. Der Kita-Auftrag geht ihr nicht mehr aus dem Sinn. Nach so einem großen Projekt hätte sie die Firma super verkaufen können. Stattdessen ... Die Zahlen sehen absolut nicht gut aus, sagt der Steuerberater. Logisch. In den letzten Monaten hat sie sich ja nur auf diesen Auftrag konzentriert. Viel zu viel Energie für das Angebot verbraucht. Alles auf eine Karte gesetzt. Und verloren.

Was, wenn sie nun keinen Käufer finden? Wie sieht dann ihre Zukunft aus? Wird sie bis an ihr Lebensende nur noch langweilige, unpraktische, grässliche oder eben auch völlig sinnfreie Kundenwünsche erfüllen? Was wird aus ihren Träumen? Gerade noch hat sie mit Josie Reisepläne geschmiedet, das Visum beantragt und den Job in Kalifornien klargemacht. Voller Vorfreude haben sie einer aufregenden Zukunft entgegengefiebert, die ihnen unendliche Weiten,

Freiheit und Unabhängigkeit versprach. Gefühlt war das erst gestern. Doch dieses Gestern ist wie ausgelöscht.

Sie schiebt das Notizbuch zurück in die Tasche, organisiert sich einen Verkäufer und bestellt die Platten. Trotzdem, heller Travertin hätte um Längen besser gepasst. Aber gut, die kullernden Rehaugen haben sich nun mal durchgesetzt. Dabei ging es doch überhaupt nicht um Terrassenplatten. Die hatten Beziehungsprobleme. Wahrscheinlich lohnt es sich überhaupt nicht, dass die beiden erst noch ein Haus miteinander bauen.

Helena geht noch ein Stück, schlendert in der schwülwarmen Luft ziellos über verschiedene Wegemuster. Im Vorbeigehen lässt sie die Hand über Mauersteine gleiten. Glatt, rau, große Poren, kleine. Beziehungsprobleme. Na, die haben sie und Josie auch. Mangelerscheinungen wegen Kontaktarmut. Josie redet von sich und diesem Dave, als wär'n sie schon ein altes Ehepaar. Und sie? Sie fragt nicht weiter nach, weil sie ganz andere Sorgen hat. Und an denen wiederum scheint Josie absolut kein Interesse zu haben. Helena bleibt stehen. Gestern am Telefon wollte sie das eigentlich endlich besprechen, aber wozu das Kind beim Namen nennen, wenn doch eh alles klar ist? Da lässt sich nichts mehr schönreden. Sie und Josie gehen ihre eignen Wege.

Helena bleibt stehen. Sie nimmt einen silbergrauen Pflasterstein von einem Stapel und wendet ihn wie einen Würfel hin und her. Mal in der einen, mal in der anderen Hand. Erwartet sie ab jetzt ein langweiliges Leben? Eins, in dem sie selbst zu einer langweiligen Frau wird, die für niemanden interessant ist. Nicht mal mehr für sich selbst?

Sie wirft den Pflasterstein zurück. Mit einem dumpfen Klacken landet er zwischen den anderen.

Dann verlegt sie eben diesen hässlichen Granit! Soll ihr doch egal sein. Hauptsache, die Kunden geh'n ihr nicht mehr auf den Wecker und sie macht endlich mehr Gewinn. Vielleicht ist es sogar besser, dass sie den Auftrag nicht bekommen hat. Wenn sie diese Kita gar nicht erst zu bauen braucht, kann sie den Laden vielleicht sogar noch schneller verkaufen. Papa hat doch selbst gesagt: *Nichts im Leben ist so schlecht, dass es nicht für irgendetwas gut ist.*

Helena setzt sich auf einen großen Stein. Nur mal einen Moment ausruhen. Innehalten in der Mittagssonne.

Sie will keine langweilige Frau werden, die nur arbeitet. Und ein langweiliges Leben will sie schon mal gar nicht.

Plötzlich kommen Bilder von Frau Habermanns. Ihre Mimik, ihre Gestik. Helena hört ihre Stimme. *Zwischen Ihnen und mir, Frau Kühn, gibt es nichts Privates. Absolut nichts.*

Sie beugt sich nach vorn, stützt die Ellenbogen auf den Knien ab und schaut geradeaus. Vor ihr ist ein Zaun. Gras vom Nachbargrundstück wächst unten hindurch. Sie mustert die Halme und dann ... zieht sie ihr Handy aus der Tasche und tippt eine Nachricht.

Hallo Frau Habermanns, ich wollte nur mal hören, wie es Ihnen so geht.

Es dauert keine Minute. *Danke. Geht so. Bin gerade in Berlin, auf einer Veranstaltung im Ministerium.*

Was für ein Zufall. Beide sind sie in Berlin. Helena starrt auf das Display, dann auf das frische Grün unterm Zaun. Natur lässt sich nicht abhalten. Sie nimmt sich, was sie braucht.

Frau Habermanns, ich würde gern mit Ihnen Mittagessen gehen.

***

Helena steht vor dem Restaurant und schnauft kurz durch. Hoffentlich wirkt sie nicht zu abgehetzt.

Sie öffnet die Eingangstür. Gewaltiger Lärmpegel. Verbrauchte Luft. Eine Mischung aus Curry und feuchten Putzlappen. Sie wird zur Seite geschoben, drei Anzugträger mit großspurig-angesäuerter Mimik drängen sich an ihr vorbei.

Helena lässt den Blick durch den Gastraum wandern. Kellner tragen volle Tabletts zwischen langen Tafeln und kleineren Tischen hindurch. Alle besetzt. Frau Habermanns sitzt mit Blick zur Tür und hat sie sicher längst bemerkt. Ihr Gesichtsausdruck ist … nicht zu deuten.

»Hallo Frau Habermanns.«

»Sie und Ihre spontanen Ideen, Frau Kühn.«

Helena nimmt die Tasche von der Schulter, zieht die Jacke aus und hängt beides über die Stuhllehne. Dann setzt sie sich ihr gegenüber. Gut sieht sie aus, wie immer, wirkt aber irgendwie ein wenig angespannt. »Ich hoffe, Sie bekommen keinen Ärger von Ihrem Ministerium?«

Frau Habermanns schüttelt den Kopf und lächelt. Aber das Lächeln kommt nicht bei den Augen an. Sie schaut nach links und dann nach rechts.

»Ist alles in Ordnung?«

»Ja. Allerdings … Irgendwie fühle ich mich hier ein bisschen wie auf einem Präsentierteller.«

Helena blickt um sich. Klar, ein Tisch am Rand oder in der Ecke wäre vielleicht besser gewesen, aber … Sie stützt die Ellenbogen auf und legt das Gesicht in ihre Hände. »Wir sind hier mitten in Berlin. Ich sehe nur Touristen und ein paar Wichtigtuer.«

»Schon. Ach, ich weiß auch nicht.«

Helena schiebt ihr die Speisekarten rüber. Da hat sie nun auf die Schnelle extra dieses gehobenere indische Restaurant ausgesucht, in der Hoffnung, den Ansprüchen einer Oberbürgermeisterin Genüge zu tun, doch die fühlt sich hier scheinbar überhaupt nicht wohl. »Wollen Sie lieber woanders hin?«

»Nein, nein. Schon gut, Frau Kühn.« Jetzt lächelt sie richtig. Vielleicht wird sie ja langsam warm.

Helena schaut in die Speisekarte. »Was meinen Sie, nehmen wir den Business Lunch?«

Frau Habermanns hält sich die Karte direkt vors Gesicht.

»Haben Sie Ihre Brille vergessen?«

»Ich wusste es!«

»Was?«

»Der sitzt im Potsdamer Landtag.«

»Wer?«

»Der Mann, der eben reingekommen ist. Jetzt müsste er hinter mir sein.« Frau Habermanns lässt die Karte sinken. Vorhin war sie nur angespannt, doch das jetzt, ist pure Hysterie.

»Meinen Sie den Dünnen im karierten Sakko?«

»Ja.«

»Der sitzt hinter Ihnen. Aber ein ganzes Stück weg. Und außerdem ist er sehr beschäftigt, mit seiner jungen Begleiterin.«

»Wie alt?«

»Vielleicht Mitte zwanzig. Was trinken Sie, Frau Habermanns?«

»Dann ist das nicht seine Frau. Schaut er zu uns?«

»Erst mal Mineralwasser?«

»Was?«

Frau Habermanns sieht aus, als wäre sie aus einem Schlaf geschreckt. Wo bitte liegt denn das Problem, wenn hier einer aus dem Potsdamer Landtag mit seiner Affäre zu Mittag isst? Mal abgesehen davon, dass der überhaupt nicht in ihre Richtung schaut, machen sie doch nichts Verbotenes. Außerdem ist sie keine Auftragnehmerin der Stadt, also was soll denn das! Helena steht auf. Das wird hier nichts. »Kommen Sie, Frau Habermanns.«

»Wohin?«

»Keine Ahnung.« Helena zieht Jacke und Tasche von der Stuhllehne und läuft in Richtung Ausgang. Kurz davor dreht sie sich um und wartet.

Frau Habermanns erhebt sich nun auch, nimmt ihren Mantel und ihre Tasche und kommt ihr hinterher nach draußen.

Die Sonne scheint noch immer hell. Verkehr schiebt sich über vier Fahrbahnen. Helena geht einfach los. So aus dem Lokal zu stürmen, war sicher ziemlich unhöflich, aber in dem Moment ist ihr einfach nichts Besseres eingefallen. Keinesfalls will sie schon wieder daran schuld sein, wenn Frau Habermanns in Stress gerät. Wenngleich auch völlig unnötig.

»Frau Kühn, jetzt warten Sie doch mal.« Frau Habermanns zeigt neben sich auf eine Tür. »Wollen wir hier rein?«

»Da? In einen chinesischen Imbiss?«

»Lunchbüfett. Warum denn nicht?«

Helena schaut abwechselnd auf eine Tafel mit verblassten Nudelgerichten und auf Frau Habermanns. Die steht vor ihr, trägt einen feinen Designer-Hosenanzug, hat einen hellen Sommermantel locker überm Arm liegen und will allen Ernstes hier in dieses Ding?

»Jetzt schauen Sie doch nicht so entsetzt. Kommen Sie.« Sie macht zwei Schritte zum Eingang und stemmt sich gegen die Tür.

Helena schüttelt den Kopf und folgt ihr hinein.

Das Büfett wirkt gar nicht so unappetitlich. Frau Habermanns drückt ihr einen leeren Teller in die Hand. Helena greift zu.

Sie nehmen sich, zahlen jede für sich getrennt und schauen sich um. Es gibt kaum Tische, und die, die es gibt, sind schon besetzt. Aber da hinten, neben der Tür zur Toilette, ist so eine Art Brett an der Wand. Darauf stellen sie die vollen Teller ab und setzen sich auf zwei Barhocker. Aus einem Lautsprecher, direkt über ihnen, hallt chinesische Folklore, die sich in der fettgeschwängerten Luft mit Stimmengewirr und Geschirrgeklapper mischt.

Helena nimmt ihr Besteck. Für sie geht das Ambiente völlig in Ordnung, aber für Frau Habermanns? Das hätte sie nun wahrhaft nicht gedacht, dass die in so einen Imbiss geht. Mehr noch, sie wirkt total entspannt.

»Was ist?«

Jemand öffnet die Toilettentür. Ein Schwall kühler Spülsteinduft dringt in die Nase.

Helena grinst. »Nichts. Alles in Ordnung.«

Frau Habermanns grinst ebenfalls. Sie schauen sich an und müssen beide lachen.

Dank ausreichend Glutamat schmeckt das Essen gar nicht mal so schlecht. Helena kaut vor sich hin. Sie versteht noch immer nicht, warum Frau Habermanns vorhin so unruhig war. »Frau Habermanns?«

»Ja?«

»Ich dachte, wo ich doch jetzt den Auftrag nicht bekommen habe, ist es kein Problem mehr, wenn man uns zusammen sieht?«

»Ich möchte es trotzdem nicht.«

»Warum denn das?«

»Weil ...« Frau Habermanns steigt vom Hocker.

»Moment.«

Neben der Theke steht ein großer Kühlschrank mit Glastür. Dorthin geht sie, öffnet ihn, greift hinein und holt zwei Flaschen raus. Dem Kassierer gibt sie ein paar Münzen und dann kappt sie die Kronkorken mit einem Flaschenöffner, der an einer Strippe hängt. Helena ist fasziniert. Frau Habermanns agiert, als wäre sie hier angestellt und für die Getränkeausgabe verantwortlich.

Jetzt kommt sie zurück und stellt zwei Flaschen Bionade auf den Tisch. Daneben legt sie zwei Strohhalme in Papierhülle. »Bitteschön.«

Helena nimmt sich einen Halm und packt ihn aus. »Danke.« Eine nette Geste von Frau Habermanns. Sie hat tatsächlich Durst. Sie steckt den Strohhalm in ihre Flasche, greift danach und ...

»Stopp!«

Helena hält inne.

»Warten Sie auf mich.« Frau Habermanns zupft noch am Papier des Strohhalms, jetzt steckt sie ihn in ihre Flasche und hebt sie an. »Ich hab die nicht umsonst geholt.«

»Nicht?«

»Ich bin Clara. Also wenn Sie das wollen. Und nur, wenn wir unter uns sind. In der Öffentlichkeit wäre es mir lieber, wir blieben beim Sie.«

Das gibts ja nicht! Helena nickt. Dann streckt sie die Hand aus, stößt sachte an Claras Bionade-Flasche und lächelt. »Helena.« Das kam jetzt aber überraschend! Aber schön ist das. Richtig schön.

Synchron stellen sie die Flaschen ab und greifen nach ihren Gabeln. Helena spießt ein Stück gebackenes Hühnchen auf und schiebt es in den Mund. Sie braucht einen Moment, um alles zu begreifen: Sie und Clara Habermanns sind jetzt *per Du*. Sie kaut und schluckt. Chilisoße brennt im Hals, nebenan rauscht die Toilettenspülung und über ihnen quiekt es aus dem Lautsprecher, als würde jemand ein Tier quälen. Aber es fühlt sich an, als säßen sie in einer lauen Sommerbrise zwischen Wasserfällen unter Palmen. Kerzen brennen. Leise Musik spielt. Sie trinken eine gute Flasche Wein.

Helena spült mit Bionade nach. »Warum bist du denn nun eigentlich Bürgermeisterin geworden?«

Clara blickt vom Teller auf. »Eigentlich bin ich da so reingerutscht.«

»So reingerutscht?« Helena grinst. »So wie ins kriminelle Milieu?«

»Kriminelles Milieu! Na, sag das bloß nicht zu laut.« Clara legt die Gabel ab und lacht. Ein herzliches Lachen. »Ich bin Vertreterin der Stadt und ihrer Bürger, Leiterin der Stadtverwaltung, Dienstvorgesetzte. So zumindest, lauten die offiziellen Versionen.« Jetzt nimmt sie ihre Flasche, trinkt einen Schluck und setzt sie wieder ab. »Nein, nein, mal ganz im Ernst, eigentlich bin ich Rechtsanwältin. Bürgermeisterin zu werden, hatte ich nicht auf dem Plan. Aber inzwischen könnte ich mir gar nichts anderes mehr vorstellen.«

»Echt jetzt? Machst du das wirklich gerne?«

Clara nickt. »Nicht immer, aber meistens.«

»Also für mich wäre das überhaupt nichts. Jeder kennt einen, zu allem muss man eine Meinung haben und egal wie die ausfällt, beschimpft wird man sowieso.«

Clara zuckt mit den Achseln. »Dafür mag ich eben keinen Mörtelgeruch, Kreissägenlärm oder Schlamm.«

»Ich habs mir auch nicht ausgesucht.«

»Nicht?«

»Nein.«

»Aber ich dachte, das ist ein Familienbetrieb und ...«

Helena schüttelt den Kopf. »Unschöne Geschichte. Aber, du, noch mal wegen vorhin, beim Inder, fändest du es denn wirklich so schlimm, wenn man uns zusammen sieht?«

»Besser nicht.«

»Ich hab gehofft, weil ich den Auftrag nicht habe, könnten wir mal was gemeinsam unternehmen. Essengehen zum Beispiel, oder ins Theater, oder irgendeinen Ausflug machen, mal abends oder an einem Wochenende.«

»Nicht in Potsdam. Höchstens in Berlin. Aber Berlin ist eben auch so eine Sache.«

Helena trinkt einen Schluck. Sie versteht es nicht. Absolut nicht. »Dann eben wieder auf dem Wasser.«

Clara ist fertig mit Essen. Sie wischt sich mit der Serviette über ihren Mund und scheint über irgendetwas nachzudenken. »Ja. Wasser könnte gehen.«

»Dann werd ich uns also wieder ein Floß mieten?«

Clara lacht sie an. »Nein nein, lass mal. Um den nächsten Ausflug aufs Wasser kümmere ich mich.«

11.

Helena schaut auf die Uhr. Es ist gleich sechs. Sie müssten also bald ankommen. Brandenburg liegt schon seit einer Weile hinter ihnen und nun sind sie auf schmalen baumgesäumten Landstraßen unterwegs. Allerdings ist vom vielgepriesenen Mecklenburger Urlaubsflair, den Seen, geschwungenen Hügeln und urigen Wäldern, nicht allzu viel zu sehen. Vorn rotieren die Scheibenwischer und an den Seitenfenstern kleben Wassernasen. Das war so nicht vorhergesagt.

Helena blickt neben sich. Claras Profil wirkt elegant, wie von einem weichen Bleistift gezeichnet, und die blonden Haarsträhnen, die sie sonst so gnadenlos nach hinten schiebt, fallen heute locker über Ohr und Wange. Wie sich diese Haare wohl anfühlen? Und wonach sie riechen? Helena holt tief Luft. Sie sitzt neben der Oberbürgermeisterin im Auto und ihr Herz schlägt viel zu schnell. Sie freut sich so, auf das, was kommt. Wieder atmet sie tief ein. Sie fixiert einen Wassertropfen, der zitternd an der Autoscheibe klebt und hält die Luft an. Ihre Nervosität, die sie sich selber nicht erklären kann, darf sie sich keinesfalls anmerken lassen. Es wäre ihr peinlich.

Clara dreht den Kopf und schaut zu ihr herüber. »Was ist?«

»Nichts.«

Dabei ist so viel. Nie hätte sie gedacht, dass Clara Habermanns, die Oberbürgermeisterin von Potsdam, sie mit in ihre alte Heimat nehmen würde, um mit ihr gemeinsam Boot zu fahren. Im Gegenteil, sie hatte befürchtet, dass sie und Clara überhaupt nicht mehr zusammenfinden, nach den beiden weiteren, missglückten Ausgehversuchen, deren Scheitern einmal an einer Überschneidung in Claras Terminkalender und das andere Mal an einem angeblichen Reporter von der Lokalpresse lag. Doch dann kam Clara plötzlich mit diesem Vorschlag um die Ecke. Das Boot ihrer Eltern sei schick und gemütlich, und vor allem wären sie dort ungestört. Kaum zu fassen. Sie beide könnten also endlich einmal in Ruhe etwas Zeit miteinander verbringen, sich unterhalten und kennenlernen. Gleich holen sie nur schnell den Bootsschlüssel aus Claras Elternhaus, dann fahren sie zum See, übernachten dort in einer Pension – in getrennten Zimmern natürlich – und morgen früh geht es aufs Boot. Das wird ein wundervoller Tag morgen!

Helena schaut wieder neben sich. »Und deine Eltern sind auf Rügen?«

»Ja. Ich hab gestern kurz mit meiner Mutter telefoniert. Da wollten sie gerade los.«

Helena lehnt sich zurück und streckt die Beine aus. Ihr ist ein wenig flau im Magen. Das kommt sicher vom Hunger, denn sie hat bis Anschlag gearbeitet und heute fast noch nichts gegessen. »Ich freu mich aufs Abendessen.«

»Das kannst du auch. Im Seeblick kriegst du frischen Fisch. Perfekt gegrillt. Und die Schnitzel erst! Knusprig, würzig. Keine Ahnung, wie die die Panade so hinbekommen.«

»Oh Gott, hör auf! Ich vergehe vor Hunger.« Helena legt beide Hände auf den Bauch und macht ein gequältes Gesicht.

Clara lacht.

Jetzt halten sie an einer Ampel. Die Scheibenwischer quietschen leise. Clara schaut zu ihr herüber. »Der Vorteil ist, dass ich mich hier viel freier bewegen kann als in Potsdam. Niemand spricht mich an. Und ich muss nicht ständig darauf achten, was ich sage oder wie ich mich benehme.«

»Dann bist du also oft hier?«

»Nein. Fast nie.«

»Weil?«

Die Ampel springt auf Grün. Clara fährt an. »Ach weißt du, meine Mutter ist ziemlich ... Schau mal, es hat aufgehört zu regnen.«

»Wie denn, *ziemlich*?«

»Ach, eben ... Lassen wir das besser. Wir sind jetzt auch gleich da. Ich spring rein, hol den Schlüssel, und dann fahr ich dich zu deinem Schnitzel.« Clara setzt den Blinker und biegt rechts ab.

Eine Wohnsiedlung. Säuberlich aufgereihte Einfamilienhäuser. Die Fußwege sind blassrosa gepflastert, in regelmäßigen Abständen stehen grüne Straßenlaternen am Rand, links ist ein Spielplatz, dann eine Bushaltestelle. Auf der rechten Seite gehen immer wieder Straßen ab. Alle sehen gleich aus.

Clara fährt jetzt Schritttempo und biegt in eine der Straßen ein. »Erschrick bitte nicht. Das Haus sticht gleich ins Auge.«

»Helena reckt den Hals. Dann ist es sicher das da vorn?«

»Leider ja. Keine Ahnung wie meine Eltern auf lila Dachziegel und eine gelbe Fassade gekommen sind.«

»Oh, das ist ja ein EW 42!«

»Ein was?«

»Ein DDR-Eigenheim vom Bautyp EW42, mit Keller, Erdgeschoss und ausgebautem Spitzdach, charakteristisch durch das von zwei Seiten offene Vorhäuschen.«

Clara schmunzelt. »Na wenn du das sagst.« Sie biegt in die Einfahrt und stellt den Motor ab.

Auf dem Grundstück sieht es aus wie nach einer Sintflut. Überall sind große Pfützen, Stauden neigen sich triefend vor Nässe, Gräser liegen flach auf dem Boden. Die Giebelwand des Hauses hat der Regen nassgepeitscht, es tröpfelt aus der Dachrinne.

»Immer wenn ich hier ankomme, will ich am liebsten gleich wieder fahren.«

»Wieso denn? Ist doch nett.«

»Ich bekomm eine Art Heimweh, ähnlich wie früher im Ferienlager. Das Haus ist so winzig, die Wohnsiedlung spießig und diese Kleinstadt so öde. Na ja, aber wir sind ja gleich wieder ...« Clara reißt die Augen auf. »Scheiße!« Sie presst die Finger vor den Mund.

Ups, Frau Oberbürgermeisterin, ein solches Wort aus Ihrem Mund? Helena schaut zum Haus. Jetzt sieht sie auch, dass die Gardine wackelt.

»Das ... Wir fahren wieder!«

»Und die Schlüssel fürs Boot?«

»Ja. Stimmt. Okay. Ich geh kurz rein.«

»Ich komme besser mit.«

»Nein! Also ich meine, das ist nicht nötig.«

»Wo ist denn das Problem, wenn ich deinen Eltern mal kurz guten Tag sage? Wir woll'n doch schließlich ihr Boot benutzen.«

»Schon, aber ...«

Helena löst den Gurt. Clara sieht aus wie eine Kalkwand. Das sind doch nur ihre Eltern, da muss sie doch nicht gleich ins Koma fallen. »Komm. Ist ja nur für einen Moment.«

»Nein, bitte Helena ...«

»Wieso denn nicht?«

»Weil ...«

Helena öffnet die Autotür. Jetzt will sie gerade wissen, warum sich Clara hier benimmt, als stünden sie vor einem Geisterhaus. Helena steigt aus und schlägt die Tür hinter sich zu.

***

Clara zieht den Zündschlüssel ab und steigt aus dem Auto. Auf ihre Eltern zu treffen, ist das Letzte, was sie jetzt brauchen kann. Und noch dazu mit Helena.

Sie geht zum Haus, steigt die fünf Stufen hoch und tritt ins Vorhäuschen. Helena ist dicht hinter ihr. Konnte sie denn nicht einfach im Auto bleiben. Das hier ist absolut privat, und sie ist einfach nicht bereit, das mit Helena zu teilen. Wo sie doch gerade erst dabei sind, sich kennenzulernen.

Im Vorhäuschen sieht es aus wie immer. Es liegen Birkenstockpantoffeln, ausgetretene Sandalen und verkrustete Gartenhandschuhe auf dem Boden. An der Wand lehnen ein verbogener Regenschirm und eine

Gartenharke, und an den Wänden hängen Jacken, Taschen und jede Menge leere Einkaufsbeutel. Peinlich ist das. Clara schiebt die Schuhe mit dem Fuß zur Seite und geht als Erste ins Haus hinein. Im Flur lässt sie ihre Handtasche auf den Fransenläufer fallen, streift die Sneaker von den Füßen und biegt rechts in die Küche. Die Abzugshaube rauscht. Mutter steht mit dem Rücken zu ihnen, werkelt am Herd, es riecht nach Essen.

»Wieso seid ihr zu Hause!«

Mutter dreht sich um, wischt die Hände an der Jeans ab und kommt auf sie zu. »Hallo Clara. Na du bist aber blass!«

Clara tritt einen Schritt zur Seite und zeigt auf Helena. »Das ist Helena Kühn. Eine Freundin von mir.«

»Ach.«

»Ihr wolltet doch weg sein.«

»Spontane Planänderung. Witterungsbedingt. Wir fahren nächstes Wochenende nach Binz.« Mutter streicht sich eine Haarsträhne hinters Ohr und geht mit ausgestreckter Hand auf Helena zu. »Ingrid Habermanns.«

»Freut mich.« Helena nimmt die Hand und lächelt.

Mutter mustert zuerst Helena, jetzt sie. »Eisenmangel.«

»Wie bitte?«

»Deine Blässe. Du hast Eisenmangel. Wurde das schon mal untersucht?«

»Willst du nur meine Krankenversichertenkarte oder auch meinen Impfausweis kontrollieren?«

Helena wirkt, als bräuchte sie eine Erklärung. »Meine Mutter war Ärztin. Allgemeinmedizin.«

»Ja. Im MVZ. Und früher in der Poliklinik. Damals war die Welt noch in Ordnung. Das Essen ist übrigens gleich fertig.«

»Wir bleiben nicht zum Essen. Ich hab im Seeblick reserviert. Wie wollen nur den Bootsschlüssel holen.«

»Kommt gar nicht in Frage. Ich hab extra gekocht. Indisch. Das reicht auch für Vier.«

Clara schaut zum Herd. Aus einem Topf quillen weiße Blasen. Das sieht nach Reis aus, der gerade überkocht. Oh Gott, Helena, sie freut sich doch aufs Schnitzel. Außerdem wollten sie zu zweit sein, endlich ungestört. Clara blickt zu Helena. Die zuckt mit den Achseln. Dazu macht sie ein Schon-in-Ordnung-Gesicht. Es scheint ihr tatsächlich egal zu sein, dass sie hier zum Abendessen bleiben? Clara schluckt trocken. Aber ihr, ihr ist das nicht egal. Sie wollte ... das wird ...

Mutter nickt. »Na also. Kannst gleich schon mal den Tisch decken.«

Clara hebt beide Schultern und lässt sie wieder sinken. Vielleicht wird es ja auch gar nicht so schlimm. Und in den Seeblick müssten sie dann eben morgen, wenn sie mit dem Boot zurück sind. Sie dreht sich zu Helena. »Komm, ich stell dir meinen Vater vor.«

Sie gehen ins Wohnzimmer. Ihr Vater sitzt vornübergebeugt auf der Couch. Mit seiner Lesebrille auf der Nase und dem Laptop auf den Knien macht er einen hoch beschäftigten Eindruck. Überall liegen DVDs herum, mit Post-its drauf, Mutters Pharmafirmenwerbemittel aus früheren Zeiten. Jetzt blickt er auf und strahlt sie an. »Ha! Clara!« Er drückt sich hoch, kommt auf sie zu und umarmt sie fest und lange. »Ich freu mich. Wen hast du uns denn da mitgebracht?«

Helena stellt sich selbst vor. Clara schaut zu Boden. Das *Eine Freundin* hätte etwas lockerer klingen können, aber vielleicht ist das auch nur ihr ganz persönlicher Eindruck.

»Na dann, seien Sie herzlich willkommen!«

»Clara? Der Tisch!«, kommt es von drüben aus der Küche.

»Sekunde!«

»Setzen Sie sich doch inzwischen zu mir, Frau Kühn«, sagt Papa. »Ich bin dabei, die alten Fotos zu digitalisieren. Da können Sie gleich mal Clara sehen, als sie vier war, in Rerik an der Ostsee.«

»Papa! Ich denke nicht, dass das Helena interessiert.«

»Gerne.« Helena grinst und folgt ihrem Vater auf die Couch.

Clara wird heiß. Dass Helena Kinderfotos von ihr ansehen muss, während sie für ihre Mutter die Servicekraft spielt, stand nicht auf ihrem Plan für heute Abend. Warum musste Helena aber auch unbedingt mit reinkommen! Sie dreht sich um und geht in die Küche.

Wie es hier wieder aussieht! Auf den weißen Bodenfliesen liegen lauter Krümel. In der Ecke stehen leere Flaschen auf dem Boden. Und da ist irgendwas Verkleckertes. Marmelade? Ihrer Mutter fehlt einfach der Sinn für Ordnung.

»Hättest ja auch mal Bescheid geben können, dass du hier deine ... jemanden mit herbringst.«

Clara öffnet den Schrank und holt vier Teller heraus. »Noch mal, ihr wolltet unterwegs sein.«

»Umso schlimmer.«

»Bitte?« Sie zieht den Schubkasten auf und wühlt nach Besteck. »Helena ist *nur* eine Freundin.«

»Das sagtest du bereits.«

»Dann glaub es mir bitte auch.«

Clara bringt die Teller, Messer und Gabeln ins Wohnzimmer und deckt den Tisch.

Ihr Vater hat Helena in Beschlag genommen. »Und das war dreiundachtzig. Binz«, erklärt er.

Clara stutzt. Dreiundachtzig? Sie stellt sich zu ihnen. »Zeig doch mal.«

Papa dreht den Laptop zu ihr um. Blasse Farben, Wasser, ein kleiner blonder Kopf und zwei hochgestreckte Arme mit lachsroten Schwimmflügeln. Wenigstens nicht Prerow FKK. »Wo hast du die denn ausgegraben?«

Ihr Vater schiebt die Brille auf den Kopf und strahlt. Er klickt weiter. Es folgen fünf Bilder mit genau demselben Motiv. Na ja, die Armhaltung variiert vielleicht ein wenig. Aber er ist hin und weg davon. Jetzt wühlt er in den anderen DVDs. »Woll'n Sie auch die Bilder von Prerow sehen, Frau Kühn?«

»Essen!«

»Ach schade. Na, dann sollten wir besser mal.« Vater legt den Laptop zur Seite.

Clara setzt sich als Erste. Sie hat keinen Hunger. Alles in ihr wehrt sich dagegen, hier mit Helena und ihren Eltern einen auf Familie zu machen. Na ja, wenigstens hat Mutters Essbefehl die peinliche Diashow beendet. Helena setzt sich Clara gegenüber. Mutter setzt sich neben Clara und Papa neben Helena. In den Gläsern sprudelt Mineralwasser und in der Mitte stehen eine Schüssel mit Reis und die große Auflaufform mit einem orange-roten dampfenden matschigen Durcheinander. Alle nehmen sich, Besteck schabt auf Porzellan, ansonsten ist es still. Clara spießt ein

Stück Hühnchen auf und führt es zum Mund. Es ist zäh und ungesalzen.

»Schmeckt wirklich sehr gut, Frau Habermanns.«

»Danke.«

Clara hebt das Kinn und schaut zu Helena. Das sagt sie jetzt doch nur aus Höflichkeit! In Wahrheit denkt sie sicher wehmütig an das knusprige Schnitzel, während sie hier auf fadem Hühnchen herumkauen muss.

»Jetzt weiß ich, was dir fehlt, Clara. Vitamin D. Deshalb bist du so blass. Kommst ja auch nie in die Sonne.«

»Ich bitte dich, hör damit auf.«

»Hätte ich das gewusst, hätte ich Fisch genommen, statt Hühnchen.«

»Fisch ändert hier überhaupt nichts.«

»Aber ja. Fisch ist gut. Noch dazu mit so viel gesundem Gemüse. Und orientalische Kräuter haben sowieso eine heilende Wirkung. Meine Patienten früher, die haben auf mich gehört.«

Papa räuspert sich. »Und Sie, Frau Kühn? Was machen Sie eigentlich so?«

»Ich bin in der Baubranche.«

Mutter schaut vom Teller auf. »Auf dem Bau?«

»Helena leitet ihr eigenes Bauunternehmen. Mit zwölf Mitarbeitern.«

Papa macht große Augen. »Hut ab. Das ist ja … Dürfte ich da eventuell gleich mal etwas fragen?«

»Klar. Fragen Sie.«

»Bei uns im Bad ist eine Fliese gesprungen. Ich weiß aber nicht, wie ich die austauschen soll, ohne dass die anderen dabei kaputtgehen.«

Helena legt ihr Besteck zur Seite. »Keine Sorge, das geht. Sie müssen die umliegenden Fliesen mit Malerkrepp abkleben. Dann die Fugen auskratzen, mit einem Cuttermesser. Dann die Fliese ganz vorsichtig lockern. Am besten links oben an der Ecke. Haben Sie einen Stoßspachtel?«

»Clara, du isst ja gar nicht. Ich schnipple stundenlang Gemüse und mörsere extra die ganzen Gewürze.«

»Jetzt lass doch mal, Ingrid. Und wie weiter, Frau Kühn?«

»Wenn erst mal die Ecke oben ab ist, haben Sie Platz. Dann können Sie sich mit einem Flachspachtel vorsichtig in Richtung Zentrum arbeiten. Am besten wäre allerdings ein richtiger Fliesenhammer.«

»Hm. Könnte sogar sein, dass ich so einen dahabe.«

»Clara, was ist denn?« Jetzt legt ihr ihre Mutter auch noch die Hand auf den Unterarm. Und dieser Blick. Energisch zieht Clara den Arm zurück.

Helenas Kopf geht nach oben. Jetzt schaut sie zu ihr rüber. Was muss sie nur denken?

»Bist aber wieder empfindlich, Clara.«

»Ich bin nicht empfindlich.«

Papa steht auf. Er verschwindet in der Küche. Dem wird es offenbar zu bunt.

Clara schaut zu Helena. Die zieht den Mundwinkel zur Seite. Wahrscheinlich versucht sie gerade krampfhaft, ihre Geduldreserven zu aktivieren. Man kanns ihr aber auch nicht verübeln.

Papa kommt zurück. Mit zwei Flaschen Bier und zwei Gläsern. Er schenkt ein und schiebt eins davon zu Helena. »Sie mögen doch?«

Helena lächelt ihn an. »Sicher. Schließlich bin ich ja vom Bau.«

»Nehmen Sie's meiner Frau nicht krumm. Sie meint das nicht so. Stimmts Ingrid?« Er wirft ihr einen mahnenden Blick zu.

Mutter geht gar nicht darauf ein. Sie mustert schon wieder ihren Teller. »Jetzt iss doch mal, Clara. Oder magst du etwa kein Indisch?«

Es ist genug! »Doch. Ich mag Indisch. Sehr gern sogar. Aber es sollte auch schmecken.«

»Mein Essen schmeckt!«

»Eben nicht. Dein Gemüse ist zerkocht, dein Reis ist hart und es fehlt Salz.« Clara wirft das Besteck auf den Teller. Das musste jetzt sein. Sie lässt sich doch hier nicht von ihrer Mutter vorführen.

Stille.

Clara schielt rüber zu Helena. Sie hat die Hand um ihr Bierglas gelegt, dreht es hin und her und starrt es an.

Mutter wirft ihr Besteck nun auch auf den Teller. »Wenn dir mal wieder nicht passt, was ich mache, dann bitte. Geh in die Küche und schmiere dir eine Scheibe Brot!«

Clara schließt für einen Moment die Augen. Das ist alles so furchtbar.

Schräg gegenüber kratzen Stuhlbeine über den Boden. »Kommen Sie, Frau Kühn, wir schauen mal zusammen in meine Werkzeugkiste, ob ich den richtigen Hammer habe.« Noch mal Stuhlbeine, die schaben. Helena folgt Papa aus dem Zimmer. Clara legt die Hände auf die Wangen. Hitze kommt von unten in den Kopf und ins Gesicht.

Jetzt steht ihre Mutter auch auf, sammelt die Teller ein und geht in die Küche.

Clara sackt zusammen. Ihre Mutter ist schwierig, klar, aber heute ... So schlimm war es noch nie. Behandelt sie, als wäre sie ein kleines Mädel. Und das vor Helena. Sie greift nach ihrem Wasserglas. Eigentlich will sie nur noch hier weg. Aber sie hat Helena diesen Bootsausflug versprochen, und deshalb darf das hier nicht eskalieren. Sie setzt das Glas an die Lippen und trinkt es leer. Sie spült den Ärger runter.

Clara steht auf, nimmt die Auflaufform und bringt sie in die Küche. »Was ist denn heute nur los mit dir?«

Mutter hantiert am Geschirrspüler. Jetzt dreht sie sich zu ihr um. Verbissenes Gesicht. »Denkst du, ich zieh die Hosen mit der Kneifzange an?«

»Bitte?«

»*Eine Freundin.*«

»Natürlich ist Helena eine Freundin, was du schon wieder denkst.«

Mutter schüttelt den Kopf. Sie zerknüllt das Geschirrtuch in ihren Händen und wirft es auf die Anrichte. »Mein Kind, du lernst es nie!«

»Nenn mich nicht so.«

»Erst wirst du Anwältin, anstatt Ärztin.«

»Die alte Leier.«

»Aber dass du dich von einem perfekten, wirklich perfekten Ehemann hast scheiden lassen, war absolute Dummheit. Nur weil du irgendwelche absurden Flausen im Kopf hattest!«

Es reicht! Das muss sie sich nicht länger antun. Clara richtet sich auf. »Gib mir bitte die Schlüssel für das Boot. Wir wollen los.«

»Du machst dich unmöglich damit, Clara! Versaust dir die Karriere. Frauen! Abartig ist das. Einfach nur abartig!«

Clara bleibt die Spucke weg. Solche Worte von der eigenen Mutter. Hart und verletzend. Und dieses angewiderte Gesicht!

Mutter schaut an ihr vorbei. Ihr Mundwinkel zuckt. Clara dreht sich um. Helena! Sie steht in der Tür, mit offenem Mund und riesigen Augen.

Hat sie etwa ... wenn sie das jetzt alles mitbekommen hat, um Himmels Willen! Clara hört auf zu atmen. Ihr Körper scheint sich von innen heraus aufzulösen und wenn sie jetzt tot umfallen würde, wäre das auch egal. Es geht nicht mehr schlimmer.

***

»Ich fahr uns besser nach Hause.« Helena nimmt Clara den Autoschlüssel aus der Hand und steigt auf der Fahrerseite ein. Von Clara kommt kein Widerspruch. Sie setzt sich wortlos auf den Beifahrersitz ihres eigenen Autos.

Helena startet den Motor, legt den Rückwärtsgang ein und fährt aus der Einfahrt. Das Wochenende ist gelaufen.

Sie tritt aufs Gas. Sie braucht selbst erst einmal einen Moment, um das Ganze zu verdauen. Was sind das nur für Eltern. Gut, der Vater ist nett, nur der hat offenbar nicht viel zu melden. Aber Claras Mutter! Helena schüttelt den Kopf. Sie dachte immer, ihre eigene Mutter wäre schwierig, aber diese Ingrid Habermanns, nein, die ist nicht zu toppen. Helena schaut neben sich. Clara sitzt wie eine Puppe da, bewegungslos mit starren Augen. Ihre Panikattacke vorhin bei ihrer Ankunft kann sie jetzt verstehen. Hätte sie doch nur auf sie gehört und wäre im Auto geblieben. Es war ein Fehler, mit ins Haus zu gehen. Aber diese Erkenntnis kommt leider zu spät.

Helena schaltet einen Gang runter, da vorne ist ein Trecker. Besser sie konzentriert sich auf die Straße. Es regnet schon wieder. Sie stellt die Scheibenwischer an. Ein Bootsausflug wäre bei dem Wetter wahrscheinlich eh nicht so angenehm gewesen.

Ingrid Habermanns ... echt krass. Eine Mutter, die ihre erwachsene Tochter offenbar ständig bevormundet. Helena kneift die Augen zusammen. Jetzt versteht sie, worum es da vorhin eigentlich wirklich ging. Es ging um sie. Sie allein war der Grund für das Theater um Eisenmangel und Abendessen. Ingrid Habermanns hat Angst, dass sie und ihre Tochter ...

Helena schaut in den Spiegel, setzt den Blinker, schert aus und zieht vorbei. Claras Mutter sieht Gespenster. Klar, sie selbst wirkt nicht gerade hetero, und dann ist sie auch noch Bauunternehmerin, erfüllt damit voll das Klischee, aber zwischen Clara und ihr, da läuft ja nun wirklich nichts. Wie kommt die Frau denn nur darauf?

Helena schert nach dem Trecker wieder ein. Offenbar war das nicht das erste Mal Thema an Familie Habermanns' Abendbrottisch. Sollte das Gerücht also stimmen, dass Clara schon einmal ein Verhältnis mit einer Frau hatte? Aber selbst wenn, hat ihre Mutter kein Recht, so darüber zu urteilen.

Clara hat sich noch immer nicht gerührt. Sie hält den Kopf gesenkt und starrt ins Leere. Die Arme. Was musste sie die ganze Zeit erdulden? Und was geht jetzt gerade alles in ihr vor?

Helena schluckt schwer. Wie gern würde sie Clara sagen, dass es nichts macht, dass der Ausflug ausfällt, oder dass sie kaum was mitbekommen hat, vorhin an der Küchentür. Aber beides wäre gelogen. Was passiert ist, die Anspannung, die jetzt zwischen ihnen herrscht, und die Tatsache, dass sie auf dem Rückweg nach Potsdam sind, ist einfach nur zum Kotzen. Und alles bloß, weil sie ... Verdammt, sie fühlt sich so schuldig!

Spontan setzt sie den Blinker, fährt auf den Parkplatz eines Supermarktes und hält an. Eine Laterne wirft mattes Licht zu ihnen ins Auto. Das sind die längsten Tage des Jahres, aber bei diesem Wetter wirkt alles jetzt schon dunkelgrau.

Sie stellt den Motor ab und dreht den Kopf zur Seite. »Tut mir leid, dass ich vorhin einfach so mit reingekommen bin.«

Sekunden verstreichen. Clara sitzt keinen Meter entfernt, doch zwischen ihnen liegt ein tiefer Graben.

»Was wollen wir auf diesem Parkplatz?«

Helena löst den Gurt. Wenigstens redet sie wieder. Vorsichtig streckt sie die Hand aus und berührt Clara am Arm. »Jetzt komm, so schlecht hat das Essen ja nun auch wieder nicht geschmeckt.«

»Es ging doch nicht ums Essen.«

Helena dreht sich in Claras Richtung. »Clara, ich konnte doch nicht ahnen, dass ... Reagiert deine Mutter eigentlich immer so, wenn du eine Frau mit nach Hause bringst?«

Schweigen. Aus dem Supermarkt kommt ein Mann mit einem Einkaufswagen. Die Räder rattern übers Pflaster. Blockieren immer wieder. Clara starrt in seine Richtung. »Wenn mich früher als Kind Freundinnen besucht haben, war das für meine Mutter kein Problem. Das kam erst sehr viel später.«

»Aus so einem speziellen Grund?«

Jetzt dreht sich Clara zu ihr. Sie deutet ein Achselzucken an. »Na ja. Irgendwie schon. Und bei dir?«

»Bei mir?«

Ein Lichtschein. Hinter ihnen fährt ein Auto vorbei.

»Ich hab es vermieden, Freundinnen mit nach Hause zu bringen. Außerdem, meine Mutter interessiert sich nicht wirklich für mich, deshalb weiß sie auch nicht allzu viel Privates von mir.«

Clara hebt das Kinn. Ihre Augen weiten sich. Helena blickt hinein und in dem Moment ist alles zwischen ihnen klar. Eine stille Übereinkunft. Ein Verstehen.

Clara wendet den Blick ab. »Tja, wir können uns unsere Mütter nun mal nicht aussuchen.«

»Nein. Und ändern können wir sie leider auch nicht. Aber sag mal, deine Mutter weiß schon, dass du Oberbürgermeisterin von Potsdam bist?«

Endlich kommt ein zartes Lächeln. »Es gibt ab und zu Momente, in denen sie das mal nicht vergisst.«

»Oh oh. Wenn das deine Parteikollegen wüssten. Oder die Angestellten im Rathaus. Oder gar die Bürgerinnen und Bürger der Stadt Potsdam. Eieiei.«

»Eben.« Claras Lippen zucken. »Bitte Helena, du ...«

»Aber ja! Von mir erfährt kein Mensch etwas. Da brauchst du nicht mal ansatzweise drüber nachzudenken.«

Clara schließt die Augen, ihre Schultern sacken nach unten, sie lässt endlich locker. »Danke.«

»Dann ist alles geklärt?«

»Nicht ganz.«

»Unser Hauptproblem, das bleibt. Ich wollte so gern einmal ganz entspannt und ungestört mit dir zusammen sein. Wieder hat das nicht geklappt.«

Helena nickt. Das stimmt. Aber es ist ja wohl Clara, die alles immer so kompliziert macht. Mehrfach hat sie sie zu sich eingeladen. Auf ein Glas Wein, zum Essen, eben einfach so, auf einen netten Mädelsabend. »Und wenn wir nun doch mal bei mir oder bei dir …«

»Helena! Ich habs dir doch schon mehrfach erklärt. Ich stehe in der Öffentlichkeit. Dann sehen es die Nachbarn. Leute reden nun mal.«

»Und wie stellst du dir das dann in Zukunft vor? Wir können doch nicht erst bis ans andere Ende der Welt reisen, nur um mal in Ruhe miteinander zu essen oder Boot zu fahren, oder was weiß ich.«

Clara lacht. Ein typisches Verlegenheitslachen. »Am anderen Ende der Welt, ja, da wäre ich entspannt.«

Helena startet das Auto. Klar, am anderen Ende der Welt. Wer weiß, was da wieder ist. »Okay. Dann müssen wir eben ans andere Ende der Welt. Aber fürs Erste bring ich uns mal nach Potsdam zurück.«

12.

Clara sitzt auf ihrer Couch. Auf dem Tischchen steht der Laptop, und ihr Sohn Tim, der strahlt sie vom Bildschirm aus an. Es flackert ein wenig, und die Lippenbewegungen passen nicht genau zum Ton, aber wenigstens kann sie ihn sehen, obwohl er in Kanada ist. Einmal pro Woche lockeres Plaudern, sein Blondschopf, sein Lachen. Sie erzählt vom Wetter in Deutschland oder dem Stadtgeschehen, er von seiner nächsten Klausur und der letzten Party auf dem Campus. Die Gespräche sind leicht, unbeschwert, belanglos und immer viel zu kurz.

Clara schielt auf die Uhrzeit. Schade. Gleich wird er sicher wieder ganz dringend irgendwohin müssen.

»Ach du, Tim, bevor ich es vergesse, ab übermorgen bin ich ganz in deiner Nähe.«

»Was?«

»Keine Panik, der Sicherheitsabstand bleibt gewahrt.«

»Und das heißt?«

»Florida. Ich bin für zwei Wochen in Florida.«

»Wie jetzt, echt? Aber du magst doch die USA überhaupt nicht.«

»Auf Urlaub. Eine Bekannte von mir mietet uns da ein Haus.«

Tim lässt sich rückwärts auf sein Bett kippen. Er lacht. Was findet er denn jetzt so komisch?

»Mama! Du und Urlaub!«

»Na hör mal, so was steht auch mir mal zu.«

»Mit einer Bekannten! Etwa die, von der mir Opa letztens am Telefon erzählt hat?«

»Jetzt sei nicht albern, Tim.«

»Bekannte. Nö, is klar.« Lachend richtet er sich auf.

»Tim, das dort ist ein großes Haus. Jede von uns beiden hat ihr eigenes Zimmer mit Bad, außerdem gibt es zwei getrennte Liegeecken auf dem Pooldeck.«

Tim grinst. »Klingt gut. Mach das. Wird sicher nett. Aber vergiss den Regenschirm nicht.«

»In Florida?«

»Du weißt schon, dass im August dort voll die Regenzeit ist? Da ist es klebrig-warm und jeden Nachmittag Gewitter.«

Clara stutzt. Regenzeit? Davon hat Helena gar nichts gesagt. Außerdem, bei *Florida* kommen einem doch nur helles Blau, leuchtendes Grün und eine strahlende Sonne in den Sinn. *Miami Vice, CSI: Miami, The Glades* ... hat es in den Serien geregnet? »Ach Tim, ich weiß wirklich nicht, was ich einpacken soll.«

»Na, jedenfalls keinen Wintermantel.«

»Warte mal kurz.«

Clara springt auf und geht ins Schlafzimmer. Auf dem Bett liegen die ganzen neuen Klamotten. Shirts und Tops in verschiedensten Farben, drei Shorts, unterschiedlich lang, drei leichte Röcke, zwei Kleider. Sie greift nach dem blau-weiß gestreiften Sommerkleid, zieht es über und geht zurück ins Wohnzimmer. Den Laptop stellt sie auf ein dickes Buch, damit Tim sie auch richtig sehen kann. »Was meinst du? Steht mir das?«

»Klar.«

»Moment.«

Sie bückt sich und öffnet einen der Schuhkartons, die auf dem Boden stehen. Sie nimmt die neuen, dunkelblauen Sandalen heraus und schlüpft hinein. Sie hebt ein Bein, winkelt es an und baumelt mit dem Fuß vor der Kamera. »Die passen doch dazu, oder?«

»Sicher.«

»Oder hier, die, vielleicht noch besser?« Sie hält einen der neuen weißen Pumps in die Kamera.

»Mama. Super. Und vergiss nicht dein Parfüm, das wär sonst fatal.«

Stimmt. Das sollte sie nachher gleich bereitstellen.

»Duft ist wichtig, Mama. Was meinst du wohl, warum ich letztes Jahr mit Charlotte zusammen war und nicht mit Lena-Marie? Charlotte hat wesentlich besser gerochen.« Er grinst schon wieder so breit. Er veräppelt sie doch!

»Tim, du hast da was falsch verstanden, ich …«

»Eins musst du unbedingt noch kaufen: eine neue Sonnenbrille. Wenn du mit deinem alten Teil dort ankommst, hast du deine Bekannte gleich verschreckt. Dann sucht die sich lieber eine scharfe Floridianerin. Hahaha.«

»Tim! Ich will nur von dir wissen, was zusammenpasst und was nicht, was für die Witterung praktikabel ist und … Ich zieh noch mal das andere Kleid an, hast du noch einen Moment?«

Tim wirkt nicht begeistert. Aber da muss er jetzt durch. Wen soll sie denn sonst fragen? Sie geht ins Schlafzimmer, wechselt das Kleid und kommt zurück. »Und? Was meinst du zu diesem hier? Ich hab das Gefühl, hinten sitzt es ein wenig straff, oder?« Sie schiebt die DVD *Bikini-fit in zwei Wochen* schnell ein Stück zur Seite, nicht dass dazu auch noch eine Bemerkung kommt, dann wendet sie sich vor dem Laptop hin und her.

»Ach, Mama, jetzt hör doch mal auf!«

Clara hält inne. Tim wirkt sichtlich genervt. Was hat er denn auf einmal?

»Nimm die Klamotten, flieg nach Florida und hör auf, dir solche unsinnigen Gedanken zu machen.«

»Aber ...«

»Im entscheidenden Moment habt ihr eh nichts mehr an.«

Tim hebt die Hand zum Gruß, es flackert, weg ist er.

Na, das war aber frech!

Clara steht in ihrem Wohnzimmer, schaut auf das zartgrüne Muster des neuen Kleides und schluckt. *Im entscheidenden Moment habt ihr doch sowieso nichts mehr an.* Also wirklich.

Sie hebt beide Hände, fasst sich in den Nacken und öffnet den Reißverschluss. Der leichte Stoff gleitet an ihr herab und fällt auf den Boden. Sie zieht den Slip aus, den BH, und wirft beides auf die Couch. Langsam geht sie in den Flur. Dort bleibt sie stehen und betrachtet sich.

Lange steht sie nackt vor ihrem Spiegel.

***

Helena läuft kreuz und quer durch ihr Haus, Schranktüren und Schubladen stehen offen, überall liegen rausgekramte Sachen, breit verteilt auf Fliesen und Teppichböden. Sie wirft einen Stapel Slips auf ihr Bett. Die Bikinis hat sie schon, fehlen noch die Schlappen, die Turnschuhe, die Shorts, Kosmetik, Sonnencreme und ... Sie ist spät dran. Das hat sie doch noch nie getan, Reisevorbereitungen bis zum letzten Drücker rausgeschoben. Ladekabel, Pass, Kopfhörer ... Vergangenen Sonntag wäre so viel Zeit gewesen. Kopfschmerztabletten. Nein, die kauft sie besser dort. Strandtasche, Basecap, Sonnenbrille ... Nur nichts vergessen. Sie wischt sich den Schweiß von der Stirn und sinkt auf den Boden. Den Rücken lehnt sie an den Schlafzimmerschrank. So ein Chaos überall und sie selbst hat Hunger, Durst und keine Kraft mehr. Dabei ist doch noch so viel zu tun. Wenn der Koffer endlich fertig gepackt ist, muss sie den Kühlschrank ausräumen, die Pflanzen versorgen, bei Lufthansa einchecken, duschen, Katze kuscheln ... »Ach Mausi!«

Die liegt mal wieder teilnahmslos auf dem Boden. Für sie ist wohl nur wichtig, dass sie die nächsten zwei Wochen Futter bekommt, ungestört draußen rumstromern kann und ansonsten ihre Ruhe hat.

Helena holt sich die Mausi auf den Schoß. »Keine Sorge, mein kleiner Liebling. Christiane passt gut auf dich auf, und bald bin ich ja wieder da.«

Mausi schaut sie mit großen Augen an. Helena beugt sich zu ihr und legt die Wange auf ihr Fell. Es riecht nach frischem Heu. »Wirst mir fehlen, mein Schatz.«

Mausi schnurrt.

Helena sackt in sich zusammen. Sie ist völlig fertig. Die Arbeit war so schwer die letzten Tage. Irgendwie tut jeder Teil des Körpers anders weh. Aber sie muss weitermachen, denn wenn sie jetzt so sitzen bleibt, dann schläft sie ein. Außerdem ... Katzenfutter! Sie schiebt die Mausi vom Schoß, mit einem Stöhnen steht sie auf und geht in ihren Vorratsraum. Dort stellt sie für Christiane das Katzenfutter bereit, beschriftet Zettel, klebt sie an die Dosen und schlurft zurück ins Schlafzimmer. Der Koffer liegt immer noch leer auf dem Boden, auf dem Bett stapeln sich Klamotten und die Katze ist eingeschlafen.

Helena tritt ans Fenster. Draußen ist es längst dunkel. Bis acht Uhr war sie im Büro. Die Mahnungen mussten noch raus. Hoffentlich läuft es in der Firma, wenn sie nicht da ist. Es ist ihr erster Urlaub seit ... Verrückt. Genau vor einem Jahr hat sie zuletzt gepackt, für ihre Reise nach Florida, in Josies Ferienhaus. Wie oft waren sie eigentlich dort? Drei Mal? Vier Mal? Sie sind gemeinsam nach Tampa geflogen, haben dort das Auto gemietet und sind noch in der Nacht zum Haus gefahren. Müde, aber gut gelaunt. Überhaupt waren sie ein eingespieltes Team. Es herrschte Klarheit darüber, wer die Ausflugsrouten festlegt, wer die Klimaanlage überwacht, die Mülltonnen herausstellt, Frösche rettet oder sich vom Poolservice vollquatschen lässt. Eine saugt Staub, die andere kauft ein. Es stand fest, wann sie zum Strand fahren, welche Shopping Malls sie besuchen, welche Restaurants. Alles wie immer.

Gedankenversunken packt Helena die Sachen in den Koffer. Zum ersten Mal wird sie morgen ohne Josie nach Florida fliegen. Wie sich das wohl anfühlen wird? Schon verrückt. Sie hat das Haus von ihr gemietet, ohne vorher darüber nachzudenken, was es womöglich in ihr auslösen könnte.

Der Koffer ist voll, sie stellt ihn auf die Waage. Dreiundzwanzig Kilo, Punktlandung. Tja, geübt ist eben geübt. Und jetzt sollte sie sich mal entspannen. Alles wird gut. Sie und Clara werden in Florida eine wunderbare Zeit verbringen. Die wird sie ganz entspannt genießen, zumal sie und Josie sich auch endlich offiziell darüber einig sind, welchen Status ihre Beziehung hat: Sie pausieren.

Helena räumt noch ein paar Sachen zurück in den Schrank und schließt die Türen. Eigentlich heißt es ja, dass eine Beziehungspause gar nichts bringt. Eine Pause sei nur der Aufschub des Endes. Liebe braucht keine Ferien. Mag sein, dass dem so ist. Aber das Wort *Pause* klingt einfach schonender als *Schluss*. Und was später kommt ... Ach was, das soll ihr jetzt egal sein.

Mausi ist wach. Sie streckt den Rücken durch und schaut sie an.

»Oder, mein Liebling, was sagst du dazu?«

Mausi drückt die Vorderbeine weiter durch und gähnt.

»Jaja, du weißt schon, dass du meine absolute Nummer eins bist. Stimmts?«

Mausi dreht sich um und schlendert aus dem Schlafzimmer.

Helena schaut auf die Uhr. Gleich Mitternacht. Wenn sie so weiter trödelt, braucht sie gar nicht mehr ins Bett, bevor sie losfliegen.

Sie zieht den Koffer in den Flur. Gleich muss sie noch die Fingernägel in Form bringen und sich rasieren. Und zwar überall. Schließlich werden sie und Clara im Bikini am Pool liegen und da sollte das schon alles perfekt aussehen.

Clara im Bikini. Sicher ein toller Anblick. Ihr schlanker Körper, ihre zarte Haut. Nur, gerade kann sie das nicht mitreißen. Was ist das nur? Die ganze Zeit hat sie sich so auf den gemeinsamen Urlaub gefreut. Immer dieser Anflug von angenehmer Aufregung, wenn sie daran dachte, ein Prickeln unter der Haut, der Wunsch, dass es doch endlich so weit sein möge. Aber seit gestern hat sie einen Druck in der Brust, sobald sie daran denkt.

Sie nimmt die Kanne für die Pflanzen und stellt sie in die Spüle. Ach was, die Freude kommt schon wieder. Im Moment ist sie wohl einfach nur zu müde. Sie dreht das Wasser auf. Josie hat ihr vorhin die Nachricht geschickt, sie solle doch auf den Wasserstand im Pool achten. Als ob sie das nicht selber wüsste. Josie und ihr Kontrollwahn. Helena schaut auf die Gießkanne. Sie füllt sich mit Wasser, langsam steigt der Pegel. Kontrollwahn. Josie wird doch nicht etwa ... mal eben von Kalifornien runter nach Florida ... Nein! Das würde sie nicht tun ... Und wenn doch? Helena steht still. Plötzlich ist sie hellwach. Die Kanne läuft über, Wasser zieht gurgelnd durch den Abfluss. Was, wenn Josie dort auf einmal vor der Tür steht, um sie zu überraschen? Womöglich sogar über ihre Beziehungsprobleme diskutieren will? Krisengespräche? Streit? Um Himmels willen! Helena wird heiß. Da ist er wieder. Der Druck in der Brust.

***

»Meine Damen und Herren, wir beginnen jetzt mit unserem Landeanflug auf Tampa, Florida. Bitte schalten Sie die elektronischen Geräte ab und stellen Sie die Rückenlehnen gerade. Am Zielflughafen ist es, nach starken Gewittern, jetzt wieder locker bewölkt, und die Außentemperatur beträgt 33 Grad Celsius.«

Clara schaut aus dem Fenster. Zwischen letzten weißen Wolkenfetzen kann sie jetzt bis auf die Erde sehen. Ein riesiges Brettspiel mit hunderten Feldern, auf jedem steht ein Häuschen. Sonnenbeschienen. Straßen und Wege bilden Vierecke, Dreiecke, Halbkreise. Manche Formationen sehen aus wie ... Schneckenhäuser? So etwas hat sie noch nie gesehen.

Sie dreht den Kopf zur anderen Seite. Schräg rüber, drei Reihen weiter vorn, sitzt Helena, locker angelehnt, mit Kopfhörern in den Ohren. Viel lieber würde sie jetzt neben ihr sitzen, aber getrennt zu reisen, ist einfach sicherer, schließlich weiß man ja nie, ob womöglich jemand aus Potsdam in der Maschine sitzt. Außerdem, sie treffen sich ja gleich, nach der Einreise und nach der Gepäckausgabe.

Ein Ruck und noch einer, dann hartes Abbremsen. »Herzlich willkommen in Tampa, meine Damen und Herren.«

Clara lächelt vor sich hin. Sie sind angekommen. Jetzt beginnt ihr Urlaub. Es wird traumhaft werden.

Endlich kommt der Koffer. Clara greift danach und zieht ihn sich vom Band. Jetzt aber schnell. Helena ist schon vor einer ganzen Weile durch die große Automatiktür verschwunden. Ein wenig komisch ist das ja schon, so alleine hier. Überall sind Beamte in Uniform, und besonders freundlich sehen die nicht aus. Ihr wäre wohler, wenn Helena jetzt neben ihr stünde. Zumindest ab Frankfurt hätten sie vielleicht doch gemeinsam reisen können?

Clara zieht den Koffer Richtung Ausgang. Da stehen zwei Typen mit düsteren Mienen. Der Zoll. Die schauen sie an, als wäre sie eine Kriminelle. Anlächeln? Besser nicht. Einfach geradeaus gehen, harmlos wirken und vorbeimarschieren. Sie kann die ernsten Blicke förmlich spüren. Sie geht durch eine große Tür und endlich ist sie raus.

Und jetzt? Exit. Immer den Schildern folgen. Der Weg führt einen Gang entlang und mit dem Fahrstuhl nach oben. Hier herrscht Leben. Clara steht in einer großen Halle, mit Oberlicht, vielen Tresen, Inseln mit Sitzgruppen, Schildern, Lautsprecheransagen und Menschen, die umherhasten. Langsam geht sie weiter und lässt den Blick schweifen. Da! Da steht Helena. Clara beschleunigt den Schritt. Ihr Herz schlägt plötzlich so heftig, als würde sie sich auf ein erstes Date mit einer Unbekannten treffen. »Entschuldige, aber das hat bei mir irgendwie alles länger gedauert.«

»Ich dachte schon, die hätten dich da unten einkassiert.«

»Du hast mich also vermisst?«

»Ich hab uns inzwischen ein paar Flaschen Wasser besorgt. Im Haus wird nämlich nichts im Kühlschrank sein.«

Stimmt. Getränke sind eine gute Idee. Wenn sie ankommen, ist es später Abend. Eigentlich früher Morgen, denn nach deutscher Zeit ist jetzt schon Mitternacht. Clara lehnt sich an die Wand. Irgendwie ist ihr ein wenig schwummrig. Sie ist seit achtzehn Stunden auf den Beinen, dann der lange Flug und Tageslicht um diese Zeit, ihr Körper kommt gerade gar nicht hinterher.

»Wollen wir?« Helena greift nach ihrem Koffer. »Wir haben noch einiges vor uns. Das Mietwagen-Terminal ist außerhalb, wir müssen noch Bahn fahren.«

Bahn fahren? Auch das noch. Und sie dachte, sie hätten es bald geschafft.

Helena ist schon ein Stück entfernt. Die hat vielleicht einen Schritt drauf! Clara eilt hinterher. Zwischen Pulks hektischer oder rumstehender Leute, links rum, rechts rum, wieder links ... Ein Glück, dass Helena weiß, wo sie lang müssen.

Helena stoppt. »Passt du mal auf die Sachen auf? Ich will mich umziehen.«

»Umziehen? Wieso?«

»Das wird zu heiß mit langer Hose, Strümpfen und dem Unterhemd.«

»Haben Mietwagen denn hier keine Klimaanlage?«

Helena ist schon weg. Clara schaut auf die Uhr. Umziehen. Muss denn das jetzt auch noch sein? Es wird doch immer später.

In Shorts und einem dünnen T-Shirt kommt Helena zurück. »Willst du auch?«

Clara schaut an sich hinunter und schüttelt den Kopf.

Es nimmt kein Ende. Clara gähnt wieder und wieder. Vor über zwei Stunden sind sie gelandet, haben dann endlich dieses Auto gemietet, und jetzt laufen sie immer noch durch eines der Flughafengebäude. Wo ist denn nun dieses blöde Parkhaus? Helena scheint der ganze Stress überhaupt nicht zu stören, sie wirkt wach und hoch konzentriert. Mit ihrem Koffer und einem Packen Papierkram in der Hand läuft sie vor ihr her. Jetzt zeigt sie nach rechts. »Hier gehts raus. Bist du bereit?«

Clara nickt. Das Parkhaus. Endlich. Nur, wofür soll sie denn bereit sein?

Sie treten durch eine Automatiktür, ein Luftzug und ... Was ist denn das! Hitze ist das falsche Wort. Dunst. Feuchtheißer Waschanlagen-Dunst.

Helena dreht sich um und grinst. »Alles klar?«

»Hm.«

Helena weiß offenbar schon wieder genau, wohin sie gehen müssen. Zielgerichtet schlängelt sie sich durch Reihen geparkter Autos. Clara trabt hinterher. Der Koffer bleibt mit den Rollen ständig an irgendwelchen Absätzen hängen, der Rucksack drückt sich in die Schultern und dann stört der Gestank nach Gummi und Benzin. Sie bleibt kurz stehen. Sie hat extremen Durst, die lange Jeans klebt an den Oberschenkeln und die Füße kochen in den Schuhen. Und Helena? Die läuft voran und dreht sich nicht mal nach ihr um.

»Hier.« Helena bleibt endlich stehen. Sie macht eine ausladende Handbewegung. »Such du dir unseren Mietwagen aus.«

Clara nimmt den Rucksack ab und stellt ihn zwischen ihre Füße. Zuerst muss sie mal unbedingt diese Strickjacke ausziehen. Und dann ist ihr im Moment völlig egal, welches dieser Autos sie hier nehmen. Sie zeigt auf einen weinroten SUV.

»Echt, den? Der verbraucht aber ziemlich viel.«

»Das ist doch scheißegal, wie viel der verbraucht! Ich will jetzt nur ... Entschuldige. Ich bin einfach müde.«

»Okay, okay. Gut. Dann eben den.« Helena öffnet den Kofferraum und hievt zuerst ihren eigenen und dann Claras Koffer hinein.

Clara wirft ihren Rucksack hinterher, öffnet die Beifahrertür und lässt sich fallen. Endlich. Jetzt nur noch warten, bis sie da sind.

Helena sitzt schon hinterm Steuer, rückt Sitz und Spiegel zurecht und testet die Schalter und Hebel. »Clara, du hättest ja inzwischen schon mal den Check machen können.«

»Den was?«

»Na prüfen, welche Dellen und Kratzer der hat. Und je ein Foto machen.«

Clara schaut auf die Uhr. Ein Uhr dreißig deutscher Zeit. Das darf doch alles gar nicht wahr sein. Sie greift ihr Handy, windet sich aus dem Auto, macht ein paar Fotos und plumpst wieder auf den Beifahrersitz. »So. Fertig.« Sie nimmt einen großen Schluck aus einer der Mineralwasserflaschen. Wenigstens hilft das gegen den faden Geschmack im Mund und das trockene Kratzen im Hals.

Helena nimmt ihr die Flasche ab. »Willst du nicht fahren?«

»Hä?«

»War ein Scherz. Aber pass doch bitte mal mit auf, damit ich mich nicht verfahre.« Sie reicht ihr ein iPad mit einer Landkarte.

»Helena ich … Warum machst du nicht das Navi an?«

»Navi hab ich keins bestellt. Viel zu teuer.«

»Was?«

»Musst nicht gleich schreien. Ich weiß, wo es lang geht.«

»Na hoffentlich.« Clara schüttelt den Kopf. So hatte sie sich das nicht vorgestellt. Absolut nicht.

Draußen sticht die Abendsonne in die Augen. Die Sonnenbrille ist natürlich hinten im Rucksack. Ihre hatte Helena selbstverständlich griffbereit und nun schon auf der Nase.

Langsam reicht es. Hätte Helena denn nicht vorher mal sagen können, was auf sie zukommt? Was zu beachten oder zu tun ist? Nein, sie lässt sie auflaufen und macht auch noch andauernd dieses genervt-vorwurfsvolle Gesicht, wenn sie hier nicht gleich nach ihren Vorstellungen funktioniert, was unmöglich ist, weil sie nämlich gar nicht weiß, was das für Vorstellungen sein könnten, in dieser gottverdammten üblen Hitze. Na, immerhin fahren sie jetzt endlich. Clara rutscht noch tiefer in den Sitz. Mit zusammengekniffenen Augen lässt sie die Landschaft an sich vorüberziehen.

Nach einer Weile ist auf beiden Seiten nur noch Wasser. Die Tampa Bay, laut iPad. Der Highway führt über eine flache, ewig lange Brücke und es scheint, als teile er das Meer hier in zwei Hälften. Wenigstens sind heute keine hohen Wellen. Dafür taucht urplötzlich ein großer schwarzer Pelikan auf. Er gleitet direkt vor ihnen quer über die Fahrbahn. Clara zieht den Kopf ein. Gefährlich ist das hier also auch noch! Es hat schon einen Grund, dass sie die USA nicht mag.

Clara döst vor sich hin. Die Fahrt übers Wasser ist eintönig. Immer wieder fallen ihr die Augen zu. Doch auf einmal ist sie wieder wach. Vor ihnen ragt ein riesiger Buckel mit zwei gelben Zacken aus dem Meer. »Was ist denn das!«

»Bist du wieder munter?«

»Ich hab nicht geschlafen.«

»Die Sunshine Skyway Bridge.«

»Fahr'n wir da drüber?«

»Jo.«

»Die ist aber hoch.«

»Damit kein Schiff hängen bleibt. Die alte Brücke hat ein Frachter gerammt und ist eingestürzt. Da gab's sogar Tote.«

Clara bläst die Backen auf. Na klasse.

Jetzt liegt die Brücke direkt vor ihnen. Die Fahrbahn führt steil in den Himmel und plötzlich ist nur noch Beton vor der Windschutzscheibe. Es geht aufwärts wie auf einer Achterbahn.

Helena wirkt immer munterer, sitzt aufrecht und umklammert das Lenkrad. Weiter geht es schräg nach oben. Clara schluckt. So übernächtigt wird einem richtig übel dabei. Helena scheint auch das nicht zu stören. Sie macht sich noch größer und streckt den Kopf. »Siehst du die beiden gelben Pylone dort oben? Stahlbeton. Und diese langen schräg hängenden Seile an den Seiten, die halten die Fahrbahn. Die ist aus Spannbeton. 5,5 Meilen lang! Wahnsinn. Hammer!«

»Ah, ja.« Helena sprüht ja förmlich vor Begeisterung. Wegen einer Betonbrücke, die übers Wasser führt. Ein Bruchteil dieser Begeisterung vorhin, als sie am Flughafen aufeinandergetroffen sind, und sie wäre schon zufrieden gewesen.

»Satte 244 Millionen US-Dollar hat die gekostet. Warte, Clara, gleich, gleich sind wir oben, dann ...«

»Helena! Mach doch mal halblang jetzt! ... Oh!«

Clara verstummt. Das Meer sieht aus wie dunkelblauer Samt, darüber brennt der Himmel. Feuerrot taucht der riesige Sonnenball ins Wasser. Auf den Überresten einer alten Brücke stehen Angler mit Ruten neben ihren Autos und wirken wie die filigran gearbeitete, tiefschwarze Silhouette eines Scherenschnittes. Das ganze Bild ist so perfekt, als wäre es aufwändig für eine Florida-Werbung designt worden.

Clara schaut neben sich. Helena hat die Sonnenbrille auf den Kopf geschoben. Ihr Mund ist leicht geöffnet, sie starrt geradeaus. Irgendetwas stimmt nicht mit ihr. Über ihre Wangen laufen … Tränen?

***

Clara erwacht in ihrem Zimmer. Sofort hat sie das Bild wieder vor Augen: Helena weinend im Auto. Das waren keine Freudentränen, aber sie hat nicht nachgefragt. Der Rest der Fahrt verlief vollkommen schweigend, und das war ihr ganz recht. Sie war einfach zu müde.

Sie schaut auf ihr Handy. Kurz vor sieben. In Deutschland ist es mittags um eins, hier wird es gerade erst hell. Ihr Körper scheint immer noch nicht zu wissen, was das Ganze soll. Er fühlt sich an, als hätte sie gestern zu viel Alkohol getrunken und kaum geschlafen.

Da ist ein leises Knacken. Die Klimaanlage. Von draußen schreien ein paar Vögel, ansonsten ist es still. Und irgendwie duster, denn die Lamellen an den Fenstern sind geschlossen.

Clara richtet sich auf. Ob Helena schon wach ist? Und wenn ja, in welcher Verfassung wird sie heute sein? Sie schwingt sich aus dem Bett und geht barfuß ins Wohnzimmer. An der Schiebetür zum Pooldeck sind die

Vorhänge aufgezogen. Helena steht draußen, in einem kurzen Schlafanzug, und regt sich nicht.

Clara braucht zwei Hände, um die Schiebetür zu öffnen. Sie huscht hinaus und schließt sie hinter sich wieder. Hier soll es Riesenkakerlaken geben, die gern mal reinschlüpfen.

Sofort ist da wieder diese feuchte Luft. Man könnte meinen, man wäre in einem Tropenhaus des Botanischen Gartens in Berlin, wegen des Klimas und wegen der dichten, tiefgrünen Büsche und Stauden, die das Grundstück umgeben. Oder im Zoo, in einer riesigen Voliere, denn eine mehrere Meter hohe Metallkonstruktion, mit einer Art Fliegengitter zwischen den Streben, umhüllt das komplette Pooldeck. Clara holt tief Luft. An all das muss sie sich wohl erst gewöhnen.

Helena hat sich noch keinen Millimeter bewegt, starrt weiter auf das glatte, klare Wasser des Pools, so, als stünde da nur eine Hülle von ihr und sie selbst ist gar nicht da. Was ist denn bloß los mit ihr?

Clara rückt neben sie.

Keine Reaktion.

»Helena? Ist alles in Ordnung?«

»Jaja.«

»Sicher?«

Helena dreht sich zu ihr. »Wirklich, Clara, es ist nichts.«

Da raschelt was. Gleichzeitig schauen sie nach oben. Auf einer Stromleitung, außerhalb des Poolkäfigs, balgen sich zwei graue Eichhörnchen mit zotteligen Schwänzen. Wie zwei Wiesel huschen sie auf ihrem Drahtseil hin und her. Das ist ja allerliebst.

»Scurus. Die US-Variante der Eichhörnchen.«

»Irgendwie ist das verkehrte Welt. Wir Menschen sind im Käfig, und die Tiere sind draußen.«

Helena schmunzelt. »Sei froh, dass wir hier drin sind, draußen gibt es nämlich nicht nur solche niedlichen Eichhörnchen. Da sind Schlangen, Frösche, Alligatoren, dicke fette Spinnen ...«

»Ih, hör auf!«

Helena streicht sich die Haare hinters Ohr. »Und sonst? Wie findest du es hier?«

»Also ... ziemlich ... na ja, irgendwie sieht es gar nicht aus wie Florida.«

»Wie soll denn Florida deiner Meinung nach aussehen?«

»Na schau mal da drüben zum Beispiel, Sandboden, Grasbüschel, Kiefern, das könnte auch in Brandenburg sein. Und diese Bäume und Sträucher ... ich dachte, hier gibt es tolle Palmen.«

»Palmen stammen ursprünglich gar nicht von hier. Aber wenn es dich beruhigt, vor dem Haus steht eine.«

Clara nickt. Mit Helena scheint alles in Ordnung zu sein. Gestern war sie wahrscheinlich nur gestresst, und jetzt hat sie hier draußen gestanden, um diesen wunderbaren Morgen zu genießen. Der Pool sieht aber auch klasse aus. Mindestens acht Meter lang ist der. Erste schräge Sonnenstrahlen liegen wie ein helles Streifenmuster auf dem Wasser. Sie geht in die Hocke und greift hinein. »Das ist ja warm wie in der Badewanne!«

Helena kommt zu ihr herunter. »Hab ich dir doch so versprochen.«

»Kann ich da kurz rein?«

»Kannst du. Aber erst Badesachen anziehen. Wegen der Nachbarn. Und nach dem Schwimmen gehts zum

Frühstück. Im Orange Blue Island Café gibt es die weltbesten Buttermilk Pancakes. Wenn du willst, fahr ich uns da hin.«

»Oh ja. Erst schwimmen, dann Frühstück. Das klingt wunderbar!«

Eine gute Stunde später sind sie dort. Clara lässt sich auf einen der Stühle fallen. Ihrer ist gelb angestrichen, die am Nachbartisch sind hellblau, am nächsten orange, dann noch mal gelb. Alles bunt durcheinander und überall hängt Dekozeug.

Eine Kellnerin mit Rüschenschürze eilt herbei und erklärt lautstark, sie heiße Twyla, und sie würde sich unendlich freuen, gerade sie beide heute hier zu sehen. Sie schiebt zwei Speisekarten auf den Tisch. Der ist auch so schon ziemlich vollgeramscht, mit lauter bunten Päckchen und Näpfchen, großen Flaschen Ketchup und Grillsaucen, Besteck in einem Emaileimer und einer fetten Küchenrolle. Das typische Bild von Amerika: schrill, kitschig, übertrieben, aber irgendwie reizend.

Die Kellnerin ist schon wieder da, diesmal mit zwei leeren Kaffeetassen und einer Kanne Kaffee. Sie gießt nicht, nein, sie schüttet, dass es spritzt. Clara geht in Deckung.

Helena sitzt gegenüber und schmunzelt. »Gefällt's dir hier?«

»Äh. Ja.«

Helena gibt die Bestellung auf. Clara trinkt einen großen Schluck Kaffee. Er tut echt gut. Dazu die angenehme Brise auf der Haut. Über ihnen schneidet sich ein großer Ventilator träge durch die Luft. Clara trinkt noch mal. Sofort ist Twyla mit der Kanne da und ihre Tasse wieder voll. Der

Service klappt hervorragend, obwohl das Restaurant voll ist. Aber sie sind mit Abstand die Jüngsten hier. Man trägt Basecaps über grauen Haaren oder Glatzen, bunt gemusterte Tops, die die Fettröllchen ordentlich zur Geltung bringen und ausnahmslos Turnschuhe. Leise klappert das Geschirr und durch den Raum wehen Fetzen von gequirltem Englisch. Eine nette Atmosphäre ist das hier, und sie, sie sitzen mittendrin. Das erste Mal können sie beide gemeinsam in der Öffentlichkeit essen, ohne Sorge, von irgendwem entdeckt zu werden. Was für ein schönes Gefühl. Und Helena? Die wirkt jetzt ganz entspannt. Ihre Augen sind noch klein, das Gesicht weich, ein wenig verschlafen. Ihre dunklen Haare fallen locker und ein bisschen durcheinander. So mag sie sie am liebsten. Clara stellt die Tasse ab, greift über den Tisch und berührt sie am Unterarm.

Helena zieht den Arm langsam weg. »Hier besser nicht.«

»Tut mir leid, war aus Versehen.«

»Im Gegensatz zu Potsdam kann man hier wirklich ein Problem bekommen, wenn man in der Öffentlichkeit …«

»Excuse me?«

Clara schnellt zurück. Twyla steht mit einem riesigen Tablett vor ihrem Tisch.

»Blueberry Buttermilk Pancakes. Enjoy.«

»Na? Sieht das nicht gut aus?«

»Wahnsinn!« In der Tischmitte steht jetzt ein Teller mit aufeinandergestapelten dicken, fluffigen Pfannkuchen, goldgelb mit dunkelblauen Klecksen. Clara greift zum Besteck und zieht sich einen davon auf ihren Teller.

Helena nimmt den zweiten. Jetzt reicht sie ihr ein Kännchen rüber. »Ahornsirup. Der gehört da drauf.«

Clara kippt ihn über ihren Teller. Wie flüssiger Honig verteilt er sich träge auf dem Pancake und sickert langsam in den Teig. Sie nimmt den ersten Bissen. Der Sirup ist leicht herb, wie gebranntes Karamell, er schmilzt auf der Zunge. Der Teig zergeht im Mund. Man schmeckt die Buttermilch und fühlt das ganz leicht Pelzige vom Backpulver. »Wirklich Helena, so weich und so saftig. Ich weiß gar nicht, wann ich mal so etwas Leckeres gegessen habe. Und erst diese großen, warmen Blaubeeren!« Clara schiebt das nächste Stück in ihren Mund.

»Magst du große warme Beeren?«

»Ja. Echt lecker.«

»Das Vergnügen könnte ich dir auch bereiten, wenn du möchtest.«

»Ach so?«

»Hm. Aber zu Hause.«

»Ich denke, du kochst und bäckst nicht gern.«

»Dafür brauch ich nicht zu kochen oder backen.«

Clara hebt den Kopf. Helena schaut ihr ins Gesicht und grinst.

Clara schluckt. »Wir reden noch von Pancakes?«

Helena grinst noch stärker.

Clara legt das Besteck zur Seite. Jetzt wird sie rot. Ganz sicher wird sie das. Aber so was von rot. Helena flirtet mit ihr! Völlig aus der Kalten. Total unerwartet.

Von Helena kommt ein zärtliches Lächeln. »Alles gut. Genieß einfach das Essen.«

Clara nimmt das Besteck und tut es. Was für eine Wonne. Ihr gesamtes restliches Leben wird sie Florida mit diesem einzigartigen Geschmack verbinden. Und mit dem warmen Gefühl, das sie gerade überkommt.

***

Clara räumt die Marmelade in den Kühlschrank und wischt über den Frühstückstresen. Nach zwei Tagen hat sie sich hier eingelebt. Sie kann die Licht- und Ventilatorenschalter auseinanderhalten, Fahrenheit in Grad Celsius umrechnen, kommt mit den meisten Küchengeräte-Monstern klar, und sie hat eingesehen, dass man besser nicht draußen frühstücken sollte, weil der frisch getoastete Bagel in der feuchten Luft sofort wieder pappig wird.

Helena liegt schon wieder am Pool und liest. Seit sie angekommen sind, haben sie, abgesehen vom Frühstücksausflug vorgestern Morgen und einem Einkauf bei Walmart, dieses Haus noch nicht verlassen. Helena braucht offenbar noch ein wenig Erholung vom Alltagsstress. An beiden Abenden haben sie nur ferngesehen. Dauerwerbung. Mit kurzen Unterbrechungen, in denen eine Handwerkersendung lief. Aber bei den gemeinsamen Mahlzeiten unterhalten sie sich nett. Mehr kann und darf sie nicht erwarten.

Clara schaut aus dem Fenster. Helena hat nur den Bikini an. Toll, dieses Sixpack. Und ihre Oberschenkel. Straff und glatt. Na gut, sie ist ja auch erst Mitte dreißig und viel in Bewegung. Clara schließt für einen Moment ihre Augen. Es ist nicht zu leugnen, was Helena in ihr auslöst. Immer noch und immer mehr. Und dann die kleine Flirtoffensive vorgestern beim Frühstück ...

Sie wendet sich vom Fenster ab. Helena ist neun Jahre jünger als sie, eine Unternehmerin der Stadt, deren

Oberbürgermeisterin sie ist und … Es geht einfach nicht. Und außerdem, Helena macht nicht den Eindruck, als würde sie ihr gegenüber ähnlich empfinden. Clara räumt das restliche Geschirr in den Spüler und stellt ihn an. Sie muss sich zurücknehmen. Muss die Hitze ignorieren, die in ihr aufsteigt, wenn sie Helena sieht, hört, riecht, oder wenn sie einfach nur in ihrer Nähe ist.

Clara zieht eine der Schubladen auf. Irgendwo müssten doch frische Geschirrtücher sein. Aber hier ist nur das Gästebuch. Da wird sie bei Gelegenheit reinschauen. Gleich will sie erst mal an den Pool. Vielleicht bekommt sie Helena ja dazu, mit ihr an den Strand zu fahren, bevor es später wieder regnet.

Ein schriller Ton, Clara zuckt zusammen. Das Festnetztelefon? Es klingelt wieder. Wer soll sie denn hier anrufen?

Sie schaut durchs Fenster, Helena ist in ihr Buch vertieft, wahrscheinlich hört sie gar nicht, dass es klingelt.

Noch mal klingelt es. Und wieder.

Clara greift nach dem Hörer. »Hallo?«

»Na, mein Schatz? Ich wollte nur mal hören, ob alles klar ist. Und wie du die neuen Matratzen findest. Vermisst du mich?« Ein Kichern.

Clara steht kerzengerade und atmet nicht mehr. *Mein Schatz?* Wer ist das? »Äh, hören Sie …«

»Oh!«

Stille.

»Sorry, also, ich dachte, Helena wäre dran. Hier spricht Josephine Erler. Ich wusste ja nicht und wollte nur …«

Die Schiebetür wird aufgezogen, Helena kommt herein. Clara reicht ihr den Hörer und macht zwei Schritte rückwärts.

Helena nimmt das Telefon und hält es ans Ohr. »Hallo? ...

Äh, hi. ... Ja. ... Nein, also ja, ich ... eine Bekannte, die ... Nicht jetzt. Ich ruf dich später an. ... Ja, bis dann.« Sie legt das Telefon zurück auf die Station.

»Josephine Erler?«

»Die Vermieterin.«

»Die Vermieterin?«

Helenas Wangen werden rot.

Clara steht wie festgeklebt. Die Vermieterin. *Na, mein Schatz. Eine Bekannte.* Im Brustraum wird es eng.

Helena schüttelt den Kopf und läuft an ihr vorbei. »Ich muss ... noch was arbeiten ... die Firma.« Sie verschwindet in ihrem Schlafzimmer.

Clara wird eiskalt.

***

Helena zieht die Tür hinter sich zu. Ihr Herz rast. Josies Anruf, Claras Gesicht. Sie sinkt auf ihr Bett.

Gegenüber auf der Kommode steht ein hässlicher Weißkopfseeadler aus Keramik und grinst sie mit dämlichen Glasaugen schadenfroh an. Ja, sie ist selbst schuld. Sie hätte Josie sagen müssen, dass sie nicht allein hier hinfliegt und Clara hätte sie sagen müssen, wer ihnen das Haus vermietet. Aber es ging einfach nicht.

Seit dem Anflug auf Tampa kämpft sie mit ihren Gefühlen. Eine Welle nach der anderen türmt sich vor ihr auf. Sie schwimmt dagegen an und sieht kein Land. Da ist Wehmut, wenn sie sich in diesem Haus umsieht, in dem sie und Josie so glückliche Zeiten verbracht haben. Aber sofort fühlt sie sich schuldig gegenüber Clara, weil sie ihr nichts von Josie erzählt hat und weil sie ihr, seit sie hier sind, ständig ausweicht. Doch dass sie mit Clara hier ist, bereitet ihr wiederum ein schlechtes Gewissen gegenüber Josie. Woraufhin sie wütend auf sich selbst wird, weil sie Josie nicht klar gesagt hat, dass sie nichts mehr für sie empfindet. Dabei will sie doch nur Clara. Der Drang, sie endlich an sich zu ziehen und zu küssen, ist kaum noch auszuhalten.

Josie und Clara und lauter Gefühle. Geht das eine, kommt das andere. Jedes für sich allein ist so dominant, dass es sich im Moment seiner Präsenz als absolut richtig anfühlt und alles andere ausschließt. Dadurch wird sie keinem gerecht, und am wenigsten sich selbst. Dieser Zustand legt sie lahm und sie ist unfähig, irgendeine Entscheidung zu treffen. Deshalb verzieht sie sich, beschäftigt sich mit Nebensächlichkeiten oder läuft herum wie fremdgesteuert. Es ist zermürbend.

Helena blickt zum Fenster. Der Himmel hat sich zugezogen. Sicher gibt es gleich Gewitter. Sie müsste zu Clara rübergehen und ihr die Sache erklären. Wahrscheinlich ist es ihr sogar egal, dass sie und Josie ein Paar ... Scheiße! Und genau davor hat sie Angst: dass es Clara egal sein könnte.

Plötzlich blitzt es grell und direkt folgt der Donnerschlag. Sie fährt hoch.

Clara steht in der Tür. Genauso blass wie damals, beim Besuch bei ihren Eltern. »Darf ich?«

»Klar.« Helena zeigt auf die kleine Couch neben dem Bett.

Clara setzt sich. »Helena, was geht hier vor?«

»Was soll denn hier vorgehen?«

»Sie hat *Schatz* gesagt.«

»Das bedeutet nichts, wirklich.«

Es blitzt erneut. Donnert. Regen prasselt aufs Dach. Ein heftiger Wolkenbruch.

»Ich möchte bitte wissen, wem dieses Haus gehört.« Claras Blick ist ernst. Das Bürgermeisterinnengesicht.

»Josephine Erler, das hast du doch gehört.«

»Ihr scheint euch sehr nahezustehen.«

»Schon, aber …«

»Damit habe ich ein Problem. Ich stehe in der Öffentlichkeit. Du sagst, wir zahlen nur die Nebenkosten, keine Miete. Wer bitte, lädt mich hier ein? Ist diese Frau womöglich eine Potsdamerin? Was bezweckt ihr damit, Helena?«

»Oh Gott, nein, Clara, so ist das nicht. Absolut nicht!«

Claras Lippen werden schmal. Sie schüttelt den Kopf.

»Total sicher, Clara. Wirklich. Wir bezwecken nichts damit. Josie wusste bis vorhin noch nicht einmal, dass ich mit jemandem hier bin.«

»Josie. Verstehe. Dann sag ihr bitte, sie möge mir eine vernünftige Rechnung schicken.«

»Clara, bitte, das …«

»Und ansonsten muss das jetzt hier irgendwie laufen. Ich kann es leider nicht ändern, dass du mit der falschen Frau hier bist.«

»Was?«

»Im Gästebuch ist ein Foto von euch beiden. Sehr innig.«

»Das war ... Das ist doch gar nicht mehr. Es ist vorbei!«

Clara steht auf. »Helena, ich will nur, dass alles sauber bleibt. Dein Liebesleben hat mich nicht zu interessieren.« Ihre Stimme bricht. Das Gesicht wirkt eingefallen. Clara dreht sich um und geht.

***

Helena zieht die Füße hoch aufs Bett, legt die Arme um die Knie und das Kinn darauf ab. Was für eine Scheiße. Und dieser bekloppte Keramik-Seeadler grinst sie auch noch blöde an.

Sie dreht ihren Kopf in die andere Richtung. Draußen ist es tiefschwarz. Vor dem Fenster biegt sich die Palme und der Regen fegt über die Straße. Man sollte eigentlich gar nicht hier sein, im August.

Clara muss stinksauer sein. Sie wurde mit dem Versprechen auf wundervolle Tage ans Ende der Welt gelockt und ist nun hier im Haus gefangen. Dazu das Wetter und jetzt auch noch dieses blöde Missverständnis. Sie sah so traurig aus.

Helena richtet sich auf. Plötzlich hat sie nur noch ein Bedürfnis. Sie will rüber zu ihr. Will mit ihr zusammen sein. Nur das. Und nichts anderes mehr. Sie steigt von der Couch, greift nach dem Adler aus Keramik, wirft ihn in eine Schublade und haut dagegen, dass es kracht. Dieses hässliche Vieh! Und ihre eigene Feigheit. Damit verdirbt sie sich und Clara den gemeinsamen Urlaub.

Sie holt ihr Handy aus der Schublade und wählt Josies Nummer. Während es ruft, fährt ihr Kreislauf hoch. Das Herz schlägt heftig gegen den Brustkorb. »Josie, wir müssen reden.«

»Das glaub ich auch.«

»Zwischen uns das ... es ist aus, Josie.«

»Ja, ich weiß.«

»Ich meine das ernst!«

»Wie lange seid ihr denn schon zusammen, du und diese nette Dame da vorhin am Telefon?«

»Äh, nein, Josie, wir sind nicht, also noch nicht ...«

Es knackt in der Leitung.

»Josie? Bist du noch dran?«

»Ich schlafe mit Dave.«

»Was?«

»Ich schlafe mit Dave, Helena. Eine ganze Weile schon, aber ich hab mir nicht getraut, dir das zu sagen. Tut mir leid.«

Das gibts doch nicht! Sie schläft mit diesem Dave und hat ihr das noch nicht gesagt?

»Bist du jetzt sauer?«

»Äh, irgendwie ... ein bisschen schon, ja. Aber ... ehrlich gesagt, auch ein wenig erleichtert.«

»Lass uns später mal ganz in Ruhe telefonieren. Wenn du zurück bist. Jetzt kümmere dich erst einmal um deine Eroberung. Gib dir Mühe, dass du sie in dein Bett bekommst. Dass die Matratzen neu sind, hab ich ihr ja schon gesagt.«

»Das hast du nicht!«

»Doch, hab ich. Bis dann, Helena.«

Helena wirft das Handy aufs Bett. Josie schläft mit Dave, und es tut gar nicht weh. Im Gegenteil, es ist, als hätte sich gerade eine Tür geöffnet. Vor ihr liegt das weite Feld. Alles scheint möglich. Frei. Sie ist frei!

Eine ganze Weile liegt sie einfach nur da und starrt an die Decke. Dann steht sie auf. Vor dem Spiegel bringt sie den Bikini in Form. Jetzt will sie endlich zu Clara.

***

Helena zieht die Schiebetür auf und tritt hinaus aufs Pooldeck. Das Gewitter ist vorüber, aber es regnet noch. Es riecht nach nassen Steinen, feuchten Handtüchern und Chlor. Clara sitzt regungslos auf ihrer Liege. Ihr Blick ist leer und zielt ins Nirgendwo.

Helena steht still. Sie hasst es, wenn solche Schwingungen in der Luft liegen. Dann fühlt sie sich blockiert und wartet lieber ab, bis sich die Sache von selbst erledigt oder sich ihr Gegenüber wieder auf sie zubewegt. Doch beides geht jetzt nicht. Sie ist diejenige, die etwas sagen muss.

»Ich geh schwimmen, kommst du mit?«

Clara deutet ein Kopfschütteln an.

»Das Gewitter ist doch vorbei, oder?«

»Glaub schon.«

Helena steigt in den Pool. Der hat mal wieder diese milchig-blaue Farbe und das Wasser ist warm. Sie lässt sich hineinfallen, schwimmt bis zum Ende, wendet, schwimmt zurück und immer so fort. Aber Schwimmen ist auch keine Lösung.

Der Regen hat nachgelassen. Ab und zu nur tropft es noch vom Poolkäfig. Clara sitzt auf ihrer Liege, hat die Beine angezogen und würdigt sie keines Blicks.

Helena schwimmt so nahe wie möglich an sie ran, legt beide Hände auf den Rand und das Kinn darauf ab. »Wollen wir vielleicht was essen fahren?«

»Im Moment habe ich noch keinen Hunger.«

»Clara, bitte, ich ...« Helena drückt sich hoch und steigt aus dem Pool. Mit den Händen streift sie sich das Wasser von den Armen und den Beinen und setzt sich auf den Rand der zweiten Liege, direkt vor sie hin. »Hör zu, Clara, es tut mir leid.«

»Was tut dir denn leid?«

»Alles.«

»Schade.«

Helena stützt die Ellenbogen auf die Knie und schaut zu Boden. Zwischen ihren Füßen sammelt sich das Wasser, das von ihren Waden läuft, von ihren Schultern tropft und aus den Haaren. »Ich meine die Sache mit Josie.«

Clara bleibt stumm.

»Josie ist meine Ex, ihr gehört das Haus und seit einer halben Stunde weiß ich, dass sie mit einem Mann zusammen ist.«

»Aha.«

»Versteh doch, wir ...«

»Komm, lass, du musst das nicht. Ich bin doch *nur eine Bekannte*, mit der du deinen Urlaub hier verbringst.«

»Eben nicht, Clara.« Helena steht auf. »Ich zieh mich nur schnell um.«

Sie geht hinein ins Haus, um etwas Zeit zu schinden. Außerdem fühlt sie sich in Shorts und Achselshirt einfach sicherer als in den nassen Badesachen. Sie hat den Drang zu erzählen, alles richtigzustellen, doch wo fängt sie da am besten an?

Sie geht zurück nach draußen. Clara hat sich scheinbar nicht bewegt. Helena steigt auf ihre eigene Liege, richtet den Blick auf den Pool und holt tief Luft. Dann beginnt sie zu reden. Von Kalifornien, dem letzten Urlaub mit Josie, dem Anruf wegen Papa, dass sie unverhofft die Firma übernehmen musste, sich beide aus den Augen verloren haben und dem klärenden Telefonat von eben.

Clara bleibt stumm. Sie hört nur zu und fragt nichts nach. Aber sie wirkt nachdenklich. Jetzt kennt sie die Geschichte und versteht sicher, was sie durchgemacht hat. Helena greift nach einer Wasserflasche. Sie setzt sie an die Lippen und trinkt sie fast zur Hälfte leer. Gleich renkt sich alles wieder ein. Dann werden sie irgendwohin zum Essen fahren, weiter reden, und dann vielleicht ...

»Ich hätte nicht mit herkommen dürfen.«

»Wieso denn das jetzt!«

»Das hier ist euer Liebesnest.«

»War!«

»Trotzdem, ich gehöre hier nicht hin. Nur, jetzt können wir das nicht mehr ändern. Lass uns sehen, wie wir die beiden Wochen halbwegs vernünftig überstehen.«

Helena erstarrt. Sie hat sich geöffnet, alles erzählt, aber Clara reagiert im Bürgermeisterinnenton. »Clara, ich ...«

»Lass gut sein, Helena.«

Helena springt auf, geht ein paar Schritte um den Pool, bis an die Stirnseite. Neben dem Haus brummt die Klimaanlage ihr träges, raues Brummen. Dazu surren Laubheuschrecken und Grillen in einer Tonlage, dass einem die Ohren wehtun. Es ist, als würde der Himmel vibrieren. Mit dem Finger fährt sie über eine Strebe des Poolkäfigs. Was soll sie jetzt nur tun? Clara ihre Gefühle gestehen? Das geht auf keinen Fall. Sich wieder zurückziehen, ihr Buch weiterlesen und abwarten, wie sich alles entwickelt? Das wäre feige. Und unfair gegenüber Clara. Sie müsste irgendeine Lösung finden. Vielleicht ... Wenn sie sie nun doch noch dazu bringen würde, mit ihr zum Essen zu fahren, dann könnten sie in neutraler Atmosphäre noch mal weiterreden? Und heute Abend würde sie diesen bescheuerten Fernseher einfach mal ausgeschaltet lassen und stattdessen eine Flasche Wein öffnen. Dann wird es vielleicht wieder lockerer zwischen ihnen? Das wäre eine Möglichkeit.

Helena dreht sich um. Langsam, Schritt für Schritt, geht sie zurück. Ihr Herz wird schneller.

»Clara bitte, lass uns noch mal neu ansetzen.«

Clara schaut zu ihr auf. »Seit wir hier sind, erkenne ich dich nicht wieder.«

»Ja, ich weiß. Es ist ... Manchmal mach ich genau das Gegenteil von dem, was ich eigentlich möchte, nur aus Angst, das Falsche zu tun.«

»Wie meinst du das?«

»Das ist Unsicherheit. Eben wenn ich mit einer Situation nicht klarkomme.«

»Du hast doch jetzt alles geklärt.«

»Nein.«

»Das versteh ich nicht.«

»Zwischen uns, Clara, ist nichts geklärt.«

»Doch, natürlich ist es das.«

Helena schaut Clara direkt ins Gesicht. »Ich bin nicht mit der falschen Frau hier.«

Clara schüttelt den Kopf. »Helena, du brauchst jetzt nicht aus Anstand oder Freundlichkeit …«

»Ich möchte mit niemand anderem hier sein, außer mit dir. Weil … nämlich … ich mich in dich verliebt …«

Claras Augen werden groß, ihre Lippen öffnen sich ein Stück. Aber da kommt nichts. Sie wirkt völlig entgeistert.

Helena dreht sich um und geht ins Haus. Oh Gott, was hat sie nur getan? Clara wirkte so schockiert, wahrscheinlich denkt sie gerade: *Ach du Scheiße* und zerbricht sich da draußen den Kopf, wie sie ihr am schonendsten beibringen könnte, dass es sie zwar ehrt, aber leider nicht auf Gegenseitigkeit beruht, was jedoch nicht heißen soll, dass sie sie nicht mag und dass sie unbedingt Freundinnen sein sollten. So oder so ähnlich wird Clara ihr das sagen. Wahrscheinlich noch im besten Amtsdeutsch. Verdammt! Hätte sie doch nur nichts gesagt. Das war einfach dumm.

Die Schiebetür geht auf. Da kommt sie schon. Nein, sie will das jetzt nicht hören. Bitte nicht.

Clara lehnt sich mit dem Rücken an einen der Küchenschränke. Sie ist mal wieder ganz blass. »Wir kennen uns so wenig. Und wenn du so abweisend bist, kann ich absolut nicht ahnen, was in dir vorgeht.«

Helena dreht sich um und öffnet den Geschirrspüler. Sie wusste es. Sie geht in die Hocke, greift nach zwei sauberen Tassen und räumt sie in den Schrank. Dann die nächsten.

»Helena, ich bin gerade etwas durcheinander.«

Jetzt die Teller. Keine Tränen. Bloß keine Tränen. Noch mehr Teller. Sie richtet sich auf.

»Jetzt lass doch mal dieses blöde Geschirr!«

Helena hält inne, steht mit einem Stapel Teller da und wartet, was wohl kommt.

Clara nähert sich, ist jetzt dicht hinter ihr. Helena spürt ihre Wärme, sie hält die Luft an und krampfhaft diesen Tellerstapel fest. Er wird schwerer und schwerer. Sie ignoriert es, bleibt reglos stehen und traut sich nicht mal, Luft zu holen.

Zwei Hände legen sich um ihre Taille. Claras Atem geht am rechten Ohr. Helena lehnt sich leicht zurück. Ihr schießt Gänsehaut bis runter in die Fersen.

»Stell die Teller ab«, sagt Clara leise. Helena entfährt ein schwacher Laut. Claras Flüstern, dieser zarte Hauch am Ohr und die Berührung ihrer Hände laden ihren Körper auf. Sofort steht sie in Flammen.

Sie schafft es, die Teller abzustellen. Das war auch höchste Zeit. Ihre Hände zittern, die Knie sind weich. Langsam dreht sie sich um.

Da ist Clara. Ganz nah vor ihr und sieht sie an. Liebevoll, begehrend, voller Sehnsucht. Helena zieht sie an sich. Lippen legen sich auf ihren Mund. Sie sind warm und weich. Claras Mund öffnet sich, Helena taucht hinein. Ein angenehmer Schauer reißt sie förmlich auseinander, alles fließt in diesen Kuss. Die ganze aufgestaute Lust, der Drang nach körperlicher Nähe und eine Leidenschaft, die sich jetzt nicht mehr bremsen lässt.

Nach langen Minuten löst sich Helena von Claras Lippen. Sie sind rot, und ihre Wangen auch. Clara atmet schwer. Dabei war das doch erst der Anfang. Helena nimmt ihre Hand und führt sie in ihr Schlafzimmer.

***

Clara blickt auf türkisfarbenes Wasser. Sanfte Wellen spülen rein-weiße Schaumkrönchen ans Ufer und kitzeln ihre Zehen. Der Sand ist hell und fein, und wenn sich das Wasser zurückzieht, wirkt er wie eine glatte glänzende Fläche, in der sich die Nachmittagssonne spiegelt. Clara gräbt die Zehen in den nassen Sand und holt tief Luft. Nur noch zwei Tage. Dabei will sie hier nicht weg.

Sie fährt in ihre Badeschlappen und watet durch den heißen Sand zurück zu Helena. Die liegt auf ihrem Handtuch vor einem Büschel Strandhafer im Schatten einer Palmetto-Palme. Clara legt sich neben sie und gibt ihr einen sanften Kuss auf die Schulter. Helena lacht.

»Was lachst du denn?«

»Du wurdest die ganze Zeit beobachtet.«

Clara dreht sich um. Ein Stück entfernt, sitzt immer noch das Ehepaar in ihren Liegestühlen unter einem weißen Pavillon auf Stelzen. So einem, wie man ihn in Deutschland im Garten, oder auf Volksfesten oder zum Wahlkampf aufbaut. Um sie herum ist lauter Kram gestapelt. Keine Ahnung, wofür man so viel Zeug an einem Strand benötigt.

Der Mann hat sie also beobachtet, während sie am Wasser stand, und schaut jetzt immer noch gebannt zu ihnen rüber. Offenbar hat ihn der Kuss auf Helenas Schulter nun völlig aus der Fassung gebracht.

Clara dreht sich zu Helena. »Woll'n wir ihm noch etwas bieten?«

»Du weißt, dass das hier nicht erl…«

Clara beugt sich über Helena und küsst sie auf den Mund. Im Schutz der Sonnenbrille schielt sie wieder zu den beiden rüber. Der Mann glotzt wie gebannt. Seine Frau schüttelt den Kopf, öffnet eine der Kühlboxen, holt ein fettes Sandwich heraus und drückt es ihm in seine Hand.

Clara hält sich die Faust vor den Mund. Helena ebenfalls. Ihre Körper beben vor Lachen. Das ist so komisch!

Clara dreht sich auf den Rücken und schaut in den Himmel. Wann war sie das letzte Mal so glücklich, so locker und gelöst? Es waren lauter Tage voller Unbeschwertheit, liebevollem Miteinander, heißem Sex. So müsste es bleiben. Es müsste einfach für immer so bleiben. Aber das tut es nicht. Die Welt dreht sich weiter, und realistisch gesehen, wird auch diese aufregend-schöne Zeit irgendwann nur noch Gedanke sein, der einen wehmütig werden lässt. Selbst wenn sie im nächsten Jahr wiederkämen, wäre es nicht mehr so wie jetzt. Allenfalls so ähnlich. Man kann Dinge wiederholen, aber niemals werden sie so besonders sein wie beim allerersten Mal.

Clara schließt die Augen. Aber noch ist es nicht vorbei. Noch sind sie in Florida und gerade in der ersten Phase der Verliebtheit. Und vielleicht … vielleicht lässt es sich bewahren, auch zu Hause in Potsdam. Vielleicht haben sie und Helena ja doch die Chance auf eine gemeinsame Zukunft? Es wäre so schön.

»Woran denkst du?« Helena hat sich über sie gebeugt und schaut sie an.

»Ach nichts.«

»Doch. Du denkst daran, was sein wird, wenn wir zurück sind, stimmts?«

Clara nickt. Im heißen Wind rasseln die trockenen Zweige der Palmettos. Irgendetwas summt.

Helena dreht sich um und liegt nun, wie sie, auf dem Rücken. Jetzt schauen sie gemeinsam in den Himmel. »Du kannst nicht offen mit mir zusammen sein, stimmts?«

»Offen nicht, denn ... möglich, dass ich ... dass wir Probleme kriegen. Ich weiß nicht, ob ich dir das zumuten kann.«

Helena setzt sich auf. »Warum sollten wir denn Probleme kriegen?«

Clara setzt sich ebenfalls. Helena kann nicht einschätzen, was es bedeutet, eine öffentliche Person zu sein. Woher auch? Aber sie hat Recht. Sie lieben sich, und deshalb muss es eine Lösung geben. Die Zeiten haben sich schließlich geändert. Man ist offener und toleranter. »Ich möchte mit dir zusammenbleiben, Helena. Aber anfangs sollten wir noch vorsichtig sein. Doch dann, so nach und nach, könnten wir uns vielleicht mal hier und mal da gemeinsam in der Öffentlichkeit zeigen, und irgendwann ... Ach, was für ein Glück, dass du diese Kita nicht baust.«

»Eigentlich war ich ja echt sauer, dass ich den Auftrag nicht bekommen habe.« Helena kippt den Kopf nach hinten und schaut zum Himmel. »Aber nichts im Leben ist so schlecht, dass es nicht für irgendetwas gut ist. Das hat schon mein Vater immer gesagt.«

Clara greift neben sich, nimmt Helenas Hand, schiebt die Finger zwischen ihre. »Ich glaube, damit lag er richtig. Lass es uns miteinander versuchen.«

Helena erwidert den Druck ihrer Hand und nickt.

Sie sitzen eine ganze Weile nebeneinander und schauen aufs Meer. Am Horizont ziehen Wolkenformationen, hinter denen die Sonne untergeht. Anders als sonst, ist der Himmel heute lila. Wie Flieder und Lavendel.

Helena fängt leise an zu kichern.

»Was ist?«

»Du warst vorhin ziemlich mutig, mich einfach so zu küssen. Hier in der Öffentlichkeit könnte sich da schnell jemand belästigt fühlen und schlimmstenfalls die Polizei rufen. Die Amis sind prüde.«

Clara nickt. Ja. Das sind sie in der Tat. Als sie letztens ein paar Dosen Bier im Supermarkt gekauft haben, wollte die Frau an der Kasse doch tatsächlich ihren Ausweis sehen. Und die Flasche Wein aus dem Liquor Store musste in eine grau-braune Papiertüte und unbedingt in den Kofferraum. Wozu das alles? Und vor allem, ständig muss man sich bedecken. »Schade, dass man hier nicht nackt baden kann.«

»Käme auf einen Versuch an.«

»Und dann lassen wir uns verhaften? Na toll!«

Helena dreht sich nach links und dann nach rechts. »Uns verhaftet niemand. Hier ist nämlich gar keiner mehr.«

Clara schaut ebenfalls. Tatsächlich. Sie sind inzwischen ganz alleine hier am Strand. »Trotzdem, ich geh doch hier nicht nackt ins Wasser!«

»Och bitte.«

»Nein.«

»Wenn du es tust, lade ich dich ein. Candle-Light-Dinner.«

»Ich mach das nicht, Helena.«

»In das teuerste Restaurant. Waterfront. Mit Live-Musik.«

»Vergiss es!«

»Ich fahre und du kannst Cocktails trinken, so viele du möchtest.«

Helena ist aufgestanden. Sie streift sich den Bikini vom Körper, schaut sich um und läuft los. Kurz vor dem Wasser dreht sie sich noch einmal zu ihr. »Clara! Komm!« Dann geht sie hinein und nach ein paar großen Schritten taucht sie unter. Jetzt ist nur noch ihr Kopf zu sehen und man kann nicht mehr erkennen, dass sie völlig nackt ist.

Clara starrt in ihre Richtung. Die ist doch verrückt. Aber der Stand ist wirklich leer. Und die Aussicht auf dieses Candle-Light-Dinner ist schon verlockend. Außerdem, wann hat sie das letzte Mal etwas Verbotenes getan?

Sie steht auf, sammelt alle Sachen zusammen und trägt sie bis nach vorn zum Ufer. Hier hat man das Zeug besser im Blick. Nicht dass doch noch jemand aus dem Gebüsch kommt und sie beklaut.

»Komm!«, ruft Helena schon wieder.

Clara schaut sich ein letztes Mal um. Dann geht sie ins Wasser, Schritt für Schritt, bis es ihr über dem Bauchnabel steht, und taucht hinein.

»Schade, Clara. Das Dinner fällt aus, du hast ja den Bikini an.«

Clara grinst. Helena denkt, sie traut sich nicht. Aber sie ist schlau. Sie zieht sich unter Wasser aus, erst das Oberteil und dann die Hose. Wie eine Trophäe hält sie den Bikini in die Luft und lacht. »Und ob ich das Dinner bekomme!«

»Das ist ja Schmu!« Helena kommt auf sie zu. »Na warte!« Clara entwischt. Sie lachen, prusten, balgen, spritzen. Dann halten sie sich in den Armen, die weiche Abendluft weht über ihre Schultern, sie sehen sich in die Augen und küssen sich zärtlich. Clara lässt sich fallen. In den Moment, in Helenas Arme und in ihre Glückseligkeit. Nur den Bikini hält sie fest in einer Hand.

Plötzlich stoppt Helena. Sie dreht sich um. Da ist ein Motorengeräusch. Ein Quad. »Die Strand-Ranger!«

Clara erstarrt. »Was machen wir denn jetzt?« Hektisch versucht sie unter Wasser, die beiden Bikiniteile auseinanderzubekommen, aber es will ihr nicht gelingen. In ihren Kopf schießen Bilder von Handschellen und oranger Gefängniskluft.

Helenas Augen sind dunkel. »Unauffällig verhalten. Wir schwimmen doch nur. Das kann uns niemand verbieten. Noch ist keine Nacht.«

Sie tun es. Schwimmen stumm nebeneinander her. Das Motorengeräusch ist jetzt auf ihrer Höhe. Das Fahrzeug wird langsamer. Noch langsamer. Clara hält die Luft an. Sie schaut starr gerade aus, nur nicht an den Strand. Nach dem Motto: Wenn sie nichts sieht, wird auch sie nicht gesehen. Helena gibt ihr ein Zeichen, sie wechseln die Richtung und schwimmen weiter. Das Quad scheint auch eine Schleife zu fahren, oder Kreise. So genau lässt sich das anhand der Geräusche nicht einordnen. Jetzt aber werden sie leiser, entfernen sich. Clara wagt es, schaut hin, und sieht nur noch die Rücklichter. Gott sei Dank!

Helena schwimmt schon in Richtung Strand. Clara folgt ihr. Jetzt haben sie auch wieder Grund. »Puh! Das ist ja noch mal gut gegangen. Ich glaube, jetzt sollten wir aber wirklich raus. Ich ziehe nur meinen Bikini schnell wieder an. Warte, ich ... Huch! Da war etwas an ihrem Bein. Etwas Riesiges, Dunkles. Was ist denn ...« Clara macht einen Satz nach vorn. Oh Gott, bloß raus hier! Hilfe! Schnell! Sie läuft los, rudert mit den Armen, macht große Schritte, stemmt sich mit aller Kraft gegen den Widerstand des Wassers, so, als wate sie um ihr Leben.

Endlich wird es flacher und es läuft sich leichter. Die letzten Schritte, dann hat sie das rettende Ufer erreicht. Sie dreht sich um.

Helena kommt mit abgespreizten Armen lachend auf sie zugewatet. »Clara!«

»War das ein Hai?«

»Ein Hai? Ach wo! Das war ein Manati, eine süße kleine Seekuh, die sich ins flache Wasser verirrt hat. Das Tier wollte nur kuscheln und ist mit Sicherheit genauso sehr erschrocken wie du.«

Clara steht nackt und zitternd am Strand, in der Hand hält sie den tropfenden Bikini.

Helena ist bei ihr angekommen, legt beide Arme um sie und zieht sie an sich. »Ich liebe dich, Clara. Ich liebe dich so sehr.«

13.

Clara wartet am Gepäckband. Sie fühlt sich, als hätte sie jemand aus einem tiefen Traum gerissen, hier abgestellt und dann vergessen. Jetzt spürt sie am eigenen Leib, was es bedeutet, im Jetlag zu sein. Es war ein Nachtflug ohne Nacht. Zwischen Turbulenzen und Kindergeschrei muss sie etwa gegen ein Uhr endlich weggenickt sein. Doch urplötzlich schob jemand die Verdunklungen von den Bullaugen, grelles Sonnenlicht stach in die Augen, ein Getränkewagen schepperte den Gang entlang und es roch nach Kaffee. Nach gerade einmal einer Stunde unbequemen Halbschlafs sollte es plötzlich acht Uhr morgens sein? Ausgeschlossen!

Helena berührt sie am Arm. »Komm, wir setzen uns mal da hinter. Das Gepäck kommt sowieso noch nicht.«

Clara folgt ihr bis in eine Ecke. Ihr ist so übel. Der Kopf ist Brei, der Rücken ein Brett. Sie nimmt den Rucksack ab und lässt sich fallen. Aber das Schlimmste ist, dass sie sich gleich trennen müssen. Ihnen bleibt nur noch die gemeinsame Taxifahrt bis Potsdam. Der Gedanke, heute Abend wieder alleine schlafen zu müssen, ist einfach grausam.

Clara schaut zur Seite. Helena wirkt genauso zerschlagen wie sie selbst, sie hat ganz rote Augen. Doch selbst in dem Zustand sieht sie hinreißend aus. Sie rückt ein Stückchen näher an sie ran. »Freust du dich denn nicht auf deine Mausi?«

Von Helena kommt nur ein schlappes Lächeln.

»Na komm, in den nächsten Tagen telefonieren wir und planen gemeinsam, wann wir uns treffen, wo wir uns zeigen, wie wir uns verhalten …« Was redet sie denn da? Spielt hier die Starke, dabei ist ihr zum Heulen.

»Du machst das alles viel zu kompliziert. Kein Mensch wird sich für uns interessieren.«

Clara fährt sich durch die Haare. Wie schön wäre es, wenn Helena Recht hätte. Sie greift nach ihrer Hand und drückt sie sachte. »Wir kriegen das schon hin.«

Ein schriller Ton. Das Gepäckband ruckt und setzt sich in Bewegung.

»Bleib sitzen, ich hole die Koffer.« Helena steht auf.

Clara lehnt sich auf dem Sitz zurück. Gute Idee, so platt, wie sie sich fühlt, lässt sie sich gern bedienen. Sie nimmt ihr Handy aus der Tasche, schaltet den Flugmodus aus und liest ein paar Nachrichten. Dann öffnet sie die Wetter-App, schließt sie sofort wieder und schaut auf. Helena steht am Gepäckband, Koffer holpern vorbei, aber ihre scheinen bisher nicht dabei zu sein.

Clara schaut wieder aufs Handy. Sie öffnet den E-Mail-Account vom Rathaus. Ihr Bauch sagt ihr, dass sie das nicht tun sollte, aber sie ignoriert ihn. Sie liest ja nicht wirklich, scrollt nur mal eben mit dem Daumen durch die Nachrichten, so zur Beruhigung, um sicherzugehen, dass es in den letzten beiden Tagen keine großen Katastrophen gab.

Buchstaben und Wörter ziehen vorbei. Mein Gott, sind das viele Mails. Und hier … Was? Sie stoppt. Hat sie sich verlesen oder stand da etwa wirklich … Sie geht noch mal zurück. Tatsächlich!

… Bauunternehmen Helena Kühn …

Clara überfliegt die Mail. ... *Kita Piratenhase ... Auftragsvergabe erneut ... zweitbilligster Bieter ...*

Sie tippt auf den Anhang. Eine Beschlussvorlage für die morgige Stadtratssitzung? Das kann doch nicht ... darf doch nicht ... Oh mein Gott! Sie starrt auf ihr Handy. Die Ränder ihres Gesichtsfeldes werden trüb und verschwimmen. Der Bauauftrag für die Kita wird neu vergeben? Aber wieso denn das! So etwas gab es doch noch nie! Und ausgerechnet ...

»Alles okay mit dir?«

Clara schaut auf. Vor ihr steht Helena, mit beiden Koffern und einem perplexen Gesichtsausdruck.

»Ja ... ja, alles in Ordnung.«

»Sicher? Du siehst aus, als hättest du dich gerade fürchterlich erschrocken.«

»Nein, ach wo, ich war nur in Gedanken.« Clara versucht ein Lächeln. Sie steht auf, greift nach ihrem Koffer und läuft los in Richtung Ausgang. Helena soll die Kita bauen. Wenn das stimmt, was wird dann werden? Wenn herauskommt, dass sie ein Paar sind, dann ... Bevorzugung bei der Auftragsvergabe? Gerüchte ...

»Clara, falsche Richtung!«

Clara dreht sich um.

Helena blickt ihr entgegen und schüttelt den Kopf. »Du hast doch was!«

»Nein. ... Ja. ... Jetlag.«

Helena nickt. Aber es ist offensichtlich, dass sie ihr nicht glaubt.

»Denkst du bitte daran, Josephine Erler an meine Rechnung zu erinnern?«

»Jetzt lass uns doch erst mal in Ruhe nach Hause fahren.«

»Mir ist das wichtig.«

Helena verzieht das Gesicht. »Ja doch.«

Clara läuft wieder los. Sie kann Helena jetzt auf keinen Fall davon erzählen. Weil ... Die Sache ist ja noch nicht durch den Stadtrat. Clara läuft schneller. Sie muss das verhindern. Blödsinn. Wie denn? Das kann sie doch gar nicht. Und wenn doch? Sie bewegt sich wie in Trance. Sie fühlt sich schlimmer als auf der Hinreise, als sie nach der Landung auf dem Weg zum Mietwagenterminal waren.

Endlich sind sie draußen. Der Himmel ist trüb. Staubtrockene Luft und leichter Wind. Die App hatte Recht.

Sie gehen bis zum Taxistand.

Clara bleibt stehen und fasst Helena am Unterarm. »Du, vielleicht sollten wir doch getrennt fahren.«

»Quatsch, wieso ...«

»Bitte, Helena. Es ist besser so. Glaub mir.« Clara lässt Helenas Arm los und geht mit großen Schritten zum ersten Taxi in der Reihe. Ohne sich noch einmal umzusehen, steigt sie ein. Der Fahrer verstaut ihren Koffer im Kofferraum und setzt sich neben sie.

»Nach Potsdam. Jetzt fahr'n Sie schon los!«

Das Taxi setzt sich in Bewegung.

Clara blickt in den Rückspiegel. Da ist Helena. Sie steht kerzengerade und schaut ihr hinterher. Ein Windstoß wirbelt Dreck auf. Das Bild verschwimmt. Clara schluckt.

***

Der erste Tag im Betrieb, und Helena würde am liebsten wieder nach Hause fahren. Es hagelt eine Hiobsbotschaft nach der anderen. Anscheinend ist es einer Unternehmerin nicht vergönnt, mal zwei Wochen Urlaub zu machen. Vorher gibt es Stress und nachher noch viel mehr.

Christiane schaut sie mitleidig an. »Ich kann es doch auch nicht ändern, Helena.«

Helena seufzt. Zwei Angebote wurden nicht angenommen, ein Kunde ist in Privatinsolvenz und zahlt nicht mehr, und eins der Häuser konnte nicht zu Ende gebaut werden, weil Material gestohlen wurde. Ohne Fertigstellung kann sie keine Rechnung schreiben. Dabei war das Geld fest eingeplant.

Christiane schiebt ihr die Auswertungen der letzten Buchführung über den Tisch. Das vorläufige Ergebnis hat ein Minuszeichen. Nicht dramatisch, manchmal kommt es zu buchhalterischen Verschiebungen, aber mit der Liquidität, da sieht es gar nicht rosig aus. Die Löhne kann sie zahlen. Und Mamas Rente auch. Aber dann ist Schluss, und sie müsste an ihre eisernen Reserven. Ein Glück, dass sie die noch hat. Das Geld war für den Kita-Bau zurückgelegt, um in Vorleistung gehen zu können, bis die erste Zahlung von der Stadt gekommen wäre.

Das Handy vibriert. Clara! Endlich ruft sie mal zurück!

»Christiane, könntest du mich bitte für einen Moment alleine lassen? Es ist wichtig.«

Christiane nickt, steht auf und verschwindet durch die Schiebetür.

»Sag mal, was machst du denn mit mir! Lässt mich einfach am Flughafen stehen, gehst nicht ans Handy und abends speist du mich mit einer Nachricht ab. So müde kann man doch nicht sein, um nicht wenigstens noch mal kurz zu telefonieren.«

»Ich weiß, Helena, deshalb ruf ich ja jetzt an.«

»Was war denn nur los!«

»Ich war einfach müde. Dann das Wetter ...«

»Clara, bitte, das macht mir Angst. Zwischen uns hat sich doch nichts geändert, oder?«

»Nein! Natürlich nicht! Wie kommst du denn auf so was?«

Helena atmet laut aus. Sie hatte schon die wildesten Szenarien im Kopf. »Wann können wir uns denn sehen?«

»Bald. Ich schau mal, gebe dir Bescheid. Momentan überschlägt sich bei mir alles, gleich muss ich zum nächsten Termin. Du hast ja keine Ahnung, was hier aufgelaufen ist, während ich nicht da war.«

»Klar. Sicher.«

Stille.

»Helena?«

»Ja?«

»Ich vermisse dich.«

»Gott, Clara! Was glaubst du denn, wie ich hier leide!«

Wieder bleibt es still. Nur Claras Atmen dringt ihr ins Ohr. So wie nachts in Florida, als sie selbst wach lag und Clara beim Schlafen zugesehen hatte.

»Weißt du eigentlich, dass du im Schlaf redest?«

»Was? Nein!«

»Doch!«

»Glaub ich nicht.«

»Aber ja, die Frau Oberbürgermeisterin spricht im Schlaf.« Helena schmunzelt. Jetzt hat sie Clara direkt vor sich. Das Senken der Augenlider und wie sie ihren Kopf ein Stück zur Seite dreht. Ihr zartes Verlegenheitslächeln.

»Ach Helena, ich wünschte, wir könnten die Zeit um eine Woche zurückdrehen.«

»Sofort!«

»Schade, oder? Tja. Ich muss jetzt leider, mein Termin.«

»Okay. Aber ich lass dich nicht auflegen, bevor du mir gesagt hast, wann wir uns sehen.«

»Heute geht es leider nicht, wegen der Stadtratssitzung, die dauert sicher ewig.«

»Dann morgen?«

»Bestimmt.«

»Okay. ... Ich liebe dich.«

»Ich weiß.«

Helena legt das Telefon beiseite. Sie hatte wirklich Sorge, Clara könnte es sich anders überlegt haben. Aber dann war es offenbar doch nur die Müdigkeit. Sie streckt sich, reckt die Arme in die Höhe. Alles wirkt so trostlos hier. Statt auf blauen Himmel starrt sie auf die Milchglasscheibe ihrer Schiebetür. Statt Meeresrauschen rauscht der Lüfter vom Computer. Statt nach Salzwasser riecht es nach Staub und nach vergilbter Raufasertapete. Sie sitzt in diesem engen Raum und vermisst die Weite. Doch am meisten vermisst sie Clara. Ihre Nähe, ihren Duft, ihre Stimme, ihre Berührungen. Ihre kleinen Gesten mit den Händen, ihren Augen, ihrem Mund, die ihr Fühlen offenbaren. Gesten, die man nur dann wahrnimmt, wenn man sehr genau hinschaut und die man auch erst dann erkennt, wenn einem jemand so viel bedeutet, dass man jede seiner Regungen aufsaugen will, um sie später, in einsamen Stunden, abrufen und noch einmal durchleben zu können. Helena seufzt. Sie hat sich tatsächlich verliebt. Richtig verliebt.

Die Schiebetür wird aufgezogen. Ach ja, Christiane. Die hatte sie völlig vergessen.

»Geht es jetzt, Helena?«

»Ja klar, komm rein. Wir waren ja vorhin noch nicht fertig.«

Christiane setzt sich wieder auf den Platz vor ihren Schreibtisch. »Also, Helena, wenn das so weitergeht ... Ich habe mich da mal mit den Thema *Kurzarbeit* befasst.«

»Kurzarbeit? Ausgeschlossen! In Kurzarbeit mussten wir noch nie jemanden schicken. Nicht mal in eisigen Wintern. Mein Vater hat das nicht getan und ich, ich werde gar nicht erst damit anfangen. Wir haben nur eine schlechte Phase, die geht vorüber.«

»Ich weiß nicht, Helena. Wenn kein Wunder geschieht ...«

»Du siehst zu schwarz.«

»Ich hab halt Angst um unsere Arbeitsplätze.«

»Mann Christiane! Ich kanns doch auch nicht ändern, dass wir den Scheiß-Auftrag für die Kita nicht bekommen haben!«

»Darum gehts doch gar nicht.«

»Der hätte uns saniert.«

»Na, da bin ich mir nicht sicher, Helena. So ein großes Projekt. Und riskant wäre es auch gewesen, unter diesen Umständen.«

»Was denn für Umstände!«

»Du weißt schon, was ich meine.«

»Bitte?«

»Na, das mit dir und Frau Habermanns.«

»Hm?«

»Ich kann eins und eins zusammenzählen. Und jetzt wart ihr ja auch noch gemeinsam im Urlaub. Oder etwa nicht?«

Helena erstarrt. Christiane weiß Bescheid. Wie konnte das passieren? Sie waren so vorsichtig, das kann doch eigentlich überhaupt nicht sein. »Christiane, ich ... Du erzählst das doch keinem!«

»Nein, Helena, da könnt ihr sicher sein, von mir erfährt es wirklich niemand.«

***

Stadtratssitzung. Clara betritt den Plenarsaal. Mundwinkel nach oben, freundlich nach links und rechts grüßen, zielstrebig zum Präsidium laufen. Nicht, dass sie noch jemand anspricht.

Sie setzt sich. Sie ist erschlagen vom Jetlag und gleichzeitig unter extremer Anspannung wegen der Kita-Sache, die heute auf der Tagesordnung steht. Dabei war die doch bis gestern ihre Herzensangelegenheit. Viele Eltern warten dringend auf einen Betreuungsplatz, und außerdem, im übernächsten Jahr sind Kommunalwahlen.

Clara streckt die Beine aus. Natürlich muss die Kita schnellstens gebaut werden. Aber doch nicht von Helena! Nicht von der Frau, die sie liebt und mit der sie sich öffentlich zeigen möchte. Wenn Helena die Kita baut, hätte sie als Oberbürgermeisterin eine private Beziehung zu einer Auftragnehmerin der Stadt. Da ist Ärger vorprogrammiert. Es könnte noch so sauber ablaufen, ihre Gegner würden suchen, und zwar so lange, bis sie etwas gefunden haben, was sie belastet. Sie säße auf einem Pulverfass. Clara schluckt. Sie könnte es nicht ertragen, wenn man ihr Privatleben in die Öffentlichkeit zerren würde. Schlimmstenfalls steht sogar ihr Amt auf dem Spiel.

Sie schenkt sich etwas Wasser ein und trinkt. Sie muss sich beruhigen. Ihr bleibt eh keine Wahl, außer geduldig abzuwarten, wie sich die Dinge heute Abend entwickeln. Sie wird sich zurückhalten, nichts von sich geben und hier auf ihrem Platz im Präsidium zuhören, was die anderen zu sagen haben.

Sie schaut in den Saal. Die Abgeordneten sitzen hinter ihren Tischen und tippen und wischen auf Smartphones, Tablets oder Laptops. Wie gern würde sie jetzt auch dort unten sein und in der Anonymität verschwinden. Nicht hier oben sitzen, im Präsidium, wo sie unter ständiger Beobachtung ist. Sie muss schrecklich aussehen, so völlig übermüdet. Als sie gestern gegen neun ins Bett gegangen ist, war es in Florida fünfzehn Uhr und sie hellwach. Die halbe Nacht hat sie sich nur hin und her gewälzt und als der Wecker ging, war das der Todesstoß. Sie hat sich hochgequält und mit Mühe und schrecklichen Kopfschmerzen durch den Tag geschleppt. Clara unterdrückt ein Gähnen.

Der Vorsitzende räuspert sich ins Mikrofon. Erst kommen Begrüßungsfloskeln, dann verliest er die Tagesordnung.

»... Aufforstung gegen den Klimawandel, Parkzeitbeschränkungen vor dem Friedhof, ... Mähzyklen auf Spielplätzen, die Verlängerung der Fahrroute des Rufbusses ...«

Sie muss schon wieder gähnen. Langsam wird das peinlich.

»... Umrüstung der Straßenbeleuchtung auf LED-Leuchtmittel, ... Kita Piratenhase ...«

Clara schaut auf die Uhr. Eine Stunde, vielleicht anderthalb, dann wird es also ernst. Jetzt bloß nicht wieder gähnen.

Die Sitzung läuft. Ein Abgeordneter erhält das Wort und dann der nächste. Drucksachen werden verlesen, man stimmt ab oder überweist die Themen in die Ausschüsse. Ein Tagesordnungspunkt nach dem anderen wird abgearbeitet. Wie viele Zeichen wieder mal gesetzt werden?

»Kommen wir nun zum Tagesordnungspunkt 24.1.: Kindertagesstätte Piratenhase.«

Clara setzt sich aufrecht hin und drückt den Rücken durch. Also gut. Ab jetzt, Pokerface.

Eine Abgeordnete ihrer Fraktion tritt ans Rednerpult und rückt das Mikrofon zurecht. »In der vorletzten Sitzung hatten wir darüber abgestimmt, dass der Auftrag für den Bau der neuen Kita dem Bieter mit dem preislich günstigsten Angebot erteilt wird. Dieser Groß-Bauunternehmer hat nun, aus Gründen, auf die ich hier nicht näher eingehen möchte, kurzfristig sein Angebot zurückgezogen.«

Raunen und Gemurmel. Der Vorsitzende bittet um Ruhe.

Clara greift zum Wasserglas. Offenbar hat wieder mal keiner die Beschlussvorlagen gelesen.

»Das zweitgünstigste Angebot wurde seinerzeit vom Bauunternehmen Helena Kühn aus Potsdam abgegeben. Allerdings liegt das um ca. 400.000 EUR über dem im Haushalt für den Kita-Bau bereitgestellten Betrag. Nun gibt es genau zwei Möglichkeiten:

Entweder, den Zuschlag erhält die Firma Kühn, und der Mehrbetrag wird durch Einsparungen an anderer Stelle ausgeglichen, oder aber, die Ausschreibung wird aufgehoben, überarbeitet und erfolgt zu einem späteren Zeitpunkt erneut. Da eine Verzögerung des Projektes keinesfalls gewollt ist, stellt unsere Fraktion folgenden Antrag: Den Zuschlag bekommt das Bauunternehmen Kühn, die Mehrkosten werden entsprechend gegenfinanziert.«

Ein Abgeordneter springt auf. »Das Bauvorhaben ist aus ökologischer Sicht nicht zu übertreffen und somit ein wichtiger Beitrag zum Klimaschutz. Das hat nun mal seinen Preis. Außerdem geht es um die Gesundheit unserer Kinder.«

Clara holt tief Luft. Gesundheit, Ökologie, Klimaschutz – das sind Totschlag-Argumente. Dagegen wird keiner etwas sagen. Dann wird der Antrag also durchgewinkt? Wieder gähnt sie. Sie kann nicht mehr. Der Kopf, der Rücken ... Ihr fallen gleich die Augen zu.

Jetzt meldet sich ein Abgeordneter der Opposition. »Wir sind dagegen! Der Rohbau sollte vor dem Winter stehen, jetzt haben wir Ende August, das ist sowieso nicht mehr realisierbar. Außerdem sind da juristische Aspekte zu prüfen. Die Ausschreibungsfristen sind allesamt abgelaufen und ...«

Clara lehnt sich zurück. Normalerweise würde sie sich über solche Bremser aufregen. Aber heute kommt ihr diese Argumentation entgegen.

»... und, meine Damen und Herren Abgeordnete, zu bedenken ist außerdem, dass es sich bei diesem Bauunternehmen um einen relativ kleinen Betrieb handelt. Ob der einem solchen Projekt überhaupt gewachsen ist, müsste man vorab noch einmal genau prüfen.«

Clara schnappt nach Luft. So ein Blödsinn. Was bitte, hat Größe mit Zuverlässigkeit und Kompetenz zu tun? Helena wird doch nicht ohne entsprechendes Know-how und ordentliches finanzielles Polster ein solches Angebot abgegeben haben. Gegen diesen Humbug müsste man sofort angehen! Aber nein, heute hält sie sich zurück und bleibt bei ihrem Pokerface.

Wieder eine Meldung, diesmal aus der eigenen Fraktion.

Das ist doch Matthes! Was will der denn jetzt?

»Herr Krüger, Sie haben das Wort.«

»Meine Damen und Herren Abgeordnete, lassen Sie mich eins dazu sagen: Die Firma Kühn ist ein ortsansässiges, etabliertes Bauunternehmen, das für höchste Qualität steht. Die Inhaberin ist fachkompetent und verlässlich. Unbestritten sprechen ihre abgeschlossenen Projekte für sich. Das sollten sie bei der Entscheidung auf jeden Fall berücksichtigen.«

Clara nickt. Aber nur, weil sie hier im Präsidium sitzt und innerparteiliche Einigkeit demonstrieren sollte. Tatsächlich ist sie verwirrt. Wieso gibt Matthes Krüger so ein Statement ab? Warum lobt er das Bauunternehmen Kühn? Woher kennt er Helena?

Ein Arm schnellt nach oben. Eine junge Frau mit krassem Kurzhaarschnitt tritt ans Mikrofon. Sie richtet den Blick direkt auf Clara. Eine Drohgebärde? Das sieht nicht gut aus.

Clara verschränkt die Arme vor der Brust.

»Frau Oberbürgermeisterin! Es ist eine Schande für Potsdam, was Sie hier abziehen! Sie betreiben eine Politik von Unvernunft und Ausgabenwahn! Für diese Unsummen könnte man mindestens zwei Kindergärten bauen, das fehlende Betreuungspersonal bezahlen und viele neue

Arbeitsplätze schaffen.« Sie wedelt mit den Armen. Am Hals leuchten rote Flecken.

Clara kneift die Augen zusammen. Der Puls wird schneller. Ruhig bleiben.

»Sie verschleudern Steuergelder, Frau Oberbürgermeisterin. Damit verlieren Sie Ihre Glaubwürdigkeit und agieren in höchstem Maße verantwortungslos. Wie wollen Sie das gegenüber den Bürgerinnen und Bürgern der Stadt Potsdam verantworten? Ich sage es Ihnen. Gar nicht. Das ist nämlich nicht zu verantworten. Der Antrag gehört abgelehnt!« Die Kurzhaarige stolziert zurück zu ihrem Platz.

Clara schluckt. Sie wollte sich zurückhalten, aber gegen einen solchen Angriff muss sie sich zur Wehr setzen. Da bleibt ihr gar nichts anderes übrig. Sie meldet sich zu Wort, steht auf und geht zum Pult. Sie stützt die Hände darauf ab, drückt die Arme durch und fixiert die Kurzhaarige. »Frau Abgeordnete, was Sie hier anbringen, kann ich keinesfalls unkommentiert lassen.« Die Stimmlage passt. Klar und deutlich. »Monatelang haben wir hier diskutiert und gerungen! Um den geeigneten Bauplatz, die Erschließung, Umweltschutz, Verkehrsanbindung und die nötigen finanziellen Mittel. Über jeden Punkt wurde demokratisch abgestimmt! Und jetzt kommen Sie plötzlich daher und stellen das alles in Frage? Ich bitte Sie! Im Vergleich zum Gesamtvolumen sind 400.000 EUR kein Betrag, an dem es scheitern sollte, keinesfalls scheitern darf! Wir brauchen dringend Kita-Plätze, Verzögerungen sind intolerabel!« Noch ein mahnender Blick in die Runde, fertig. Das war hoffentlich deutlich genug.

Clara setzt sich. Sie verschränkt die Finger. Sie sind eiskalt. Jetzt hat sie genau das getan, was sie nicht wollte:

eine Meinung geäußert. Und zwar sehr deutlich. Das war nicht gut. Absolut nicht.

»Kommen wir nun zur Abstimmung.«

Clara hält die Luft an. Arme schießen in die Höhe. Es wird gezählt, aber das Ergebnis ist eindeutig. Es sind mehr *Ja*-Stimmen. Clara sackt innerlich zusammen und taucht ab. Was noch kommt, das nimmt sie nur verschwommen wahr.

Endlich ist die Sitzung zu Ende. Clara rafft ihre Unterlagen zusammen, nimmt die Tasche und schlängelt sich durch die herumstehenden Abgeordneten. Nur schnell weg. Nach Hause ins Bett. Bloß keine Fragen mehr zum Kita-Bau.

Matthes versperrt ihr den Weg und grinst sie an. »Na, Clara, zufrieden?«

»Matthes, ich habe es eilig.«

»Ich dachte, es freut dich, wenn ich ausnahmsweise mal deiner Meinung bin.«

»Das war nicht nötig.«

»Was hast du denn gegen ein bisschen Rückendeckung?«

»Was hast du damit bezweckt?«

Matthes kommt näher. »Ich wollte auf Nummer sicher gehen.«

»Lass mich vorbei.«

»Du siehst fertig aus, Clara. Und das am ersten Tag nach deinem Urlaub.«

»Bitte?«

»Braun gebrannt und blass zugleich. Ich kombiniere: Übersee? Thailand? Karibik? USA?«

»Kümmere dich mal besser um deine eigenen Angelegenheiten.« Clara tritt einen Schritt zurück. Sie legt den Kopf leicht schräg und blickt ihm direkt in die Augen.

»Du scheinst ja Frau Kühn richtig toll zu finden. Pass mal auf, dass dir die Presse da nicht irgendetwas unterstellt!« Sie schlägt einen Bogen um ihn und lässt ihn stehen.

***

Helena liegt im Bett und ist hellwach. Normalerweise hat sie mit dem Jetlag nie so sehr zu kämpfen, aber diesmal ist es wirklich schlimm. Sie wälzt sich hin und her und außerdem … Sie hat eine wahnsinnige Lust auf Sex. Seit sie und Clara zusammengekommen sind, ist ihre Libido in die Höhe geschossen, und zwar in einem Maße, wie sie das niemals für möglich gehalten hätte. Allein der Gedanke an Clara versetzt sie in Wallung, es pocht zwischen den Beinen, der ganze Körper ist gespannt. Gerade jetzt, in diesem Moment, hat sie das Gefühl, sie würde gleich verrückt.

Sie setzt sich auf. Dieser Zustand ungestillten körperlichen Verlangens ist nicht schön. Unerträglich ist der. Richtig quälend. Sicher, sie könnte sich noch mal selbst befriedigen, aber das ist es nicht. Es ist nicht das, wonach sich alles in ihr sehnt.

Das Handy zuckt. Eine Nachricht. Clara!

Bist du noch wach?

Helena drückt auf *Antworten*. Ihr Herz pocht schneller. Und nicht nur das Herz. Sie tippt:

Ruf mich an, bitte. Ich will, dass du mich anrufst. Jetzt.

Sie stoppt und löscht die Nachricht wieder. Sie hat eine bessere Idee. Sie wählt Claras Nummer.

»Helena! Hab ich dich etwa geweckt? Entschuldige, ich …«

»Was hast du an?«

»Wie? Äh, ich komme aus der Dusche und …«

»Also bist du nackt?«

»Nein.«

»Dann zieh dich aus. Langsam. Und so, dass ich das hören kann.«

»Helena, du, wir müssen was besprechen.«

»Nichts müssen wir. Du musst. Mach, was ich dir sage. Zieh dich aus. Ich will dich nackt.« Helena legt sich flach aufs Bett und streckt sich aus. Vor ihrem Auge erscheint Clara, wie ihre Hände nach dem Shirt greifen und es nach oben schieben. Da sind ihre Brüste. Ihre wunderschönen Brüste. Weiße Haut und zartrosa Knospen. Wunderschön.

»Helena …«

»Psst. Mach einfach.«

Und jetzt der Slip. Zarte Spitze auf Claras nacktem Hintern. Helena streicht sich über ihren Bauch, fasst sich zwischen ihre Beine. »Komm schon, Clara, tu mir den Gefallen.«

»Nein!«

Helena stoppt. Dieser Ton … Mann Clara, jetzt mach doch mal mit!

»Helena, es ist wichtig. Und ernst. Sehr ernst sogar.«

Helena saugt Luft durch ihre Nase und stößt sie lautstark wieder aus. Der Film ist gerissen. Clara hat die ganze Illusion zerstört.

»Hör zu, Helena, ich möchte, dass du es von mir erfährst.«

»Was denn?«

»Du wirst eine Nachricht von der Stadtverwaltung bekommen.«

»Oh! Bin ich zu schnell gefahren? Oder habe ich die Gewerbesteuervorauszahlung zu spät überwiesen? Nein, warte, lass mich raten, die Abwassergebühren?«

»Du sollst die Kita bauen.«

»Was? Wieso! Du, keine Scherze bitte, und schon gar nicht mitten in der Nacht.«

»Das hat der Stadtrat vorhin so beschlossen.«

Helena windet sich hoch, setzt sich, hängt beide Beine über die Bettkante und knipst die kleine Leselampe an. Auf dem Boden in der Ecke liegen Wollmäuse. Sie müsste mal saugen.

»Der Bauunternehmer aus Hamburg ist abgesprungen.«

Abgesprungen? Und jetzt soll sie die Kita bauen? Der Läufer ist auch voller Katzenhaare.

»Helena, du weißt, was das bedeutet?«

Helena schluckt. Natürlich weiß sie. Das bedeutet endlich ein großes Projekt. Weg von den Einfamilienhäusern. Eine Herausforderung. Spaß an der Arbeit. Geld auf dem Konto. »Ja, weiß ich.«

»Helena, könntest du das bitte ablehnen?«

»Was soll ich?«

»Ich möchte, dass du den Auftrag ablehnst. Das geht ganz einfach. Die Fristen sind alle abgelaufen, ich hab mich da erkundigt.«

»Clara, stopp, weißt du eigentlich, was du da von mir verlangst?«

»Weißt *du* eigentlich, was es für *mich* bedeutet, wenn die Frau, mit der ich zusammen bin, den Auftrag für den Bau der städtischen Kita bekommt? Seit vorgestern zermartere ich mir den Kopf nach einer Lösung für uns beide.«

Helena springt vom Bett auf. »Moment mal, seit vorgestern? Du weißt das seit vorgestern?«

»Ja. Seit …«

»Clara! Das darf doch nicht wahr sein. Seit Vor-ges-tern?« Helena läuft auf und ab. Im Fuß zuckt es. Aber da ist gerade nichts, wogegen sie treten könnte, ohne körperlichen Schaden zu nehmen.

»Helena, entschuldige bitte, aber …«

»Nein! Du hättest mir das sagen müssen. Das ist mein Angebot und meine Firma und mein Auftrag!«

»Es war doch noch gar nicht sicher, bis vorhin.«

»Nur dass ich das richtig verstehe: Du enthältst mir eine wichtige Information vor, belügst mich fast zwei Tage lang und zum Dank dafür soll ich einen Auftrag ablehnen, um den ich ewig lange hart gekämpft habe?«

»Tu es für uns.«

»Für uns? Nein Clara, für dich soll ich das tun. Du hast Angst um deinen Ruf und deine Karriere in der Politik. Völlig überzogen, wie ich finde. Aber das glaubst du mir ja nicht. Du weißt offenbar schon vorher, was alles passieren wird.«

»Ja.«

»Dann sag ich dir jetzt mal, worum es bei mir geht: Bei mir geht es um Verantwortung für zwölf Mitarbeiter und deren Familien. Und darum, das Lebenswerk meines Vaters fortzuführen. Und es geht um Mut und Anstand als Unternehmerin des Potsdamer Mittelstandes.« Helena setzt sich auf den Boden und lehnt den Rücken an den Schlafzimmerschrank. Genau wie vor zweieinhalb Wochen, nur dass heute kein leerer Koffer vor ihr liegt, sondern ein riesiges Problem. Sie schüttelt den Kopf. Sie will dieses Problem nicht. Und Claras Lösung will sie schon mal gar nicht. Der Preis wäre viel zu hoch. Und, er ist nicht angemessen. Es kann doch nicht sein, dass sie sich zwischen ihrer Firma und privatem Glück entscheiden muss. Es kann nicht sein, und es darf auch nicht sein. »Clara?«

»Ja?«

»Warum sagst du denn nichts mehr?«

»Ich denke nach.«

»Ich denke auch nach.«

»Worüber?«

»Darüber, dass ich beides möchte. Den Auftrag und dich, Clara.« Helena fährt sich durchs Gesicht. Claras Sorge ist ja nicht ganz unberechtigt. Sie steht in vorderster Reihe und ist somit die erste, auf die geschossen wird, falls einer schießt. Dieser Gedanke ist ... Nein, sie könnte nicht aushalten, wenn Clara jemand etwas antun würde. »Ähm, weißt du, das kommt alles so plötzlich, das muss ich erst einmal verdauen. Lass uns morgen noch mal ganz in Ruhe darüber reden.«

»Nein. Das müssen wir nicht, ich ... Nimm den Auftrag an, Helena. Ehrlich gesagt, wird mir erst jetzt so richtig klar, was er für dich bedeutet.«

»Schon, aber ... nicht auf deine Kosten. Du bist mir wichtig. Wirklich.«

»Dann müssen wir eben ...« Durchs Telefon kommt ein langes Ausatmen. »Könntest du damit leben, wenn wir unsere Beziehung vorerst doch noch geheim halten würden? Maximal, bis die Kita fertig ist?«

Helena verzieht das Gesicht. Versteckspielen? Wenig Kontakt? Sehnsucht? Aber es wäre ein Kompromiss. Und sie bekäme beides. Clara und den Auftrag für den Bau der Kindertagesstätte. »Ja okay. Damit könnte ich leben.«

»Gut. Dann lass uns das so machen. Lass es uns gemeinsam durchziehen.«

14.

»Mausi! Ich bin zu Hause!«

Die Katze kommt um die Ecke gefegt, stürzt sich auf ihr Futter und schlingt, als hätte sie seit Tagen nichts bekommen.

»Du kleiner Banause! Das ist teures Schabefleisch!« Helena lehnt sich an den Küchenschrank. Sie ist so fertig. Schon um sechs Uhr dreißig musste sie heute auf der Baustelle sein. Bestenfalls waren es vier Stunden Schlaf, denn Clara und sie haben noch lange geredet. Liebevoll und angenehm vertraut. Sie sind sich einig, dass sie den Kita-Bau gemeinsam überstehen. Es wird hart, doch das Ziel ist Ansporn genug. Wenn nichts dazwischenkommt und die Architektin mitzieht, könnte es in einer Rekordzeit von gut einem Jahr geschafft sein.

Aber bis dahin ... Schon jetzt, nach gerade einmal drei Tagen, ist das Verlangen nach Clara unbeschreiblich groß. Wer weiß, wann sie sich das nächste Mal sehen. Und dann wären es ja auch nur Stunden, nachts, wenn Clara unbemerkt in ihre Garage fährt, und wieder raus, bevor es hell wird. Sie ist nicht glücklich damit. Aber sie hat es Clara nun einmal versprochen.

Mausi hat den Teller leergefressen. Jetzt schleckt sie sich genüsslich das Maul, schaut zu ihr auf und legt den Kopf leicht schief.

»Was denn? Mehr gibts nicht, du alter Vielfraß.«

Mausi legt den Kopf noch schiefer.

»Nichts da!«

Die Katze streicht ihr um die Beine und reibt die Stirn an ihrer Wade. Helena beugt sich hinunter und fasst ihr unter den Bauch. Mit der anderen Hand stützt sie das Hinterteil, hebt sie vorsichtig an und nimmt sie hoch auf ihren Arm. Sie legt die Wange auf das Fell und wiegt die Katze sachte hin und her. »Du riechst wieder gut. Heute nach frisch gemähtem Gras.«

Mausi legt den Kopf auf ihrem Unterarm ab und schnurrt.

Helena schaut auf die Uhr. Gleich neun. Sie sollte einfach schon mal schlafen gehen.

Auf dem Tisch blinkt das Handy. Clara?

Helena lässt reflexartig los. Mausi fällt hinten über, dreht sich in der Luft und landet mit vier Pfoten auf den Fliesen. Katzenhaare wirbeln durch die Luft.

»Sorry.«

Es ist Clara! Eine Nachricht.

Ich bin in fünf Minuten bei dir. Machst du bitte das Tor auf?

Sie kommt? Clara kommt! Helena tippt schnell ein *Okay*. Dann nimmt sie zwei Stufen auf einmal bis nach oben ins Schlafzimmer, zieht das Bettlaken in Form, faltet die Decke zusammen und greift sich den Staubsauer. Innerhalb von zwei Minuten hat sie ihn einmal durchs Zimmer geschoben. Sie reißt sich das lappige Shirt vom Körper und zieht sich ein neues über. Schon läuft sie wieder runter, in die Schleuse und drückt auf den Garagenöffner. Punktlandung.

Ein Rauschen. Clara fährt ein, der Motor verstummt. Helena drückt den Knopf erneut und schließt das Tor. Dann öffnet sie die Tür zur Garage.

Clara steigt aus dem Auto. Sie trägt das sexy Kostüm, das dunkelblaue, mit dem engen Rock und dem Blazer. Das, in dem sie so verdammt heiß aussieht. So, Clara, endlich. Diesmal gibt es keine Ausreden mehr. Gleich gehörst du mir.

Helena lässt Clara in die Schleuse, streckt beide Arme nach ihr aus und will sie an sich ziehen. Küssen. Endlich ihre Lippen spüren.

Clara weicht aus. Sie tritt einen Schritt zur Seite, schaut sie aus schmalen Augen an und schüttelt den Kopf.

Helena blinzelt. »Was ist denn los?«

»Findest du das eigentlich in Ordnung, mich mitten in der Nacht anzurufen?«

»Was?«

»Letzte Nacht. Du hast mich angerufen und von mir verlangt, ich soll mich ausziehen.«

»Ach so, ja, das war doch, weil ich …«

Clara bewegt sich. Aber es ist nicht Clara, die ihr entgegenkommt. Doch die Oberbürgermeisterin ist es auch nicht. Claras Hände greifen ihre Schultern, sie wird geschoben, rückwärts, bis es nicht mehr weiter geht. Kalte Fliesen pressen sich an ihren Rücken. Helena entfährt ein Laut.

»Du rufst mich nicht ungestraft mitten in der Nacht an und verlangst von mir, dass ich mich für dich ausziehe. Hast du das verstanden?«

Eine Hand umfasst ihr Kinn. Helena versucht zu nicken. Aber es geht nicht. Clara hält sie wie in einem Schraubstock. Ihr Gesicht ist direkt neben ihrem. Da sind ihr Atem und ihr Duft. Oh Gott, Clara!

Helena versucht, sich zu bewegen. Doch ihr Kopf klemmt zwischen der Fliesenwand und Claras Fingern, die ihr Kinn nach oben drücken. Sie spürt Claras Lippen am Hals, ihre Zunge, wie sie rau ihr Ohr umspielt und langsam abwärtsfährt.

Helena schnappt nach Luft. Sonst ist sie doch immer diejenige, die die Initiative ergreift, entscheidet und bestimmt. Doch jetzt steht sie wie festgepinnt an dieser kalten Wand und Clara hat von ihr Besitz ergriffen. Einfach so, ohne zu fragen, ohne Erlaubnis. Sie weiß nicht, was sie davon halten soll, doch das Verwunderliche an der Sache ist, dass es sie extrem erregt.

Claras Griff lockert sich. Helena senkt den Kopf und schaut ihr in die Augen. Sie streckt die Hände nach ihr aus.

»Na!« Finger umgreifen ihre Handgelenke, drängen sie zurück und pressen sie gegen die Fliesenwand. Claras Hände fühlen sich an wie Schraubzwingen. Was für eine Kraft sie plötzlich hat.

Jetzt drückt Clara ihr das Becken in den Schoß, und sie wird von ihr geküsst. Clara sucht und findet, reibt und saugt. Die Küsse wirken wie Elektroschocks, die durch den ganzen Körper reißen. Helena wird siedend heiß. Sie kann kaum atmen, schnappt erneut nach Luft. Gleich wird sie nicht mehr kontrollieren können, was mit ihr passiert.

Das Neonlicht ist grell, sie schließt die Augen. Sie sieht Orange und Gelb, dann dunkles Rot. Sie wird geschoben und geführt, keine Ahnung wohin, doch sie lässt es geschehen.

Plötzlich drückt etwas am Hintern. Helena öffnet die Augen. Sie steht vor ... ihrer Waschmaschine?

Clara blickt sie an. »Dreh dich um.« Ihre Stimme klingt jetzt tief und rau.

Helena bleibt, wie sie ist. Umdrehen? Fallen lassen? Clara ausgeliefert sein? In Claras Augen flackert Ungeduld. Der unbedingte Wunsch, dass sie sich ihr ergibt.

Helena durchfährt ein Ruck. Im Bruchteil einer Sekunde weicht sie zur Seite aus. Sie packt Clara und drückt sie auf die Waschmaschine. Clara schreit erschrocken auf. Zu spät. Sie liegt vornübergebeugt und kann sich nicht bewegen. Helena drückt von hinten gegen ihre Beine und hat eine Hand an Claras Schulter. Mit der anderen schiebt sie ihr den Rock nach oben und fährt unter ihren Slip. Sie hat Nässe erwartet, doch das, was sie spürt, übertrifft alle Vorstellungen. Es fühlt sich an, als würde ihre Hand in warmes Wasser tauchen.

Clara presst Laute hervor und spreizt die Beine noch weiter. Helena schiebt ihre Finger tiefer. Jetzt gibt sie Ton und Rhythmus vor, agiert, und Clara folgt. Wieder zieht sie sich zurück und fährt in sie hinein.

Clara stöhnt auf.

Helena löst die Hand von Claras Schulter und legt sie ihr unter die Stirn. Jetzt ruht Claras Kopf auf ihrer Hand. Helena stützt sie, hält sie fest. Und während sie wieder und wieder in sie fährt, presst sie sich an sie und wird so eins mit ihr. Eine große Welle rauscht auf beide zu und reißt sie mit sich. Sie schweben in ihr, mit ihr, auf ihr, hin und her. Mal spült es sie nach oben, mal nach unten. Helena gibt sich den Fluten hin und gleitet mit Clara gemeinsam in einen Zustand absoluter Erfüllung.

Später liegen beide in Helenas Bett, nackt und eng aneinandergeschmiegt.

»So etwas wie eben, hätte ich dir gar nicht zugetraut.«

»Nicht?« Clara lächelt sanft.

Helena lächelt ebenfalls. Sie ist so wunderbar entspannt. Dass man sich einem anderen Menschen so nahe fühlen kann, hätte sie nie für möglich gehalten. Sie dreht sich zu Clara und streichelt sachte über ihren Hals. »Morgen, mein Liebling, wird es in den Potsdamer Neusten Nachrichten eine Schlagzeile geben.«

»Was denn für eine Schlagzeile?«

»Oberbürgermeisterin von Bauunternehmerin vergewaltigt.«

***

Clara sitzt im Büro, ziemlich müde, denn die Nacht war kurz. Trotzdem fühlt sie sich wunderbar leicht.

Sie schlürft ihren Kaffee und überfliegt die Meldungen. Die morgendliche Presseschau im Amt ist festes Ritual, weil keiner stört. Sie liebt den Geruch des Papiers und das beruhigende Rascheln, wenn sie die Seiten umschlägt. Eine echte Zeitung ist um vieles angenehmer als die digitale Variante.

Sie stützt das Kinn auf ihre Hände und liest. Helenas Duft hängt noch immer unter den Fingernägeln. Clara saugt ihn mit der Nase auf und schließt die Augen. An einer Waschmaschine! Was da noch alles möglich wäre? Es gäbe viele Varianten. Schluss jetzt! Clara setzt sich aufrecht hin. Sie trinkt noch einen Schluck Kaffee, blättert um und streicht die Seite glatt.

Hm?! Clara trifft der Schlag. Ihr Körper versteift. Sie stellt die Tasse ab, beinahe hätte sie sich verschluckt.

Kita-Neubau in Potsdam – Machenschaften bei der Auftragsvergabe

… Der Auftrag für den geplanten Kita-Bau wurde dem Hamburger Bauunternehmen entzogen. Stattdessen erhielt die Firma Helena Kühn aus Potsdam den Zuschlag. Dafür haben sich sowohl die Oberbürgermeisterin Clara Habermanns als auch der Fraktionsvorsitzende ihrer Partei, Matthes Krüger, persönlich eingesetzt.

Das Bauunternehmen Kühn liegt mit seinem Angebot weit über dem des Hamburger Unternehmers und treibt die Neubaukosten in die Höhe.

Recherchen ergaben, dass derzeit von jenem Bauunternehmen Kühn Krügers privater Neubau errichtet wird. Es ist nicht auszuschließen, dass die überhöhten Kosten für die Kita im Zusammenhang mit Preisnachlässen für Krügers Einfamilienhaus stehen könnten. Habermanns würde damit eine unerlaubte Vorteilsnahme ihres Parteikollegen begünstigen.

Clara reibt sich die Stirn. Das darf nicht wahr sein! Mit der flachen Hand vorm Mund liest sie erneut.

Dann klingelt das Telefon.

»Ja!«

»Frau Kühn ist dran.«

Helena? Auf dem Diensttelefon? Stimmt, ihr Handy ist auf stumm und in der Tasche.

»Stellen Sie durch.«

»Helena, warte, ich suche schnell mein Handy.« Clara wühlt mit einer Hand in ihrer Tasche.

»Lass. Hast du's gelesen?«

»Gerade eben.«

»Was ist denn das für eine Scheiße!«

»Helena!«

»In meiner Firma läuft alles sauber. Ich habe einen Ruf zu verlieren. Macht mir den nicht kaputt, du und dein Parteifreund Krüger.«

Clara zieht den Mundwinkel zur Seite. Freund! »Beruhig dich mal bitte. Du bist nicht die Einzige, die vor einem Problem steht. Sollte da auch nur ein Funken Wahrheit dran sein, kann ich meinen Sessel hier im Rathaus räumen.«

»Du übertreibst schon wieder.«

»Dass du Krügers Haus baust, hättest du mir ja mal sagen können.«

»Wozu denn?«

»Hör mal, Helena, ich muss das wissen: Hast du dem irgendwelche Preisnachlässe gegeben?«

»Was unterstellst du mir denn da! Preisnachlässe? Dem würde ich am liebsten noch was draufschlagen.«

»Verstehe.«

»Und meine Kalkulation für die Kita ist auch in Ordnung. Da ist nichts überhöht.«

»Nein, sicher nicht. Ich frage mich ja sowieso schon die ganze Zeit, wie du als einziges kleines Unternehmen beim Bieten so weit vorn sein konntest. Aber das ist deine Sache. Hier geht es um was Anderes. Irgendwer will uns beide ...«

»Mach was, Clara, bitte!«

»Natürlich mache ich was. Das ist meine erste Amtshandlung heute.«

»Scheiße, Clara, wir …«

»Lass mich jetzt bitte. Ich muss nachdenken und aktiv werden. Ich ruf dich später an. Versprochen.« Clara legt auf. Dass es so schnell losgehen würde, damit hatte sie nicht gerechnet. Aber, und da hat Helena Recht, es geht nicht direkt um sie beide. Der Krüger steckt auch mit drin. Aber wieso? Und von wem kommen diese Unterstellungen?

Clara sitzt reglos am Schreibtisch. Ein Mist ist das. Ein absolut verdammter Mist! Sie holt tief Luft. Also gut. Sie springt hoch, geht zur Tür und reißt sie auf.

»Frau Skowronek-Stelzig, in einer halben Stunde möchte ich den Bauamtsleiter, den Pressesprecher und unsere Juristin hier haben. Aber vorher verbinden Sie mich bitte mit Matthes Krüger. Sofort!«

***

Schmutzige Wolken hängen tief am Himmel. Helena zieht den Reißverschluss der Regenjacke hoch bis unters Kinn und die Kapuze weit in ihr Gesicht. Sie stiefelt durch den Schlamm zu ihrem Jeep. Die Baustellenbesprechung hat sie hinter sich gebracht. Die Männer hatten nur knappe, organisatorische Fragen, aber schon die waren ihr zu viel, denn seit heute Morgen liegt ein schwerer Stein in ihrem Magen.

Sie steigt in ihr Auto. Den Rest des Tages wird sie sich im Büro verbunkern und auf Claras hoffentlich erlösenden Anruf warten. Sie fährt zurück, parkt auf dem Hof und stellt den Motor ab. Negativschlagzeilen zu ihrer Firma. So was gab es noch nie. Wenn ihr dadurch nun die Kunden wegbrechen? Entlassungen? Schließung? Kein Verkauf? Der Puls schießt in die Höhe. Schwarzmalerei! Clara macht das schon.

Sie zieht den Zündschlüssel ab und steigt aus.

»Frau Kühn, ich grüße Sie!«

Nein! Der hat ihr gerade noch gefehlt! »Hallo Herr Krüger.«

»Na, Frau Kühn, da hat man uns aber in was reingeritten, oder?«

Uns? Wie das klingt! Helena zuckt mit den Achseln.

»Kann ich kurz mit raufkommen?«

Ihr liegt das klare *Nein* schon auf den Lippen, aber er ist ihr Kunde und sie sollte sich zusammenreißen. »Sicher, Herr Krüger, kommen Sie.«

Helena geht voran, die Treppe hinauf, durchs Vorzimmer und lässt ihm den Vortritt in ihr Büro. Die Schiebetür macht sie mal besser zu, denn wer weiß, was hier gleich kommt. Vielleicht wieder einer seiner Ausbrüche, weil irgendeine Fliese schief an der Wand klebt oder ein Wasserhahn tropft.

Der Krüger fläzt sich hin, als ob er bei ihr zu Hause wäre. Wenn der sich einbildet, heute einen Kaffee zu bekommen, liegt er damit falsch.

»Also Frau Kühn, bleiben Sie mal entspannt. Frau Habermanns klärt das schon.«

»Ach!«

»Da bin ich sicher. Die ist nämlich schon im Aktionsmodus. Was glauben Sie, was die vorhin für ein Fass aufgemacht hat. Ich dachte beinahe, die springt mir durchs Telefon.« Er kratzt sich mit den Fingernägeln an der Stirn.

Ein grusliges Geräusch. »Angeblich bin ich jetzt schuld. Weil ich Sie in der Stadtratssitzung öffentlich gelobt habe.«

»Sie haben was?«

»Freut Sie das nicht, Frau Kühn?«

»Nein, Herr Krüger. Ehrlich gesagt, es irritiert mich. Sie beschweren sich doch in letzter Zeit andauernd bei mir über irgendwelche Baufehler.«

Der Krüger winkt ab. »Ach was, das sind doch Peanuts.«

Helena lehnt sich ans Fensterbrett und verschränkt die Arme vor der Brust. »Wär's denn dann nicht besser, wenn Sie Frau Habermanns helfen, die Angelegenheit zu klären?«

»Einen Scheißdreck werde ich. Sie ist die Oberbürgermeisterin. Nicht ich. Keine Ahnung, was die Leute an ihr finden.« Der Krüger räkelt sich und streckt die Beine aus. Jetzt schaut er sie ganz komisch an. »Was finden Sie eigentlich an Frau Habermanns?«

Helena zuckt innerlich zusammen. »Warum sind Sie hier, Herr Krüger? Gibts Fragen zur Bauabnahme? Oder zum Pool?«

»Tja, mit dem Pool sollten Sie nun wirklich langsam mal anfangen.«

»Wir waren uns einig, dass dieses Jahr erst das Haus fertig werden soll. Im Frühjahr kommt der Pool.«

»Schon, aber …«

»Ich verspreche Ihnen, Herr Krüger, im nächsten Sommer gehen Sie darin baden.«

Der Krüger reibt die Handflächen aneinander. »Vielleicht können Sie ja doch keine so ausgefallenen Pools bauen? Ist ja schon etwas Besonderes, mit Infinity-Kante, Wasserfall und Steingrotte.«

»Wasserfälle und Steingrotten kann ich sehr wohl, Herr Krüger. Ich war sogar extra wegen Ihnen in Florida und hab mir dort die neusten Trends angeschaut.«

»Aha! Florida also! Und vorgestern sind Sie zurückgekommen, richtig?«

»Wieso?«

Der Krüger rückt sich gerade und deutet ein Nicken an. »Eigentlich wollte ich tatsächlich etwas anderes. Etwas ganz anderes.«

»Soll ich Ihnen noch ein Gartenhäuschen bauen?«

»Würden Sie mal mit mir essen gehen, Frau Kühn?«

Wie bitte? Der hat sie doch nicht alle! »Das lassen wir mal besser sein.«

»Sie meinen, falls uns jemand zusammen sieht?« Der Krüger fängt an zu lachen. Sein Bauch wippt auf und ab, es schallt durch ihr Büro.

Helena sieht ihn entgeistert an. Gerade hat sie keine Ahnung, was das Ganze soll. Doch eins ist klar, hier ist was faul. Sie schluckt den Kloß im Hals hinunter. »Herr Krüger, ich möchte Sie jetzt bitten zu gehen.«

***

Zweiundzwanzig Uhr, Helena sitzt auf ihrer Couch. Mausi kommt angeschlendert, schaut kurz zu ihr rauf und zieht weiter. Offenbar hat sie ihre Anspannung gewittert, und dagegen ist selbst sie als Profikuschelkatze machtlos.

Das Handy geht. Endlich!

»Ach. Mama.«

»Helena, ich wollte dich nur erinnern, dass ich ja ab morgen auf der Kreuzfahrt bin. Mit Doris. Karibik. Wird also schlecht mit telefonieren.«

»Ja, okay.«

»Du, ich bin total im Stress, muss noch duschen, Haare waschen, Nägel machen und das alles. Ich wollte eigentlich nur kurz fragen, ob es noch etwas Wichtiges zu besprechen gibt.«

»Nein.«

»Gut. Ich melde mich. Bis dann.«

Helena legt das Telefon zur Seite und fällt zurück ins Kissen. Warum meldet sich denn Clara nicht? Wenn sie es nun doch nicht hinbekommen hat? Wie soll sie das nur ihrer Mutter erklären? Sie legt den Kopf in den Nacken und starrt an die Decke. Das Fernsehbild wirft Schatten. Graues Flackern. Verzerrte Fratzen.

Auf dem Polster neben ihr vibriert es.

»Oh Gott, Clara, endlich!«

»Entschuldige, es ging echt nicht eher. Bin gerade aus der Sitzung raus und jetzt erst auf dem Heimweg.«

»Und? Sag schon. Bitte!«

»Also: Dein Bauunternehmerkollege aus Hamburg hat schriftlich bestätigt, dass er sein Angebot von selbst zurückgezogen hat. Ein lukrativerer Auftrag eines

Privatinvestors. Da waren ihm sogar die Vertragsstrafen egal.«

»Und die Presse?«

»Der Chefredakteur hat sich bei mir entschuldigt. Einer seiner Redakteure ist da wohl übers Ziel hinausgeschossen. Angeblich ohne Absprachen.«

»Glaubst du das?«

»Tja. Morgen gibt es erst einmal eine Klarstellung in der Zeitung.«

Helena lässt die Schultern sinken. Die Anspannung sackt tiefer, aber ist noch immer da. »Heute war der Krüger bei mir.«

»Was? Was wollte er!«

»Das weiß ich eben nicht. Mir kommt das alles seltsam vor. Erst lobt er mich in dieser Stadtratssitzung, dann der Artikel in der Zeitung und, anstatt die Sache richtigzustellen, lädt der mich zum Essen ein.«

»Wie bitte? Der hat dich ...«

»Entspann dich, Clara. Ich habe ihn deutlich abgewiesen.«

»Vorsicht Helena!«

»Mit dem werde ich schon fertig.«

»Es geht nicht nur um dich.«

»Sondern?«

»Er hasst mich.«

»Was? Wieso ... dich?«

»Matthes Krüger wäre selbst gern der Oberbürgermeister von Potsdam. Ich habe ihm das vermasselt. Statt seiner wurde ich zur Spitzenkandidatin der Partei gewählt.«

»Scheiße!«

»Er hofft auf eine neue Chance, und deshalb macht er mir das Leben schwer.«

»Aber wieso ... Ich dachte, in derselben Partei unterstützt man sich gegenseitig.«

»Ach Helena, du hast ja keine Ahnung. Ob innerhalb oder außerhalb der Partei, irgendwer schießt immer quer. Damit lebe ich, aber es ist kräftezehrend.«

Helena schluckt schwer. Machtkampf in der Politik. Bisher ging sie das nichts an. Aber jetzt, jetzt ist sie plötzlich mittendrin. »Mir macht das Angst, Clara.«

»Verstehst du nun, warum ich keine Angriffsfläche bieten will?«

»Meinst du denn, der Krüger weiß von uns?«

»Ich bin mir nicht sicher. Aber eins ist mir heute klar geworden: Wir müssen noch vorsichtiger sein. Da brodelt was im Untergrund.«

15.

Am Sonntagnachmittag steht Helena auf dem Tennisplatz und wartet auf ihren Doppelpartner Ralf. Sie fühlt sich schlapp. Die letzte Woche war der blanke Stress. Jeden Tag kam etwas Neues, immer oben drauf. Aber die Krönung war die Sache mit der Presse und dem Krüger, der ihr immer wieder durch den Kopf geistert und sie einfach nicht in Ruhe lassen will.

Sie starrt auf die Begrenzungslinie. Es fühlt sich falsch an, hier zu sein. Selbst der frisch präparierte Platz kann sie heute nicht locken. Vielleicht sollte sie besser wieder nach Hause fahren und sich ausschlafen. Oder etwas Sinnvolles tun. Den Rasen mähen zum Beispiel.

Zu spät. Da hinten kommt Ralf und hat sie sicher schon gesehen. Außerdem ... Tennis hat bisher noch immer funktioniert. Dabei kann sie diesen Krüger sicher mal vergessen. Und auch den Kita-Bau. Ab morgen wird es damit nämlich ernst.

Ralf kommt näher. Hinter ihm laufen ein Mann und eine blonde Frau mit Zopf und kurzem, weißen Tennisröckchen. Hoffentlich sind das vernünftige Mixed-Partner, die er da im Schlepptau hat.

Die drei kommen vor ihr zum Stehen. »Helena, hi. Das sind Günther und Nicole. Die spielen bei mir im Verein.«

Günther lächelt sie an. Nicole lächelt ebenfalls, aber ihr Lächeln wirkt bei weitem nicht so brav wie seins. Sie müsste in etwa ihr Alter haben, und irgendwie kommt sie ihr auch bekannt vor. »Freut mich. Ich bin Helena.«

Nicole schaut sie seltsam an. Dann schaut sie weg.

Ralf hebt seinen Schläger. »Woll'n wir?«

»Klar.«

Nicole folgt Günther ins gegenüberliegende Spielfeld. Beide nehmen sie hinter der Grundlinie Aufstellung. Nicole tänzelt in der typischen nach vorn gebeugten Haltung auf der Stelle.

Helena verdreht die Augen. Wir sind doch nicht in Wimbledon! Sie macht den ersten Aufschlag. Return Nicole, Return Helena, Günther ist etwas zu langsam, Punkt für Helena und Ralf, 15:0. Das Spiel nimmt seinen Lauf und den ersten Satz gewinnen sie locker mit 6:4.

Helena klatscht gegen Ralfs Handfläche. Tennis war doch eine gute Idee. Sie fühlt sich schon wesentlich besser. Sie nimmt noch einen Schluck aus der Wasserflasche, dann schlägt sie auf zum zweiten Satz.

Nicoles Ehrgeiz scheint geweckt zu sein. Sie wirft sich jetzt regelrecht in die Bälle. Und das mit einem verbissenen Gesichtsausdruck, als ob es um zwei Millionen Preisgeld gehen würde.

Aufschlag Günther. Der Ball landet außerhalb der T-Zone. »Aus!«

Nicole hebt beide Arme. »Nein! Der Ball war noch auf der Linie, also drin! Ich habe es genau gesehen.«

Helena starrt zu ihr hinüber. Braucht die eine Brille? »Der war im Aus!«

»Nein! Der Ball hat eindeutig die Linie berührt. 15:0 für uns!«

Helena dreht sich zu Ralf und schüttelt den Kopf. »Wen hast du uns denn da angeschleppt!«

Ralf zuckt mit den Achseln. »Lass sie doch. Wir sind eh auf der Siegerstraße, da können wir schon mal ein bisschen großzügiger sein.«

Klar verlieren die. Aber trotzdem. Helena geht in Position. Was solls, dann gönnt sie ihr halt das Vergnügen.

Nicole spielt den nächsten Ball, Longline, er landet kurz hinter der Grundlinie. »Der war noch auf der Linie«, kommt es von drüben.

Blödsinn! Die erschwindelt sich die Punkte! Die wird zu Hause nichts zu melden haben. Anders ist diese Verbissenheit echt nicht zu erklären. Helena winkt ab. Das eine Mal gibt sie noch nach, aber dann kommt diese Tussi nicht mehr damit durch.

Sie spielen weiter. Nicole ist wieder ganz schön flink auf ihren Füßen. Helena verfolgt sie mit den Augen und spielt direkt gegen ihre Laufrichtung. Zack. Satzball gewonnen.

Nicole zieht eine bedauernde Miene. »Also der war jetzt aber aus. So was von deutlich!«

Spinnt die? Jetzt ist Schluss mit lustig. Helena macht zwei Schritte auf das Netz zu. »Entweder du spielst endlich fair, oder wir lassen es sein!«

»Ich bitte dich! *Ich* spiele fair! Du ärgerst dich doch bloß, weil wir gewinnen.«

Helena öffnet den Mund. Das gibts ja nicht! Dieses Blondchen benimmt sich wie ein eingeschnapptes Kleinkind, das biestig wird, weil es verliert. Und die beiden schlaffen Jungs tun so, als ob sie das nicht mitbekommen. Es reicht! »Ralf!«

»Komm Helena, lass. Wir bringen das noch zu Ende und nächstes Mal suchst du die Mixed-Partner aus.«

»Nee Ralf, ich ...«

Günther macht schon den nächsten Aufschlag. Return Ralf. Günther erwischt den Ball gerade noch.

Der Ball kommt Helena entgegen. Prompt sieht sie ihre Chance. Nicole steht mitten im Feld, wenn sie ihr den Ball direkt vor den Körper spielt, hat sie keine Möglichkeit, ihn anzunehmen. Das wird ein klarer Punkt. Helena macht einen Schritt in Richtung Netz und holt zu einem Rückhandvolley aus. Sie schlägt. Hart. Extrem hart.

»Aaah ... Verdammt!« Nicole lässt den Schläger fallen, verzieht das Gesicht zu einer Grimasse und presst die Hände an die Einschlagstelle, oberhalb der linken Brust. »Sag mal, spinnst du?«

»Musste das sein? Ein Passierball hätte es doch auch getan.«

»Ja Ralf, das musste sein! Wäre sie doch zur Seite gesprungen.«

Von Nicole kommt ein hasserfüllter Blick. »Du bist ja ... Mit einer Durchgeknallten will ich nicht mehr Tennis spielen!« Sie hebt den Schläger vom Boden auf, dreht sich um und trottet vom Platz.

Helena setzt sich auf eine Bank. Diese Nicole hat einen laufen. Lässt sich vor lauter Ehrgeiz sogar abschießen. Jeder halbwegs professionelle Spieler hätte sich zur Seite gedreht oder einfach den Schläger vor die Brust gehalten. Sie presst die Lippen aufeinander. Es tut ihr überhaupt nicht leid.

Ralf und Günther stellen sich neben sie. Keiner sagt etwas. Vor ihnen läuft eine Amsel auf und ab und schaut sie immer wieder an. Helena steht auf. Das wird nichts mehr.

»Spielt ihr beiden mal alleine weiter. Mir ist die Lust vergangen.« Sie geht vom Platz. Hätte sie doch besser gleich den Rasen gemäht.

Sie betritt die Umkleide und streift die Tennissachen ab. Mit dem Handtuch in der Hand öffnet sie die Tür zum Duschraum. Oh nein! Da steht diese Nicole und lässt sich beregnen! Nackt. Die Augen hat sie geschlossen, mit beiden Händen wühlt sie in den Haaren, um den Schaum auszuspülen.

Wieso ist die denn noch hier? So wie die eben rumgejammert hat, müsste sie doch geradewegs in die Notaufnahme gefahren sein. Helena zögert. Sollte sie besser draußen warten? Ach was. Doch nicht wegen der. Sie hängt das Handtuch an den Haken und stellt sich unter den zweiten Duschkopf, direkt neben Nicole. Sie dreht das Wasser auf und schielt zur Seite. Schöne Brüste. Cellulite am Hintern. Und an den Oberschenkeln auch.

Nicole öffnet die Augen. Schlagartig verzieht sie ihr hübsches Gesicht. Sie macht einen Satz nach vorn, schnappt sich ihr Handtuch und verlässt fluchtartig den Duschraum.

Helena schüttelt den Kopf. So eine Zicke!

***

Montagvormittag. Clara schaut auf die Uhr. Noch wenige Minuten, dann kommt die Architektin der neuen Kita zu ihr ins Rathaus. Geplant sind letzte organisatorische Absprachen und ein bisschen Smalltalk, denn nach dem Vergabedebakel muss nun dringend etwas Ordnung in die Angelegenheit kommen.

Clara trinkt ihren Kaffee aus. Ein wenig mulmig ist ihr schon zumute. Ob es wirklich so eine gute Idee war, Helena mit einzuladen? Bekommen sie es überhaupt hin, ein offiziell-geschäftliches Gespräch zu führen? Sie müssen sich gleich siezen und so tun, als ob sie sich nicht näher kennen. Noch dazu vor den Augen der Architektin. Clara atmet tief durch. Das gleich wird eine Art Generalprobe für all die öffentlichen Situationen, denen sie sich in Zukunft werden stellen müssen.

Es klopft, die Tür geht auf.

»Frau Stoldenberg für Sie.« Assistentin Helga tritt zur Seite. Nicole Stoldenberg kommt in den Raum. Knalliges Orange. Ein Schößchen-Kostüm. Blonde lange Locken fallen auf die Schultern und bringen ihr Gesicht perfekt zur Geltung.

Clara steht auf und geht auf sie zu. »Guten Tag, Frau Stoldenberg.«

Frau Stoldenberg streckt ihr eine schmale, manikürte Hand entgegen. »Frau Habermanns, ich freue mich außerordentlich auf unser gemeinsames Projekt. Ich kann es ja immer noch nicht richtig glauben, dass Sie mein einzigartiger Stil so überzeugt hat.«

Clara nimmt die Hand und nickt. Der Entwurf ist wirklich gut gemacht. Aber einzigartig?

»Und, Frau Habermanns, dazu muss ich Ihnen ja noch erzählen, dass …«

Es klopft erneut. »Frau Kühn wäre dann jetzt auch da.«

Clara schluckt. Jetzt wird es ernst. Sie geht zwei Schritte Richtung Tür.

Helena sieht toll aus. Weißes Shirt, schwarzer Blazer und ein Wahnsinnslächeln. Es füllt den Raum und nimmt sie ein, dagegen ist sie chancenlos. Clara strahlt sie an und reicht ihr die Hand. »Herzlich willkommen, Frau Kühn!«

»Danke, Frau Habermanns, was für ein freundlicher Empfang.«

»Treten Sie doch bitte zu uns. Darf ich vorstellen, Nicole Stoldenberg, die Architektin unserer neuen Kita.«

Helena wirkt plötzlich wie vom Blitz getroffen. Und Frau Stoldenberg schaut … spöttisch? Clara blickt zwischen beiden hin und her. Irgendetwas stimmt hier nicht. Letzte Woche hat sie Helena noch gefragt, ob sie die Architektin kennt. *Nicht persönlich*, hat sie gesagt. Nur mit Namen und vom Foto mal, vor langer Zeit. Doch offenbar … »Sie beide kennen sich bereits?«

Frau Stoldenberg legt den Kopf ein wenig schief. »Ja. Wir kennen uns.«

Clara schaut zu Helena. »Stimmt das?«

»Flüchtig.«

»Na aber, Frau Kühn, soweit ich mich erinnere, haben Sie gestern sehr genau hingeschaut, als ich nackt vor Ihnen stand.«

Clara erstarrt. Für einen Moment bleibt ihr die Luft weg. Was, zum Teufel, ist hier los? »Vielleicht sollten wir uns erst einmal setzen.«

Das Setzen bringt Clara wertvolle Sekunden, um sich zu sammeln. Die Stoldenberg und Helena? Nackt? Gestern? Das ist absurd. Aber irgendwas scheint dran zu sein, so wie Helena dasitzt, mit verschränkten Armen und verbissenem Gesicht. Clara schiebt die Haare hinters Ohr. »Möchte eine von Ihnen vielleicht einen Kaffee?«

Beide verneinen.

Clara räuspert sich. »Also. Sie beide wissen um die Herausforderung. Die Kita wird ein Vorzeigeobjekt der Stadt Potsdam. Das wird keiner dieser eintönigen Modulbauten, das wird etwas ganz Besonderes.«

»Aber natürlich, Frau Oberbürgermeisterin. Ein Highlight. Einzigartig.«

Helena schürzt die Lippen. »Klar, so einzigartig wie der Entwurf.«

Clara stutzt. Dass Frau Stoldenberg den Architektur-Stil von irgendwem abgeschaut haben könnte, war ihr zwar auch schon in den Sinn gekommen, aber das rechtfertigt noch lange keine derartige Bemerkung. Also wirklich, Helena!

Frau Stoldenberg sieht aus, als würde sie über etwas nachdenken. Sie streicht mit dem Finger über die Tischplatte und hat ihre hübschen Lippen nach innen gezogen. Jetzt hebt sie ihren Kopf, der Blick ist ernst. »Im Gegensatz zu Ihnen, Frau Kühn, habe ich mich vorab eingehend damit befasst, mit wem ich hier die kommenden Monate zusammenarbeiten werde.«

Clara schaut zu Helena.

Helena hat sich zurückgelehnt. »Und? Zufrieden?«

»Zumindest sind Sie sehr sportlich, Frau Kühn.«

»Ach was!«

»Ich meine, Ihr Angebot ist sportlich. Ein wenig hab ich das Gefühl, da fehlt die Präzision. Ich befürchte fast, Sie haben sich verkalkuliert.«

Helena verschränkt die Arme. »Frau Stoldenberg, bitte merken Sie sich gleich von Anfang an, ich weiß immer sehr genau, was ich tue.«

Clara zieht den Blazer aus und hängt ihn über die Stuhllehne. Sie hat keine Ahnung, worum es hier tatsächlich geht, aber eins ist klar, die beiden feinden sich gerade offen an. Und das bei ihr, in ihrem Amtszimmer. Sie setzt sich aufrecht hin und räuspert sich. »Das Projekt muss reibungslos vonstattengehen. Ich hoffe, das ist Ihnen beiden klar?«

»Aber natürlich, Frau Oberbürgermeisterin.« Frau Stoldenberg lächelt freundlich. Helena verdreht die Augen.

Clara greift nach einem Kugelschreiber, umschließt ihn mit der Hand und drückt zu. Das ist so was von unprofessionell, was Helena hier abzieht! Sie holt tief Luft. »Kommen wir zum zeitlichen Ablauf. Ihr Vorgänger, Frau Kühn, hat ja bereits einige Dinge angeschoben. Deshalb kann mit dem Bau unverzüglich begonnen werden. Der feierliche erste Spatenstich ist in zwei Wochen, und planmäßig eröffnen werden wir die Kita dann in einem guten Jahr.«

»Schau'n wir mal.«

Helena! »Frau Kühn, wir haben doch ein gemeinsames Ziel. Da setze ich Ihren vollsten Einsatz voraus.«

»Klar, solange hier alles fair abläuft, gerne.«

»Wie darf ich das denn jetzt verstehen?«

»Ach egal.«

Clara kraust die Stirn. Gleich platzt ihr der Kragen. Helena fläzt auf ihrem Stuhl wie ein genervter Teenager. Kann sie sich denn hier nicht mal zusammenreißen?

»War's das jetzt?«

Es reicht! Clara wirft den Stift auf die Tischplatte und funkelt Helena an. »Wo genau ist dein Problem!«

Sie fährt zusammen. *Dein*? Der Puls schnellt hoch, der Kopf wird heiß, jetzt aufzublicken, wagt sie nicht. Sie hat tatsächlich *du* zu Helena gesagt.

Von Frau Stoldenberg kommt keine Reaktion. Hat die womöglich ihren kleinen Fauxpas gar nicht mitbekommen? Und falls doch, hat sie dem Ganzen vielleicht gar keine Bedeutung beigemessen? Lieber Gott, lass es so sein!

Clara versucht ein Lächeln. Auch wenn noch nicht annähernd das besprochen wurde, was sie sich vorgenommen hatte, muss sie die Sache hier schleunigst zu Ende bringen. Nicht dass noch Schlimmeres passiert. Unvermittelt springt sie auf. »Dann haben wir's also für heute.«

Frau Stoldenberg schaut irritiert auf ihre Armbanduhr, dann steht sie ebenfalls auf. Helena tut es ihr gleich.

Clara führt die beiden bis zur Tür. »Frau Stoldenberg, Frau Kühn, eine dringende Bitte habe ich noch: Solange das Projekt läuft, sollten Sie in der Öffentlichkeit in angemessener Art und Weise auftreten. Private Zwistigkeiten gehören hier nicht hin.«

Helena schaut auf und blickt ihr in die Augen. Clara erwidert den Blick. Im selben Moment ziehen sie beide die Mundwinkel zur Seite.

***

Helena macht große Schritte. Nicole! Ausgerechnet die Zicke vom Tennisplatz muss die Architektin des Kita-Neubaus sein! Sie hätte darauf kommen müssen. Aber gestern, so ungeschminkt mit Zopf und Tennisröckchen, sah sie doch völlig anders aus, als die Frau, die jetzt neben ihr den Rathausflur entlangstöckelt. Nicole. Die hat sie kalt erwischt. Natürlich war es ein Versäumnis, nicht in Erfahrung zu bringen, wer genau die Architektin ist. Aber die letzte Woche war so turbulent, sie hatte einfach keine Zeit, sich damit auseinanderzusetzen. Und dann hatte Clara diese Idee zu einem offiziellen Kennenlerntermin. Aber der ist ja nun völlig danebengegangen.

Der Rathausflur wirkt wie ein langer Tunnel. Helena läuft etwas langsamer. Neben ihr klacken Nicoles hohe Hacken auf dem Steinfußboden. Mit dieser Frau muss sie nun die nächsten Monate zusammenarbeiten. Hand in Hand. Sie müssen jede Entscheidung gemeinsam treffen und wenn was schiefläuft, haften sie dafür gemeinsam. Architektin und Bauleiterin, immer im Duett, eine eheähnliche Beziehung!

Sie steigen Treppenstufen abwärts und gehen durch die Eingangshalle. Draußen, auf dem Fußweg, bleiben sie stehen.

Helena presst die Lippen aufeinander. Mal sehen, was jetzt gleich kommt. Sicher wieder eine scharfzüngige Bemerkung. Sind sie jetzt eigentlich beim Du oder wieder per Sie?

Nicole Stoldenberg schaut sie an, ihre Locken flattern im Wind. Im Hintergrund ist das Standesamt. Ein frisch vermähltes Hochzeitspaar. »Frau Kühn, wir sollten versuchen, miteinander auszukommen.«

Das Hochzeitspaar sägt an einem Baumstamm, immer vor und wieder zurück. Tapfer, mit gequältem Lächeln.

»Müssen wir ja dann wohl, Frau Stoldenberg.«

Nicole nickt.

Helena schaut an ihr vorbei. Die arme Braut sieht völlig fertig aus. Sie muss sägen und sägen, wohl wissend, dass es Irrsinn ist. Doch drum herum steht die Verwandtschaft, also bleibt ihr keine Wahl. »Ähm, Frau Stoldenberg, also, wegen der Sache gestern, beim Tennis ...«

»Beim Sport passieren nun mal Verletzungen.«

»Haben Sie Schmerzen?«

»Ich glaube, eine Rippe hat's erwischt.«

»Das wollte ich nicht. Echt nicht.«

Nicole nickt, mit dem Blick einer Gönnerin, die sich geschmeichelt fühlt.

Im Hintergrund lässt jemand Tauben aus einem Käfig. Sie fliegen Richtung Himmel. Helena schaut ihnen hinterher. Dann herrscht jetzt also Frieden zwischen Nicole und ihr? »Treffen wir uns dann nächste Woche bei mir im Büro und besprechen die Details?«

»Wenn Sie nicht wieder einen Anschlag auf mich planen?«

»Wenn Sie ganz normal mit mir zusammenarbeiten, bleiben Sie unversehrt.«

Nicole lächelt. Doch ob das Lächeln wirklich ehrlich ist? Gestern unter der Dusche, da hatte sie diesen hasserfüllten Blick. Aber echt schöne Brüste.

»Frau Kühn? Woran denken Sie gerade?«

»Ach, an nichts weiter.«

***

Helena steigt von der Couch, dabei schaut sie auf die Uhr. Kurz nach zehn. Na endlich!

Clara ist bereits im Flur. Sie legt den Autoschlüssel und den Garagenöffner aufs Schränkchen, stellt die Tasche auf den Boden und schiebt sich die Pumps von den Füßen.

Helena breitet ihre Arme aus und zieht Clara an sich. Dann folgt ein Kuss. Er ist kürzer als gewohnt, und Clara macht sich steif. »Sag mal, was war denn los mit dir heute Vormittag?«

Helena tritt einen Schritt zurück. Es war klar, dass diese Frage kommen würde. »Ich weiß, Clara, das Meeting ist ein wenig in die Hose gegangen.«

»Ein wenig?«

»Ich kannte Frau Stoldenberg leider doch schon.«

»Das war nicht zu übersehen.«

»Seit gestern aber erst. Vom Tennisplatz. Wir hatten eine kleine Unstimmigkeit. Diese Nicole ist aber auch!«

»Was denn für eine Unstimmigkeit?«

»Ach, wegen der Regeln und der Punkte und so. Und am Ende läuft die mir auch noch in die Schusslinie. Kleiner Unfall halt. Aber dafür konnte ich doch nichts.«

»Wie bitte? Du hast die Architektin abgeschossen?«

»Nein! Also nicht direkt. Aber wir haben das geklärt, Clara, mach dir keinen Kopf. Als wir aus deinem Büro raus waren, haben wir uns ausgesprochen. Alles ist gut, wirklich.«

Clara wirkt nicht überzeugt. »Trotzdem Helena, du kannst nicht …«

»Hast du schon was gegessen?«

»Nein. Hab ich nicht. Ich komme direkt von der Sitzung.«

»Dann mach ich dir schnell was. Du kannst ja inzwischen der Mausi *Hallo* sagen oder kurz ins Bad, wie du möchtest.« Helena verschwindet in die Küche. Sie weiß ja selbst, dass sie sich im Rathaus danebenbenommen hat. Aber das war der Schock. Irgendwie hat alles rationale Denken ausgesetzt. Sie war komplett im Kampfmodus.

Sie holt Käse, Oliven und Schinken aus dem Kühlschrank und richtet damit eine kleine Platte an.

Clara kommt in die Küche. »Das sieht aber gut aus. Und mein Lieblings-Baguette hast du auch noch besorgt.«

»Ja, ich bin deswegen extra …«

Zwei Arme legen sich um ihren Körper. Clara haucht ein »Danke« in ihr Ohr. Helena lässt locker. Sie steht ganz still und lehnt sich an. Clara hat ihr offenbar verziehen?

»Aber du, in Zukunft musst du wirklich versuchen professioneller zu sein. Bitte Helena, das musst du mir versprechen.«

Helena dreht sich in Claras Armen um. Ihr Gesicht ist jetzt ganz nah. »Ja. Versprochen. Aber, du hast auch … Du hast *Du* zu mir gesagt!«

Clara tritt zurück, ihre Schultern sacken nach unten. »Ja, hab ich. Leider. Ich könnte mich dafür auch … Sag, mal, meinst du, Frau Stoldenberg hat das mitbekommen?«

»Nein, das glaub ich nicht.«

»Echt nicht?«

»Ach was, die hatte viel zu viel damit zu tun, sich selbst ins rechte Licht zu rücken.«

Clara schmunzelt. »Das könnte sein. Ja.«

Helena räumt die restlichen Lebensmittel zurück in den Kühlschrank.

»Spielt ihr eigentlich immer nackt Tennis?«

Sie schnellt herum. »Was? ... Ach so! Nein, das war unter der Dusche, da ...«

Clara lacht. »Und du hast natürlich Stielaugen bekommen. Wie könnte es denn anders sein.«

Helena hebt die Schultern und grient.

»Sieht sie gut aus?«

»Was?«

»Frau Stoldenberg, ob sie gut aussieht.«

Helena gibt Clara einen Klaps auf den Oberarm. »Das geht dich gar nichts an.« Sie drückt ihr die Platte mit dem Essen in die Hand. Sie selbst nimmt einen leeren Teller, das Baguette und das Besteck.

Im Wohnzimmer stellen sie die Sachen auf den Tisch. Clara setzt sich und beginnt zu essen. Helena öffnet eine Flasche Rotwein. Sie stellt zwei Gläser auf den Tisch und schenkt ein.

»Für mich bitte wenig, ich muss ja noch fahren.«

Helena hält inne. »Och nee, bitte Clara, bleib doch wenigstens heute mal da.«

»Ich bin müde. Und morgen muss ich früh raus.«

»Ich doch auch, aber ich möchte so gern mal wieder mit dir gemeinsam einschlafen. Bitte.«

Clara spießt eine Olive auf die Gabel, betrachtet sie und schiebt sie in den Mund.

Helena füllt das Glas nun absichtlich viel zu voll und stellt es neben Claras Teller. Sie will nicht, dass sie wieder fährt.

Clara schluckt und schaut sie an. »Weißt du, was ich allerdings ein wenig unverschämt fand? Dass dir Frau Stoldenberg unterstellt hat, du hättest dich verkalkuliert.«

»Ja, oder?«

»Du hast doch sicherlich alles genau …«

»Aber ja doch! Natürlich hab ich alles mehrfach kontrolliert.« Helena nimmt ihr Glas und prostet Clara zu. »Bleibst du denn nun über Nacht?«

Clara zuckt mit den Schultern. Sie nimmt sich ein Stück Käse, legt es auf eine Scheibe Baguette und beißt davon ab. Sie kaut bedächtig. Scheint zu überlegen. Dann legt sie den Rest zur Seite und greift nach ihrem Weinglas. »Aber was ich wirklich nicht verstehe, Helena«, sie trinkt einen Schluck, »wie kann es denn sein, dass du die Architektin vorher nicht kanntest? Ich meine, du beschäftigst dich monatelang mit den Bauplänen für dein Angebot. Da musst du doch gewusst haben, wer die erstellt hat.«

»Sicher, klar. Architekturbüro Nicole Stoldenberg. Aber ich hatte vorher noch nie etwas mit ihr zu tun. Hab sie zwar mal in der Zeitung gesehen, natürlich auch im Internet, aber nie persönlich getroffen.« Helena mopst sich eine Olive von Claras Teller. »Weißt du, das ist echt ein Problem bei mir. Ich kann Namen und Gesichter einfach schwer in meinem Kopf verknüpfen. Schon immer.« Sie nimmt noch eine Olive. »Als ich dich das erste Mal gesehen habe, damals auf dem Friedhof, hatte ich auch keine Ahnung, wer du bist, obwohl ich wusste, wie die Oberbürgermeisterin von Potsdam heißt, und natürlich hatte ich dich auch schon häufiger auf Bildern gesehen.«

Clara stellt ihr Glas ab. »Stimmt. Auf dem Friedhof. Da sind wir uns das erste Mal begegnet.« Sie schaut versonnen auf den Wein. »Aber so richtig aufgefallen bist du mir erst bei dieser …«

»Veranstaltung der Industrie- und Handelskammer, ich weiß. Das hast du mir ja schon erzählt.«

Clara nickt. »Ja.«

Helena rückt ein Stück näher an sie ran. »Da bin ich monatelang in Potsdam unterwegs gewesen und hatte keine Ahnung, dass die Oberbürgermeisterin in mich verliebt ist.«

»Na ja … verliebt. Verliebt ja nun nicht gleich. Aber …« Claras Wangen werden rosa.

Helena schaut sie an. Sie liebt es, wenn sie so verlegen ist. Dann ist sie ganz weich. Ganz echt. Ganz Clara. Sie legt die Hand auf ihre Finger und streichelt sachte darüber.

Plötzlich steht Clara auf und geht in den Flur. Sie kommt mit ihrem Handy zurück.

»Was willst du denn jetzt mit dem Handy?«

»Ich will schauen, wann morgen die Sonne aufgeht. Damit ich rechtzeitig aufbreche, bevor es hell wird.«

***

Zehn nagelneue Spaten ragen senkrecht aus dem Boden. Auf den Griffen hängen Helme in reinem Weiß, mit dem Kühn'schen kornblumenblauem Firmenlogo vorne in der Mitte.

Helena lässt den Blick über das Gelände schweifen. Wer heute ohne Gummistiefel kommt, hat ein Problem. Überall ist nasser Schmutz, und in der Luft hängt der typische Geruch von feuchter Erde. Tagelang hat es geregnet, wo man hinsieht, sind Pfützen, und die weißen Stehtische und die knallbunten Werbebanner versinken im Morast.

Helena hat keine Lust. So ein feierlicher erster Spatenstich ist blanker Unsinn. Nur ein Live-Act für Lokalfernsehen und Presse. Presse. Schon der Gedanke daran verursacht gleich wieder einen üblen Druck im Magen.

Langsam füllt sich der Platz mit Menschen. Eltern, Kinder, Anzugträger. Es wuselt, der Lärmpegel steigt.

Da kommt Nicole. Großgelockt. Ein Anorak in Pink. Sie schreitet durch den Matsch wie ein Model beim Shooting. Und diese Gummistiefel! Mit großen gelben Schmetterlingen drauf. »Hallo, Frau Stoldenberg. Schicke Stiefel.«

»Danke. Ihre auch.«

»Dem Anlass angemessen.«

»Großes Kino, Frau Kühn. Das sind Sie sicher nicht gewöhnt, oder?«

Helena zuckt mit den Schultern. Nur nicht drauf anspringen.

»Schau'n Sie mal, Frau Kühn, da drüben ist sogar der RBB.«

»Wo!«

»Na da!«

»Guten Morgen zusammen.«

Helena fährt herum. Clara! Ihre Stimme, ihr Parfüm, ihre Aura. Sofort schnellt der Puls nach oben. Sie haben sich seit einer Woche nicht gesehen.

»Hallo Frau Habermanns.« Gott, fällt das schwer, so formell zu wirken. Aber sie hat es ihr versprochen. Heute wird sie sich ordnungsgemäß verhalten. Absolut professionell. Clara wird zufrieden sein.

Nicole strahlt Clara an wie ein verliebtes Groupie.

Helena kneift die Augen zusammen. Nicole braucht sich gar nichts einzubilden. Clara gehört zu ihr.

»Wir müssen nach vorn, Frau Habermanns.« Nicole zeigt auf die Spaten. Dann dreht sie sich um und läuft los.

Clara nickt. »Ja, müssen wir. Also bis später, Frau Kühn.« Sie folgt dem Anorak in Pink. Im Gehen nickt sie in die Runden, oder bleibt kurz stehen, um jemandem die Hand zu reichen.

Helena schaut hinterher und wartet, doch von Clara kommt nichts mehr. Kein Umdrehen und kein letzter Blick. Sie ist mit Nicole abgezogen und hat sie einfach stehen lassen. Obwohl klar ist, dass alles nur Show ist, fühlt sich das gerade schrecklich an. Am liebsten würde sie hinterherlaufen, beide Arme um sie legen und sie an sich ziehen. Aber leider ...

Sie stellt sich hinter eine Gruppe Mütter mit Kleinkindern. Von hier aus hat sie Clara gut im Blick. Die steht inzwischen vorn und rückt das Mikrofon zurecht. Ihr Anzug sitzt perfekt, betont ihre Weiblichkeit und passt sogar zum Schuhwerk – den dunkelgrünen Gummistiefeln, die sie ihr für heute extra geborgt hat.

Clara begrüßt die Anwesenden, dann folgt ihre Rede:

»... eine Investition in die Zukunft ... Rechtsanspruch auf einen Kita-Platz ... harter und langer Kampf im Stadtrat ...«

Helena schaut wie gebannt nach vorn. Mit welcher Souveränität und Selbstverständlichkeit Clara das wieder macht.

»... städtebauliche Fragen ... bildungspädagogische Kriterien ... Nachhaltigkeit ... Barrierefreiheit, Inklusion.«

Die Leute applaudieren. Helena ebenfalls.

Nach Clara redet der Landrat und danach erst einmal niemand mehr. Also kommt jetzt der eigentliche Akt, was bedeutet, dass auch sie nach vorne muss. Helena tritt aus der Menge. Ohne nach links oder rechts zu schauen, geht sie mit großen Schritten zu den aufgereihten Spaten. Sie fühlt sich unwohl. Im Rampenlicht zu stehen, das liegt ihr nach wie vor nicht.

Clara steht schon in der Mitte. Rechts daneben stellt sich Nicole. Links neben Clara tritt der Bauamtsleiter und noch irgendwer. Helena nimmt den letzten freien Platz zwischen Nicole und der zukünftigen Kita-Leiterin. Und dann geht es los: Helm auf den Kopf, Spaten in die Hand und in die Kameras lächeln. Dann schaufeln. Nasse, matschige Erde. Und dabei darf sie sich bloß nicht anmerken lassen, wie albern sie das findet.

Fertig. Alle rammen die Spaten in den Boden, reißen sich die Helme von den Köpfen und streichen mit verlegenen Gesichtern ihre Haare wieder glatt.

Helena atmet auf. Sofort macht sie sich auf den Weg zurück in ihre Ecke, hinter die Mütter. Im Gehen schaut sie auf die Armbanduhr. Gleich zwölf, das Schlimmste hat sie also überstanden.

»Frau Kühn!«

Sie stoppt.

Drei Leute kommen auf sie zugesprungen. Vor ihr ist ein großes schwarzes Objektiv. Daneben steht ein Typ mit einem Mikrofon aus Fell. Helena blickt um sich. Im Rücken ist das Werbebanner, neben ihr der Stehtisch. Sie ist eingekesselt.

»Frau Kühn, Sie haben den Zuschlag für den Bauauftrag bekommen. Sagen Sie den Zuschauern bitte etwas zu den Vorwürfen gegen Ihre Person!«

Helena schluckt. »Dazu gibt es nichts weiter zu ...«

»Frau Kühn, trifft es zu, dass Sie den Auftrag nur bekommen haben, weil ...«

»Aber, das ist doch längst geklärt! Wieso ... also ...«

Helena wird siedend heiß. Was soll sie denn nur antworten? Das Objektiv kommt näher. Und dann ein zweites Mikrofon.

»Frau Kühn, beantworten Sie doch bitte meine Frage. Man wirft Ihnen vor, dass ...«

»Halt! Stopp! Nehmen Sie die Kamera runter!«

Clara! Gott sei Dank!

»Sie müssen sich nicht äußern, wenn Sie das nicht wollen, Frau Kühn.«

Helena schüttelt den Kopf. »Nein«, stößt sie hervor.

Clara deutet zur Seite. »Meine Herren, Sie haben es gehört.«

Die Reporter wirken enttäuscht. Aber sie tun es. Sie ziehen ab. Helena schließt kurz die Augen.

»Alles in Ordnung?«

»Ja.«

»Gut.«

»Das war knapp.«

»War es.«

»Danke, ich war völlig …«

»Was hast du denen gesagt?«

»Nichts.«

Clara nickt. »Gut. Okay.« Ihr Blick holt Helena zurück aus ihrem Schockzustand. Sie fühlt sich wieder sicher. Auch wenn Clara mit ernstem Gesicht und offizieller Mine vor ihr steht, spürt sie deutlich ihre Nähe, und die tut ihr unendlich gut.

Beinahe gleichzeitig schauen sie zu Boden. Schlamm. Sie stehen mit den Stiefeln mittendrin. Helena tritt einen Schritt zurück. In dem Moment wird ihr bewusst, dass die nächsten Monate wohl noch viel schwieriger werden, als sie das bisher befürchtet hat.

16.

»Helena, das ist doch Mist! Ich habe mir das Wochenende extra freiorganisiert, und dir fällt ein, dass deine Mutter kommt?«

»Was soll ich denn machen! Soll ich sie etwa wegschicken, wenn sie plötzlich vor meiner Tür steht?« Helena läuft in ihrem Schlafzimmer auf und ab. Clara macht einen Aufstand, dabei kann sie ja nun wirklich nichts dafür.

»Wir haben uns seit vierzehn Tagen nicht gesehen.«

»Das lag ja wohl nicht an mir. Jeden Abend hast du was anderes: Ausschuss, Stadtrat, Arbeitsgruppe, Veranstaltung und dann wieder von vorn. Und samstags und sonntags hast du Tagung, Feierstunde, Festakt, Partei ...«

»Das ist mein Job!«

»Schon, aber trotzdem.«

»Meine Zeit ist nun mal begrenzt, Helena.«

»Darum gehts doch gar nicht.«

»Worum denn dann?«

»Dürfte ich endlich auch mal zu dir nach Hause kommen, wäre alles halb so kompliziert.«

»Wie oft soll ich dir noch erklären, dass ...«

»Seit fast vier Monaten sind wir jetzt zusammen, und ich weiß noch nicht mal, wie du lebst.« Helena lässt sich auf ihr Bett fallen. Langsam hat sie es satt. Sie und Clara sehen sich immer seltener, und wenn doch, dann sind es sporadische, heimliche Treffen, und immer nur bei ihr, stunden- oder nächteweise, ohne Freigang zum Spazieren oder auswärts Essen, kein Kino, kein Konzert, kein gemeinsames Shoppen, nichts. »Ach Clara, das ist alles so Scheiße!«

»Helena!«, kommt es von unten.

»Meine Mutter ruft. Ich muss mal schauen, was sie hat.«

»Schade, dass es nicht klappt. Ich vermisse dich wirklich sehr. Aber gut, dann kümmere dich mal um deine Mutter.«

»Die ist nachher eh gleich unterwegs. Im Theater. Mit einer Bekannten. ... Na ja, also, ich meine, wenn du dann direkt um acht Uhr herkommen würdest? Vor elf ist sie sicher nicht zurück. Wir hätten drei Stunden für uns.«

»Wie Teenager? Heimliches Treffen, während die Eltern weg sind. Na, aus dem Alter sind wir doch wohl raus.«

»War ja nur so ein Gedanke.«

Pause.

»Gut. Okay. Hauptsache, wir sehen uns mal wieder.«

Zwei Stunden später hält Helena Clara in ihren Armen und liebkost ihre weichen Lippen. Endlich. Sie hat ihr so gefehlt. Es ist manchmal kaum auszuhalten, dass sie die Frau, die sie liebt, mit einer ganzen Stadt teilen muss. Aber nicht heute, nicht jetzt. Es gibt so vieles nachzuholen.

»Wie viel Zeit haben wir denn?«, haucht Clara in ihr Ohr.

»Genügend«, flüstert Helena. Ihre Lippen streifen sachte über Claras Hals, während sie ihr die Hand unter den Pullover schiebt.

»Und wenn deine Mutter ...«

»Theater, Clara. Das dauert.«

Sie sinken rückwärts auf die Couch. In der Ecke faucht die Mausi, aber das tut sie ja immer, wenn sie sich hier im Wohnzimmer lieben.

Helena zieht Clara langsam aus und streift sich dabei selbst die Kleidung vom Körper. Sie greift in weiche Haare, fährt mit den Fingerkuppen über heiße Haut. Sie inhaliert den süßen Duft in Claras Nacken, schmeckt das Salz ihrer Haut und genießt ihr Stöhnen. Endlich Clara, endlich habe ich dich mal wieder zwischen meinen Händen. Und Schenkeln. Und …

»Warte!« Clara schnellt hoch, ihre Augen sind weit. »Hast du das gehört?«

»Was denn?«

Klingeln. Klopfen. Rufe.

»Das ist … Scheiße! Meine Mutter!«

Beide springen auf, stehen nackt und wie gelähmt und starren einander an. Helena greift zuerst nach ihrem Slip und steigt hinein. Dann das Shirt und jetzt die Hose. Die Socken schiebt sie mit dem Fuß unter die Couch.

Der Krawall an der Tür wird immer heftiger.

»Kann ich?«

»Moment!« Clara hat gerade mal Slip und Pullover an. Sie sammelt die restlichen Kleidungsstücke vom Boden und flüchtet damit in Richtung Badezimmer. »Jetzt!«

Helena geht in den Flur. Die Beine sind weich. Draußen steht ihre Mutter, und Clara sitzt halbnackt in ihrem Badezimmer fest. Was für eine Scheiße.

Sie öffnet die Tür. Mutter schiebt sich an ihr vorbei in den Flur. »Na endlich, ich steh schon mindestens zehn Minuten in der Kälte. Hättest mir mal den Schlüssel mitgeben sollen.«

Den Schlüssel? Oh Gott!

»Musstest wohl noch schnell einen Liebhaber im Schrank verstecken?«

Mutter zieht die Stiefeletten aus und hängt ihren Mantel auf einen der Bügel. Dann schaut sie in den Spiegel und streicht die Föhnfrisur in Form. »Hättest ihn mir ja mal vorstellen können.«

»Wen?«

»Den Liebhaber.«

»Liebhaber. Blödsinn.«

Helena folgt ihrer Mutter ins Wohnzimmer. Wie soll denn das jetzt gehen? Sie und Clara haben keinen Plan. Wer konnte denn auch mit so etwas rechnen!

Clara kommt schon durch die Tür. Akkurates Outfit, gekämmte Haare, offizielles Gesicht. Das ist nicht Clara, sondern die Oberbürgermeisterin, die ihrer Mutter die Hand reicht. »Frau Kühn, guten Abend, freut mich sehr.«

Mutter macht große Augen. »Aber das ist doch ... Helena! Du hast die Oberbürgermeisterin zu Besuch!«

Was du nicht sagst. Helena nickt.

Mutter nimmt Claras Hand. »Na, dass ich Sie mal persönlich kennenlernen darf!« Sie strahlt Clara an und wirkt begeistert. Aber gleich kommt sicher die Frage nach dem Warum.

Clara erwidert Mutters Lächeln. »Sie wissen ja sicher, Frau Kühn, dass Ihre Tochter die neue Kita für die Stadt baut, da gab es noch einige Punkte abzustimmen, deshalb bin ich hier. Aber wir sind so weit durch. Ich wollte auch gerade gehen.«

Helena bleibt der Mund offen stehen. Claras Souveränität ist sagenhaft, aber eine Besprechung zum Kita-Bau, an einem Samstagabend, um einundzwanzig Uhr, bei ihr zu Hause?

»Ach bitte, Frau Habermanns, ich freue mich so, dass wir uns einmal kennenlernen. Bleiben Sie doch noch einen Moment.«

Clara schaut auf die Uhr. Ihre Mundwinkel zucken. »Nein, also ... Na gut, ein paar Minuten.« Sie setzt sich auf die Couch, genau dorthin wo sie sich beide noch vor wenigen Minuten nackt aneinander gerieben haben.

»Helena, hol uns doch bitte mal was zu trinken.«

Helena atmet tief durch, geht in die Küche und öffnet die Flasche Rotwein, die für sie und Clara bestimmt war. Eigentlich hätte sie zur Tarnung erst einmal fragen müssen, ob die Frau Oberbürgermeisterin Rotwein mag, aber zu spät. Sie nimmt die Flasche und trägt sie ins Wohnzimmer. Mutter sitzt Clara gegenüber und strahlt noch immer. Keine von beiden sagt etwas.

Helena stellt drei Gläser auf den Tisch und schenkt ein. Sie spürt die Blicke, die Hand zittert, ein paar Tropfen gehen daneben. Sie setzt sich in den zweiten Sessel. Alle drei nehmen sie ihr Glas, prosten sich zu und trinken.

Helena verschluckt sich, hält die Hand vor den Mund und unterdrückt den Hustenreiz. Was fällt ihrer Mutter nur ein! Kommt plötzlich zurück und ... »Wieso bist du nicht im Theater?«, presst sie hervor.

»Der Hauptdarsteller ist von der Bühne gefallen.«

»Ach komm!«

»Doch, ist er. In der Kampfszene. Aber ich hab es kommen sehen. So weit, wie der am Bühnenrand stand. Und dann, einen Schritt zurück und zack, ein donnernder Aufprall und schon lag er da unten.« Mutter unterstreicht mal wieder jede ihrer Aussagen mit übertriebener Gestik und vollem Körpereinsatz.

»Oh, Frau Kühn, das klingt ja schrecklich. Dann hat er sich wohl schwer verletzt?«

»Sah ganz danach aus. Sie mussten ihn raustragen und die Vorstellung wurde abgebrochen.«

Clara wirkt entsetzt. Dabei braucht sie das gar nicht. Wahrscheinlich ist der Mann einfach nur umgeknickt oder hat sich irgendeinen blauen Fleck geholt.

Mutter strahlt Clara schon wieder so an. »Aber am Ende ist es ja ein glücklicher Umstand, sonst hätten wir uns nämlich gar nicht hier getroffen.«

Helena holt tief Luft. Wie lange soll das jetzt hier gehen?

»Sie müssen wissen, Frau Habermanns, das Bauunternehmen hat mein Mann aufgebaut. Mit meiner Unterstützung natürlich. Da stecken viel Herzblut und Entbehrung drin. Und das alles nur, um die Zukunft unserer Tochter abzusichern.«

Helena stellt ihr Glas ab.

»Und, mit der Stadtverwaltung hatten wir immer ein sehr gutes Verhältnis, auch schon mit Ihrem Amtsvorgänger. Da gab es nie Probleme.«

»Das freut mich sehr, Frau Kühn. Der Potsdamer Mittelstand ist ja auch Chefsache.«

Helena wippt mit dem Fuß. Abwechselnd schaut sie zu ihrer Mutter und zu Clara. Die beiden hauen sich hier gegenseitig die Taschen voll.

»Schauen Sie, Frau Habermanns, für meine Tochter ist es ja auch nicht immer leicht, so ein Unternehmen erfolgreich zu führen. Ich unterstütze sie deshalb, soweit ich nur kann.«

»Stopp mal, Mama, dein Interesse an dem, was ich hier mache, hält sich ja wohl echt in Grenzen.«

»Was redest du denn da, natürlich interessiert es mich.«

»Das wüsste ich aber.«

»Ich stütze dich im Hintergrund.«

»Du stützt mich? Wohl vom Kreuzfahrtschiff aus? Oder beim Wellness?«

»Helena, ich bitte dich!«

Clara schaut auf ihre Armbanduhr und steht auf. »Ich muss jetzt wirklich los.«

Mama lächelt schon wieder. »Ich begleite Sie zur Tür, Frau Habermanns.«

»Lass Mama. Ich muss eh mit zur Garage.«

»Ach, Ihr Wagen ist in Helenas Garage?«

»Vorhin war kein Parkplatz frei.«

Mama kneift die Augen zusammen. »Ach so.«

Clara reicht ihrer Mutter die Hand. »Auf Wiedersehen, Frau Kühn.«

»Hat mich wirklich gefreut, Frau Habermanns. Vor allem, dass Sie mit meiner Tochter so ein gutes Verhältnis haben.«

Clara dreht sich um und geht in Richtung Schleuse.

Helena folgt ihr, überholt sie, öffnet ihr die Tür und schließt sie hinter ihnen wieder. »Oje Clara, das tut mir echt leid, dass meine Mutter dazwischengekommen ist.«

Clara dreht sich um und schaut sie an. »Warum musst du dich eigentlich bei jeder Kleinigkeit so aufregen? Kannst du dich nicht ein Mal im Griff haben? Das nervt mich langsam!«

Helena öffnet den Mund. Das ist nicht gerecht. Clara hat echt keine Ahnung, was es bedeutet, wenn man von der eigenen Mutter mit einer Firma und lauter Problemen im Stich gelassen wird. Wenn man niemanden hat, mit dem man mal ernsthaft darüber reden kann. Aber wie denn auch. Clara hat ja selbst niemals Zeit für ein tieferes Gespräch. Immer ist sie mit sich selbst oder mit ihrem Rathaus beschäftigt, dass man sich noch nicht einmal traut, sie mit seinen eigenen Sorgen zu belästigen.

»Entschuldige, Helena. Aber wie du dich eben aufgeführt hast, war wirklich unpassend.«

»War es eben nicht! Meine Mutter ruft aller paar Wochen mal an und taucht einmal in Jahr bei mir auf, erzählt dann solchen Unsinn und du steigst auch noch drauf ein.«

»Bin ich doch gar nicht.«

»Doch!«

»Unsinn!«

»Der Potsdamer Mittelstand ist nun mal Chefsache, witzig, Clara wirklich.«

»Du findest das witzig? Weil du eben keine Ahnung davon hast, was ich für eine Verantwortung trage.«

Helena stemmt die Fäuste in die Seiten. Sie hat genug. »Weißt du was, Clara? Andere Menschen haben auch anspruchsvolle Jobs. Nicht nur du alleine. Hör auf, mir ständig deine Bedeutsamkeit vorzuhalten. Nimm dich und dein Rathaus gefälligst nicht immer so wichtig!«

Claras Augenbrauen geh'n nach oben. Aber sie sagt nichts mehr. Sie dreht sich weg und geht voran, in die Garage.

Helena läuft hinterher. »Ach komm jetzt, Clara, musst ja nicht gleich sauer sein.«

Clara drückt auf den Garagenöffner. Das Tor setzt sich in Bewegung. »Red deiner Mutter bitte aus, dass wir ein gutes Verhältnis haben. Gerade haben wir das nämlich nicht.« Sie steigt in ihr Auto, startet den Motor und fährt aus der Garage.

***

Sonntagvormittag. Clara rührt im Kaffee. Da das Wochenende mit Helena ja nun nicht stattfindet, kann sie genauso gut auch hier auf der Klausurtagung sitzen. Wenigstens braucht sie so kein schlechtes Gewissen mehr gegenüber ihren Parteikollegen zu haben.

Für ein starkes Brandenburg - Neue Wege beschreiten, steht auf dem Banner über den Köpfen im Präsidium. Bis eben war die allgemeine Aussprache zum Jahresende, jetzt hält jemand eine Rede: *Digitalisierung mit Augenmaß*.

Clara legt den Löffel ab. Ihr Blick schweift durch die Reihen. Sie liebt es, mit ihren Parteikollegen Rahmen zu stecken, Ziele umzusetzen und Positionspapiere zu verabschieden. Je kontroverser die Themen, je anspruchsvoller die Diskussionen, je hitziger die Debatten, desto wohler fühlt sie sich. Doch heute ist es anders. Heute will sie ihre Ruhe und betrachtet das Geschehen aus der Ferne. Es liegt wohl an dem Streit mit Helena. Die Situation war aber auch unangenehm. Sie als erwachsene Frau musste sich verstecken und verstellen und am Ende auch noch von Helena anmeckern lassen. So was kratzt gewaltig an der Ehre.

Clara knöpft den Blazer zu. Klimaanlagen in Tagungshotels sind eine Zumutung. Sie legt die kalten Finger um die Tasse und blickt nach vorn. *Neue Wege beschreiten*. Wenn das so einfach wäre. Wenn sie an gestern Abend denkt, erkennt sie ja, wie schwer das ist. *Nimm dich und dein Rathaus gefälligst nicht immer so wichtig!* Das hatte gesessen. Denn genau diesen Satz, den kannte sie bereits. Er war der Anfang vom Ende mit Katharina. Ihrer Katharina. Braune Mähne, dunkler Teint und voller Temperament. Wegen ihr hatte sie sich von Stefan scheiden lassen. Na gut, nicht nur wegen ihr.

Clara setzt die Tasse an die Lippen. Jetzt hat sie sie vor Augen. Katharina, wie sie im Türrahmen lehnt, und sie unter Tränen darum bittet, doch endlich offen mit ihr zu leben, weil sie dieses Versteckspiel einfach nicht mehr aushalten kann.

»Du weißt, dass ich für das Amt der Oberbürgermeisterin kandidieren möchte.«

»Du redest ja von nichts anderem mehr. Aber beides schließt sich doch wohl nicht aus.«

»Mit einer Frau an meiner Seite wird mich die Partei nicht aufstellen.«

»Blödsinn!«

»Nicht alle Menschen sind so tolerant, wie es nach außen scheinen mag.«

Mehrfach hatten sie diese Diskussion geführt, und immer war es ihr gelungen, Katharina zu beruhigen. Aber diesmal leider nicht. An jenem Tag wandelten sich ihre Tränen in Wut. »Ich scheiß drauf, Clara! Nimm dich und dieses Rathaus gefälligst nicht immer so wichtig! Es stürzt nicht ein, wenn du nicht drin hockst!«

Clara schreckt auf. Was? Klima? Sind sie etwa schon beim Klimaschutz? Ach so. Die Klimaanlage. Na endlich kümmert sich mal jemand. Inzwischen zieht es gewaltig.

Sie setzt die Tasse ab und starrt auf den karierten Rücken ihres Vordermanns. Nach jenem Streit war es mit Katharina aus. Sie hat sich nur noch um sich selbst gekümmert, wurde aufgestellt und gewählt. Sie hat erreicht, was sie wollte, aber völlig unterschätzt, was es bedeutet, wirklich alleine zu sein.

Alleine ohne Partnerin, ohne wirkliche Vertraute, und das über Jahre. Bis sie Helena getroffen hat.

Sie nimmt die Tasse wieder in die Hände. *Neue Wege beschreiten.* Das hört sich gut an. Aber es ist auch riskant, denn man müsste aus seiner Komfortzone treten, ohne zu wissen, was einen erwartet.

Clara nippt noch mal am Kaffee. Wie schön es wäre, jetzt mit Helena an einem gedeckten Tisch, in einer gemeinsamen Küche zu sitzen und locker zu plaudern. Liebevolle Blicke, gutes Essen. Gemeinsam den Alltag leben. Clara schmunzelt. Sie würde Helena mit ihrem Ordnungssinn zur Weißglut treiben. Aber dafür würde sie ihre Launen ertragen. Sie könnten sich gegenseitig an ihren Zahnarzttermin erinnern und an die Geburtstage ihrer Mütter. Eine holt die Sachen aus der Reinigung, die andere bäckt frisches Brot. Und wenn sie eine Einladung zu irgendwas bekommt, würde sie sagen: *Ich weiß noch nicht, ob WIR da können.*

Gemurmel. Clara schaut nach vorn. Die aktuellen Umfragewerte wurden an die Wand gebeamt. Das sieht nicht gut aus. Demnach sind sie ja schon wieder in der Gunst der Wählenden abgerutscht. Na, das wird sicher gleich heiß hergehen, nach der Pause.

Jetzt aber scharren Stuhlbeine über den Boden, man erhebt sich, streckt die Glieder, schaut sich um, Murmeln setzt ein und wird lauter, man strömt zu den Ausgängen. Sicher gibt es im Foyer etwas zu essen. Clara geht nach draußen.

Am Buffet drängeln alle. Clara streckt sich und schaut durch eine Lücke. Blätterteiggebäck. Schneckchen, Rädchen, Täschchen – industriell gefertigt, tiefgekühlt und wieder aufgebacken.

Sie schaut sich um und findet einen freien Stehtisch, schön abseits in der Ecke, denn ihr ist im Moment noch nicht nach irgendwelchen Diskussionen zumute. Doch die Potsdamer Parteikollegen haben sie bereits entdeckt. Sie kommen nun, einer nach dem anderen, an ihren Tisch.

»Clara, du bist ja doch hier! Hattest du nicht was von einer privaten Verpflichtung gesagt?«

»Die hat sich zerschlagen.«

»Ach je. Nun musst du also deinen Sonntag hier mit uns verbringen. Keine schöne Alternative, oder?«

»Doch. Ist es. Und außerdem, wir haben es schließlich alle so gewollt.«

Der Kollege nickt.

Clara schaut ihn direkt an. Er wirkt betrübt, so, als säße er jetzt viel lieber gemütlich zu Hause auf der Couch vor dem Fernseher. »Jetzt komm, lächle mal und genieße gemeinsam mit uns einen netten Klausurtagungssonntag mit Keksen vom Discounter.«

Alle lachen.

»Mit *nett* ist's sicher gleich vorbei«, sagt der Parteikollege. »Habt ihr die Umfragewerte gesehen?«

Clara beißt in ihr Gebäck. Soll'n sich die anderen mal drüber aufregen. Sie kaut gemächlich und hört zu:

»Fünf Prozentpunkte auf Landesebene. Ich versteh es einfach nicht.«

»Ich auch nicht.«

»Na, an mir liegt es jedenfalls nicht. Ich gebe mein Bestes im Ausschuss für Klima und in der Kleingartenkommission. Wie engagiert wir für die Bienen kämpfen! Und gegen die Ausbreitung der Varroamilbe!«

»Stimmt, und gerade haben wir ja auch für die Mittelschulen das kostenlose Frühstück mit sozialpädagogischer Begleitung eingeführt. Die Eltern hatten so darauf gedrängt, jetzt müssten die doch endlich mal zufrieden sein.«

Clara spült mit Kaffee nach. Alles wichtige Sachen, die man da erzählt, aber die eigentlichen Probleme liegen doch ganz woanders. Normalerweise würde sie spätestens jetzt in die Diskussion einsteigen, doch heute braucht sie Harmonie. »Jetzt malt mal nicht so schwarz. Wir Potsdamer liegen in den Umfragen doch ein ganzes Stück weit über dem Durchschnitt des Landes Brandenburg.«

»Logisch. Wegen dir, Clara.«

»Ach was.«

»Doch! Du hast die Stadtverwaltung voll im Griff.«

»Du machst einen super Job.«

»Die Leute lieben dich.«

Bitte? Clara schaut in die Runde. Alle Augen sind auf sie gerichtet. »Jetzt übertreibt mal nicht.«

Ein Kollege tritt ein Stück an sie heran, stellt seine leere Tasse neben ihre. »Auf jeden Fall dürfen wir uns absolut keine Skandale mehr leisten. Ich meine, solche Meldungen wie letztens über Matthes Krüger und die neue Kita tun uns absolut nicht gut.«

»Wo ist der Matthes eigentlich?«

»Angeblich krank.«

»Lass doch den Matthes, Clara. *Du* bist unser Zugpferd, das ist nun mal so. Nur mit dir als Spitzenkandidatin haben wir eine Chance, stärkste Fraktion im Stadtrat zu bleiben.«

Clara hebt die Hände. »Jetzt mal langsam, das sind noch fast zwei Jahre hin bis zur nächsten Wahl.«

»Zwei Jahre, in denen du keinen Anlass für Wirbel bieten solltest.«

»Ich? Anlass für Wirbel? Ihr wisst ja wohl am besten, wie ernst ich alles nehme.«

»Sicher, aber wir wollen die breite Masse erreichen und da wäre es eben gut, wenn die Spitzenkandidatin auch in diese breite Masse passt.«

»Genau Clara, wir stehen alle voll hinter dir, aber, es ist eben nur … na ja …«

»Vielleicht könntest du bis dahin dein Privatleben weiterhin im Hintergrund halten? Du weißt, beim letzten Mal, da gab es diese Gerüchte über dich. Alles hängt nun mal an deiner Person und …«

»Die Partei braucht dich, Clara, das siehst du doch. Und nicht nur in Potsdam, sondern in ganz Brandenburg.«

Clara schluckt. Was wird das hier? War dieses zweideutige, kollektive Auf-sie-Einreden womöglich vorher abgesprochen?

Sie fühlt sich wichtig und geehrt, überrumpelt und bevormundet. Es ist anmaßend, die ganze Verantwortung auf sie abzuschieben. Sie trifft ja wohl noch immer ihre eigenen Entscheidungen. Außerdem … Sie wollte neue Wege gehen. Und das wird sie jetzt tun! Gefühlt hebt sie das Bein zum ersten Schritt und … stoppt. Ihr Fuß baumelt in der Luft, als warte er auf den Impuls, sich zu bewegen. Aber da kommt nichts. Es geht einfach nicht.

Sie greift nach einem Stück Plundergebäck, klemmt es zwischen Daumen und Zeigefinger und beißt hinein. Es schmeckt trocken, fad und deprimierend. »Ich habe gar kein Privatleben«, hört sie sich sagen.

***

Am Dienstag nach der Tagung öffnet Clara ihre Augen und macht sie direkt wieder zu. Die Nase ist dicht und jeder Schluckversuch gleicht einem Messerschnitt im Hals. Sie fasst sich an die Stirn. Fieber.

Nach einer halben Stunde hin und her wälzen schiebt sie sich aus dem Bett, schafft es kurz ins Bad und von da aus bis ins Wohnzimmer auf die Couch. Das Herz rast, auf ihrer Stirn klebt kalter Schweiß. In diesem Zustand arbeiten? Das kann sie vergessen. Sie meldet sich ab.

Sie schleppt sich in die Küche und wühlt in der Schublade. Erkältungstee wäre gut, aber da ist nur Weihnachtstee mit Spekulatiusgeschmack. Die sinnvollen Sorten hat sie im Büro. In der Schachtel mit dem Schmerz- und Fiebermittel sind leider nur noch zwei Tabletten. Dafür ist das Fläschchen Nasenspray halb voll, aber seit zwei Jahren abgelaufen. Wann war sie eigentlich das letzte Mal so richtig krank? Sie kann sich nicht erinnern.

Sie schleicht zurück ins Wohnzimmer. Ihre Ausbeute legt sie auf den Couchtisch. Mit einem gequälten Stöhnen lässt sie sich in die Waagerechte fallen und zieht die dicke Decke rauf bis unters Kinn.

Jetzt wird ihr kalt. Wieder windet sie sich hoch. Holt sich ein weiteres Paar Socken und eine zweite Decke. Keine Chance. Eisige Schauer ziehen vom Nacken bis zu den Zehen und wieder zurück. Erst nach einer ganzen Weile wird es endlich heiß. Extrem heiß. So heiß, als würde sie zerfließen. Sie nimmt beide Tabletten auf einmal, Kraft zum Umziehen hat sie keine, also döst sie einfach vor sich hin.

Das Handy geht. Helena? »Hey.«

»Wie klingst du denn! Bist du etwa krank?«

»Ach, ist nicht der Rede wert.«

»Warst du beim Arzt?«

»Du weißt doch, was ich von Ärzten halte.«

»Hast du genügend Medizin? Und was zu essen? Und zu trinken?«

»Komm bloß nicht vorbei!«

»Natürlich komm ich vorbei.«

»Auf gar keinen Fall!«

»Bis gleich.« Aufgelegt.

Clara legt das Handy weg. Faktisch ist der Kühlschrank leer, und das alte Nasenspray brennt abartig. Sie bräuchte dringend neues. Aber dass Helena zu ihr kommt, schon der Gedanke ist absurd. Sie war noch nie bei ihr, und das aus gutem Grund. Keinesfalls darf sie hier jemand sehen. Außerdem hat sie ihr vor ein paar Tagen erst an den Kopf geworfen, dass sie keine gute Beziehung hätten und ... ach Mist ... natürlich wünscht sie sich, dass Helena mal zu ihr kommt. Schon lange. Aber es geht nun mal nicht.

Clara schließt die Augen, döst wieder vor sich hin. Ab und zu nickt sie ein.

Clara schrickt hoch. Das Handy. »Ja?«

»Ich steh vor deiner Tür und hab schon zwei Mal geklingelt.«

Nein! Clara stöhnt und drückt sich hoch. Alles dreht sich. Wegen des Fiebers? Eher weil sie Panik überkommt. Helena in diesem Mehrfamilienhaus. Der nicht geklärte Streit vom Samstagabend. Ihr Zustand. Sie taumelt in den Flur, öffnet die Tür, lässt sie angelehnt und hangelt sich zurück. Die Klamotten sind nass, kleben an der Haut, und sie friert erbärmlich. Sie verkriecht sich unter ihre Decke, Helena soll sie in diesem Zustand besser gar nicht erst sehen.

Rascheln im Flur, Schritte auf Strümpfen.

»Hi. ... Clara?«

»Du solltest doch nicht herkommen.«

»Ich hab dir was mitgebracht.«

»Danke. Leg es einfach auf den Tisch. Und dann ... Wir telefonieren später mal.«

»Hör auf mit dem Scheiß, Clara. Du bist krank. Jetzt nimm gefälligst meine Hilfe an.«

Clara schiebt die Decke vom Gesicht. »Hat dich irgendwer gesehen?«

»Nein. Glaub nicht.« Helena schüttet ein kleines Beutelchen auf dem Couchtisch aus. »Hier sind Halstabletten, Schmerz- und Fiebermittel und ein Nasenspray. Und Wundsalbe für die Nase. Alles nur vorsichtshalber, weil du ja meintest, ich bräuchte nicht zu kommen. Ich nehm das sonst auch alles wieder mit.«

»Nein nein, lass mal. Vorsichtshalber. Danke.«

Helena kommt ein Stück näher und kneift die Augen zusammen. »Oh, Salbe gegen Herpes hätte ich wohl auch gleich besorgen können.«

Clara fasst sich an die Lippe. Auch das noch.

»Dir geht es richtig mies, oder?«

Clara nickt. Helena hat mehr als Recht. Ihr geht es mies. Doch nicht nur körperlich. »Helena, wegen Samstag, das tut mir leid. Ich wollte dich nicht so anfahren.«

»Ach, schon gut. Sag mal, wo hast du dir das denn geholt?«

»Auf der Klausurtagung hats gezogen.«

»Na hoffentlich war es das auch wert.«

Clara verzieht das Gesicht. Die Erkältung ist nicht der Grund, weshalb sie den Ausflug zur Tagung bereut. Aber wenn sie daran denkt, wie sie auf die Attacke der Parteikollegen reagiert hat, könnte sie sich ohrfeigen. Gerade jetzt, wo Helena auf ihrer Sofakante sitzt und sie so liebevoll ansieht, wird ihre Reue immer schlimmer.

»Ich hab Ingwer und Zitronen mitgebracht, falls du einen Tee möchtest. Und ein bisschen Obst.«

Clara schluckt. Der Hals tut weh. »Ja. Tee wäre gut.«

»Wo ist denn deine Küche?«

»Durch den Flur, die erste Tür links.«

Helena steht auf und geht hinaus. Jetzt rauscht der Wasserkocher und es klappert. Es klingt, als würde Helena bei ihr aufräumen. Clara setzt sich, innerlich formt sich Widerstand, aufräumen kann sie doch morgen selbst und überhaupt ... egal. Sie fällt zurück ins Kissen.

Helena stellt eine Kanne auf den Tisch. Auf dampfendem Tee schwimmen Zitronenscheiben und Ingwerstückchen. Jetzt bringt sie die leere Tablettenschachtel, das alte Nasenspray und die gebrauchten Taschentücher in den Müll.

»Danke.« Clara schiebt die Decke ein Stück von sich.

»Du bist ja völlig durchgeschwitzt, willst du dich nicht umziehen?«

»Ja schon, aber ...«

»Ich hole dir frische Sachen. Wenn du mir sagst, wo ich die finde.«

»Drüben. Im Schlafzimmer. Im großen Kleiderschrank, linke Tür. Ich würde gleich saubere Schlafsachen ... Ach, und im obersten Schubfach sind frische Socken. Und Slips.«

Helena ist schon unterwegs. Clara starrt an die gegenüberliegende Wand. Wieder muss sie an die Tagung denken. Sie hat Helena verleugnet. Hat behauptet, sie hätte kein Privatleben. Wie konnte sie nur.

Helena kommt zurück. Mit einem Stapel frischer Sachen in den Händen. »So, ich hab gelüftet und dein Bett aufgeschüttelt. Jetzt komm, wir zieh'n dich erst mal um.«

Clara richtet sich auf. Helena setzt sich zu ihr auf die Sofakante und schiebt die Decke beiseite. Clara zieht sich das klebende Shirt über den Kopf. Helena greift danach und reicht ihr ein frisches. »Weißt du Clara, du verpasst gar nichts. Draußen ist so ein Mistwetter. Schneeregen. Und Kälte, die in jede Ritze kriecht.«

Clara streift die Hose von den Beinen, dann die Socken. Den Slip müsste sie auch ...

»Ach, und übrigens vorne an der Ecke ist die Ampel ausgefallen. Da steht so eine arme Polizistin und regelt den Verkehr per Hand.«

Stück für Stück tauschen sie nasse Sachen gegen trockene, und weil Helena die ganze Zeit redet, ist alles viel weniger unangenehm als befürchtet.

»Warte, ich drehe dir noch die Decke um.«

»Ja. Danke.«

Helena gießt Tee ein und reicht ihr die Tasse. Dazu eine Tablette. Clara schlürft ein paar Schlucke, dann lässt sie sich zurück ins Kissen fallen. Es fühlt sich alles gleich viel besser an. Und Helena, auf ihrem Sessel gegenüber, ist einfach für sie da. Wirkt kein bisschen genervt. Eher besorgt. Liebevoll. »Warum tust du das nur alles für mich?«

»Was für eine Frage, Clara! Ich mag ja ab und an ein wenig heftig reagieren. Trotzdem liebe ich dich. Außerdem sollst du verstehen, dass unsere Beziehung doch nicht so schlecht ist, wie du vermutest.«

»Ach Helena, das ist …« Clara schließt die Augen. Wann hat sie sich das letzte Mal so wohlgefühlt? Aufgehoben. Angenommen und umsorgt. Kein Müssen, nur sein. Von Helena geliebt. In dem Moment lässt sie es wirklich zu.

17.

Helena schiebt ihren Einkaufswagen durch den Bio-Supermarkt, schnell vorbei an all den leckeren Sachen. Wochenlang war sie schon nicht mehr hier. Leider.

Nach den Müslis, den Keksen und den Beruhigungstees kommen die Kühltruhen. Genau da will sie hin. Sie braucht dringend Rotgarnelen, Mausis Lieblings-Leckerli für zwischendurch. Aber Wildfang muss es sein. Nachhaltig, fair und ohne Antibiotika, denn, egal wie, für ihren kleinen verwöhnten Feinschmecker kauft sie nur das Allerbeste.

Sie parkt den Wagen neben einer Truhe und wandert mit den Augen über die tiefgefrorenen Meeresfrüchte. Da sind ja die Garnelen! Aber nur Großpackungen. Für 49,99 €.

»Sollten die Garnelen nicht im Sonderangebot sein?«

»Das war letzte Woche«, antwortet die Verkäuferin im Vorbeigehen.

Letzte Woche? Mist. Helena starrt auf das Preisschild. Fünfzig Euro für ein paar Leckerbissen? Dafür hat sie momentan kein Geld.

Es ist ein Teufelskreis mit den Finanzen. Fast alle ihre Arbeiter bauen an der Kita. Also kommt nur wenig Geld von ihren Häuslebauern rein. Zwar hatte die Stadt, nach ewigem Verwaltungsprozedere, endlich mal einen Abschlag gezahlt, doch der war sofort wieder weg. Für Materialeinkauf und für die Rechnungen der Subunternehmer. Eigentlich kein Grund zur Panik, in ihrer Branche ist so was normal. Auch mit großen Zahlen zu jonglieren, ist nichts Außergewöhnliches. Dennoch, irgendetwas läuft nicht rund. Nach der Zahlung von der Stadt hatte sie über eine Million Euro auf ihrem Konto, eine Woche später weniger als hunderttausend. Viel zu wenig, denn da waren noch Rechnungen in der dreifachen Höhe zu begleichen. Die Bank hat zwar noch einmal überbrückt, doch seither werden ihre Schlafprobleme immer stärker.

Helena schaut unschlüssig auf die teuren Garnelen. Soll sie denn wirklich auch noch an der Katze sparen? Sie kauft ja für sich selber schon seit Wochen nur bei Aldi. Zum Glück hat das Clara noch nicht mitbekommen. Sie bringt ja auch oft Lebensmittel mit, oder Wein, oder sie zahlt, wenn sie beim Italiener bestellen. Das hilft dann ungemein, aber gleichermaßen ist es eben auch verdammt unangenehm.

Helena nimmt ihren leeren Wagen und zieht weiter durch die Gänge. Die arme Mausi. Jetzt muss sie doch tatsächlich auf ihre Garnelen verzichten. Aber nicht lange, sobald die nächste Zahlung für die Kita auf dem Konto ist, bekommt sie gleich drei Pakete auf einmal.

Sie stellt sich an der Fleischtheke an. Mausis Rotgarnelen-Leckerli fällt leider aus, also muss eine Alternative her. Bio-Hack vom Weiderind? Das wäre vielleicht eine akzeptable Zwischenlösung. Sie könnte es in kleinen Portionen einfrieren. In den Silikonförmchen. Den Herzen und den Sternen.

Helena reckt den Kopf, um die Preise besser lesen zu können. Das Bio-Hack kostet heute blöderweise auch den vollen Preis. Fünfundzwanzig Euro das Kilo. Aber egal. Da muss sie eben durch.

Helena rückt auf. Das ist kein Zustand. Da schreibt man hohe Rechnungen, aber ist kaum in der Lage, sich von dem Geld etwas auf sein privates Konto umzubuchen. Im Gegenteil, letzten Monat musste sie sogar ihre allerletzten privaten Reserven auf ihr Geschäftskonto überweisen. Die sind für Löhne und die Leasingraten draufgegangen. Und für Mamas Rente. Sie darf gar nicht dran denken. Nein, so hat sie sich das alles nicht vorgestellt.

Wieder rückt es ein Stück weiter. Als Nächste wird sie an der Reihe sein.

Vom Privatkonto wird morgen die Kreditrate für das Wohnhaus abgebucht, dann ist der Dispo ausgereizt. Kartenzahlung sollte sie also besser sein lassen. Sie nimmt ihr Portemonnaie aus der Tasche und schaut hinein. Sie hat noch dreißig Euro Bares und ein wenig Kleingeld.

»Sie wünschen?«

Helena schaut auf. »Eine Fleischwurst, bitte.«

***

Auf dem Rückweg ins Büro muss sie an der Kita-Baustelle vorbei. Dann kann sie da ja gleich mal nach dem Rechten schauen. Sie parkt neben Nicoles Tesla. Eine Frau Stoldenberg hat sicher keine Geldprobleme.

Helena dreht eine Runde. Zwischen hohen Erdhaufen glänzt die nasse Bodenplatte, die Teilunterkellerung ist fertig, und ihre Leute bauen schon am ersten Stock.

»Wird Zeit, dass Sie kommen, Frau Kühn!«

»Was ist los?«

Nicole wirkt angepisst. Sie zeigt mit dem Finger auf einen großen Sandhaufen. »Der sollte da hinten abgekippt werden, nicht hier vorne. Haben Sie das Ihren Leuten nicht gesagt?«

»Moment mal, wir haben vorgestern besprochen, dass er genau hierhin soll.«

»Im Leben nicht, Frau Kühn. Morgen werden die ersten Holzteile geliefert. Hier kommt doch überhaupt kein Fahrzeug durch!«

Helena schluckt. Nicole hat Recht. Ihr Fehler, leider. »Ich lass ihn wegbaggern.«

»Also ehrlich, Frau Kühn, in drei Wochen ist Richtfest, und ich sehe immer noch kein Haus.«

»Das wird schon. Die Holzteile sind doch alle vorgefertigt.«

»Aber die bau'n sich nicht von selber auf. Sie vergessen wohl die Mauerarbeiten drum herum, die Geschossdecken, die aufwändige Dachkonstruktion wegen der Begrünung und, und, und. Wir hängen im Plan um mindestens drei Wochen zurück. Und jetzt schau'n Sie sich mal um, wie das hier aussieht! Die Verordnung von Sicherheit und Gesundheitsschutz auf Baustellen sollten Sie wohl besser noch mal lesen.«

Helena tritt einen Schritt zurück. Was bildet die sich ein, hier so eine Salve abzulassen? »Jetzt halten Sie mal die Luft an, Frau Stoldenberg, und kümmern Sie sich um Ihre eigenen Aufgaben. Zum wiederholten Male, ich weiß genau, was ich tue.«

»So? Ihre Leute scheinen am Limit zu sein. Aber auf einen zusätzlichen Subunternehmer haben Sie ja verzichtet. Ich vermute mal, aus Kostengründen. Bei Ihrer Kalkulation.«

»Kostengründe? So ein Unsinn! Bei meinen eigenen Leuten kann ich mich darauf verlassen, dass die Qualität stimmt. Nur das ist der Grund.«

»Aha.«

»Und wenn das Richtfest um ein paar Tage verschoben werden muss, geht die Welt auch nicht unter.«

Nicole schaut auf ihre Füße. Mit der Stiefelspitze kickt sie einen Stein zur Seite. »Ich dachte ja nur, Sie hätten gern mal wieder eine Abschlagszahlung von der Stadt. Und die kann ich erst beantragen, wenn der Rohbau steht. Aber gut. Offenbar ist Ihnen das Geld nicht so wichtig. Na dann, schönen Tag noch, Frau Kühn.« Sie dreht sich um und läuft zu ihrem Protzauto.

Helena winkt ab. Sie öffnet den Reißverschluss der Jacke, lockert den Schal am Hals und holt tief Luft.

»Hallo Chefin!« Andi schaut sie an und gähnt.

»Kurze Nacht gewesen?«

»Ich war noch bis zehn hier. Die hatten Frost gemeldet. Da wollte ich besser noch …«

»Das ist gut. Wir müssen nämlich endlich mal ein bisschen ranklotzen.«

Andi hebt die Hände.

»In drei Wochen ist Richtfest, Andi. Der Termin ist fix und kann auf keinen Fall verschoben werden.«

»Wir machen doch schon jeden Tag Überstunden. Seit Wochen!«

»Dann müssen die Wochenenden eben auch noch durchgearbeitet werden. Ist ja nur 'ne Phase.«

Andi schüttelt den Kopf. »Wie soll ich das denn den Jungs erklären?«

»Sie machen das schon.«

»Nee, Moment mal, Chefin, so geht das nicht, wir ...«

»Doch, Andi, das muss gehen. Und zuerst sollte mal bitte jemand den Sand dort vorne wegbaggern. Der gehört da nämlich nicht hin.«

»Was? Sie haben doch gesagt, dass der dort abgekippt werden soll!«

»Der Sand muss nach hinten. Ist ja wohl logisch, wo doch morgen die Holzteile geliefert werden.«

»Aber ...«

»Oder soll ich selber baggern?« Helena dreht sich um und lässt ihn stehen. Ihr rauscht der Kopf. Das war nicht fair eben, aber was soll sie denn machen? Der Rohbau muss stehen, sonst gibt es kein Geld. Und Lohn wollen ihre Leute ja schließlich bekommen.

Auf dem Weg zum Auto werden ihr die Beine schwer. Das war verdammt daneben. Ihre Männer geben alles, und sie, sie meckert immer nur. Helena bleibt stehen und dreht sich um. Nicole hat Recht, sie hängen im Zeitplan massiv hinterher, das Richtfest rückt bedrohlich näher. Wenn ihr nun auch noch die Mitarbeiter weglaufen? Nein, das kann sie nicht riskieren. Sie sind ihr wertvollstes Kapital.

Helena schaut auf die Baustelle. Es gibt nur eine Lösung, sie muss selbst mehr mit anpacken. Als gutes Beispiel vorangehen. Morgens die Erste sein und abends die Letzte. Samstag, Sonntag inklusive. Jetzt gleich wird sie den Männern eine Runde Pizza organisieren und dann dafür sorgen, dass heißer Tee bereitgestellt wird.

Sie schaut auf die Uhr. Gleich sechs. Heute muss sie zurück ins Büro und dringend ein Angebot für ein Einfamilienhaus erstellen. Open End, notfalls die ganze Nacht. Hauptsache, sie kann morgen früh direkt auf die Baustelle.

Das Handy summt. Das Steuerbüro?

»Ja, Kühn!«

»Frau Kühn, ich dachte, ich ruf schnell durch. Ich habe hier Post vom Finanzamt für Sie.«

»Was woll'n die denn?«

»Eine Ankündigung der Vollstreckung.«

Helena bleibt stehen. »Eine was?«

»Die Umsatzsteuervorauszahlung. Sie haben wohl vergessen zu zahlen. Erledigen Sie das bitte sofort, sonst macht Ihnen das Finanzamt Ihr Konto dicht.«

»Das dürfen die doch gar nicht.«

»Doch Frau Kühn, das Finanzamt darf das.«

»Also, Herr Tetzlaff, das kommt mir jetzt aber total ungelegen! Wie viel ist das denn?«

»Frau Kühn, wir hatten das besprochen.«

»Wirklich?«

»Ganz sicher.«

»Wie viel?«

»Knapp achtzigtausend Euro.«

***

Der Beratungsraum der Bank wirkt sehr steril. Ein Tisch, drei Stühle, eine Agave, keine Tür. Diese offenen Konzepte sind wirklich fragwürdig. Wo bleibt denn da die Diskretion?

Helena streckt die Beine aus. Man hat ihr einen Kaffee hingestellt und gesagt, ihr Berater, Thomas Westerwald, wäre sofort für sie da. Dieses *Sofort* dauert nun schon eine Viertelstunde. Dabei geht es nur um ein paar Unterschriften.

Helena nippt am Kaffee. Sie bekommt jetzt gleich ganz schnell und unkompliziert weitere zweihunderttausend Euro Umlaufmittelkredit. Damit kann sie die Umsatzsteuer zahlen und sogar die Rotgarnelen für Mausi.

Der Nachteil: Ihr privates Einfamilienhaus ist nun komplett verpfändet. In Zukunft wird sie also in einem Haus essen, schlafen und Sex haben, das im Eigentum ihrer Bank steht. Aber nur vorübergehend. Wenn die Kita fertig ist, kommt der Gewinn. Damit kann sie dann alle Schulden auf einmal zurückzahlen.

Vom Flur kommen Stimmen. »Mach dir mal keine Sorgen. Ich regle das schon.«

Das ist der Westerwald. Er verabschiedet offenbar endlich seinen Kunden.

»Ich verlass mich auf dich, Thomas.«

Helena richtet sich auf. Diese zweite Stimme kennt sie auch!

»Aber überleg dir das bitte mit dem Boot.«

Das war wieder der Westerwald.

»Mein schönes Boot verkaufen? Weißt du, was du da von mir verlangst?«

Der Krüger? Das ist doch Matthes Krüger! Der hat ein Boot?

»Hahaha, Matthes, dann kannst du eben mal für eine Zeit lang nicht wie ein Bekloppter über die Havel brausen.«

Die Stimmen entfernen sich.

Der Krüger ist ein Kumpel ihres Bankberaters Westerwald und hat ein Motorboot, mit dem er über die Havel braust?

»Hallo Frau Kühn, entschuldigen Sie die Verspätung.« Herr Westerwald setzt sich gegenüber und streicht die Krawatte glatt. »Frau Kühn, das ist der allerletzte Kredit, den ich Ihnen geben kann. Das ist Ihnen hoffentlich klar?«

Ätzend, solche Machtspielchen. Aber die braucht der sicher für sein Ego. »Selbstverständlich weiß ich das, Herr Westerwald.«

»Gut.« Er schiebt ihr ein paar Blätter rüber. Helena liest. Eigentlich will sie das alles gar nicht wissen. Ihr bleibt ja sowieso keine Wahl. Sie unterschreibt überall da, wo ein Kreuz ist und verlässt die Bank. Ihre Gedanken sind jetzt gerade ganz woanders.

Im Auto nimmt sie ihr Handy. »Clara, nur kurz, kannst du dich noch an unseren Floßausflug letztes Jahr erinnern? Als dieses Motorboot auf uns zugeschossen kam?«

»Sicher. Ja. Aber wie kommst du denn jetzt darauf?«

»Hast du erkannt, wer da drin stand?«

»Wie denn! Ich musste ja sehen, dass ich uns aus der Schusslinie kriege.«

»Der Matthes Krüger hat ein Motorboot. Und bis zu diesem Ausflug war der ein freundlicher, zuvorkommender

Kunde von mir, danach mutierte er zum Arschloch. Dann dieser Zeitungsartikel damals ...«

»Moment Helena, mach mal langsam. Woher weißt du das denn mit dem Boot?«

»Lass uns da heute Abend noch mal in Ruhe drüber reden, Clara, ja? Du kommst doch heute?«

»Ich weiß noch nicht. Letztens hat mich schon wieder deine Nachbarin gesehen, als ich aus der Garage gefahren bin. Wir müssen einfach noch vorsichtiger sein.«

»Du mit deinem Verfolgungswahn dauernd! Zu dir können wir nicht, und zu mir jetzt also auch nicht mehr? Wohin denn dann bitteschön!«

»Sei doch nicht gleich wieder so gereizt! Ich habe lediglich gesagt, wir müssen noch deutlich vorsichtiger sein als bisher. Aber sag mal, du hast doch irgendwas. Seit einiger Zeit wirkst du total angespannt.«

Helena schluckt. Der Impuls, sich alles von der Seele zu reden, ist riesengroß. Aber ...

»Alles in Ordnung, Clara. Wirklich.«

18.

Clara zieht den Reißverschluss des Koffers zu. Sie freut sich extrem auf Helenas Gesicht, denn die rechnet im Leben nicht damit, dass sie gleich vor ihrer Tür stehen wird. Von wegen Tagung, dieses Wochenende hat sie ganz was anderes vor.

Eigentlich hätte ihr die Idee schon viel früher kommen können, Helena mit so einem Wellnesswochenende zu überraschen. Es ist ja offensichtlich, warum sie so schlecht drauf ist. Sie muss einfach zu viel mit ihr durchmachen. Nie hat sie richtig Zeit für sie, und wenn doch mal ein paar Stunden, dann schlafen sie in Helenas Bett, essen Lebensmittel aus Helenas Kühlschrank, und es ist Helenas Waschbecken, das sie schmutzig machen.

Clara klappt den Laptop auf und fährt ihn hoch. Vorsichtshalber wird sie die Buchungsbestätigung noch einmal ausdrucken. Sie stellt den Drucker an, und er beginnt zu summen. Helena ist immer so verständnisvoll. Und wie aufopfernd sie sich um sie gekümmert hat, als sie diese hässliche Grippe hatte ... Nein, es ist längst überfällig, dass sie ihr endlich einmal etwas Gutes tut. Dann ist sie sicherlich auch wieder besser drauf.

Clara nimmt die beiden ausgedruckten Seiten in die Hand. *Romantisches Wochenende für Paare – lassen Sie sich von uns verwöhnen.* Oh ja, das werden sie. Im abgelegensten Nest an der Ostsee. Da wird sie keiner finden. *Exklusive*

Juniorsuite mit Panoramablick, Champagner inklusive. Zwei Mal hat sie extra da angerufen und sich versichert, dass auch ja alles klargeht. Es muss einfach perfekt werden.

Sie fährt den Rechner wieder runter, verstaut die Buchungsbestätigung in ihrer Handtasche und zieht sich Mantel und Schuhe an. Sie dreht noch einen letzten Rundgang durch die Wohnung, obwohl sie im Auto sowieso gleich wieder krampfhaft überlegen wird, ob sie auch wirklich alle Fenster geschlossen hat. Oje, sie ist ja regelrecht nervös.

Im Auto stellt sie sich das Radio laut. Hoffentlich ist Helena überhaupt schon wach? Auf ihre Frage hin, was sie am Wochenende denn so vorhabe, meinte sie ja: *nichts Besonderes. Wie immer halt.* Womöglich will sie mal ausschlafen? Dann wird sie sie eben wecken. Clara tritt aufs Gas. Es wird wundervoll werden. Heute Abend das Fünf-Gänge-Menü im Gourmetrestaurant, morgen früh kommt das Frühstück aufs Zimmer, aber am meisten wird sich Helena sicher über die gebuchte Relax-Wellnessbehandlung freuen. Für Paare. Clara schmunzelt. Das ist überhaupt das Allerbeste: Sie werden als ein Paar dort sein.

Zwei Straßen vor Helenas Haus stellt sie den Wagen ab. Den Rest geht sie besser zu Fuß.

Helenas Jeep steht im Carport, was gut ist, denn dann ist sie zu Hause. Clara zieht die Kapuze noch ein Stück weiter ins Gesicht und betritt das Grundstück. Das ist das erste Mal, dass sie diesen Eingang benutzt. Sie holt tief Luft, dann drückt sie auf den Klingelknopf.

Nichts tut sich. Also schläft Helena tatsächlich noch? Oder sie steht gerade unter der Dusche?

Neben dem Haus rührt sich etwas. Clara geht den kleinen Weg zum Carport. Helena! Da ist sie ja. In Arbeitsjacke und Gummistiefeln. Das kann sie beides direkt wieder ausziehen. »Hallo.«

»Du? Aber ... Was willst du denn hier!«

Clara grinst. Helena wirkt wie vom Schlag gerührt. Die Überraschung ist geglückt.

»Ich dachte, du bist ... Ist was passiert?«

»Bisher nicht. Aber gleich wird was passieren. Ich werde dich nämlich entführen.«

»Wohin?«

»Ans Meer. Pack ein paar Sachen ein und dann gehts los.«

»Nee!«

»Doch. Ist alles vorbereitet, gebucht und schon bezahlt.«

»So was musst du doch vorher mit mir absprechen!«

»Seit wann spricht man denn Überraschungen ab?«

»Ich muss arbeiten.«

»Das kannst du Montag wieder tun.«

Helena bewegt sich endlich. Ihre Arme kreuzen sich vor dem Körper und ihr Gesicht ... Da ist nicht das Strahlen, das sie sich von ihr erhofft hat. Im Gegenteil, ihre Miene verfinstert sich noch weiter. »Da musst du wohl leider alleine fahren.«

Clara lacht auf und bricht sofort wieder ab. Das war kein Witz. »Aber ... ich dachte, du freust dich.«

Helena schüttelt den Kopf. »Nee, Clara. Nicht wirklich.«

»Nicht? Kann man dir zurzeit eigentlich überhaupt irgendetwas recht machen?«

»Ich bin nicht dein Spielball!«

»Bitte?«

»Ich muss die Klappe halten, wenn du jedes Wochenende zu irgendwelchem Zeug rennst. Heute fällt dir plötzlich ein, dass du mit mir wegfahren willst, und ich soll dir dafür um den Hals fallen? Ich kann hier nicht so einfach alles stehen und liegen lassen. Noch mal, ich muss arbeiten.«

»Es ist doch Samstag.«

»Ja allerdings. Wir haben Samstag! Und morgen ist Sonntag. Aber nicht für mich. Und das ist auch nicht das erste Wochenende, das ich durcharbeite.«

»Aber ... das konnte ich doch nicht wissen.«

»Wie denn auch, wenn du nie Zeit hast. Jetzt hab ich leider auch mal keine. Diese Scheiß-Kita baut sich nämlich nun mal nicht von selbst.«

»Also sag mal, wie redest du denn mit mir!«

»*Du* bist doch diejenige, die will, dass alles schnell fertig wird. Also haue *ich* mir die Wochenenden um die Ohren, damit *du* dein blödes Richtfest pünktlich feiern kannst.« Helena öffnet die Tür ihres Jeeps. »Tut mir leid, Clara. Schönes Wochenende. Und viel Spaß an der Ostsee.« Sie steigt ein, knallt die Tür zu und fährt los.

Clara steht wie angewurzelt da und schaut dem Auto hinterher.

***

Helena hat sich im Baucontainer verbarrikadiert. Sie hockt auf der Sitzbank und mit den Knien stemmt sie sich am Esstisch ab. Bei jedem Kippeln klopft die Bank metallisch an die Wellblechwand.

Der Rohbau steht, fast hätte sie das nicht mehr für möglich gehalten. Die vergangenen drei Wochen waren der blanke Horror. Täglich vierzehn Stunden auf der Baustelle und nachts noch im Büro. Keine Wochenenden, Schlafentzug. Erst auf die letzte Minute ist alles für das Richtfest fertig geworden, heute in den frühen Morgenstunden, als sie das Flatterband für die Absperrungen angebracht hat. Bei Flutlicht, Regen und mit steifgefrorenen Fingern.

Klack, klack ... Das Klopfen an die Wellblechwand lullt einen richtig ein. Holz auf Metall. Holz auf ... Nein! Jetzt bloß nicht einschlafen. Sie muss noch durchhalten, bis das Richtfest vorbei ist. Aber dann wird sie das gesamte Wochenende nichts anderes tun als schlafen. Klack ... Klack ... Und wenn sie wieder munter ist, wird sie Clara anrufen. Endlich die Funkstille beenden, die seit Samstag zwischen ihnen herrscht. Klack ... Klack ...

Draußen rumort es. Sicher das Catering. Die Stadt hat den Bauplatz zur Partylocation aufgestylt. Er wirkt, als hätte jemand fettes Make-up auf ein ungewaschenes Gesicht gelegt.

Helena blickt auf die Uhr. Dann will sie mal. Immerhin erwarten sie Würstchen, Kartoffelsalat und hoffentlich etwas Anerkennung für das, was sie die ganze Zeit geleistet hat.

Sie tritt durch die Tür. Der bis vorhin noch leere Platz ist jetzt voller Menschen. Ihre Männer sitzen an einer der Bierzeltgarnituren, Eltern bilden Grüppchen und neben dem Rohbau gestikuliert eine Frau mit einem Akkordeon vor der Brust vor einer Gruppe quirliger Kleinkinder.

Nicole ist auch schon da. Sie steht in einem wattierten Designermantel vor dem Gerüst und plaudert mit … dem Krüger? Was hat die denn mit dem zu schaffen?

Helena geht ein Stück über den Platz. Sie hält die Augen offen, denn sie möchte Clara nicht begegnen. Nicht in diesem offiziellen Rahmen und schon gar nicht, bevor sie sich wieder vertragen haben.

»Frau Kühn!«

Helena dreht sich um. Der Bauamtsleiter macht eine einladende Geste. Neben ihm steht der Landrat, den anderen Mann kennt sie nicht, doch die Frau im dunkelblauen Mantel dafür umso mehr. Clara!

Helena steht still. Kampf oder Flucht? Ihr Kleinhirn kann sich nicht entscheiden. Dabei bleibt doch keine Wahl. Sie bemüht sich um ein unbeschwertes Lächeln und tritt zu ihnen an den Stehtisch. »Hallo zusammen.«

Die Herren erwidern den Gruß verbal. Clara nickt nur kurz, mit schmalen Lippen.

Der Landrat zeigt auf den Rohbau. »Außergewöhnlich! Das wird ein Schiff, oder?« Jetzt schaut er zu Helena. »Ist sicherlich schwer umzusetzen, so ein Entwurf?«

»Na ja, eine gewisse Herausforderung ist das schon.«

Clara hebt die Augenbrauen. »Ich dachte, Frau Kühn, schräge Wände und eine windschiefe Dachkonstruktion passen so gut zu Ihnen?«

»Auf jeden Fall besser als quadratisch, praktisch, gut.«

Die Herren lachen. »Es scheint ja immerhin nichts einzustürzen«, sagt der Landrat. Wieder lachen alle. Außer

Clara. Ihr Blick bleibt kühl und distanziert. »Na Hauptsache, Frau Kühn, Sie sind mit sich zufrieden.«

Clara! Muss das sein? Helena zuckt mit den Schultern. »Luft nach oben ist immer.«

»Sind Sie es denn?«

»Was?«

»Zufrieden. Sind Sie zufrieden mit dem aktuellen Stand der Dinge?«

Helena schiebt ihre Hände in die Jackentaschen. In ihr regt sich etwas. Wut. In einem gewissen Maße ist es ja verständlich, dass Clara sauer ist. Aber dass sie deshalb hier in aller Öffentlichkeit Krieg führen muss, ist unverschämt. Sie hebt das Kinn und blickt ihr direkt in die Augen. »Ich bereue keine Minute, die ich in den letzten Wochen hier verbracht habe, Frau Habermanns.«

Claras Mundwinkel gehen zur Seite. Angepisst. Jetzt ist sie richtig angepisst. Aber sie ist selbst schuld. Sie hat schließlich angefangen zu stänkern.

»Wir sollten zur Tat schreiten«, sagt der Bauamtsleiter.

Clara nickt. »Ja. Das sollten wir.« Sie dreht sich weg und geht in Richtung Rohbau.

Vor dem Eingang steht das Mikrofon. Clara rückt es sich zurecht, macht eine kurze Sprechprobe, das Murmeln der Leute verstummt. Sie hält eine Rede. Feste Stimme, perfekt geformte Sätze. Clara leuchtet in der Wintersonne. Helena seufzt. Was ist zwischen ihnen nur passiert? Sie waren doch so glücklich miteinander. Voller Zuversicht, die Sache durchzustehen. Und nun? Hat sie der Alltag also doch ausgetrickst?

Helena schaut wie gebannt zu ihr hinüber. Ihr Blick dringt durch den dunkelblauen Mantel, durch die offizielle Kühle, tief in sie hinein. Clara. Da ist ihr wahres, liebenswertes Wesen.

Plötzlich ist da Wärme. Eine kleine Flamme, angefacht von einer sanften Brise. Ein leises Hoffen wird zum unbedingten Wunsch, dass ganz schnell alles wieder gut werden möge, zwischen ihnen beiden.

Clara zeigt auf den Rohbau. Lächelt. Redet. »... Nun aber möchte ich mich im Namen der Stadt Potsdam bei allen Beteiligten bedanken.«

Helena stellt sich gerade hin.

»Mein Dank gilt allen Handwerkerinnen und Handwerkern des Bauunternehmens Kühn sowie der Subunternehmen Wendlandt, Haberstroh und Kowalski.«

Es gibt Applaus.

»Ein ganz besonderes Dankeschön aber, möchte ich einer Frau aussprechen, die in den letzten Wochen und Monaten mit vollstem Einsatz dafür gesorgt hat, dass wir heute pünktlich unser Richtfest feiern können.«

Helena stutzt. Ihr Herz schlägt sofort schneller. Clara schaut in ihre Richtung. Oh Gott, Clara, das ist ja ...

»Vielen Dank für Ihr Engagement, Frau Stoldenberg.«

Applaus.

Helena sackt innerlich zusammen. Frau Stoldenberg! *Vielen Dank für Ihr Engagement, Frau Stoldenberg*. Helena bleibt der Mund offen stehen. Das war ein fester Schlag. Mitten in die Magengrube. Das tut weh. Unheimlich weh sogar. In diesem Zustand soll sie nun auf das Gerüst steigen, den Richtspruch aufsagen und Fröhlichkeit verbreiten?

Helena läuft los, wie in Trance, bis zum Rohbau. Stufe um Stufe steigt sie die Leiter empor und tritt auf das Gerüst. Über ihr baumelt der Richtkranz. Bunte Bänder hängen schlapp an ihm herunter. *Vielen Dank für Ihr Engagement, Frau Stoldenberg.*

Unten spricht der Landrat. Sie hört nicht hin. Wochenlang hat sie geschuftet. Zum Schluss rund um die Uhr. Aber Clara hat sie nicht einmal erwähnt. Nur ihre Arbeiter hat sie gelobt. Das war Absicht. Wie kann sie nur so sein! Der Landrat bekommt nun auch Applaus. Er zeigt auf das Gerüst. »Und hiermit übergebe ich das Wort an Frau Kühn.«

Alle schauen nun zu ihr herauf. Sie blickt von oben auf die Köpfe. Jemand reicht ihr ein volles Weinglas. Helena greift danach. Die Leute erwarten den Richtspruch, doch sie, sie fühlt sich falsch. Man macht sie zur Statistin, die nur eine winzig-kleine Rolle spielen darf. Dabei ist sie doch die Hauptakteurin hier.

Krampfhaft sucht sie nach passenden Reimen, in einem Kopf, in dem gerade alles durcheinander ist. Murmeln setzt ein, die Leute werden unruhig. Sie muss endlich etwas sagen.

Helena hebt ihr Glas. »Heute jubeln wir, das Haus steht fertig da, an jener Stelle hier, wo einst nur Erde war.«

Jubeln? Sie könnte heulen.

Nach einer kurzen Pause spricht sie weiter. »Die Architektin hat sich's ausgedacht, und alles haarklein überwacht.«

Vielen Dank für Ihr Engagement, Frau Stoldenberg. Helena beißt die Zähne zusammen. Wieder hebt sie das Glas in die Luft. »Auch den Bauherrn trifft mein Gruß, da er das hier bezahlen muss.«

Clara steht unten und dreht ihr den Rücken zu.

Helena tritt einen kleinen Schritt zurück. Das Leben ist nicht fair. Die einen machen die Arbeit, die anderen kassieren die Lorbeeren. Aber dass sie ausgerechnet von Clara übergangen werden muss! »Nun nehme ich das Glas zur Hand, gefüllt mit Wein, bis hin zum Rand.«

Sie setzt das Glas an die Lippen und trinkt. Sauer und kalt strömt der Wein durch ihre Kehle. Soll'n sie sich doch alle gegenseitig auf die Schultern klopfen. Ihr ist das so was von egal. Sie braucht kein Lob. Schon gar nicht von Clara. Ein letztes Mal hebt sie zu sprechen an. »Jetzt ist das Glas wohl ausgeleert und für mich weiter nichts mehr wert. Nun werf ich es zu Boden nieder, zerschmettert braucht es keiner wieder.«

Sie macht einen Ausfallschritt und eine weit ausladende Armbewegung. In dem Moment bündelt sich all der aufgestaute Ärger. Sie schleudert das leere Glas von sich. Es fällt und prallt auf den Boden. Scherben spritzen in alle Richtungen, spitze Schreie ertönen, Besucher springen zur Seite. Kurz herrscht Stille.

Wie aus dem Nichts ertönt das Akkordeon und die Kinder singen das Lied vom baggernden Bagger. Helena steht auf dem Gerüst und fühlt sich leer.

***

Helena ist zurück im Büro. Bevor sie in ihr Schlafwochenende abtaucht, wollte sie eigentlich noch schnell ein paar Kleinigkeiten erledigen. Doch es geht nichts von der Hand. Zu tief sitzt die Enttäuschung. *Vielen Dank für Ihr Engagement, Frau Stoldenberg.* Sie kann es immer noch nicht fassen.

Christiane ruft an. »Helena, ich habe jemanden von der Brandenburger Allgemeinen Zeitung dran, wegen der Kita.«

»Och Christiane, du weißt doch, dass ich so etwas nicht will.«

»Okay, ich sag ihm das.«

Ein Reporter von der Zeitung! Na der fehlte ihr heute gerade noch. Als ob sie nicht schon genug einstecken musste.

Das Telefon geht wieder.

»Ja!«

»Er lässt sich nicht abwimmeln.«

»Sag, ich bin nicht da.«

»Er schreibt den Artikel zum Richtfest und hätte nur eine fachliche Frage.«

Klar. Wahrscheinlich zu splitternden Weingläsern.

»Seiner Meinung nach wärst du vorhin nicht genügend gewürdigt worden. Das will er in der Zeitung nachholen.«

Was? Er will sie loben? In der Zeitung? Dann würde Clara morgen davorsitzen, den Artikel lesen und ein schlechtes Gewissen bekommen? Helena schließt die Augen und sonnt sich für einen Moment in dieser angenehmen Vorstellung.

»Willst du ihn nun sprechen, oder nicht?«

»Ja. Stell durch.«

»Hallo Frau Kühn, Holger Junghans von der Brandenburger Allgemeinen Zeitung, seien Sie mir herzlichst gegrüßt. Wir erstellen einen etwas ausführlicheren Beitrag zur neuen Kita Piratenhase, origineller Name übrigens, haha, äh, und dazu hätte ich nur ganz kurz ein paar wenige Fragen.«

Fragen? Sie dachte, eine einzige?

»Zuerst einmal danke, dass Sie sich die Zeit nehmen.«

»Hm.«

»Also. Unter anderem möchten wir in unserem Beitrag Sie und den ganz besonderen Erfolg Ihres Unternehmens in den Mittelpunkt stellen. Dazu haben wir schon mal ein wenig recherchiert. Offenbar war das Unternehmen Kühn bisher nur auf den Bau und die Sanierung von Wohnhäusern spezialisiert? Ist dem denn wirklich so?«

»Ja.«

»Dann ist diese Kita also Ihr erstes kommunales Projekt?«

»Ist es.«

»Sind weitere geplant?«

»Nein.«

»Ah. Dann erlauben Sie mir doch bitte die Frage, warum nicht? Liegt es vielleicht daran, dass der Bau von Anfang an unter keinem guten Stern stand?«

»Wie?«

»Nun, ich denke da an das Vergabeverfahren.«

»Das Thema war abgeschlossen. Haben Sie weitere Fragen, ich muss nämlich los.«

»Ja, nur noch kurz eine Frage. Wie kommen Sie denn überhaupt mit dem Budget aus?«

»Mit dem Budget? Was ... Gut natürlich.« Na, jetzt wird's aber seltsam. Das geht den überhaupt nichts an.

»Dann war es also hilfreich, dass sich die Oberbürgermeisterin persönlich für den Bau eingesetzt hat?«

»Äh, hören Sie, es gab eine ganz reguläre Ausschreibung!«

»Aber dann hat die Oberbürgermeisterin das Auftragsvolumen nach oben angepasst, damit Sie den Auftrag bekommen, richtig?«

»Nein. Also, das stimmt doch so überhaupt nicht. Das hat der Stadtrat entschieden.«

»Das deckt sich aber nicht mit unseren Informationen.«

»Herr Junghans, ich denke, wir sollten dieses Telefonat jetzt beenden.«

»Demnach müssen Sie ja einen ganz besonderen Draht zur Oberbürgermeisterin haben?«

»Hörn Sie, was ich privat mache, spielt hier überhaupt keine Rolle!«

»Oh ... ach so ... Verstehe ich das gerade richtig? Sie haben also privat eine Beziehung zu Frau Habermanns?«

Was? »Nein! Hab ich nicht. Wie kommen Sie denn darauf! Ich habe keine Beziehung zu Frau Habermanns. Wir haben keine Beziehung.«

»Danke, Frau Kühn. Ich danke Ihnen sehr für das Gespräch.«

***

Samstag, zehn Uhr morgens. Clara sitzt in ihrer Küche und schlägt die Zeitung auf. Sie blättert direkt zum Lokalteil. Mal schauen, was man heute so zum Richtfest schreibt.

Da ist ein Bild von ihr vor dem Gerüst. Es ist ganz gut getroffen. Sie überfliegt den Artikel, dann liest sie ihn noch mal in Ruhe. Man beschreibt den Rohbau und den Ablauf des Richtfestes, dann kommen Kommentare. Von Handwerkern, Eltern, dem Landrat. Durchweg positiv. Clara blättert auf die nächste Seite.

Da ist ein Bild von Helena! Auf dem Baugerüst. Das Weinglas in der Hand. Ihr Blick ist kalt und leer.

Bauunternehmerin Helena Kühn dementiert Liebesbeziehung zur Oberbürgermeisterin

... In einem Telefoninterview erklärt Helena Kühn ausdrücklich, dass zwischen ihr und der Oberbürgermeisterin Clara Habermanns keine private Beziehung besteht und weist somit sämtliche, seit Wochen kursierende Gerüchte über ein Verhältnis zwischen ihnen beiden strikt von sich. ...

Mein Gott Helena! Clara wird heiß. Wir hatten doch ... du solltest doch ... wir wollten ... Das Herz schlägt schnell. Sie fährt sich durchs Gesicht, schaut auf den Artikel, liest ihn wieder und wieder. Dann greift sie zum Handy. Es ruft eine Ewigkeit, bis Helena endlich rangeht.

»Clara? ... Morgen.«

»Was hast du dir dabei gedacht!«

»Wobei denn?«

»Liest du keine Zeitung?«

»Ich schlafe noch.«

»Schau bitte rein. Lokalteil.«

»Pfff ... Moment. Da muss ich erstmal zum Briefkasten gehen.«

Stille. Nur das Herz schlägt immer noch so laut. *Seit Wochen kursierende Gerüchte über ein Verhältnis?* Das darf nicht wahr sein. Clara trommelt mit den Fingerkuppen auf der Tischplatte. Sekunden, eine Minute, noch eine, endlich raschelt was durchs Telefon.

»Und? Hat es dir jetzt die Sprache verschlagen?«

»Ja.«

»Was soll das, Helena!«

»Ich ... Das hab ich doch so überhaupt nicht gesagt!«

»Wie denn dann?«

»Der hat so blöd gefragt, da wusste ich nicht, wie ...«

»Nach einer Liebesbeziehung?«

»Nein, das nicht. Also nicht direkt.«

»Dachte ich mir. Die zerren nicht so einfach das Privatleben einer Politikerin in die Öffentlichkeit. Zumindest nicht, ohne einen Zusammenhang zu irgendeiner Angelegenheit, die von allgemeinem Interesse ist. Aber du musst wieder ... Verdammt, Helena, immer deine Spontan-Aktionen!«

»Das gestern auf dem Richtfest war daneben, Clara! Total!«

Clara schluckt. Das weiß sie selbst. Sie hat Privates in der Öffentlichkeit ausgetragen. Entgegen aller Vorsätze. Aber nur, weil ... Helena war schuld. Sie hat sie provoziert.

Clara betrachtet das Bild in der Zeitung. Helenas Blick, auf dem Gerüst, er wirkt so unberechenbar. Sie dementiert ihre Beziehung in aller Öffentlichkeit. Wer weiß, was noch alles kommt, wenn sie beide die nächste kleine Auseinandersetzung haben. Sie schließt die Augen. Es ist ihr Ruf, den

Helena beschmutzt. Ihrer, und der der ganzen Stadt. Das ist unverantwortlich!

»Clara?«

»Ja.«

»Was machen wir denn jetzt?«

»Nichts mehr im Moment.«

»Was?«

»Wir machen nichts mehr miteinander. Ich brauche eine Pause.«

»Wie meinst du das?«

»So, wie ich es gesagt habe.«

»Du meinst … Doch nicht etwa eine Beziehungspause! Nein, Clara, das hatte ich schon mal, das bringt überhaupt gar nichts.«

»Wir brauchen beide etwas Abstand.«

»Nein!«

»Doch.«

»Wozu?«

»Im Moment haben wir keine Chance. Bau die Kita fertig, dann sehen wir weiter. Bis dahin bleiben wir in lockerem Kontakt.«

Lautes Atmen dringt durchs Telefon. Gleich kommen tausend Argumente, die dagegensprechen, doch darauf hat sie keine Lust. Ihr ist das alles zu viel. So steht sie das nicht durch. »Bis später, Helena. Glaub mir, es ist besser so.«

Clara legt das Handy weg, starrt in die Stille ihrer Küche. Eine Art Erleichterung macht sich breit. Sie musste das jetzt tun. Es ging nicht anders.

***

Am Montagmorgen weht ein eisiger Wind, und es riecht nach Schnee. Helena schiebt sich ihre Holzkiste hinter den Bagger, dreht sie um und setzt sich drauf. Sie fühlt sich leer, wie ausgelaugt, sie will noch nicht nach oben ins Büro.

Sie stützt die Ellenbogen auf die Knie und starrt ins Nichts. Normalerweise liebt sie es, hier zu sitzen. Hier kommt sie zu sich selbst, fühlt sich sicher und kann die Gedanken ordnen. Hier tankt sie neue Kraft. Normalerweise, heute klappt das nicht. Heute fühlt sie nur die Kälte.

Sie haucht in die Hände, reibt sie aneinander und steckt sie in die Jackentaschen. Alle ziehen sich von ihr zurück. Zuerst war es Josie, die sie hängen gelassen und nicht ein einziges Mal in Potsdam besucht hat. Dann ihre Mutter, die, nachdem alles Organisatorische geklärt war, mit Sack und Pack von dannen gezogen ist. Und jetzt auch noch Clara. Sie kann es nicht verstehen. Warum nur, Clara! Du hast gesagt, dass wir das schaffen, und auf einmal knallst du mir die Türe vor der Nase zu. Beziehungspause. Was für eine bescheuerte Idee! Aber ihre Meinung ist ja wieder mal nicht wichtig. Clara hat entschieden, und Widerspruch wird keiner akzeptiert. Sie hat ja auch sonst immer alles bestimmt. Ob und wann sie sich treffen und wie lange sie beieinander sind. Clara tauchte auf und verschwand, wie es ihr passte. Ganz nach ihren eignen Regeln. Und als sie mit diesem Wellnesswochenende ankam, war sie noch beleidigt, weil …

Helena steht auf. Es nützt nichts mehr, sich drüber aufzuregen. Außerdem muss sie endlich nach oben.

Im Büro ist es warm, und es riecht angenehm nach Christiane, die offenbar gerade irgendwo im Gebäude unterwegs ist.

Helena zieht die Jacke aus und setzt sich an den Schreibtisch. Hier stehen schon die Kaffeekanne und ihre Lieblingstasse bereit. Beides auf einer Serviette. Aber das Beste sind die frisch gebackenen Kekse in einer kleinen Schale aus Porzellan. Helena nimmt sie und führt sie an die Nase. Butter und Kakao. Ach Christiane. Sie wird den Zeitungsartikel gelesen haben und weiß offenbar mal wieder ganz genau, was sie jetzt braucht. Überhaupt wäre Christiane wohl die Einzige, mit der sie über die Sache mit Clara sprechen könnte. Irgendwann vielleicht einmal.

Helena schenkt sich Kaffee ein und steckt sich eins der Plätzchen in den Mund. Sein Geschmack hält, was der Geruch versprochen hat.

Sie fährt den Computer hoch. Gleich hat sie den Termin mit diesem Frauenpaar, das sich ein gemeinsames Heim wünscht. Vier Zimmer, zwei Bäder und einen hohen Zaun um den Garten. Auslauf für den Hund. Helena stellt die Tasse ab. Wie sehr hätte sie sich mit Clara mal ein gemeinsames Projekt gewünscht. Einen Herd kaufen, eine Versicherung abschließen oder sogar ein Testament machen.

»Helena?«

»Christiane! Guten Morgen.«

Christiane sieht zerknittert aus. Sie setzt sich auf den Stuhl gegenüber und schaut sie eigenartig an. »Helena, ich vermute, dir geht es heute nicht besonders gut, aber ich muss trotzdem mal mit dir reden.«

Helena winkt ab. »Dank deiner Fürsorge gehts mir schon viel besser.« Christiane ist ein Segen. Wenn sie die nicht hätte. Sie ist die Einzige, auf die sie sich wirklich verlassen kann.

»Ich kündige, Helena.«

Helena durchfährt ein Blitz.

»Ich kann einfach nicht ohne meinen Mann sein. Er ist jetzt seit einem halben Jahr in München, fühlt sich dort total wohl, es ist sein Traumjob, deshalb ... ich ... ach Helena, es tut mir wirklich leid.« Christiane ringt mit den Tränen.

Helena schaut sie an und spürt ... nichts. Dabei wäre sie doch jetzt eigentlich diejenige, die heulen müsste oder schreien. »Wann?«, haucht sie in den Raum.

»Ich suche dir erst Ersatz, Helena.«

Ersatz? Den wird es niemals geben. Nicht für Christiane, die ihr fest versprochen hatte, für sie da zu sein.

Christiane redet weiter. Viele nutzlose Worte. Helena senkt den Kopf. Es war idiotisch zu vertrauen. Langsam steht sie auf, nimmt Papas alte Wattejacke vom Haken und verlässt das Büro. Sie will zurück hinter den Bagger. Auf ihre Kiste.

19.

Ein dreiviertel Jahr später

Helena schiebt rote Bobbycars beiseite und inspiziert den Boden. Jetzt sind alle Sockelleisten bündig angebracht. Sie richtet sich auf und macht einen Haken auf ihrer Liste. Dann ist dieser Gruppenraum der neuen Kita also auch perfekt.

Sie schaut sich um. Die kleinen Tische mit den Stühlchen, das niedrige Bücherregal auf Rädchen, die Miniküche mit Backofen, Kühlschrank und Tresen – sie kommt sich vor wie Schneewittchen bei den sieben Zwergen.

Nebenan im Bad stehen die winzigen Toiletten. Gut, dass die noch rechtzeitig geliefert worden sind. Helena drückt die Spülknöpfe, fährt mit dem Finger über die Fugen der Anschlüsse – alles ist trocken. Wieder macht sie einen Haken auf die Liste. Das war der letzte Punkt. Was bei der Bauabnahme noch bemängelt wurde, ist behoben.

Sie geht aus dem Zimmer, den Flur entlang, vorbei an den Garderoben aus Holz. Noch ist alles unbenutzt. Aber bald, wenn Leben herrscht, wird es hier wuseln, plappern und wie in einer Kita riechen: leicht süßlich nach Kräutertee, Kartoffelsuppe und Schweißfüßchen.

Helena steigt die Treppen hinunter. Die Eimer und die Kabelrollen werden heute Abend noch abgeholt, dann ist ihr Job hier endgültig erledigt. Die Kita ist fertig und kann morgen eröffnet werden. Gott, ist sie nervös. Wegen der

Eröffnung und ... wegen Clara. Wie wird es wohl sein, wenn sie sich morgen begegnen? Das erste Mal wieder, seit dem Richtfest. Werden sie sich in die Augen schauen? Wird Claras Hand warm sein, oder eher kühl? Helena fährt mit den Fingern über das Treppengeländer. Seit Wochen lebt sie nur für diesen Moment, probt in Gedanken, was sie zu ihr sagt, morgen beim Festakt und dann am Abend, wenn sie sie anruft und fragt, ob ihre Beziehungspause denn nun ein Ende hat. Nach all der langen Zeit, in der sie Tag für Tag geschuftet hat, um ihren Teil der Abmachung schnellstmöglich zu erfüllen. Sie hat die Kita fertiggebaut. Von ihrer Seite ist alles getan. Jetzt liegt es nur noch an Clara.

Helena tritt ins Freie. Auch hier draußen ist alles bereit. Der Sandkasten ist säuberlich geharkt, fast wie ein Zengarten, die Schaukeln schwingen sachte im Wind und auf dem frisch lackierten Dach des Gerätehäuschens flimmern die letzten Abendsonnenstrahlen.

Sie geht ein paar Schritte und dreht sich um. An der Fassade klebt der hölzerne Piratenhase und zwinkert ihr zu. In diese fröhlich-bunte Kita werden nun also Kinder vieler Generationen gehen, hier spielen, auf den kleinen Toiletten sitzen oder das Essen nicht mögen. Sie werden tränenreiche Eingewöhnungsstunden überstehen, Freunde finden, Erfahrungen machen dürfen, oder auch müssen, bevor sie ein paar Jahre später mit einer Schultüte in den Händen in eine nächste Lebensphase weiterziehen. Helena verschränkt die Arme vor der Brust. Das kleine Bauunternehmen Kühn hat eine richtig schmucke Kita hinbekommen. Einen Fixpunkt für die Stadt. Was würde Papa dazu sagen? Keine Frage. Er wäre stolz auf sie.

Helena holt tief Luft. Wie oft hat sie sich in den vergangenen Monaten genau diesen Moment vorgestellt. Wie sie glücklich und zufrieden auf das fertige Bauwerk blicken wird. Das Hochgefühl, das alle Strapazen vergessen lässt, in ihrer stillen, ganz privaten Feierstunde. Doch jetzt, wo sie hier endlich steht, will sich dieses Hochgefühl einfach nicht einstellen. Wegen Clara. Sie sehnt sich unendlich nach ihr und vermisst sie mehr, als sie das je für möglich gehalten hätte. Mit jedem Tag und jedem ihrer knappen Telefonate wurde es schlimmer. Doch in gleichem Maße wuchs die Sorge, dass es Clara nicht genauso gehen könnte. Dass sie womöglich gar nicht mehr so viel für sie empfindet.

Helena dreht sich um und geht in Richtung Tor. Im Vorbeigehen zieht sie ein welkes Blatt von einem frisch gepflanzten Strauch. Morgen wird sie Gewissheit haben. Nur noch einmal schlafen.

***

Clara tritt aus der Toilette und wäscht sich die Hände. Zweiundzwanzig Uhr. Die Fraktionssitzung hat mal wieder länger gedauert, als vermutet. Mit den Hauptthemen sind sie durch, was jetzt kommt, ist nur noch Geplänkel. Eigentlich könnte sie dann auch ihre Sachen holen und schon mal verschwinden. Morgen ist ein besonderer Tag. Auf den hat sie so sehr gewartet. Mit ein wenig bangen Gefühlen, aber voller Sehnsucht. So richtig kann sie es auch immer noch nicht glauben, dass es endlich so weit ist. Dass nun die Chance auf ein Leben zu zweit besteht. Gemeinsam mit Helena. Wenn sie das noch will.

Sie schlendert zurück zum Versammlungsraum.

Von dort kommt Gelächter. Die Tür steht einen Spalt offen.

»Sie sieht wirklich schlecht aus.«

»Findest du?«

Clara bleibt neben dem Türspalt stehen.

»Schau sie dir doch an. Sie war zwar noch nie eine Stimmungskanone, aber seit einiger Zeit wirkt sie nur noch wie fremdgesteuert.«

»Seht ihr, ich sags ja. Clara hat private Probleme. Wahrscheinlich läuft es nicht mehr, zwischen ihr und der Kühn.«

Clara zuckt zusammen. Das ist ja ...

»Ich denke, da war nichts?«

»Zeitungsartikel erscheinen nie ohne Grund.«

»Lasst sie doch mal in Ruhe. Das geht uns nichts an.«

»Doch! Das kostet *uns* Wählerstimmen.«

»Die Mehrheit der Bürger ist toleranter, als du denkst.«

»Ha! Nee. Sicher gibt es welche, denen is so was völlig wurscht. Aber viele sagen auch nur, dass es ihnen wurscht ist, aber denken, denken tun die völlig anders.«

Clara schluckt. Sie steht wie angewurzelt. Sie dachte, die Sache wäre längst erledigt, aber offenbar lag sie da völlig falsch. Sie muss da rein. Muss das stoppen. Aber ihr Körper gehorcht nicht.

»Ich bleib dabei, die haben doch was miteinander.«

»Ach Matthes. Du immer mit deinen Vermutungen.«

»Woll'n wir wetten?«

»Wie willst du das denn rausfinden?«

»Na morgen.«

»Morgen?«

»Zur Kita-Eröffnung. Kommt von euch noch jemand?«

»Ich.«

»Ich auch.«

»Na dann, behalten wir die beiden morgen mal im Auge. Wenn, verrät sich sowieso die Kühn. Die soll ja ziemlich temperamentvoll sein.«

Gelächter.

Es reicht! Clara holt tief Luft. Mit einem Ruck öffnet sie die Tür und geht hinein.

Große Augen, betretene Gesichter.

»Stör ich?«

»Äh, Clara, nein. Also wir haben gerade wegen …«

»Hört mal, wenn ihr irgendein Problem habt, dann sagt mir das. Aber bitte offen und ehrlich. Und nicht hinter meinem Rücken.«

Stille. Achselzucken.

Clara greift nach ihrer Tasche und presst die Finger um die Henkel. Wie anmaßend! Anmaßend und scheinheilig!

Am liebsten würde sie jetzt voller Genugtuung sagen, dass sie und Helena ein Paar sind. Aber ... sind sie das denn wirklich noch? Die lange Pause, nur ab und zu ein belangloses Telefonat, wie soll sie sich da sicher sein? »Lasst mein Privatleben in Ruhe«, presst sie hervor.

»Aber Clara, wir woll'n doch nur ... falls da wirklich etwas ...«

»Stopp! Ihr habt es doch damals gelesen! Da ist nichts zwischen uns!« Sie dreht sich um und geht zur Tür. Sie verlässt den Raum, läuft den Flur entlang, die Treppe nach unten. Die Beine bewegen sich, aber es ist, als würde sie in ein dunkles Loch hinabsteigen.

***

Helena betritt die Kita. Feuchter Dunst schlägt ihr entgegen. Tagelang war mildes Herbstwetter, doch ausgerechnet heute regnet es. Sie schaut sich um. Aufgekratzte Kinder wuseln zwischen Beinen von Erwachsenen. Es riecht nach Kaffee und Kuchen, nach Sekt und nach Schweiß. Aber am schlimmsten ist der Lärm. Ein wüstes Durcheinander von redenden Eltern, Kindergeschrei und Musik. *Kita ist mehr,* von Rolf Zuckowski.

»Entschuldigung?«

»Oh, sorry.« Helena tritt zur Seite.

Zwei Männer mit Kameras und Mikrofonen schieben sich an ihr vorbei. Helena schaut ihnen hinterher. Die Kita ist fertig und selbst wenn sie und Clara heute zusammen fotografiert werden, wäre das egal. Clara. In wenigen Minuten treffen sie aufeinander.

Sie geht ein paar Schritte und schaut in verschiedene Räume. Überall toben Kinder. Im Kreativraum steht ein Kuchenbuffet. Käsekuchen, Obstkuchen, Brownies und Marmorkuchen, mehr oder weniger aufgegangen oder schon wieder zusammengefallen, windschief, überladen mit bunten Streuseln, Smarties, Gummibärchen oder Schokolade. Helena geht weiter. Sie will keinen Kuchen. Sie will Clara.

Auf dem Flur kommt ein kleiner blonder Junge angestürmt. Arme fuchtelnd, Blick zur Seite. Helena stoppt. »Vorsicht!«

Zu spät. Der Junge knallt ihr gegen die Oberschenkel und bleibt dran kleben. Aus einem schokoladenverschmierten Gesichtchen blicken zwei aufgerissene Augen zu ihr hoch.

»Mensch! Pass doch auf!«

Der Junge springt zur Seite und rennt davon. Hoffentlich hat das keiner gesehen. Sonst steht morgen womöglich in der Zeitung: *Bauunternehmerin Helena Kühn ist kinderfeindlich.*

Sie blickt an sich hinunter. Schokolade auf der hellen Jeans. Na toll! Clara wird sich ihren Teil denken. Sicher ist sie jetzt schon im Gebäude.

Nicole kommt um die Ecke und hat drei Herren im Schlepptau. »Na Frau Kühn?«

»Hallo.«

Nicole stellt sie einander vor. Helena schüttelt Hände, macht ein freundliches Gesicht und gibt ein paar Daten zum Bau von sich. Eigentlich sinnlos, denn die Herren haben eh nur Augen für Nicole. Die schiebt mal wieder ihre Locken hinters Ohr. »Tja meine Herren, Sie sehen, man hat mir meinen Entwurf vernünftig umgesetzt. Kommen Sie, ich zeige Ihnen noch …« Nicole dreht sich weg, läuft los in Richtung Treppenhaus und die drei Herren hinterher.

MAN hat mir meinen Entwurf vernünftig umgesetzt. Also wirklich, Nicole mit ihrem Geltungswahn. Aber … eigenartig, auch der ist ihr gerade ganz egal.

Helena geht zurück zum Eingangsbereich. Hier sammelt sich schon alles. Vorn stehen Kinder in bunten Kostümen. Gleich wird der offizielle Teil beginnen und Clara ihre Rede halten. Da ist auch der Bauamtsleiter mit ein paar Leuten von der Stadt und hinter ihm der Landrat. Aber Clara?

»Frau Kühn, ich grüße Sie!«

Helena schnellt herum. »Herr Krüger.«

»Glückwunsch, Frau Kühn, dass der Bau erfolgreich abgeschlossen ist.«

»Danke, Herr Krüger. Wo wir uns gerade treffen, Sie haben noch was bei mir offen.«

»Na, das gehört jetzt aber nicht hierher.«

Helena zuckt mit den Achseln und dreht sich von ihm weg. Idiot. Der soll gefälligst endlich mal die Rechnung für seinen sauteuren Pool bezahlen.

Die Kita-Leiterin bittet um Ruhe, stimmt ein Lied an und die Kinder singen.

… Atemlos, groß und klein, zieh'n wir in die Kita ein. …

Helena schaut sich um. Wo, verdammt, ist Clara? Sie wandert alle vorn- und umstehenden Personen mit den Augen ab. Irgendwo muss sie ja sein. Die Kita ist doch ihr Vorzeigeprojekt. Ihre ganz persönliche Herzensangelegenheit.

… Atemlos, Hand in Hand, kommen alle angerannt …

Helena wischt sich über die Stirn. Hier drin wird's immer heißer. Halbherzig beteiligt sie sich am Applaudieren.

Die Kita-Leiterin hält eine Eröffnungsrede. Helena hört nicht zu. Sie sucht weiter nach Clara.

»... Und hiermit übergebe ich das Wort an den stellvertretenden Oberbürgermeister der Stadt Potsdam.«

Helena bleibt der Mund offen. Claras Stellvertreter?

»Meine Damen und Herren, lassen Sie mich als erstes ein Grußwort der Oberbürgermeisterin überbringen. Leider musste sie ganz kurzfristig absagen. Aus unaufschiebbaren terminlichen Gründen. Sie bedauert das sehr und wünscht ...«

Helena schnappt nach Luft. Neben ihr ist Getuschel. Eine Frau lehnt sich zum Krüger. Beide grinsen.

Scheiße. Was ist hier los? Wo ist Clara? Unaufschiebbare terminliche Gründe? Was nur kann denn wichtiger sein als das hier!

Helena stützt sich auf einen Stehtisch. Sie fühlt sich plötzlich wie erschlagen. Das hier ist keine der Varianten, die sie sich für den Ausgang des Nachmittages vorgestellt hat.

»... ein Dankeschön an alle, die für die Umsetzung des Baus verantwortlich sind ...«

Terminliche Gründe. Etwa ein Vorwand?

»Ein ganz besonderer Dank geht an die Firma Kühn aus Potsdam.«

Helena schrickt auf.

Vorn stehen die Kita-Leiterin, der stellvertretende Bürgermeister und Nicole. Alle schauen zu ihr her. Offenbar wird sie da vorn erwartet.

Sie setzt sich in Bewegung. Es läuft sich wie auf heißen Kohlen. Von allen Seiten kommt Blitzlicht. Sie stellt sich neben Nicole und dreht sich zu den Zuschauern. Lächeln. Unbedingt lächeln.

Derselbe Junge, mit dem sie vorhin zusammengestoßen war, hält ihr einen Blumenstrauß entgegen. Jetzt grinst er sie breit an. Jemand muss ihm seinen Mund gewaschen haben.

Noch mehr Blitzlicht. Applaus. Aber sie hat doch Schokolade auf der Hose!

Jemand nimmt ihr den Blumenstrauß wieder ab. Man schiebt ihr einen Haufen großer Holzklötze hin. Ein paar Würfel, ein Dach, rot angemalt. Sie, der stellvertretende Bürgermeister und Nicole sollen um die Wette Häuser bauen. Helena schluckt schwer. Clara ist nicht da, und sie muss Spiele spielen!

»Auf die Plätze, fertig, los!«

Helena bückt sich, schiebt drei der Würfel nebeneinander. Die Kinder kreischen, klatschen, feuern sie an. Es schrillt wie lauter Trillerpfeifen in den Ohren. Helena schwitzt. Die Haare stören im Gesicht.

Sie stellt die nächste Reihe Würfel obendrauf. Clara, wo bist du nur? Lässt mich hier einfach alleine. Sie greift nach dem Dach.

»Aus!«

Helena richtet sich auf und schaut neben sich. Vor Nicole steht ein gelbes Würfelhaus. Sie hat die Arme hochgerissen und lässt sich feiern. Der stellvertretende OB hat grün und ist eigentlich auch fertig. Nur sie selbst, die Bauunternehmerin, sie hat es nicht geschafft. Sie hat das Dach zwar in der Hand und setzt es jetzt noch obendrauf, aber das zählt nicht mehr. Sie ist die Verliererin.

***

Am nächsten Morgen schleicht Helena die Stufen zu ihrem Büro hinauf. Sie hat kaum geschlafen. Nicht nur, dass Clara gestern nicht gekommen ist, nein, sie ist auch nicht ans Telefon gegangen und hat auf keine Nachricht reagiert.

Helena bleibt auf dem Treppenabsatz stehen. Sie wird es heute weiter versuchen, und zwar so lange, bis sie Clara endlich erreicht hat. Jetzt aber steht ihr erst einmal etwas ganz anderes bevor. Etwas sehr Unangenehmes.

Sie nimmt die restlichen Stufen in den ersten Stock und betritt das Vorzimmer. »Morgen Christiane. Bin etwas spät dran heute.«

Christiane lächelt das gewohnte *Kein-Problem-ich-hab-doch-hier-alles-im-Griff–Lächeln.* Die junge Frau neben ihr springt vom Stuhl auf, macht einen Schritt auf Helena zu und reicht ihr die Hand. »Da bin ich, Frau Kühn.«

Helena nimmt die Hand von Silke Schmidt, ihrer neuen Assistentin. Hatte sie die wirklich eingestellt? An den schwarzen, streng gebundenen Pferdeschwanz und den Tunnel im Ohr kann sie sich ja noch erinnern. Aber Tattoos auf beiden Armen? Und vor allem, irgendwie kommt die ihr jetzt neben Christiane aber verdammt jung vor. »Willkommen Frau Schmidt. Guten Start bei uns.«

»Ich zeige Frau Schmidt noch das Ablagesystem und die Aufbereitung der Buchhaltung. Dann sind wir mit der Einweisung durch. Noch ein, zwei Stündchen, Helena, dann bin ich weg.«

Helena nickt und geht rüber in ihr Büro.

Christiane verlässt sie. Ihre Christiane. Seit Monaten verdrängt sie den Gedanken daran, hat gehofft, es möge doch nicht dazu kommen, aber leider … Sie stützt den Ellenbogen auf die Schreibtischplatte, legt die Faust an die Lippen, drückt die Zähne in die Fingerknöchel. Was soll sie denn mit diesem Mädel da drüben? Nie im Leben kann die ihr ihre Christiane ersetzen.

Von drüben kommt Gemurmel.

»Silke, am besten, du erledigst immer gleich, was Frau Kühn von dir will. Geduld ist nicht gerade ihre Stärke.«

»Yepp.«

»Ich meine ja nur. Bleib einfach immer ruhig und nimm vor allem nichts persönlich. Frau Kühn ist manchmal etwas impulsiv, aber sie meint das nicht so. Sie will nur, dass hier alles läuft.«

»Klaro. Ich bin ja nicht aus Zucker.«

Von drüben kommt Christianes Lachen. Muss sie wirklich heute gehen?

Der Computer ist hochgefahren. Krügers Rechnung für den Pool. Er schuldet ihr knapp hunderttausend Euro, obwohl er seit Wochen badet. Warum hat sie nur weitergebaut, obwohl er die Abschläge nicht gezahlt hat? Sie könnte sich ohrfeigen. Am besten schreibt sie ihm noch eine Mail. Sie braucht dringend das Geld. Die große Schlussrate für die Kita steht auch noch aus. Nicole meinte, es dauere noch ein paar Tage, wegen irgendwelcher Gremien und Prüfungen. Helena legt das Gesicht in ihre Hände. Sie hat schon wieder kaum noch Geld, Clara ist verschollen und jetzt auch noch Frau Schmidt!

»Helena?«

Helena hebt den Kopf. Vor ihr steht Christiane. Jetzt kommt der Abschied. Abschiede gehören zum Leben und sind eigentlich keine große Sache. Aber dieser hier, der wird etwas Besonderes. Sie steht auf, geht zur Schiebetür und zieht sie zu. Diese letzten Minuten möchte sie mit Christiane ganz alleine sein. »Kannst du nicht doch bleiben?«

»Du hast jetzt Silke Schmidt. Die ist ganz pfiffig, glaub mir.«

»Die ist doch viel zu jung.«

»Unterschätz die Jugend nicht, Helena. Vielleicht hilft sie dir mehr, als ich es jemals konnte.«

»Ohne dich hätte ich das alles nicht geschafft.«

»Ach was. Du warst schon immer stark. Ich hab von Anfang an an dich geglaubt. Obwohl es mir sehr leidgetan hat, dass du so viel für diese Firma aufgeben musstest.«

»Das war ich meinem Vater schuldig. Er hätte es so gewollt.«

»Er hätte aber auch gewollt, dass seine Tochter glücklich ist.«

»Sehe ich etwa unglücklich aus?«

Christiane kommt näher. Sie deutet ein Nicken an, breitet die Arme aus und umfasst Helenas Schultern. »Pass auf dich auf, Helena, hörst du?«

Helena wird herangezogen. Sie mag keine Umarmungen, doch diese hier lässt sie geschehen. Ein allerletztes Mal will sie das Gefühl haben, sich anlehnen zu können, bevor sie hier völlig alleine dastehen wird. Christianes Haare kitzeln an der Wange. Helena schließt die Augen und atmet den Parfümgeruch, mit dem sie hier jeden Morgen empfangen wurde. »Mach's gut Helena, wir telefonieren regelmäßig.«

Klar. Telefonieren. Zuerst einmal im Monat, dann aller Vierteljahre, zum Schluss nur noch Weihnachten und an Geburtstagen und dann irgendwann ... »Sicher, Christiane, das machen wir. Und danke. Danke für alles.« Helena schluckt. Bloß keine Tränen.

Christiane dreht sich um und geht.

»Lass die Tür bitte wieder offen!«

Helena setzt sich wieder an ihren Schreibtisch. Christiane war immer dort drüben in Sichtweite. Jetzt sitzt da diese Silke Schmidt. Aber sie hatte ja keine Wahl. Frau Schmidt war die einzig passende Bewerberin nach monatelanger Suche. Was sind das nur für Zeiten!

Frau Schmidt blickt auf, direkt zu ihr. Die Lippen leicht offen, macht große Augen. Jetzt lächelt sie und winkt ihr zu?

Helena schaut schnell zurück auf ihren Monitor. Die weiß wohl nicht, was sich gehört. Um ein Haar hätte sie noch zurückgewunken.

Helena sitzt still. Im Kopf kreisen Clara, Schulden und Christiane. Clara, Schulden ...

Auf dem Bildschirm ploppt eine Mail von Nicole auf. Helena überfliegt den Inhalt. Nach einer Schrecksekunde springt sie auf und jagt aus dem Büro. »Ich muss dringend weg, Frau Schmidt!«

***

Clara betritt die Kantine vier Minuten nach zwei. Hier und da sitzt eine einzelne Person vor einem Plastiktablett am Tisch und löffelt gedankenversunken oder Smartphone lesend vor sich hin. Alles Leute, die ihre Ruhe haben wollen. Genauso wie sie selbst gerade.

In den Behältern am Tresen sind um diese Uhrzeit nur noch klägliche Reste von irgendwas. Einer der Köche schabt mit dem Pfannenwender in einer Schüssel. »Oh, Frau Habermanns, so spät noch?«

»Ging leider nicht eher.«

»Warten Sie, ich hab noch Auflauf.« Er verschwindet in der Küche und kommt mit einem Edelstahlbehälter in der Hand direkt wieder zurück. »Hatte ich gerade erst weggeräumt, is noch lauwarm. Woll'n se den?«

Clara reckt den Kopf. Nudelauflauf mit Gemüse. Das mit Abstand fadeste Gericht, das sie hier kennt. Aber egal. Sie hat eh keinen Appetit. Er könnte ihr jetzt sonst was anbieten, es käme aufs Gleiche raus. Sie nickt. »Gerne. Danke.«

Mit einem überladenen Teller geht sie bis ganz nach hinten an den allerletzten Tisch. Ab und zu schaut einer auf und grüßt sie. Clara erwidert mit stummem Nicken. Ihr ist klar, dass ihr Lächeln gekünstelt wirkt. Aber was solls. Sie ist ja eh nur das Zugpferd, meinen die Parteikollegen. Hauptsache, sie funktioniert, weil das sonst Wählerstimmen kostet. Bitte. Soll'n sie haben. Aber zum *Nur-Funktionieren*, da braucht es auch kein echtes Lächeln.

Sie stellt ihr Tablett ab, setzt sich und stochert mit der Gabel im Auflauf. Die Käseschicht ähnelt einem ausgetrockneten Flussbett. Der pampige Klumpen darunter lässt sich nur schwer in mundgerechte Stücke zerteilen und schmeckt noch lascher als erwartet. Sie spült den mehligen Geschmack mit Apfelschorle runter.

Der Auflauf passt zu ihrem Zustand. Seit der Fraktionssitzung fühlt sie sich wie gelähmt. Sie kommt einfach nicht darüber weg. So also redet man hinter ihrem Rücken über sie.

Sie holt ihr Handy aus der Blazertasche und legt es neben ihr Tablett. Sie muss Helena anrufen. Auf ihre Nachrichten antworten. Ihr alles erklären. Aber wie? Sie kommt sich so schäbig vor. Sie hat sie verleugnet, wieder mal, in aller Deutlichkeit. Und warum? Um ihr eigenes Gesicht zu wahren und weiter mitspielen zu dürfen in diesem Theater, wo sich offenbar nur jeder selbst der Nächste ist. Weil sie in jenem Moment eben doch Angst davor hatte, ihren Ruf zu ruinieren, ihr Ansehen und ihre Karriere in der Politik. Sie war unehrlich und ist damit kein bisschen besser als die anderen in der Partei. Kein bisschen.

Sie fischt sich ein Stück Möhre aus dem Brei. Kauen braucht sie kaum, weil alles eine homogene Masse ist. Trotzdem schluckt es sich schwer.

Sie hatten einen Deal. Stillhalten, bis die Kita fertig ist und dann gemeinsam leben. Und jetzt, wo es endlich geschafft ist, passiert ihr so was.

Clara schiebt den Teller weg, richtet sich auf und versucht, tief einzuatmen. Es klappt nicht. Es ist, als würde jemand ihr Herz umfassen und langsam zudrücken. Denn ganz gleich, von welcher Seite man es sieht, sie hat sich selbst ins Abseits befördert. Entweder hat sie mit ihrer Lüge die Beziehung zu Helena zerstört, oder sie hat sich in ihrem beruflichen Umfeld ein für alle Mal vertrauensunwürdig gemacht.

Sie schiebt das Tablett von sich und starrt geradeaus. Ganz vorne in der Ecke sitzen die Kantinenmitarbeiter an einem der Tische. Gemeinsames Mittagessen. Reden. Unbeschwertes Rumalbern. Das Leben könnte so leicht sein. Sie trinkt den letzten Rest der Apfelschorle. Sie muss mit Helena reden. Ihr alles erzählen. Vielleicht finden Sie gemeinsam eine Lösung. Sie atmet einmal ganz tief ein und wieder aus, dann wählt sie Helenas Nummer.

Es ruft mehrmals, dann wird sie weggedrückt.

Bitte Clara, später. Jetzt kann ich gerade wirklich nicht!

20.

Helena parkt am Straßenrand direkt vor dem Gebäude, einem Architekturbau mit viel Glas und leuchtend-blauem Stahl. Extravagant. Beste Lage in Kleinmachnow. Sie war noch nie bei Nicole, und so richtig weiß sie auch gerade gar nicht mehr, wie sie den Weg hierher gefunden hat, so aufgeregt wie sie gerade ist. Hoffentlich ist das alles nur ein Missverständnis.

Die Haustür geht auf und heraus kommt ... Das gibts doch nicht! Helena springt aus dem Jeep. Dann kann sie ja gleich zwei Fliegen mit einer Klappe schlagen. »Herr Krüger, warten Sie!«

Der Krüger stoppt, dreht sich um und macht große Augen. Dann reißt er seine Autotür auf, steigt ein und verschwindet mit quietschenden Reifen.

Helena schaut ihm hinterher und schüttelt den Kopf. Ist der Krüger etwa gerade vor ihr geflüchtet?

Sie tritt durch die Eingangstür von Nicoles Architekturbüro und steht in einem hohen Raum. Lichtdurchflutet. Er könnte auch Ausstellungszwecken dienen.

»Was kann ich für Sie tun?« Hinter einem Lampenschirm taucht ein Männerkopf auf.

»Helena Kühn. Ich muss zu Frau Stoldenberg.«

»Ach Frau Kühn, schön, wir kennen uns vom Telefon, aber persönlich ... Sie waren noch gar nicht hier bei uns, stimmts?«

»Ist sie da?«

Hinter ihm erscheint Nicole im Türrahmen. Weiße Bluse, knallenge Designer-Jeans, perplexer Gesichtsausdruck. »Frau Kühn!«

»Sie wissen sicher, weshalb ich hier bin?«

»Kommen Sie erst mal rein in mein Büro.« Nicole tritt zur Seite, dabei streicht sie ihre Bluse glatt und fährt sich durch die Haare. »Möchten Sie Kaffee?«

»Nein, danke.« Helena betritt das Büro. Hier riecht es nach Krügers Aftershave. Selbst wenn sie ihn da draußen nicht gesehen hätte, wüsste sie spätestens jetzt, dass er hier war.

»Wollen Sie sich nicht setzen?«

»Nein.« Helena stemmt beide Fäuste in die Seiten. »Ich hoffe, Frau Stoldenberg, Ihre Mail war nur ein schlechter Scherz.«

»Leider nein. Die Stadt wird die Schlussrechnung nicht zahlen. Sie kam gestern zurück. Wegen eines Formfehlers.«

»Ein Formfehler. Klar. War das etwa die erste Schlussrechnung, die Sie in Ihrer glorreichen Architektinnen-Laufbahn irgendwo eingereicht haben?«

»Natürlich nicht.«

»Wieso dann ein Fehler!«

»Frau Kühn, bitte nicht in diesem Ton! Ich reiche immer alle Rechnungen nach Vorschrift ein. Ich hatte vorher abgeklärt, wie sie die Stadt Potsdam haben will. Aber ich kann ja wohl nichts dafür, wenn da plötzlich eine Urlaubsvertretung meint, sie müsse das Rad neu erfinden!«

»Ja, klar, immer die anderen. Und jetzt? Verdammt, Frau Stoldenberg, ich brauch das Geld!«

»Kriegen Sie doch. Meine Güte. Ich habe schon alles korrigiert und vorhin persönlich wieder hingebracht.«

»Wann hab ich es!«

»Faktisch läuft die Zeit von vorn.«

»Heißt?«

»Wieder vier bis sechs Wochen, gerechnet ab heute.«

Helena stockt der Atem. Vier bis sechs Wochen? Bis dahin ist sie mausetot! Sie kneift die Augen zusammen. »Nur weil Sie nicht in der Lage sind, eine Abrechnung vernünftig einzureichen! Ich brauche dieses Geld, und zwar sofort!«

»Das liegt nicht mehr in meiner Hand.«

»Notfalls schießen Sie's mir vor. Schließlich war es Ihr Fehler.«

Frau Stoldenberg steht da und schaut sie an. Sie wirkt ganz ruhig. »Ich habe nichts falsch gemacht, Frau Kühn. *Sie* sind diejenige, der ein grober Fehler unterlaufen ist.«

»Was soll das denn jetzt heißen?«

»Ihr Angebot ist Murks. Sie haben sich komplett verkalkuliert. So wie ich das sehe, sollten Sie froh sein, wenn Sie mit Ihrer Firma aus dieser Kita-Sache mit einem blauen Auge davonkommen.«

»Aber wieso ...«

»Haben Sie sich denn nie gefragt, warum Sie als kleines Unternehmen die zweitgünstigste Bieterin waren? Viel günstiger als eine Reihe von großen Firmen mit viel besserem technischen, personellen und vor allem finanziellen Background? Da konnte doch was nicht stimmen. Mit Ihren Tariflöhnen ...«

»Ich zahle über Tarif.«

»Noch schlimmer, also jedenfalls war es ein echtes Eigentor, ein solches Angebot abzugeben. Wenn es gut läuft, decken Sie gerade mal Ihre Kosten.«

Helena wird siedend heiß. »Das muss ich mir nicht sagen lassen. Nicht von Ihnen, Frau Stoldenberg!«

»Einer muss es ja tun. Damit Sie endlich wissen, warum Sie in wirtschaftlichen Schwierigkeiten stecken. Sie haben versagt, Frau Kühn. Unternehmerisch sind Sie gescheitert.«

Helena schluckt trocken. Es fühlt sich an, als hätte jemand einen Eimer Eiswasser über ihr ausgekippt. Was für eine Demütigung. Und ... Wenn stimmt, was Nicole da eben gesagt hat, ist sie erledigt. Helena schaut zu Boden. Sie weiß nicht, was sie sagen soll, also ist es wohl besser, wenn sie einfach geht.

***

Am übernächsten Morgen sitzt Helena in der Beratungsbox der Bank und wartet auf Herrn Westerwald. Inzwischen ist sie wieder ruhiger. Nicole wollte sie nur runtermachen, um von ihrem eigenen Versagen abzulenken. Zu blöd nur, dass sie da so eingeknickt ist. Sie hätte gegengehalten müssen. Aber gut, jetzt heißt es, nach vorn zu schauen. Es sind maximal sechs Wochen, die sie überbrücken muss, dann wird ja alles gut.

Ihr Handy geht. Frau Schmidt schon wieder! Die macht sie noch irre. Gestern hat sie die Sachen in den Schränken komplett umsortiert und überall selbstgezogene Olivenbäumchen aufgestellt. Den ganzen Tag wippte sie mit

Kopfhörern hinterm Rechner und gestern Mittag hat sie sich in der Kaffeeecke Nudeln gekocht.

»Frau Schmidt, ich bin gleich im Termin.«

»Dauert nicht lange. Ich wollte nur verkünden, dass wir, seit gestern Abend, schon zwanzig Follower haben.«

»Wir haben bitte was?«

»Auf Instagram.«

»Frau Schmidt, das ... also ...«

»Der Account ist mir echt gut gelungen. Dadurch ...«

»Stopp, stopp, stopp, Frau Schmidt. Jetzt reicht es aber! Ich hab Ihnen gestern schon gesagt, was ich von Ihren Alleingängen halte. Sie sind in meiner Firma angestellt und Sie haben deshalb mit *mir* abzustimmen, wenn Sie irgendwelche Sachen ändern wollen. Und jetzt legen Sie hier eigenmächtig so einen Account an? Ich fass es ja nicht!«

»Ich dachte, Sie freuen sich.«

»Nein!«

»Schau'n Sie es sich doch erstmal an. Die Zugangsdaten für die App sind in der E-Mail.«

»Einen Teufel werd ich!« Helena drückt sie weg.

Unglaublich! Als ob sie nicht ganz andere Probleme hätte. Sie greift nach ihrem Handy und installiert die App. *Helena.Kühn.Bauunternehmen – Instagram*

Das ist ... das Foto, das bei ihr im Büro an der Wand hängt! Papa mit den Männern. Dann kommt ein Bild von ihr. So makellos und freundlich, sie wirkt ja wie ein Social-Media-Star. Der Text ist ... na wenigstens fehlerfrei. Es folgen wieder Bilder. Zuerst die Kita, dann ein paar der Einfamilienhäuser. Die Himmel auf den Bildern sind strahlend blau, die Fassaden weiß, die Dächer glänzen. Wie hat die diese Fotos nur so aufgepeppt? Und einundzwanzig Follower sind es, nicht nur zwanzig.

Helena legt das Handy weg. Nicht schlecht, Frau Schmidt. Genau wie die Schränke im Büro, da kommt man jetzt wenigstens mal problemlos an die Ordner ran, und mit den Pflanzen sieht es auch irgendwie freundlicher aus. Aber trotzdem. Es geht ums Prinzip. Sie kann nicht einfach so ungefragt alles ändern.

»Hallo Frau Kühn.«

»Herr Westerwald!«

Er setzt sich gegenüber. »Tja, Frau Kühn, wegen Ihrer Mail, also, ich mach es kurz, das sieht nicht gut aus, leider. Sie machen zwar noch Gewinne, aber die Liquidität ... Ganz ehrlich, Ihrem ersehnten Ziel, die Firma gewinnbringend zu verkaufen, waren Sie noch nie so weit entfernt wie jetzt.«

»Ich weiß. Sonst wär ich doch nicht hier.«

»Mit Kalifornien wird das erstmal nichts, Frau Kühn.«

»Darum geht es doch jetzt gar nicht.«

»Worum denn dann?«

»Um eine letzte Überbrückung.«

»Soll ich etwa zaubern?«

»Sie sollen nicht zaubern, nur den Kreditrahmen erhöhen.«

»Das geht nicht.«

»Warum?«

»Fehlende Sicherheiten.«

»Aber die Grundschuld ...«

»Moment!« Der Westerwald macht eine abwehrende Handbewegung. Er lehnt sich auf dem Stuhl zurück. »Ich habe Ihnen das bei Ihrem letzten Kredit schon gesagt, dass das eine ganz enge Kiste wird.«

»Nur noch dieses eine Mal, Herr Westerwald. Bitte.«

»Nein. Im letzten halben Jahr sind immer wieder Überweisungen geplatzt, Abbuchungen storniert und Darlehensraten zurückgebucht worden. Was in meinen Möglichkeiten stand, habe ich bereits getan.« Er fasst sich an den Kragen und schiebt den Krawattenknoten zurecht. »Ich kann den Kreditrahmen nicht mehr erhöhen. Die Grundstücke sind maximal belastet, Ihr Fuhrpark und die Maschinen sind entweder sicherungsübereignet oder gehören uns eh schon.«

»Aber Herr Westerwald, Sie sehen doch, dass ich über eine Million Außenstände habe.«

»Tja, unternehmerisches Risiko, Frau Kühn.« Er lehnt sich noch weiter zurück und streckt die Beine aus. Bauchfett presst sich gegen sein Designerhemd.

»Also gut, Herr Westerwald, was schlagen Sie vor?«

»Ich?«

»Ja, Sie! Sie und Ihre tolle Bank. Werben Sie nicht mit maßgeschneiderten Finanzierungslösungen, fundierter Kompetenz, Kundenorientierung? Wo bleibt denn Ihre Verlässlichkeit, damit sich der Kunde auf das Kerngeschäft konzentrieren kann? Das hier ist Ihre Chance, Herr Westerwald, jetzt zeigen Sie mir bitte, was Sie draufhaben.«

Der Westerwald schüttelt den Kopf. »Ich zeig hier gar nichts mehr. Sehen Sie zu, dass Sie irgendwo Geld auftreiben. Und das möglichst schnell. Sonst sehe ich schwarz für Sie, Frau Kühn.«

Helena schüttelt den Kopf. Aussichtslos. Hier beißt sie auf Granit. So ein arrogantes, aufgeblasenes ... Am liebsten würde sie ihm das ins Gesicht schreien. Aber sie beherrscht sich besser. »Danke sehr für das hilfreiche Gespräch, Herr

Westerwald.« Sie steht auf. Nur schnell raus hier aus der Bank, bevor sie es sich noch anders überlegt.

***

Helena legt ihr Gesicht in beide Hände. Sie sitzt am Schreibtisch, die Arme hat sie aufgestützt. Die dritte Nacht in Folge konnte sie nicht schlafen. Wie sehr sie sich auch anstrengt, sie sieht kein Land. Vielleicht hat Nicole ja Recht, und sie hat als Unternehmerin versagt?

Neben ihr summt das Handy. Clara drängt darauf zu reden. Noch vor ein paar Tagen wäre sie vor Freude an die Decke gesprungen. Aber jetzt ...

Gib mir bitte ein paar Tage Zeit. Ich habe gerade ziemliche Probleme.

Die Antwort kommt sofort:

Vielleicht kann ich dir ja helfen?

Helena fährt sich durchs Gesicht. Wie gerne würde sie mit Clara reden. Aber erzählen, dass sie insolvent ist?

Helena, bitte! Ich habe viel nachgedacht. Wir haben zu wenig miteinander gesprochen. Und meist lag das an mir. In Zukunft will ich für dich da sein. Du musst nicht immer alles nur mit dir selbst ausmachen.

Helena kippt den Kopf in den Nacken und schaut an die Decke. Kleine Risse. Spinnweben in der Ecke. Clara. Sie fehlt ihr so, und sie würde unheimlich gerne mit ihr reden. Nur jetzt, wo klar ist, dass sie völlig versagt hat? Noch dazu wegen der Kita? Clara wäre so enttäuscht von ihr. Das kann sie einfach nicht riskieren. Sie nimmt ihr Handy.

Danke Clara, nur, das hier muss ich wirklich erst alleine klären. Ich melde mich so schnell ich kann. Versprochen.

Helena schließt die Augen. Es schmerzt. Tut richtig weh. Wieder hat sie Clara abgewiesen. Aber ... Gerade weiß sie nicht mehr weiter. Kein Geld von der Stadt, kein Geld vom Krüger und kein Geld von der Bank.

Hoffentlich retten sie die beiden Einfamilienhäuser, bei denen sie die nächsten Bauabschnitte in Rechnung stellen kann. Bei einem fehlt nur noch der Trockenbau im Obergeschoss, bei dem anderen sind es die Fliesen. Die Abschlagszahlungen könnten gerade reichen, um die offenen Leasingraten zu begleichen und die längst fälligen Steuern, damit ihr das Finanzamt das Konto nicht sperrt. Parallel kümmert sie sich weiter um Krügers Geld, notfalls mit Anwalt, und dann, vielleicht ...

»Frau Schmidt!« Wie lange steht die denn schon in der Tür?

»Alles okay mit Ihnen, Frau Kühn?«

»Warum?«

»Sie sehen nicht gut aus. Sie wirken immer so ... unentspannt.«

»Unentspannt? Ach was! Ich hab Ihnen doch schon gesagt, dass ich diesen Instagram-Account gut finde.«

»Nö? Haben Sie nicht.«

»Also: Ich finde ihn gut, Frau Schmidt.«

»Seh'n Sie, ich wusste es doch gleich.«

»Was haben Sie denn da in der Hand?«

»Ach so, ja.« Frau Schmidt reicht ihr zwei Blätter. »Krankmeldungen. Kamen eben rein. Direkt nacheinander.«

Helena schaut drauf. »Nein! Ausgerechnet!« Wenn es so etwas wie einen Gott der Bauunternehmerinnen geben sollte, muss der sie hassen. Der Trockenbauer und der Fliesenleger fallen aus. Dazu ist Freitag, die Azubis sind in der Schule und zwei ihrer Leute haben heute Urlaub. Einen Subunternehmer kriegt sie jetzt nicht mehr. Außerdem kostet der zu viel Geld. Helena steht auf. Dann muss sie eben wieder selbst ... Sie reißt sich ihre Jacke vom Haken und verlässt das Büro.

Trockenbau ist besser als Fliesenlegen. Helena betritt eins der halbfertigen Einfamilienhäuser und geht rauf ins Obergeschoss. Aus einem verstaubten Radio dröhnen dumpfe Bässe, der Akkuschrauber surrt. Sandro schraubt am Ständerwerk.

»Chefin!«

»Das muss hier heute fertig werden.«

Er streckt ihr beide Arme entgegen. »Schaun Se mal, ich hab doch nur zwee Hände. Dämmung? Keen Thema. Aber die Platten muss ja eener halten. Wenn wenigstens ein Azubi da wäre.«

»Ich mach das, Sandro.«

»Sie?«

»Wenn Sie nur mal bitte dieses Radio etwas leiser stellen könnten, davon bekommt man ja Kopfschmerzen.«

Er zuckt mit den Schultern. Dieser Blick. Begeisterung sieht anders aus. Ist das jetzt, weil er seine Dudelmusik ausstellen muss oder weil er sie jetzt an der Backe haben wird?

Helena zieht Handschuhe an. Sandro hat die erste Platte schon zugeschnitten. Er hält sie an das Ständerwerk, schaut etwas unschlüssig. »Äh, Chefin, also woll'n Sie jetzt schrauben oder wie?«

»Nein. Ich halte.« Helena nimmt ihm die Platte ab und schiebt sie nach oben in die Ecke.

Nach einer Weile arbeiten sie Hand in Hand. Zuschneiden, ranhalten, schrauben. Die Rückseiten der Wände sind im Handumdrehen dran. Helena wischt sich den Schweiß von der Stirn. Es läuft. Nur dieser Stummfilm! Aber ihr fällt partout nichts ein, was sie mit einem männlichen Endzwanziger so reden könnte.

»Meine Frau is schwanger.«

»Was?«

»Wir bekomm'n ein Baby.«

Elternzeit! »Oh, na das ist aber … gratuliere, wann ist es denn so weit?«

»Sie is im vierten Monat.«

»Schön.« Helena nimmt die letzte Platte und hält sie an. Der Akkuschrauber surrt.

»Sagen Sie mal, also … mit dem Job hier, das is doch alles paletti, oder?«

Helena richtet sich auf und blickt ihn an. »Ja klar, wieso denn nicht?«

»Ich frag nur, weil meine Frau ja dann nur noch det Elterngeld hat und wir … na ja, man hört so Sachen, also, dass es nich so gut läuft hier in der Firma, und … ich brauch halt mein'n Lohn, versteh'n Se?«

Helena schluckt. *Man hört so Sachen.*

»Nein nein, keine Sorge, alles ist bestens, wirklich.« Sie zieht einen Stapel Dämmplatten näher an die neue Wand. Die Leute haben Angst um ihre Jobs. Und sie trägt die Verantwortung. Kurz schließt sie ihre Augen und versucht, das dumpfe Gefühl loszuwerden, was sich gleich wieder in ihr breitmacht.

Sandro wickelt Brote aus der Alufolie. Es riecht nach Leberwurst. Helena wird schlecht, weil sie heute noch nichts gegessen hat. Sie ignoriert die Übelkeit und schneidet die erste Dämmplatte zu. Wenn sie so weiter durchziehen, könnte sie dann sogar noch zu den Fliesen.

Gegen fünf kommt sie auf der zweiten Baustelle an. Verspachteln schafft Sandro alleine, sie wird jetzt Andi mit den Fliesen helfen.

»Na? Wie siehts aus?«

»Chefin! Fertig werd ich nicht mehr heute. Entweder verfugen oder die Bodenfliesen oben im Bad. Ich würd ja sonst am Wochenende arbeiten, aber meine Frau ist wieder so krank.«

»Ich fliese das Bad.«

»Sie?«

»Klar.«

»Na wenn Sie meinen. Dann verfug ich mal hier unten, wenn was is, sagen Se Bescheid.«

Helena geht rauf in den ersten Stock. Da stehen die Pakete mit den Fliesen. Das Bad hat mindestens neun Quadratmeter. Das wird ein langer Abend.

Sie nimmt sich einen Spachtel, geht auf die Knie und schabt Betonspritzer vom Estrich. Eine scheußliche Arbeit, und das ist erst der Anfang. Dann noch kehren, saugen, Haftgrundierung, Fliesen auspacken, Kleber anrühren. Helena schwitzt, die Haarsträhnen lösen sich immer wieder aus dem Haargummi und kleben im Gesicht. Der Hunger ist zurück und wird stärker, dazu der Mörtelgeruch, ihr ist schon wieder übel.

Gegen sieben liegen gerade mal drei Fliesen, halb acht die erste Reihe. Irgendwie ist sie doch ziemlich aus der Übung.

»Chefin, dann werd ich mal. Woll'n Se das wirklich noch fertig machen heute?«

»Wenn es geht, ja. Dann morgen die Sockelleisten und Sonntag verfugen.« Zumindest ist das der Plan. Dann nämlich hätte der Kunde am Montag die Rechnung. Zahlungsziel acht Tage. Ein Hoffnungsschimmer.

»Na dann. Aber ich mach Ihnen mal Licht.« Andi drückt auf den Schalter. Jetzt tanzt ein Schatten vor ihrer Nase. Helena blickt nach oben. Über ihr baumelt eine Fassung mit Glühlampe. »Danke. Und schöne Grüße an Ihre Frau.«

Andi geht und jetzt ist absolute Ruhe.

Helena setzt sich auf die Fersen. Sie legt die Hände an die Flanken und drückt den Rücken durch. Alles tut ihr weh, und der Mund ist trocken, denn Mineralwasser ist jetzt auch keins mehr da. Sie hat gerade mal zwei Reihen fertig. Da ist ja jeder Hobby-Handwerker schneller als sie. Vielleicht war ihr Zeitplan doch ein wenig zu optimistisch?

Gegen zehn ist der Ofen endgültig aus. Beim besten Willen geht nichts mehr. Zwei Drittel sind fertig, der Rest muss eben morgen werden. Sie zieht die Schutzhandschuhe aus, wirft sie von sich und betrachtet ihr Werk. Na gut, die eine Ecke macht sie noch. Sie misst, zeichnet an und legt die Fliese in den Fliesenschneider. Ratsch.

Ah! Helena starrt auf ihre Hand. Da klafft ein tiefer Spalt, erst weiß, schon füllt er sich mit Blut und jetzt kommt es geschossen. Sie angelt ein Taschentuch aus der Hosentasche und presst es auf die Wunde. Gleich zwei Finger hat es erwischt. Wenigstens ist es die linke Hand.

Das Taschentuch ist sofort durchgeweicht. Verbandszeug. Wo ist denn hier der Erste-Hilfe-Kasten? Es tropft schon wieder. Wenn sie doch wenigstens irgendeinen Lappen hätte. Aber, nichts dergleichen. Sie zieht das Shirt aus und wickelt es straff um ihre Hand. Sie sollte schnellstens nach Hause. Da hat sie Kompressen, Mullbinden, Pflaster.

Jetzt kommt der Schmerz. In den Fingern fängt es an zu pochen, und es wird immer stärker. Mit weichen Beinen steigt sie die Treppe hinunter, dabei hält sie die verletzte Hand senkrecht vor dem Körper. Jetzt hämmert es richtig in den Fingern, und durch den Shirt-Verband dringen erste rote Flecke.

Draußen ist es saukalt, und sie ist halbnackt. Schauer laufen über ihren Rücken. Sie presst die zitternden Lippen aufeinander. Mit hochgezogenen Schultern und Riesenschritten geht sie zum Auto. Wenigstens ist es dunkel, da sieht sie hoffentlich keiner, nur so im BH. Im Auto hängt sie sich die Jacke über, ein echter Kraftakt mit nur einer Hand. So kann sie morgen keinesfalls weiterarbeiten. Und ohne fertige Böden gibt es kein Geld. Helena streckt sich und blickt in den Rückspiegel. Dort sieht sie ein Gespenst: leichenblass und blutverschmiert mit tiefschwarzen Augenhöhlen.

Und dann passiert es. Ein tiefer Schluchzer kommt aus ihrer Magengegend. Ihr Körper krampft, die Tränen laufen. Nichts geht mehr. Helena legt den intakten Arm auf das Lenkrad und den Kopf darauf ab. Das ganze aufgestaute Elend bricht aus ihr heraus. Warum nur? Warum sie? Was hat sie nur verbrochen, dass man sie so hart bestraft?

In der Hosentasche geht das Handy. Sie weist das Gespräch ab, weint, schluchzt, schreit. Irgendwann ist es nur noch ein leises Wimmern. Sie kann nicht mehr. Dann ist das eben jetzt das Ende.

***

Aus der Küche kommt Geklapper, und es riecht nach Kaffee. Helena schleicht die Treppe hinunter. In der Hand pocht der Schmerz und ihr ganzer Körper fühlt sich wie gerädert an. Am liebsten wäre sie im Bett geblieben, aber nicht mal das ist ihr vergönnt.

Gestern Abend im Auto muss sie völlig durchgedreht sein. Anstatt das Telefon auszuschalten, hat sie das Gespräch versehentlich angenommen. Mutter hat ihren Ausbruch mitgehört und stand mitten in der Nacht vor ihrer Tür. Sie wolle ihr helfen. Als ob nicht schon alles schlimm genug wäre.

»Morgen.«

Mama dreht sich zu ihr um. Ihr Gesicht ist rosig, die Haare locker-glänzend, und sie hat eine Top-Figur in dieser engen Jeans. Wahrscheinlich sieht ihre eigene Mutter gerade mindestens zehn Jahre jünger aus als sie selbst.

»Na? Wie gehts dir denn?«

»Geht.« Helena schiebt sich zwischen Tisch und Bank und lässt sich auf ihr Kissen fallen.

Ihre Mutter stellt ihr einen vollen Kaffeebecher hin. »Was ist denn nun mit deiner Hand passiert?«

»Nichts.«

Mutter dreht sich um, geht in die Hocke und wühlt im Küchenschrank. Helena schließt die Augen. Sie will alleine sein.

Teller klappern, irgendetwas raschelt. »Ich habe uns frische Brötchen besorgt.«

Helena öffnet die Augen. Ihre Mutter hat dieses spießige Brotkörbchen rausgekramt, das sie ihr mal geschenkt hat.

»Und ich habe uns Aufschnitt und Käse mitgebracht. Du hast ja nichts Vernünftiges im Haus.«

Helena stützt ihren Kopf auf die intakte Hand. Mutter kriegt mal wieder gar nichts mit. Stattdessen nimmt sie ihr die Ruhe. Sie stellt Marmelade und Honig auf den Tisch, dann eine Platte mit verschiedenem Käse und einen Teller mit Wurst. Helena schaut zu. Unter dem Tisch streicht die Mausi um ihre Waden. Die Einzige, die sie versteht. Ihr kleiner Liebling.

Mutter setzt sich über Eck, schneidet ein Brötchen auf und hält es ihr hin. Helena ignoriert es und nimmt ein frisches aus dem Körbchen. Sie fixiert es mit dem Unterarm der verletzten Hand, setzt das Messer an und schneidet. Dann bestreicht sie eine der Hälften mit Butter, legt eine Scheibe Käse drauf und beißt ab.

»Ich glaube, Helena, wir sollten endlich mal miteinander reden.«

Helena legt das Brötchen auf den Teller, trinkt einen Schluck Kaffee. Sie will nicht reden. Worüber denn? Hat ihre Mutter etwa Angst, dass sie die nächste Kreuzfahrt in einer Innenkabine verbringen muss? »Falls es um Geld geht, ich hab keins mehr.«

Mutter nickt. »Das habe ich vermutet. Willst du aufgeben?«

»Wollen ist gut.«

»Weißt du, Helena, dein Vater hatte auch schwere Phasen, aber er hat immer wieder versucht, aus Positivem Kraft zu ziehen.«

Helena knallt die Tasse auf den Tisch, Kaffee schwappt heraus.

Mutter steht auf, reißt ein Stück Küchenrolle ab und wischt die Pfütze weg. »Schau mal, du hast zum Beispiel noch das schöne Haus, da …«

»Das schöne Haus? Das schöne Haus gehört der Bank und ist jetzt auch bald weg.«

Mutter macht große Augen. Dazwischen gräbt sich eine tiefe Falte. »Die Kita, oder? Hast du dich damit übernommen?«

»Gar nichts hab ich. Nur horrende Außenstände.«

»Was denn für Außenstände?«

»Na von der Stadt eben. Verwaltungsprozedere. Da bin ich machtlos.«

Mutter steht auf. Werkelt irgendetwas in der Spüle. »Die Stadt also.«

»Ja. Die Stadt.«

»Und was ist mit Frau Habermanns? Seid ihr etwa gar nicht mehr zusammen?«

Was? Helena schluckt. Sehr sicher war sie schon vorher blass, aber gerade sackt das restliche noch vorhandene Blut aus ihrem Kopf bis runter in die Füße. Sie holt sich ihre Mausi auf den Schoß. Jetzt braucht sie was zum Festhalten. »Woher weißt du das!«

Mutter dreht sich zu ihr um. Sie wischt die nassen Hände an einem Handtuch ab. »Ach Helena. Ich habe euch doch erlebt. Das war ja nun mehr als eindeutig, als ich damals vom

Theater kam. Außerdem, du hattest nie einen Freund. Nur diese Josephine. Josephine wie Napoleon. Den Namen habe ich mir gemerkt. Was ist eigentlich aus ihr geworden?«

»Ehemann. Das erste Kind ist unterwegs.«

Mama deutet ein Nicken an. »Was sagt denn nun Frau Habermanns zu deinem Geldproblem?«

»Sie weiß das nicht.«

»Verstehe.«

»Nichts verstehst du.« Helena schiebt sich eine Scheibe Salami in den Mund, kaut und schluckt. Was denkt sich ihre Mutter nur? Zwei Jahre meldet sie sich bloß sporadisch, genießt ihr unbeschwertes Leben, während sie sich hier den Arsch aufreißt. Und jetzt, wo gar nichts mehr geht, kommt sie her mit frischen Brötchen und versucht sich in mitfühlender Mutter?

»Helena, ich ...«

»Hör auf!« Helena haut auf den Tisch. Die Mausi springt von ihrem Schoß, Katzenhaare wirbeln durch die Luft.

»Ich hab genug, hörst du? Ich sitze in der Scheiße! Und warum? Weil ich blöde Kuh mich damals von dir hab breitschlagen lassen. Ich wollte das hier alles nicht. Und du weißt das genau!«

Stille.

»Aber, ich dachte ... also dein Vater und ich, wir dachten, es wäre das Beste für dich, wenn ...«

»Klar, sicher, ihr wusstet, was für mich das Beste ist! Dass ich andere Pläne hatte, war euch egal. Ihr wolltet eure durchsetzen. Mit allen Mitteln.«

»Das stimmt so nicht, Helena!«

»Dein Schwächeanfall damals, der war doch nur gespielt, hab ich Recht?«

Mutter reißt die Augen auf. Sie öffnet den Mund, aber da kommt nichts.

Helena schaut ihr ins Gesicht. Also stimmt es. Die ganze Zeit hat sie es geahnt, aber nicht wahrhaben wollen. Der Gedanke war zu absurd, zu unvorstellbar. »Scheiße«, kommt es hohl aus ihr heraus. Sie nimmt die Serviette, wischt sich den Mund damit ab und steht auf. Wie in Trance verlässt sie die Küche, steigt die Treppe nach oben. Am liebsten würde sie laut schreien, aber dazu ist sie zu müde. Sie ist so unendlich müde.

Helena blinzelt. Keine Ahnung, wie lange sie schon so hier gelegen hat. In einem fetten Wattebausch, die Knie angezogen, eingerollt wie ein Embryo. Schon seltsam, wenn man so gar nichts mehr fühlt.

Mutter sitzt neben ihr auf der Bettkante und schaut ins Nichts. Keine Ahnung, wann und wie sie hier reingekommen ist. Helena macht die Augen wieder zu. Sie hat keine Kraft, ihre Mutter wegzuschicken. Soll sie doch sitzen, wo sie will. Es ist ihr egal.

»Ich habe einen riesigen Fehler gemacht, Helena.«

Helena schweigt. Sie wird sich nicht regen. Sie ist gar nicht hier.

»Dein Vater war krank. Er wusste, dass er sterben würde. Er wünschte sich so sehr, dass du den Betrieb weiterführst. Ich wollte ihm diesen Wunsch erfüllen. Aber dich habe ich dabei völlig übergangen. Glaub mir, Helena, wenn ich könnte, würde ich es rückgängig machen.« Mutter bewegt sich. Schnäuzt in ein Taschentuch. »Ich habe es mehr als verdient, dass du mir die kalte Schulter zeigst.«

Helena öffnet die Augen, starrt auf Mutters Oberschenkel. Die Jeans ist hellblau, an der Naht löst sich ein Faden.

»Es tut mir leid, Helena, wirklich. Ich habe doch nicht gewollt, dass du unglücklich bist.«

Helenas Arm löst sich aus der Starre. Er bewegt sich, führt die Hand zu Mutters Oberschenkel und legt sie darauf ab. Ein innerer Reflex, ungewollt, und doch fühlt es sich richtig an.

Mutters Hand legt sich auf ihre. »Wir verkaufen den Betrieb. So schnell wie möglich.«

»Zu spät.«

»Wieso?«

»Wir müssen in die Insolvenz.«

Stille.

»Ganz sicher?«

»Ich halte nicht mehr durch, bis das Geld von der Stadt kommt.«

»Wie viel würdest du denn brauchen, um zu überbrücken?«

»Zu viel.«

»Hunderttausend? Würden die reichen?«

»Ja. Würden sie.«

»Gut.«

Helena hebt den Kopf. Schaut ihrer Mutter fragend ins Gesicht. Es ist verquollen wie ihr eigenes.

Mutter lächelt müde. »Ich habe nichts von deinem Geld angerührt. Jeden Monat hab ich es für dich gespart. Ich hatte doch die Lebensversicherung und mein Gehalt, damit bin ich ausgekommen.«

Helena stutzt. Was hat ihre Mutter da gesagt? Sie hat das ganze Geld noch auf dem Konto? Das ist doch ... Sie will etwas erwidern, bewegt die Lippen, doch es kommen keine Worte. Nur ein befreites Lächeln. Stumm legt sie ihren Kopf auf Mutters Oberschenkel.

***

»Hallo Mama.« Tim schenkt Clara eine kurze Umarmung und tritt dann einen Schritt zur Seite. »Das hier ist Luisa.«

Neben ihrem Sohn steht ein rotblondes Mädchen vor ihrer Wohnungstür.

»Hallo Luisa, freut mich.«

»Freut mich auch, Frau Habermanns.« Luisa strahlt selbstsicher wie eine Businessfrau, aber die Innenseite ihrer Hand ist feucht.

»Na, dann kommt mal rein.«

Tim führt seine Freundin zielstrebig in die Küche. Aus zwei großen Taschen holen sie allerlei Sachen und breiten sie auf ihrem Esstisch aus. Paprika, Tomaten, Zwiebeln, Döschen, Tütchen, Päckchen, Hühnerfleisch. Tim hat das tatsächlich ernst gemeint, die beiden wollen bei ihr kochen. Er stellt ihr seine neue Freundin vor, doch anstatt eines steifen Antrittsbesuchs nehmen sie ihre Küche in Beschlag. Offenbar macht man das heutzutage so.

»Und was gibt es Leckeres?«

»Ginger Chicken Curry. Sie mögen doch indisches Essen, Frau Habermanns?« Luisa schaut sie an. Hübsches Lächeln. Ein junges Gesicht, doch die Augen scheinen schon genau zu wissen, wo es im Leben so langgeht. Vorsicht Tim, dass sie dir nicht irgendwann mal weh tut.

»Sicher, ja, ich mag indisches Essen. Wenns gut gemacht ist.«

Tim grinst. »Na allemal wird es besser als bei Oma.«

»Das ist ja keine Kunst.«

Jetzt lacht er. Er lehnt sich lässig neben Luisa an den Küchenschrank, legt seinen Arm um sie und zieht sie zu sich. Sie küssen sich.

Clara schaut zur Seite. Ihr Kind küsst eine junge Frau. Der normale Lauf der Welt, aber trotzdem, irgendwie ... diese verliebten Blicke ... Das ist nicht fair. Tim darf seine Geliebte offen und ungeniert im Arm halten, aber sie darf so was nicht. »Am besten, wir stoßen erstmal an. Ich habe Wein, Prosecco, Radler ...«

»Wein wäre gut.«

Clara öffnet eine Flasche Riesling. Bis vor kurzem hat Tim beim Wort Wein noch das Gesicht verzogen. Sie schenkt ein und reicht den beiden je ein Glas. »Na dann, zum Wohl. Auf einen netten Abend. Und auf euch natürlich.«

»Und auf Sie auch, Frau Habermanns.«

»Hm.«

»Tim hat mir ja schon viel über Sie erzählt.«

»Ach?«

»Zum Beispiel, dass Sie im Rathaus arbeiten. Was genau machen Sie eigentlich dort?«

Tim prustet und hält sich die Hand vor den Mund.

Clara stellt ihr Glas ab. »Na, Tim, erzähl du doch deiner Freundin, was genau ich im Rathaus so mache.«

»Sehr witzig, Mama, wirklich.« Tim wird rot. Luisa schaut abwechselnd zu ihm und zu ihr.

»Bürgermeisterin. Meine Mutter ist die Oberbürgermeisterin.«

»Ach! Von Potsdam?«

»Nee, vom Mars.«

Luisa nickt. »Verstehe, deshalb kein Restaurant.«

»Ja, deshalb. Es macht nämlich absolut keinen Spaß, mit meiner Mutter auswärts essen zu gehen. Man hat sie nie für sich alleine.«

Luisa hebt die Schultern. »Bürgermeisterin. Ich find's cool.«

Tim rückt die Gewürzpäckchen zurecht. »Mist! Der Joghurt. Wir haben den Joghurt vergessen!«

Luisa stellt ihr Glas beiseite. »Ich flitz schnell. Vorn an der Straße war doch dieser Supermarkt.«

»Soll ich nicht besser ...«

»Bin schon weg!« Luisa verschwindet aus der Küche. Kurz darauf klappt die Wohnungstür zu.

Clara lässt locker. Für eine kleine Weile hat sie ihren Sohn für sich alleine. Nur sie beide in ihrer Küche, jetzt passt es besser. Zu dritt kam sie sich seltsam vor. Wie überflüssig, nur dabei.

»Wie findest du sie?«

»Nett, Tim, wirklich.«

Tim grinst breit und wirkt zufrieden. »Und bei dir so, Mama? Wie läufts denn eigentlich mit *deiner* Freundin?«

Clara stutzt. Sie hat Tim nie etwas von Helena erzählt. Sie greift nach ihrem Glas und trinkt es leer. Dann nimmt sie die Flasche und schenkt sich direkt wieder ein. »Woher weißt du das!«

»Na von Oma. Und das nicht erst seit gestern.«

»Aha. Von Oma. Du Tim, ich wollte es dir eigentlich schon länger einmal sagen, aber dann gab es Probleme und ...«

»Toll, Mama. Echt Klasse!«

»Also hör mal!« Clara setzt das Weinglas wieder an den Mund. Jetzt fängt Tim auch noch damit an. Erst ihre Mutter, dann die Parteikollegen und jetzt auch noch ihr Sohn. Alle meinen sie, bestimmen zu müssen, mit wem sie zusammen sein darf. Bestenfalls mit gar niemandem, denn dann kann nämlich nichts schiefgehen.

Sie nippt noch mal am Wein und stellt ihn ab. »Jetzt hör mir mal zu Tim: Du hast deine Luisa. Wie alle um mich herum seid ihr zu zweit. Nur mir gönnt das offenbar keiner.«

»Mama!« Tim kommt auf sie zu und greift nach ihren Schultern. »Ich glaube, du verstehst hier grad was nicht. Es ist mir doch scheißegal, mit wem du zusammen bist. Du sollst nur nicht so ein Theater darum machen.«

»Ich mach doch kein Theater!«

»Doch. Und wie. Sonst tust du immer so straight, aber wenns drum geht, offen zu deiner Freundin zu stehen, bist du nur noch kompliziert. Eben gar nicht souverän. Lässt dich sogar von Oma bevormunden. Von *O-MA*!« Tim hält sie an den Schultern fest und schaut ihr in die Augen.

Clara löst sich aus dem Griff. Was hat er da gesagt? Sie lässt sich bevormunden? Tim mit seiner jugendlichen Unbekümmertheit. Was weiß er denn schon vom Leben. Sie setzt sich auf den Küchenstuhl und schweigt.

Tim hat Recht. Was er gesagt hat, geht ihr schon seit Tagen durch den Kopf. Anstatt auf ihr Innerstes zu hören, hört sie auf andere. Und das wiederum nimmt ihr den Mut, sich aus vollstem Herzen zu Helena zu bekennen. Doch das Schlimmste ist die Angst. Angst, dass es zu spät sein könnte. Dass sie sich wegen dieser irrsinnigen Beziehungspause voneinander entfernt haben könnten. Weshalb sonst lässt

Helena sie nicht mehr an sich ran? Schließt sie komplett aus ihrem Leben aus? Clara holt tief Luft. Hinter den Augen sammeln sich Tränen. Sie hält sie zurück.

Die Klingel schellt. Clara schreckt hoch. »Ich mach auf.« Sie geht in den Flur und bleibt kurz stehen. Es klingelt erneut.

»Mama?«

»Ja?«

Tim lehnt im Türrahmen. »Ich hätte es wirklich schön gefunden, wenn wir heute zu viert hier gekocht hätten.«

Clara nickt, dann drückt sie auf den Türöffner. In dem Moment wünscht sie sich nichts sehnlicher, als dass es Helena wäre, die da die Treppe heraufkommt. Doch es ist Luisa mit einer Packung Joghurt.

»Oh, Frau Habermanns, Sie haben wohl gerade die Zwiebeln geschnitten?«

21.

Helena kauert hinter ihrem Schreibtisch und sammelt Schnipsel in den Papierkorb. »Was ist denn schon wieder, Frau Schmidt!«

»Können Sie bitte mal schauen, ich hab da was in Excel zusammengestellt. Wenn wir nächste Woche die Löhne gezahlt haben, ist wieder Ebbe in der Kasse.«

Helena sammelt weiter. Mutters Geld war sofort weg. Aber ihre Einfamilienhäuser? »Das kann gar nicht sein! Die beiden großen Abschlagszahlungen sind doch eingegangen.«

»Schon, aber trotzdem.«

Sie richtet sich auf. »Sie sollten doch die Lieferantenrechnungen zurückhalten!«

»Ich hab nur die allernötigsten bezahlt. Offen ist trotzdem noch genug. Zum Beispiel die Fensterputzer. Deshalb warn die gestern auch nicht da. Ich hab versucht, die am Telefon zu bequatschen, aber keine Chance, die woll'n erst Kohle sehen. Echt blöd, die Fenster sehen aus!«

Helena zuckt mit den Achseln. »Wenigstens knallen so keine Vögel an die Scheiben.«

»Wollten Sie nicht diesen Herrn Krüger noch mal anrufen?«

Helena hockt sich wieder hin. »Ich habe Herrn Krüger angerufen. Er behauptet felsenfest, es gäbe Mängel an seinem Pool.«

»Der will vielleicht nur Zeit schinden?«

»Denk ich auch. Aber ich muss trotzdem erst einmal abwarten, was der Gutachter sagt.«

»Und das Geld von der Stadt?«

Helena schaut über die Tischplatte. »Ach Mensch, Frau Schmidt, nicht immer diese Leier. Ich kanns doch auch nicht ändern!« Sie steht auf, nimmt Frau Schmidt das Blatt mit der Excel-Tabelle aus der Hand und schiebt es unter einen Stapel Prospekte. Keine souveräne Reaktion. Noch dazu, vor ihrer Mitarbeiterin. Aber was solls. Es ist eh fraglich, ob es Frau Schmidt unter solchen Umständen noch lange bei ihr aushalten wird. Oder ob sie bald überhaupt noch Mitarbeiter hat. Vielleicht schafft sie es ja doch nicht, und das Bauunternehmen Kühn wird in naher Zukunft komplett aus Potsdams Branchenbuch verschwinden. Sie fährt sich durchs Gesicht. Die Wanduhr pocht genauso hohl, wie sie sich fühlt.

Frau Schmidt räuspert sich. »Ähm, Frau Kühn, also wegen diesem Geld von der Stadt, können Sie da nicht was beschleunigen? So auf kurzem Wege, meine ich.«

Helena steht auf. »Frau Schmidt! Ich weiß nicht, wovon Sie sprechen.«

Frau Schmidt sieht sie an, wie junge Leute jemanden ansehen, der in ihren Augen nichts begreift. Jetzt dreht sie sich weg, geht zum Fenster und fummelt an den Lamellen, die sich verkantet haben. »Ich bin übrigens mit einer Frau zusammen, falls Sie das noch nicht wissen. Und innerhalb der Szene ... na ja, Buschfunk halt.«

Helena steigt Hitze ins Gesicht. *Buschfunk halt?* Der erste Impuls ist, alles abzustreiten. Aber wozu? Was spielt das noch für eine Rolle? »Das, was Sie da in Betracht ziehen, Frau Schmidt, geht absolut nicht.«

»Warum denn nicht?«

»Weil ich nicht daran schuld sein will, wenn Cl… Frau Habermanns ihren Job verliert.«

»Okay?« Frau Schmidt lässt die Lamellen los, ihre Stirn ist kraus, dahinter scheint es zu arbeiten. Jetzt kommt sie wieder auf sie zu. Beide Mundwinkel zucken. »Kopf hoch, Frau Kühn! Es gibt immer eine Lösung!«

»Pfff! Sicher. Wenn Sie das sagen, Frau Schmidt.«

»Wie wäre es zum Beispiel mit einer Großdemo vorm Rathaus? Gegen die Unterdrückung des Potsdamer Mittelstandes?«

Helena lacht auf. »So was wie Mittelstand for Future?«

»Genau. Bloß donnerstags. Freitags arbeitet auf Ämtern nämlich keiner mehr.«

Helena schüttelt den Kopf. Frau Schmidt hat es tatsächlich geschafft, sie zum Lachen zu bringen. Auch wenn es nur Galgenhumor ist, tut der gerade gut. »Ich glaube, Frau Schmidt, für saubere Fenster ist eine Großdemo vielleicht ein wenig übertrieben. Da fällt Ihnen doch sicher etwas anderes ein, oder? Etwas weniger Spektakuläres. Ich vertrau da mal auf Ihre Fantasie.«

***

Clara unterschreibt Geburtstagskarten. Regentropfen prasseln auf die schwarzen Fensterscheiben, aus den alten Heizkörpern kommt das leise Klopfen, und im Vorzimmer ist Krach.

Sie schaut zur Tür. Wenn jetzt gleich Helena hier hereingestürmt käme, dann ... Ach wäre das schön. Mit leisem Seufzen greift sie nach der nächsten Karte. Die Feder kratzt auf dem Papier.

Der Krach wird immer stärker. Clara schaut auf. Selbst wenn Helena wütend wäre, nass und mit zerzausten Haaren, schimpfend und mit lauter Schlamm an ihren Gummistiefeln, es wäre ihr egal. Hauptsache, sie käme, und sie hätten endlich wieder Kontakt.

Die Tür springt auf. Eine junge Frau tritt ins Zimmer. Regennasses Gesicht. Regennasse Sachen. Ein schwarzer langer Zopf liegt wie ein nasses Seil auf ihrer Schulter. Clara setzt sich aufrecht hin. Jetzt kommt sicher was zum Klimawandel. »Sie wünschen?«

»Frau Habermanns, bitte, schicken Sie mich nicht weg.«

»Das werde ich wohl müssen, ich habe nämlich gleich einen Termin und Sie, Sie haben keinen bei mir, soviel ich weiß.«

»Mein Name ist Silke Schmidt, ich bin die neue Assistentin von Frau Kühn.«

Neue Assistentin von Frau Kühn? Clara gibt Helga ein Zeichen, dass sie die Tür schließen soll. Ist etwa was mit Helena passiert? Ihr Herz schlägt heftig in der Brust. »Und warum platzen Sie hier rein?«

»Weil unsere Fenster schmutzig sind.«

»Bitte was?«

»Nein, nein.« Frau Schmidt senkt den Blick und wischt sich einen Wassertropfen von der Stirn. »Meine Chefin, also Frau Kühn ist ... Ihr geht es nicht gut. Ehrlich gesagt, ihr geht es beschissen. Sie ist nämlich pleite.«

Clara hebt das Kinn. »So schnell ist man nicht pleite.«

»Doch. Weil die letzte Rate für den Kita-Bau nicht kommt.«

»Die Stadt hält keine Zahlungen zurück, Frau Schmidt. Im Gegenteil, das Geld fließt zuverlässig, aber natürlich immer erst dann, wenn die Rechnungsprüfungsstelle das Okay dafür gegeben hat.«

»Dann ist es zu spät.«

Clara beißt sich auf die Unterlippe. Die scheint das Ernst zu meinen. Helena ist insolvent? »Hören Sie, für solche Angelegenheiten ist der Geschäftsbereich Finanzen zuständig, nicht ich.«

»Mit denen kommen wir nicht weiter.«

Wir? Clara wird heiß. Das darf nicht wahr sein! Helena schickt ihre Assistentin vor?

»Bitte, Frau Habermanns. Helfen Sie uns.«

Clara greift nach ihrem Füller und rollt ihn zwischen ihren Fingerspitzen hin und her. Selbst wenn es stimmen sollte, dass Helena in Schwierigkeiten ist, wie stell'n die sich das beide vor? Denken die etwa, sie ruft mal eben in der Kasse an und Frau Schmidt kann den Koffer mit dem Geld gleich mitnehmen? Clara legt den Füller auf den Tisch. »Frau Schmidt, es tut mir leid.«

»Scheiße, Frau Habermanns, ich reiß mir hier den Arsch für Frau Kühn auf, und Sie, Sie ...«

Clara drückt sich vom Stuhl hoch. »Ich muss Sie jetzt bitten zu gehen. Meine Fraktionssitzung beginnt in wenigen

Minuten.« Sie greift nach ihrer Tasche. Das alles muss sie erst einmal verdauen.

»Schade. Wirklich, Frau Habermanns, ich dachte, wir unter uns Frauen ... Na dann, auf Wiedersehen. Ach, und sorry, dass ich Ihnen hier alles nass gemacht habe. Da kann ich nichts dafür. Meine App hat Sonne angezeigt.«

Clara blickt auf und mustert Frau Schmidt. »Schon gut.«

Frau Schmidt dreht sich um und geht zur Tür.

»Frau Schmidt?«

»Ja?«

»Sie stehen Ihrer Chefin wirklich in nichts nach.«

***

Clara ist nicht bei der Sache. Die anderen diskutieren über die Kommunalwahl im nächsten Herbst, und sie malt Männchen aufs Papier. Sie kommt einfach nicht darüber weg. Helena ist offenbar zu hart am Wind gesegelt, insolvent und hat noch nicht einmal den Mumm, ihr das zu sagen? Hat sie denn überhaupt kein Vertrauen zu ihr?

Clara blickt auf. »Was? Wie?« Ach so, Wahlkampf, heiße Phase, ab Juni nächsten Jahres. »Jaja, können wir so machen. Seh ich alles ganz genauso.«

Clara malt weiter, eine Art Mauer um ihre Männchen. Hätte sie nur nicht auf diese Beziehungspause gedrängt. Monatelang keine vertrauten Gespräche Auge in Auge. Stattdessen nur ab und an ein Telefonat, Kratzen an der Oberfläche, kein wirklicher Austausch. Das musste ja schiefgehen. Ohne diese Distanz hätten sie womöglich sogar verhindern können, dass Helena abrutscht? Clara zeichnet Wolken auf das Papier. Sie hat keine Ahnung, wie das jetzt alles wieder in Ordnung kommen soll.

Plötzlich ist es still. Clara hebt den Kopf. Warum schauen sie denn alle so eigenartig an?

»Sag doch mal was dazu, Clara.«

»Äh, entschuldigt, ich war gerade in Gedanken.«

»Matthes Krüger will seinen Hut wieder in den Ring werfen.«

Clara schaut zu Matthes.

Der grinst sie an.

Versteht sie das gerade richtig? Er will mal wieder ihren Posten? Damit kommt er nicht durch. Sie lehnt sich zurück und verschränkt die Arme vor der Brust. »Wenn er meint.«

»Matthes, das bringt doch nichts«, sagt einer der Parteikollegen, »Clara ist so beliebt, sie hat die weitaus größeren Chancen bei den Bürgern als du.«

»Nicht mehr, wenn vorher ein paar Dinge ans Licht kommen.«

»Welche Dinge denn!« Clara setzt sich aufrecht hin. Was will der denn schon wieder?

»Na, Dinge eben, die dich und Frau Kühn betreffen.«

Clara schüttelt den Kopf. Jetzt reicht es ihr. Spätestens seit vorgestern, als ihr Tim so deutlich die Meinung gesagt hat, ist ihr klar, dass sich etwas ändern muss. Keiner hat das Recht, sie zu bevormunden. »Jetzt hör mir mal gut zu, Matthes: Selbst wenn ich mit Frau Kühn zusammen wäre, ist das immer noch meine Privatsache. Es geht dich nichts an, es geht die Partei nichts an, und es sollte auch die Bürgerinnen und Bürger nicht stören. Und wenn doch, dann tät's mir leid, aber ändern würde ich es deshalb nicht.«

Clara lehnt sich zurück. Es war längst überfällig, das mal so klar und so deutlich auszusprechen. Und dass der Matthes jetzt so dämlich grinst, das hebt sie überhaupt nicht an.

»Selbstverständlich ist es deine Sache, was ihr privat macht, du und Frau Kühn. Aber ein No-Go ist, dass du ihr den Auftrag für die Kita zugeschoben hast.«

Clara zuckt zusammen. Was redet der denn da! »Du weißt genau, dass das nicht stimmt!«

Matthes zuckt mit den Achseln. »Stand doch in der Zeitung, damals. Allerdings, ich für meinen Teil kann beweisen, dass ich mein Haus zu regulären Konditionen bekommen habe. Aber du, Clara ...«

»Was!«

»Rein zufällig hat deine Frau Kühn ihr Angebot als allerletzte abgegeben. Da standen die Preise der anderen Bieter schon lange fest. Und noch zufälligerweise lag sie dann auch noch unter allen anderen. Na ja, bis auf eine Ausnahme, aber die wurde ja dann auch noch aus dem Weg geräumt.«

»Das ist der blanke Unsinn, Matthes!«

»Stimmt das, Clara?«

»Nein! Natürlich nicht.«

»Bist du dir da ganz sicher?«

»Ja doch.«

»Mein Gott, Clara, wenn so etwas in der heißen Wahlkampfphase an die Öffentlichkeit käme. Nicht auszudenken. Dann wären wir als Partei ...«

»Sagt mal, was soll denn das? Glaubt ihr jetzt etwa Matthes mehr als mir?«

»Ja, nein, aber versteh doch ... Du, uns geht es immer nur um die Sache, Clara, wirklich.«

»Nur um die Sache. Aha. Und diese *Sache* wird dort hingeschoben, wo sie für euch am besten passt. Ihr wechselt Freund und Feind, so schnell kann man gar nicht schauen. Ich dachte, so was gibt es nur auf Bundesebene, aber ihr, ihr seid kein bisschen besser!«

Clara springt auf, greift nach ihrer Tasche und geht. Sie rennt förmlich die Treppen hinunter, will nur noch nach draußen.

Im Auto schlägt sie beide Hände vors Gesicht. Sie kann es gar nicht fassen. Man stellt doch tatsächlich ihre Loyalität infrage? Sie gibt jahrelang alles, verzichtet sogar auf ein Privatleben, und was ist der Dank? Mit seinen Lügenmärchen setzt der Matthes ihren Job aufs Spiel und kommt damit vielleicht noch durch. Am Ende war sie also nur eine Marionette, die mal eben ausgetauscht wird, damit die Handlung wieder passt.

Clara sitzt eine ganze Weile still im Auto. Nicht mehr Bürgermeisterin zu sein, kann sie sich überhaupt nicht vorstellen. Nein, sie will es bleiben. Obwohl sie vorher eine gute Anwältin war. Fachanwältin. Für Insolvenzrecht.

Plötzlich ist ihr klar, was sie jetzt will. Sie schnallt sich an und startet den Motor, rast viel zu schnell durch Potsdam, und an jeder roten Ampel kann sie kaum erwarten, dass es weitergeht.

Heute parkt sie direkt vor Helenas Haus, steigt aus dem Auto und geht zur Tür. Ohne Zögern drückt sie die Klingel und wartet.

Im Flur geht das Licht an. Schritte. Ein heller Spalt, der langsam immer größer wird. Wärme kommt entgegen und der vertraute Geruch von Helenas Zuhause. Es ist, als würde sich ein schweres Tor zu einer sicheren Höhle öffnen, in die sie hineinschlüpfen möchte.

Helena steht nun vor ihr. In einer karierten Schlafanzughose und einem weißen Shirt. Sie hat dunkle Augenringe, wirkt weich und zerbrechlich, aber trotzdem ist sie wunderschön. Clara blickt ihr in die Augen und bittet stumm um Einlass. Und obwohl es das Letzte ist, was sie jetzt will, kommen ihr die Tränen.

***

Helena tritt zur Seite, lässt Clara in den Flur und schließt die Tür. Clara mit Tränen. So hat sie sie noch nie gesehen. Einerseits will sie fragen, was passiert ist, andererseits will sie sie direkt wieder wegschicken, dabei ist sie doch so froh, dass sie hier endlich vor ihr steht. Sie greift nach Claras Hand und zieht sie an sich. Sie schlingt die Arme um ihren Oberkörper, legt das Gesicht an ihre Wange und schmiegt sich an sie ran. Eng umschlungen stehen sie im Flur. Claras Herz geht genauso schnell wie ihr eigenes. Helena stockt der Atem. Nun ist sie diejenige, die weinen muss. Tränen der Erleichterung, weil sie die Verbindung zu ihr endlich wieder spürt. Und das, obwohl so vieles zwischen ihnen steht.

»Komm«, sagt sie nach einer ganzen Weile. Als es nicht mehr geht, den unbeschwerten Moment zu halten, weil sich die Sorgen im Kopf wieder in den Vordergrund gedrängt haben.

Clara folgt ihr wortlos ins Wohnzimmer. Dort setzt sie sich, aber nicht so richtig. Sie hockt sich nur vorn auf die

Kante der Couch. Helena räumt ein paar Klamotten weg, dann stapelt sie die Zeitschriften auf dem Tisch.

Clara sitzt wie auf dem Sprung, sie hält die Hände vor dem Körper und presst die Finger aneinander. Genau so hat sie schon einmal dort gesessen, damals, nach dem Floßausflug. Leise fängt sie an zu reden. Sie erzählt von einer Fraktionssitzung, aus der sie gerade kommt, und ihrer Offenheit gegenüber den Parteikollegen. Helena stellt ein paar Bücher ins Regal. Sie hört, was Clara sagt und ist verblüfft. Wie schnell sich Dinge ändern können. Noch vor kurzer Zeit wäre es undenkbar gewesen, dass Clara ihr Privatleben offen verteidigt.

Clara macht eine Pause. Dann aber platzt es förmlich aus ihr raus. Sie redet in hartem Stacatto. Helena legt die Bücher ab, die sie in der Hand gehalten hat. Was Clara da erzählt, ist unbegreiflich. Eine offene Konfrontation mit dem Krüger? Der Kita-Auftrag? Zugeschoben? Oh Scheiße, Clara! Und was nun?

Helena holt eine Packung Taschentücher aus dem Flur und reicht sie ihr. »Dieser Krüger ist so ein gottverdammtes, riesengroßes Arschloch! Der hat es auf uns abgesehen.«

»Auf mich, Helena.«

»Auf uns. Mir schuldet er fast hunderttausend Euro.«

Clara schaut sie aus verweinten Augen an. »Und ich dachte, die Schlussrate für die Kita hätte dir das Genick gebrochen.«

Helena stockt der Atem. Sie lässt sich in den Sessel fallen. »Woher weißt du das!«

»Was soll denn diese Frage! Schickst deine Frau Schmidt zu mir und ...«

»Was?« Helena springt wieder auf. Das kann nicht wahr sein. Das hat die nicht wirklich gemacht. Was nimmt die sich raus! Das ist dreist! Sie ist gefeuert! Auf der Stelle!

»Hast du sie etwa nicht zu mir geschickt?«

»Natürlich nicht! Ich habe ihr sogar extra gesagt, dass sie das nicht soll.«

»Hat sie aber, und es ist vielleicht auch gut so.«

»Finde ich nicht.«

»Warum hast du mir nichts gesagt?«

Warum wohl Clara! Du hast genügend eigene Probleme. Helena zuckt mit den Schultern.

»Ich kümmere mich morgen darum, dass du dein Geld bekommst.«

»Und genau das will ich eben nicht.«

»Aber hier geht es doch um deine Existenz.«

Helena setzt sich neben Clara auf die Couch. »Wenn du mir das Geld beschaffst, dann hat der Krüger, was er wollte. Es wäre ein Beweis, dass ich begünstigt werde. Er hätte gegen uns gewonnen.«

Clara holt geräuschvoll Luft, doch sie sagt nichts mehr. Sie sitzt still neben ihr und blickt geradeaus. Helena schließt die Augen. Wenn Clara dafür sorgt, dass sie das Geld sofort bekommt, wäre sie gerettet, aber es kostet Clara womöglich den Job. Ohne dieses Geld wiederum, geht sie in Insolvenz. Egal wie man es dreht, eine von beiden muss daran glauben. Helena legt die Hand auf Claras Finger. Schiebt sie zwischen ihre und drückt sachte zu. »Bitte Clara, tu mir den Gefallen, lass es sein.«

***

Am nächsten Morgen fährt Helena raus zum Krüger. Das Gespräch mit Clara hat ihr gutgetan. Es hat noch mal neue Kraft gegeben. Die ganze Nacht lag sie wach, schmiedete Pläne, um sie wieder zu verwerfen, doch am frühen Morgen war ihr klar: Sie kann und will sich einfach nicht geschlagen geben. Noch nicht. Wenn sie schon untergeht, will sie sich nicht vorwerfen müssen, irgendetwas nicht versucht zu haben.

Der Krüger erwartet sie im Designeranzug und im weißen Hemd, mit akkurat gescheitelten Haaren, eingehüllt in eine Wolke Aftershave. »Frau Kühn, ich grüße Sie!«

Helena zieht den Reißverschluss ihrer dicken Jacke bis nach oben unters Kinn. »Morgen Herr Krüger.« Ins Gesicht sehen kann sie ihm nicht und seine Hand nehmen noch viel weniger, so sehr kotzt der sie an.

Sie folgt ihm hinter das Haus zum Pool. Im herbstlichen Nebelgrau wirkt der ein wenig trostlos. Die Wasserfälle sind abgestellt, und würde man auf die übereinandergestapelten Steine der Grotten jetzt noch zwei Steinböcke stellen, könnte man meinen, man wäre inmitten einer kargen Gebirgswelt. Auf dem Wasser des Pools schwimmen allerlei Blätter vom Baum des Nachbarn und jede Menge Dreck. Man sollte ihn endlich mal winterfest machen.

»Also, Herr Krüger, wo bleibt mein Geld? Den halben Sommer haben Sie mit ihrer Familie in dieser exklusiven Poollandschaft geplanscht, gekocht und gegrillt, aber bezahlt haben sie mir nichts dafür.«

»Am Pool ist was undicht. Ich habe ständig Wasserverlust.«

»Wasser verdunstet, besonders bei einer Poolheizung. Das ist normal und völlig im Rahmen.«

»Damit lass ich mich nicht abspeisen.«

»Ich hab den Bericht des Sachverständigen.«

»Lenken Sie nicht ab, Frau Kühn, Sie können keine Pools bauen, das habe ich mir gleich gedacht.«

So eine Frechheit!

»Frau Kühn, was halten Sie von einem Deal?«

»Einem Deal? Und der wäre?«

»Fünfzig Prozent Nachlass, und ich gebe mich zufrieden.«

Wie bitte? Sie hat sich wohl verhört. Der will, dass sie ihm fünfzigtausend Euro schenkt? Nie im Leben! »Vergessen Sie's, Herr Krüger.« Der spinnt doch! Steht vor seinem Protzpool, breitbeinig mit verschränkten Armen und grinst sie hämisch an. Am liebsten würde sie ihm eine reinhauen, mit der Faust in seine gehässige Fratze schlagen. Oh Gott, sie muss sich echt beherrschen.

»Fünfzig Prozent Nachlass für so schlechte Arbeit sind ein echtes Entgegenkommen von mir. Schauen Sie sich mal die Fugen an, die sind totaler Pfusch.« Er geht noch einen Schritt zurück, wenn er nicht aufpasst, fällt er rein.

»Stopp, Herr Krüger! Ich will das ganze Geld und zwar auf der Stelle!«

»Fünfzig Prozent. Sie geben mir den Nachlass schriftlich, und ich überweise sofort.«

»Nie im Leben!«

»Wenn sie nicht kooperativ sind, Frau Kühn, dann kostet das den Ruf Ihrer Liebsten.«

»Herr Krüger, ich warne Sie!«

»Dann sorge ich dafür, dass Frau Habermanns im Rathaus ihren Hut nehmen kann.«

Es reicht. Er kann sie schlecht machen, demütigen oder ihre Firma ruinieren, aber wenn er Clara angreift, ist die

Grenze überschritten. Sie macht zwei Schritte auf ihn zu, und streckt die Arme aus. Mit beiden Händen und mit aller Kraft schiebt sie ihn von sich weg. Der Krüger strauchelt und hebt ab, er brüllt wie ein Bär, dann fällt er rückwärts in den Pool. Es spritzt meterhoch. Für einen Moment ist er unter Wasser, dann kommt er rudernd hoch, hat Blätter in den Haaren, und er flucht erbärmlich.

Helena macht kehrt, läuft zu ihrem Jeep und braust davon. Erst nach einer ganzen Weile hält sie an und stellt den Motor ab. Ihr Herz scheint zu zerspringen und vom Magen stößt es sauer auf, als müsse sie sich jeden Moment übergeben.

Minutenlang sitzt sie still, spürt das An- und Abschwellen ihrer Erregtheit, dann, endlich, kehrt langsam Ruhe zurück in ihren Körper. Sie hat die Kontrolle verloren. Jetzt ist alles aus. Durch ihren Aussetzer hat sie weder sich noch Clara einen Gefallen getan. Im Gegenteil, wahrscheinlich bekommt sie nun noch eine Anzeige wegen Körperverletzung.

Sie reibt sich das Gesicht. Plötzlich hält sie inne und blickt auf ihre Handflächen, führt sie langsam zur Nase und riecht daran. Das Aftershave! Nach kurzem Zögern startet sie den Motor und fährt los.

***

Nicole ist draußen auf dem Bürgersteig und wirkt wie ein Insekt mit Rüssel: blonder Dutt, rote Plastikohrenschützer und vor dem Körper hält sie einen Laubbläser, den sie hin und her bewegt. Sie wirbelt eine Menge Dreck auf und es ist unfassbar laut.

Helena bleibt kurz stehen, doch zum Warten fehlt ihr die Geduld. Sie geht noch ein paar Schritte bis in Nicoles Blickfeld und gestikuliert mit beiden Armen.

Endlich stellt sie das Ding aus, nimmt die Ohrenschützer ab und blickt sie fragend an.

»Frau Stoldenberg, ich will mein Geld!«

»Was soll das denn jetzt, Frau Kühn?«

»Sofort!«

Frau Stoldenberg setzt die Kopfhörer wieder auf. Sie dreht sich langsam um und … lässt sie einfach stehen? Will auch noch hinters Haus verschwinden?

Helena folgt ihr bis in einen kleinen Garten. Hier gibt es keinen Pool. Nur Rasen, eine Holzhütte und Herbstgeruch. Alles wirkt still, letzte welke Blätter hängen schlaff, vor Nässe triefend, an Büschen und Bäumen.

Frau Stoldenberg stellt ihr Gebläse wieder an. Laub und matschiges Fallobst fliegen durch die Luft. Diese blöde Kuh zeigt ihr die kalte Schulter! Helena schaut sich um. An der Hütte lehnt ein Rechen. Sie greift danach, umklammert den Stiel mit beiden Händen und stellt sich damit direkt vor Nicole. Die macht große Augen, zuckt mit den Schultern und wechselt die Laufrichtung.

Helena holt tief Luft. Ruhig bleiben. Irgendwann wird Nicole ihre Wiese fertig abgeblasen haben. Beinahe unbewusst, zieht sie den Rechen übers Gras. Noch einmal und immer wieder. Fein säuberlich harkt sie das Laub-Obst-Gemisch zu einem großen Haufen zusammen.

Auf einmal ist es still. Nicole stellt ihr Gebläse vor der Hütte ab. »Auch wenn sie mir meinen Garten sauber harken, ich kann Ihnen Ihr Geld wirklich nicht schneller beschaffen, Frau Kühn.«

Helena legt beide Hände auf den Harkenstiel und stützt das Kinn darauf ab. »Sie haben was mit Matthes Krüger, stimmts? Sie beide stecken unter einer Decke und wollen mich fertig machen. Aber das lasse ich mir nicht gefallen.«

Volltreffer. Nicole entgleist das Gesicht. Gleich wird sie es abstreiten. Oder etwas Gehässiges von sich geben. Genau wie es der Krüger vorhin getan hat. Aber diesmal wird sie souverän bleiben.

»Frau Kühn. Wieso hassen Sie mich eigentlich so sehr?«

»Tu ich das?«

»Ich denke schon. Und zwar von Anfang an. Irgendetwas muss ich getan haben, oder an mir haben, was sie abstößt.«

»Sie profilieren sich auf Kosten anderer.«

»Ich mache was?«

»Sie betrügen beim Tennisspielen, Sie reden meine Arbeit klein, und Sie entwerfen Gebäude, die es schon gibt. Sie geben die Idee eines berühmten Stararchitekten als Ihre eigene aus.«

Nicole schüttelt den Kopf. Doch anstatt ihr ins Gesicht zu springen, verschwindet sie in der Gartenhütte. Sie kommt mit einem leeren Sack zurück. »Halten Sie den mal bitte auf?«

Helena greift zu. Nicole zieht sich Arbeitshandschuhe über, bückt sich und füllt nasses Laub in den Sack. »Ich erzähle Ihnen mal eine Geschichte.«

»Ich will keine Geschichte. Ich will mein Geld.«

»Es waren einmal ein Stararchitekt und seine Ehefrau. Sie hatten ein schickes Haus in Hamburg, hohes gesellschaftliches Ansehen und ein gemeinsames Architekturbüro. Sie waren Eheleute und Geschäftspartner. Gleichberechtigt. Zumindest dachte das die Ehefrau. Tatsächlich aber, war sie das Dummchen, das bis in die Nacht am Schreibtisch saß und geniale Ideen zu Papier brachte, die ihr *Stararchitekten-Ehemann* dann unter seinem Namen in die Welt getragen hat. Sie war das fleißige Bienchen im Hintergrund, doch letztendlich nur sein Anhängsel. Das *&Partner* im Firmennamen.«

Helena wird warm. Sie ist völlig perplex. Wenn das stimmen sollte, dann ...

»Doch irgendwann war es genug. Da nämlich hatte er den Bogen überspannt.«

»Wieso ... Was hat denn dieser Stararchitekten-Ehefrau die Augen geöffnet?«

»Eine heiße Nummer auf der Kücheninsel.«

»Was?«

Nicole Stoldenberg bückt sich, hebt Laub vom Boden auf und wirft es in den Sack. »Mit unserer Assistentin. Der eigene Mann zwischen den gespreizten Beinen einer jüngeren Ausgabe von mir, auf unserer Granitplatte, auf der ich ein paar Stunden vorher noch mein Müsli zusammengerührt hatte. Er stand da, mit zusammengekniffenen Arschbacken, die Hose unten auf den Knöcheln und gab grunzende Laute von sich. Wenn Sie so was sehen, Frau Kühn, diesen animalischen Akt der Vereinigung aus der Perspektive der Kücheneingangstür, dann öffnet Ihnen das nicht nur die Augen, nein, da müssen Sie aufpassen, dass sie Ihnen nicht direkt herausfallen.«

Helena schluckt. »Und Sie hatten keine Ahnung?«

»Natürlich wusste ich, dass da was lief. Pfeif drauf. Wir sind ja alle keine Engel. Aber in unserem Haus, in unserer Küche, das war dann doch zu viel.« Frau Stoldenberg zieht sich die Handschuhe von den Händen und wirft sie auf den Boden. »Der Kerl hat meine Energie, mein Know-how und meine Lebenszeit gestohlen.« Sie nimmt Helena den Sack aus den Händen. »Mag sein, dass ich manchmal etwas überreagiere, aber nur, weil ich Angst habe, dass mir wieder jemand etwas wegnehmen will. Und mit Sicherheit, Frau Kühn, klaue ich keine Entwürfe von Stararchitekten.«

Helena steht still. Gerade fehlen ihr die Worte.

»Und zu Ihrer Frage vorhin, ob ich etwas mit dem Krüger habe: Er hat es bei mir versucht. Und ja, einmal bin ich schwach geworden. Leider, denn der Krüger ist genauso ein Arschloch wie mein Ex-Ehemann! Als mir das klar wurde, bin ich ausgerastet und habe ihn hochkant aus meinem Büro geworfen. Das war übrigens an dem Tag, als Sie zu mir gekommen sind, wegen Ihrer Schlussrate.«

»Er wollte Ihnen also auch etwas wegnehmen?«

»Ja, Geld. Er hat mir vorgejammert, dass er knapp bei Kasse wäre und endlich mal einen Teil seines neuen Pools bezahlen müsse.«

»Nein!«

»Doch. Aber ich würde alles sofort zurückbekommen, wenn er Oberbürgermeister von Potsdam wäre. Da habe ich ihn laut ausgelacht.«

»Und er?«

»Hat mir schlimme Dinge erzählt, Frau Kühn. Männer prahlen gern mit ihren Taten.«

Helena starrt auf den offenen Sack. Lauter matschige Blätter. Gezackt, gezahnt, gefiedert und gebuchtet, dazwischen krabbelt ein blasser Marienkäfer. Sie kommt sich so beschissen vor. Sie hat Nicole falsch eingeschätzt. Sie hat sie zu Unrecht verurteilt. Wenn sie ihr doch nur irgendwie klarmachen könnte, wie leid ihr das tut. »Frau Stoldenberg, bitte, ich ...«

»Kommen Sie mit rein in mein Büro? Dort gibt es einen heißen Kaffee und wenn Sie mögen, erzähle ich noch ein wenig weiter. Jetzt wird es nämlich erst so richtig interessant für Sie. Für Sie, Frau Kühn, und Ihre ... für Frau Habermanns.«

***

Am nächsten Abend steht Helena vor einer Villa. Berankte Wände, geschwungene Säulen, aus bodentiefen Fenstern dringt goldenes Licht. Genau das passende Ambiente, um den Krüger aufs Kreuz zu legen, denn, nachdem ihr Nicole Unfassbares erzählt hatte, wirklich absolut Unfassbares, kamen sie gemeinsam auf eine geniale Idee.

Sie atmet ein paar Mal tief durch. Hoffentlich klappt auch alles, wie geplant. Um keinen Preis darf sie sich anmerken lassen, wie nervös sie ist.

»Ich grüße Sie, Frau Kühn!«, kommt es von hinten.

Helena zuckt innerlich zusammen, dann formt sie ihren Mund zu einem Lächeln und dreht sich langsam zu ihm um. »Guten Abend, Herr Krüger. Wieso ein Restaurant in Zehlendorf?«

»Gefällt es Ihnen etwa nicht?«

»Doch doch, natürlich. Toll! Und, erst noch einmal danke, dass Sie doch noch mit mir essen gehen. Trotz allem, was vorgefallen ist.«

»Ach was, ich habe Ihnen zu danken. Für Ihre Entschuldigung und für Ihr Einlenken.«

Helena spürt Krügers Hand am Rücken. Schnell macht sie einen Schritt zur Seite.

Sie betreten eine Art roten Salon. Schwere Düfte von Parfüm und Aftershave kleben in der Luft.

»Guten Abend, Herr Krüger. Solls, wie immer, der Tisch in der Ecke sein?«

Helena fixiert das Weinregal. Wie peinlich. Die denken hier bestimmt, sie ist Krügers Date. Eins von den vielen, die er mit Sicherheit hierhin ausführt.

Man begleitet sie zum Tisch. Das Gehen ist schwierig in einem engen Rock. Aber Nicole meinte, ein Rock müsste es zumindest sein und hat ihn ihr von sich geborgt.

Sie setzen sich. Die Tischdecke ist blütenweiß und frisch gestärkt, der Tisch ist voller Gläser und Besteck, und die schlanke Kerze im silbernen Ständer wird extra frisch entzündet. Helena blickt sich um. An den anderen Tischen sitzen Herren in Anzügen und frisierte Damen in eleganten Gewändern. Vielleicht hätte sie Nicoles schwarzes Etuikleid doch nicht so rigoros ablehnen sollen? Sie greift nach der Speisekarte, die ihr geöffnet hingehalten wird, und schaut hinein. Doch anstatt darin zu lesen, geht sie in Gedanken schnell noch mal die wesentlichsten Anstandsregeln durch.

»Und, Frau Kühn?«

»Empfehlen Sie doch bitte etwas, Herr Krüger.«

Der Krüger ruft die Bedienung. Ein dünner Kellner älteren Semesters bewirbt Chateaubriand und Seezungenröllchen.

»Was meinen Sie, Frau Kühn? Chateaubriand?«

Helena nickt. Sie hätte lieber die Seezunge genommen, aber besser ist, sie widerspricht ihm nicht.

»Und vorweg eine Vorspeise?«

Helena schaut wieder in die Karte. Der Hauptgang kostet neununddreißig Euro, und im Moment ist ja nicht klar, wer heute hier die Zeche zahlt. »Nein danke, Herr Krüger. Keine Vorspeise.«

»Dann bleibt es bei Chateaubriand, aber bitte mit passender Weinbegleitung. Ach so, und vorweg zwei Gläser Champagner.«

»Sehr gern, der Herr.«

»Ich muss aber noch fahren.«

»Und eine große Flasche Wasser dazu, bitte.«

Der Kellner nickt und eilt davon. Kurz darauf stehen zwei Gläser Champagner vor ihnen auf dem Tisch.

Der Krüger prostet ihr zu. »Auf uns.«

»Auf Ihren Pool, Herr Krüger.« Helena nippt nur und stellt das Glas wieder ab.

»Sie haben mir einen ganz schönen Schrecken eingejagt, als Sie mich da hineingestoßen haben.«

»Ich sagte ja bereits, es tut mir wirklich leid.«

»Ihnen ist bewusst, dass das Wasser höchstens fünf Grad hatte?«

Helena nickt betreten.

»Und meine ganze Kleidung musste in den Müll. Das schöne Hemd. Mein liebstes. Armani. Zweihundert Euro hat das damals gekostet.«

»Ich weiß wirklich nicht, wie ich das wiedergutmachen soll, Herr Krüger.«

Der Krüger starrt ihr ins Gesicht. »Beim Sturz ins eiskalte Wasser hätte ich einen Herzinfarkt bekommen und sogar sterben können.«

Helena nickt.

Der Krüger setzt sein Sektglas wieder an und trinkt es leer. Dann wechselt er plötzlich das Thema und erzählt von seinen Kindern.

Helena nippt nun doch noch mal am Sekt. Irgendetwas juckt am Fuß. Am Nachbartisch wird Fisch serviert und im Hintergrund singt Mireille Mathieu: *Schau mich bitte nicht so an*.

Zum Glück kommt das Chateaubriand recht schnell. Der Kellner stellt zwei große Teller ab, dann schenkt er Rotwein ein. Helena schaut auf ihr Essen: Fleischstücke, Bohnen im

Speckmantel, Kartoffelecken und Sauce béarnaise. Normalerweise wäre das voll ihr Ding, aber im Moment ist sie zu nervös, um zu genießen. Sie schneidet ein Stück ab und schiebt es sich in den Mund.

»Und, Frau Kühn? Schmeckt es Ihnen?«

»Danke, sehr gut.«

Der Krüger haut rein. Helena hält inne. Jetzt oder nie. Sie legt ihr Besteck zur Seite. »Herr Krüger, also wegen Ihrer offenen Rechnung, da ...«

»Wie sieht es denn gleich noch mit einem Dessert aus?«

»Der Pool ist in Ordnung. Das wissen Sie auch.«

»Und *Sie* wissen, dass Sie in meiner Schuld stehen. Ich könnte Sie anzeigen, das ist Ihnen doch klar, oder?«

Helena greift nach dem Steakmesser. »Sie bleiben also dabei, dass Sie fünfzig Prozent Nachlass von mir möchten?«

Der Krüger schiebt den Unterkiefer nach vorn. »Selbstverständlich. Nach dem, was war, erst recht.«

Helena hebt das Steakmesser höher, die Spitze zeigt in seine Richtung.

Der Krüger lacht auf. »Woll'n Sie mich jetzt etwa auch noch abstechen?«

»Ich glaube, das wird gar nicht nötig sein.« Helena legt das Messer auf den Teller. »Ich habe mir nämlich überlegt, ich erzähle Ihrer Frau zunächst einmal, dass Sie ein Verhältnis mit Nicole Stoldenberg haben.«

»Was? Na so ein Quatsch!«

»Das kostet Sie Ihr schönes neues Haus. Ihre Frau wird es Ihnen wegnehmen und die Kinder behalten. Und Sie? Sie zahlen so viel Unterhalt, dass Sie sich gerade noch eine Wohnung im Plattenbau leisten können.«

»Frau Kühn, Sie machen Scherze!«

»Und dann gehe ich zur Polizei und zeig Sie an. Was Sie machen, ist nämlich kriminell.«

Endlich hört er auf zu grinsen. Seine Gesichtszüge werden hart.

»Ich weiß, was Sie vorhatten, Herr Krüger.«

Krügers Mundwinkel zuckt.

»Als ich den Auftrag für den Kita-Bau bekommen habe, gab es diesen Artikel in der Zeitung. Sie erinnern sich? In dem wir drei, Frau Habermanns, Sie und ich, der Kungelei bezichtigt wurden.«

»Denken Sie etwa, der war von mir?«

»Nein. Aber der hat Sie auf eine Idee gebracht.«

»Wie bitte?«

»Der Pool. Dafür wollten Sie sich nämlich tatsächlich einen Preisnachlass von mir erschleichen. Und damit dann an die Presse.«

»Blödsinn, Frau Kühn, das ist absoluter Blödsinn!«

»Sie wollen öffentlich behaupten, dass ich Sie bestechen wollte. Fünfzigtausend für Ihr Schweigen.«

»Ah, verstehe. Damit ich niemandem erzähle, dass Clara dir den Auftrag für die Kita zugeschoben hat.«

»Genau so, Herr Krüger. Dabei wissen Sie genau, dass das nicht stimmt. Und wir sind immer noch beim *Sie*!«

Der Krüger lehnt sich zurück und legt den Kopf schräg. »Wieso sollte ich denn so was tun!«

»Ich weiß aus verlässlicher Quelle, dass Sie seit längerem nach einer Möglichkeit suchen, Frau Habermanns zu schaden. Und dann haben Sie mitbekommen, dass sie mit mir zusammen ist. Ausgerechnet mit mir, die die Kita bauen durfte. Was für eine tolle Gelegenheit, Gerüchte in die Welt zu setzen.«

Der Krüger winkt ab. »Ach was, woher soll ich denn wissen, mit wem es Clara treibt.«

»Sie haben uns zufällig zusammen gesehen. Einmal abends, als sie mich auf einer meiner Baustellen besucht hat und dann noch einmal auf der Havel, von Ihrem Boot aus. Ab dem Moment haben Sie uns bewusst beobachtet und sogar Fotos geschossen, wenn sie abends in meine Garage gefahren ist.«

»Was für ein Unfug. Haben Sie den etwa auch aus Ihrer *sicheren Quelle*?«

»Sie wollen ihr Vorteilsnahme im Amt anhängen, um selbst Oberbürgermeister von Potsdam werden zu können. Aus Geltungswahn, und weil Sie sich finanziell übernommen haben.«

Der Krüger starrt sie an. In der Hand hält er die Serviette und zwirbelt mit den Fingern an einem Zipfel. »Na Sie haben aber eine blühende Fantasie!«

»Ich habe Beweise.«

Der Krüger lacht auf.

»Frau Stoldenberg wird es bestätigen.«

»Frau Stoldenberg? ... Frau Stoldenberg! Wer glaubt schon dieser Architektin.«

»Sie hat es mit dem Handy aufgenommen, als Sie ihr das alles erzählt haben. Die Aufnahme werden wir zuerst Ihrer Frau und dann der Polizei vorspielen. Dann werden wir ja sehen, wer wem glaubt.« Helena nimmt die Stoffserviette vom Schoß und tupft sich damit den Mund ab.

»Das ist Erpressung, Frau Kühn!«

»Das klingt ein bisschen hart, Herr Krüger. Nein, ich bitte Sie in aller Höflichkeit nur um zwei ganz simple Dinge: Erstens, morgen habe ich das Geld für den Pool auf meinem

Konto, hunderttausend Euro, und keinen Cent weniger. Und zweitens, Sie kommen weder mir noch Frau Habermanns jemals wieder in die Quere. Nie wieder!«

Helena steht auf. »War wirklich lecker das Essen, Herr Krüger, aber jetzt muss ich leider gehen.« Sie wirft die Serviette auf den Tisch und lässt ihn sitzen.

Auf dem Heimweg wählt sie Nicoles Nummer.

»Und? Wie ist es gelaufen?«

»Ich glaube, er hat es geschluckt!«

***

Clara hebt den Kopf. Matthes. Rotes Gesicht. Zornesfalte auf der Stirn. Er stützt die Hände auf ihrem Schreibtisch ab und schnaubt wie ein Pferd. »Warum hetzt du mir dein Liebchen auf den Hals?«

»Bitte was?«

»Frau Kühn erpresst mich. Sie unterstellt mir, ich würde Geschichten über euch beide in die Welt setzen, um an deinen Posten zu kommen.«

»Ich hetz dir niemanden auf den Hals, Matthes.«

»Das werdet ihr beide bitter bereuen.«

Clara lehnt sich zurück. Großkarierte Hemden steh'n dem überhaupt nicht. »Du kannst mir nicht drohen. Ich habe das alles parteiintern untersuchen lassen.«

»Blödsinn!«

»Kein Blödsinn. Du willst sehr wohl an meinen Posten. Aber daraus wird nichts, und weißt du warum? Weil du nämlich nichts gegen uns in der Hand hast. Absolut gar nichts.«

»Doch.«

»Nein!«

Er schlägt mit der flachen Hand auf den Schreibtisch »Körperverletzung!«

Spuckefetzen fliegen durch die Luft. Clara rümpft die Nase. Körperverletzung?

»Frau Kühn hat mich mit einem Messer bedroht.«

Fast hätte sie laut aufgelacht. »Unsinn, Matthes. Und selbst wenn, das ist doch keine Körperverletzung. Oder hat sie dir etwa irgendetwas abgeschnitten?«

»Sie hat mich gestoßen. In meinen Pool. Ins eiskalte Wasser.«

Clara reißt die Augen auf. Helena hat ... Was? Schlagartig kommt ein Bild. Matthes Krüger mit schreckverzerrtem Gesicht, das großkarierte Hemd wird dick wie ein Ballon, während er mit fuchtelnden Armen langsam untergeht. Sie kann nicht mehr, sie prustet los. Sie hält sich die Hand vor den Mund, aber das nützt nichts. Clara lacht. Laut, herzlich und aus tiefster Überzeugung. Helena hat Matthes in den Pool geworfen. Ihr Körper bebt, sie kriegt sich nicht mehr ein.

Matthes richtet sich auf, verschränkt die Arme vor der Brust und reckt den großkarierten Bauch in ihre Richtung. Clara schnappt nach Luft. Wieder kommt ein lauter Lacher aus der Brust.

»Dir wird das Lachen bald vergehen, Clara.«

Clara lacht weiter. Sie denkt gar nicht daran, aufzuhören. Das ist so komisch.

»Spätestens dann, wenn deine Fickschnitte ihre Pläne in die Tat umsetzt und aus Potsdam verschwindet.«

Clara verstummt. Sie blickt ihm fest in seine Augen. »Raus«, zischt sie ihn an.

»Wirst schon sehen, Clara.«

Clara springt auf, reißt den Arm hoch und zeigt auf die Tür. »Raus, sagte ich! Verschwinde aus meinem Büro!«

22.

Clara stellt sich abseits der Menge und schaut auf die Armbanduhr. Gleich neun. Noch ein Weilchen wird sie aushalten, anstandshalber, dann wird sie hier verschwinden. Die Rede lief gut. Vielleicht lag's am Ambiente. Sie mag Veranstaltungen im Hans-Otto-Theater, dem Glasbau mit Ausblick, direkt an der Havel. Im Sommer ist es hier besonders schön. Vor allem draußen, auf der großen Terrasse. Dann ziehen die kleinen Flöße vorbei, friedlich und still im Abendsonnenschein. Clara schaut auf die schwarze Glasscheibe. Es ist ein kalter und dunkler Novemberabend. Heute kommt kein Floß.

Jemand steuert auf sie zu. Sie lächelt, redet ein wenig, wendet sich ab. Der Kopf ist ganz woanders. Helena hat Matthes in den Pool geworfen und mit einem Messer bedroht. Beides hat sie nicht schockiert. Aber Matthes' Satz, *Warte ab, bis deine ... bis sie aus Potsdam verschwindet*, der hat ihr einen Stich versetzt und lässt sie nicht mehr los. Was meint er nur damit? Gibt es da etwa was, das sie nicht weiß? Aber Helena hätte ihr das doch sicher ... Nein, Matthes hat sich das nur ausgedacht. Um sie zu ärgern. Weil er das Duell gewinnen wollte.

Wieder kommen Menschen auf sie zu. Clara tut, als bekomme sie das nicht mit. Sie dreht sich um und geht ein Stück.

Und wenn nun doch etwas Wahres dran sein sollte? Matthes sagt das doch nicht ohne Grund.

Es wird zu eng, und ihr ist heiß, sie braucht mal frische Luft. Sie holt sich den Mantel von der Garderobe und geht hinaus ins Freie.

Die Terrasse liegt im Winterschlaf. Clara atmet kalte Luft und lehnt sich an einen vergessenen Tisch. Sie liebt Helena, sehnt sich nach ihr, manchmal so sehr, dass es weh tut. Aber ihre Art ... immer wieder diese Alleingänge. Wieder kein Darüberreden. Und offenbar gibt es wirklich noch andere Dinge ... Dinge die sie ihr bisher verschwiegen hat. *Warte nur ab, bis sie aus Potsdam verschwindet.* Clara schaut auf das Wasser und schüttelt den Kopf. Vielleicht sollte sie nicht länger an Helena festhalten. Der Realität ins Auge blicken. Verstehen, dass es keine Zukunft für sie beide gibt. Ohne Vertrauen und ohne Miteinander haben sie einfach keine Chance. Ach Helena. Warum nur immer dieses Sprunghafte. Deine verdammte Spontanität aber auch!

Ein Rascheln.

Clara schnellt herum. Der Schreck fährt ihr durch alle Glieder. Wie aus dem Nichts steht Helena direkt vor ihr. Laternenlicht scheint blass auf ihr Gesicht. »Was in aller Welt ...«

»Pst.«

Helena lächelt. Finger legen sich um Claras Handgelenk. Sie sind eiskalt. Steht sie schon länger in der Kälte? Hat sie gar hier auf sie gewartet?

»Komm.«

»Ich ... Wohin?«

»Komm mit mir, bitte.«

»Das geht nicht.«

Sanft wird sie gezogen. Weg von diesem Tisch, weg von der Terrasse, weiter Richtung Wasser. Clara fügt sich, folgt. Sie müsste protestieren. Helena ist unmöglich. Taucht einfach hier auf. Sie so zu erschrecken. Und dann ... Was soll denn das hier eigentlich werden?

Jetzt sieht sie es. Ein Floß. Von einer Lichterkette hell erleuchtet, liegt es dort im Wasser. Helena steuert direkt darauf zu.

Clara stoppt. Das geht nicht, nein. Es ist dunkel und kalt und überhaupt ... Sie blickt auf ihre Füße. Pumps. Dünnes Leder, passend zum Kostüm.

Helena lächelt sie an. »Keine Sorge, ich habe Decken dabei, warme Strümpfe, Stiefel, Glühwein und Tee.«

Clara versucht zu denken. Warum ist sie nicht wütend? Sie müsste doch wütend sein. Helena ignoriert sie, übergeht sie, hat Geheimnisse vor ihr, und jetzt will sie hier so einfach mit ihr auf dieses Floß steigen und so tun, als wäre alles in Ordnung?

»Komm Clara, bitte.«

Clara schüttelt den Kopf, doch ihre Beine gehorchen den Gedanken nicht. Sie tragen sie weiter, bis hin zum Floß, machen einen großen Schritt, und jetzt spürt sie es, das leichte Wanken.

Helena macht noch mehr Lichter an und startet das Floß. Der Motor tuckert, sie legen ab, entfernen sich vom Ufer. Clara schaut zurück. Da steht das Theater in seiner vollen Pracht. Sie müsste dort drin sein. Etikette wahren. Smalltalk. Man wird sie vermissen.

***

Helena konzentriert sich aufs Lenken. Im Dunkeln ist das gar nicht mal so einfach. Aber sie ist erleichtert. Die erste und schwierigste Hürde ist genommen. Dass Clara so bereitwillig mitkommen würde, hätte sie gar nicht gedacht. Und was für eine Fügung, dass sie plötzlich so alleine dort im Dunkeln stand. Eigentlich wollte sie sie abpassen, bevor sie nach Hause fährt. Wer weiß, wie lange das noch gedauert hätte.

Helena schielt zur Seite. Clara hat den Mantel hoch geschlossen, die Schultern angezogen, ihr Haar bewegt sich in der Fahrtwind-Brise. Wie damals schaut sie auf die Stadt. Hoffentlich friert sie nicht.

Helena stoppt den Motor. Sie steuert das Floß in Richtung Ufer, lässt es ausgleiten und senkt dann den Anker ins Wasser.

Clara dreht sich zu ihr um. »Und nun? Was hast du jetzt hier vor?«

Helena zuckt mit den Schultern. »Erstmal mach ich es uns warm.«

Alles ist vorbereitet. In eine große Feuerschale hat sie Brennholz geschichtet, auf die beiden Stühle Schaffelle und Decken gelegt und Thermoskannen mit Glühwein und Tee bereitgestellt. Helena entzündet ein Streichholz und schiebt es unter das Holz. Zuerst ist da nur ein dünner Faden Rauch, doch dann züngelt eine kleine Flamme zwischen den Scheiten empor, und immer schneller wird sie größer.

»Möchtest du wärmere Schuhe anziehen?«

Clara kommt ein Stück näher ans Feuer heran.

»Setz dich doch.«

»Warum machst du das hier?«

»Ich möchte mit dir über unsere Beziehung reden.«

Clara schiebt die Hände in die Manteltaschen. »Willst du sie beenden?«

»Was? Wie kommst du denn auf so was! Nein! Natürlich nicht.«

»Sondern?«

»Mein Gott, Clara, jetzt machs doch nicht so kompliziert.« Helena dreht sich um und geht ins Floß-Häuschen. Clara ist ja übel drauf. Ausgerechnet heute hat sie einen schlechten Tag.

Auf dem Boden stehen die Filzstiefel in Claras Größe, und auf dem Tisch liegen die Kaschmirsocken, die sie ihr extra gekauft hat. Helena greift danach und holt tief Luft. Hoffentlich bekommt sie Clara locker. Sie hatte sich doch alles so romantisch vorgestellt.

Draußen hält sie Clara die Stiefel hin. »Hier, bitte. Sonst erkältest du dich noch.«

Clara schüttelt mit dem Kopf.

»Was ist denn los!«

»Du bist nicht ehrlich zu mir, Helena.«

Helena geht einen Schritt zurück. Wie bitte? »Aber ... ich bin doch ehrlich zu dir!«

»Das sehe ich anders. Die Sache mit deiner Zahlungsunfähigkeit zum Beispiel, die musste ich von deiner Assistentin erfahren.«

Helena setzt die Stiefel auf dem Boden ab. Warum hält sie ihr denn das jetzt wieder vor?

»Und die Sache mit Matthes Krüger? Offenbar hattest du Informationen, die uns beide betrafen. Aber anstatt mit mir darüber zu reden, wirfst du ihn in seinen Pool.«

»Das war im Affekt. Ich bin nicht stolz drauf.«

Clara schaut ihr direkt in die Augen. »Helena, ich hatte gehofft, dass wir es schaffen. Wenn die Sache mit der Kita endlich durchgestanden ist, wollte ich ganz offiziell mit dir zusammen sein. Aber du machst wieder und wieder nur dein Ding für dich alleine!«

Was? Helena klappt der Mund auf. »Moment, Clara, jetzt mal langsam. Die Kita ist längst fertig. *Du* bist diejenige, die nicht zum Richtfest gekommen ist. *Du* wolltest die Beziehungspause. Ich habe mich gefügt. Und genau das reicht mir jetzt. Ich will endlich Klarheit!« Helena verschränkt die Arme vor der Brust. Sie würde um Clara kämpfen, aber nicht vor ihr zu Kreuze kriechen.

Clara geht in die Hocke. Sie nimmt die Socken und Stiefel und setzt sich damit vor die Feuerschale. Ohne ein Wort zu sagen, tauscht sie ihre Schuhe und legt sich eine Decke über ihre Beine.

Helena setzt sich neben sie. »Clara, bitte, ich will mich nicht mit dir streiten, ich will nur, dass …«

»Warum dieser Aufwand, Helena, du willst doch gar nicht hier in Potsdam bleiben.«

»Woher … Wie kommst du denn auf so was!«

»Es stimmt doch, oder?«

»Nein. Ja. Also …«

Clara nickt.

Helena starrt ins Feuer. Clara weiß es? Aber woher denn! Von ihren Plänen wussten nur der Steuerberater und ihre Mutter. Und ihr Bankberater Westerwald. Der Westerwald! Matthes Krügers Kumpel! Es knackt. Ein Holzscheit fällt in sich zusammen. Funken sprühen und verglimmen in der kalten Luft. Helena beugt sich nach vorn und legt frisches Holz ins Feuer. Sie muss es unbedingt am Brennen halten.

Clara schaut sie an. Sie sieht traurig aus. Aber auch erwartungsvoll. Bereit für eine Erklärung. Entschlossen, alles zu ertragen, egal was kommt.

Helena legt sich ebenfalls eine Decke über ihre Beine. Das Floß schaukelt und das Feuer knistert. Als wäre es gestern gewesen, taucht plötzlich der Friedhof wieder vor ihr auf. Claras allererster Blick. Der Weg nach Hause. Da ist die Trauer. Papas leerer Küchenstuhl und der vermeintliche Zusammenbruch ihrer Mutter. Sie hört ihr Schluchzen, das Mahnen vom Steuerberater, Christianes Trösten, ihre Mitarbeiter nörgeln. Helena gibt wieder, was sie spürt. Das erste Mal erzählt sie, wie es wirklich war. Redet über ihre Einsamkeit, ihre Ängste und den Kampf, den Betrieb zu erhalten. Immer in der Hoffnung, es möge bald vorbei sein und sie könne zurück nach Kalifornien, zu Josie. »Aber dann kamst du, Clara.«

Helena seufzt. Damals, als sie sich in Florida ihre Liebe gestanden haben, hat sie erstmals daran gedacht, in Potsdam zu bleiben, ja sogar, den Betrieb zu behalten. Aber dann, als der Auftrag für die Kita kam, ging alles nur noch bergab. Helena schließt die Augen. Der Rauch. Sie presst die Lider aufeinander und redet weiter. Sie erzählt Clara alles, jedes Detail, bis hin zu ihrer Aussprache mit Nicole und dem Abendessen mit dem Krüger.

»Und? Hat er gezahlt?«

»Ja. Das Geld von ihm war heute auf dem Konto. Das von der Stadt übrigens auch.«

»Ich weiß.«

Helena öffnet die Augen. Clara blickt sie an.

»Hast du etwa ...«

Clara nickt.

»Aber ...«

»Keine Sorge. Ich habe nichts Illegales getan.«

»Trotzdem, ich hatte dich darum gebeten, es zu lassen.«

»Schon. Aber mir hat vor Zeiten einmal eine Bauunternehmerin an den Kopf geworfen, mir wäre Potsdams Mittelstand egal. Daran habe ich mich erinnert, und ich konnte es einfach nicht auf mir sitzen lassen.«

Helena muss schmunzeln. Clara ist ein Schatz. Sie greift nach den beiden Thermoskannen und hält sie in die Höhe. »Möchtest du Glühwein oder lieber Tee?«

»Dann ist deine Firma jetzt also gerettet?«

»Ja. Gott sei Dank. Ich kann alle Löcher stopfen, und am Ende bleibt sogar ein kleines finanzielles Polster. Nicht besonders groß, aber immerhin.«

»Das freut mich Helena, wirklich.« Clara lächelt. »Dann hast du ja dein Ziel erreicht.«

»Ja.«

»Und nun?«

Helena stellt die Thermoskannen wieder auf den Boden. »Meine Mutter hat sich gekümmert. Ich vermute, weil sie so ein verdammt schlechtes Gewissen hatte, wegen damals, als sie mich so überrumpelt hat. Na, jedenfalls ... Es gibt einen Käufer für den Betrieb. Das Wohnhaus will er auch mit übernehmen. Er bietet so viel Geld, dass uns, selbst nach den ganzen Steuern, mehr übrig bleibt, als wir je erwartet hätten.«

Clara nickt. Blass sieht sie auf einmal aus. Sie macht einen tiefen Atemzug. »Es kommt eben alles so, wie es kommen soll.« Sie beißt auf ihre Unterlippe und blickt in die Flammen. Sie sitzt steif und rührt sich nicht. Sekunden vergehen. Plötzlich springt sie auf. »Fahr uns zurück,

Helena. Ich will nach Hause.« Sie dreht sich weg und verschwindet hinter dem Floß-Häuschen.

Helena schaut ihr hinterher und lässt locker. Sie gießt sich Tee in eine Tasse, legt beide Hände um das warme Porzellan und führt es zum Mund. Kleine Schlucke. Wie gut das tut. Sie lehnt den Kopf zurück und schaut in die Sterne. »Papa! Du altes Schlitzohr!« Er hatte sie nicht verlassen. Er war immer da, hat sie geleitet und geführt. Er hat sie an ihre Grenzen gebracht und dabei die ganze Zeit die Hand über sie gehalten. Beinahe wäre sie gescheitert, aber eben nur beinahe. Ihr Vater wollte, dass sie endlich erwachsen wird. Aber noch mehr wollte er offenbar, dass sie im Leben glücklich ist. Und genau deshalb hat er ihr Clara geschickt.

Das Wasser klopft von unten an das Floß. Es wird Zeit. Helena steht auf. Sie stapelt mehrere Holzscheite in die Feuerschale. Eine flache Pyramide, kompakt und stabil, damit das Feuer ewig brennt. Noch einen letzten Blick in den Himmel. Kalifornien ist weit weg. Und auch der letzte Zweifel.

Sie sucht nach Clara und findet sie hinter dem Häuschen. Sie steht mit dem Rücken zu ihr, ihre Hände liegen auf dem Geländer. Sie schaut hinaus aufs Wasser. Oder ans andere Ufer. Oder ins Nichts.

Helena tritt hinter sie.

»Clara?«

Keine Antwort.

»Ich kann doch die Firma und das Haus überhaupt nicht verkaufen.«

Ein leises Schniefen.

»Ich brauch doch einen Job. Außerdem, wo soll'n wir denn sonst wohnen?«

Clara dreht sie sich zu ihr um. Ihre Augen sind rot. »Was?«

»Ich will nicht weg, Clara. Ich bleibe hier in Potsdam. Bei dir. Und, wenn du das noch immer möchtest, mit dir. Deshalb diese Floßfahrt. Ich wollte, dass wir uns aussprechen. Dass wir zusammenkommen. Also, endlich. Und so richtig.«

Clara wischt sich eine Träne von der Wange. »Du willst, dass ich … Oh Gott, Helena, das …«

»Ich wünsche mir so sehr, dass wir zusammen leben. Bitte Clara, sag ja.«

»Aber …«

»Ich räume auch immer meine Klamotten weg, versprochen.«

»Helena, das ist …«

»Und keine Katzenhaare mehr im Bett.«

Clara schmunzelt.

»Und wenn du möchtest, pflanze ich dir eine Palme in den Garten. Die größte und schönste, die ich für dich finden kann.«

Claras Gesicht hellt sich auf. Jetzt kommt sie näher. Da ist ihr Duft, ihr Atem. Helena greift nach ihr und zieht sie an sich. Clara! Endlich. Sie legt ihre Lippen auf Claras Mund. Küsst sie, schmeckt sie, saugt sich an ihr fest. Alle Sehnsucht, alle Liebe fließt in diesen Kuss. Die Lichter eines Bootes treiben an ihnen vorbei. Ein paar Momente später schwankt das Floß. Doch selbst wenn die ganze Welt ins Schwanken geraten würde, könnte ihnen das nichts mehr anhaben. Jetzt halten sie einander fest.

23.

Helena stellt ihr Sektglas auf einem Stehtisch ab. »Mist!«

»Was ist?«

»Ich glaub, ich hab das Küchenfenster vergessen.«

Clara legt die Hand auf ihre. »Entspann dich, ich habe es geschlossen, bevor wir los sind.«

»Na ein Glück!«

»Und die Mausi habe ich auch gefüttert.«

»Was? Das hatte ich doch schon!«

»Den Eindruck machte sie aber nicht, so, wie die reingehauen hat.«

Helena schüttelt den Kopf. »Das darf nicht wahr sein. Dieses kleine verfressene Biest spielt uns doch tatsächlich gegeneinander aus.«

Musik erklingt. Das Streichquartett setzt ein. Die Bundesarchitektenkammer hat wieder das komplette Programm aufgefahren. Diesmal mussten sie nicht bis nach Schwerin. Sie haben Heimvorteil in Potsdam Sanssouci.

»Na? Wie war ich?«, kommt es von hinten. Helena dreht sich um. Nicole im kleinen Schwarzen. Sie schiebt sich zwischen sie und Clara, hat ein Sektglas in der Hand und strahlt.

»Dein Vortrag war perfekt und du siehst klasse aus.«

»Oh Helena, ein Lob aus deinem Mund, das muss ich mir glatt im Kalender anstreichen.«

Clara lacht und hebt ihr Glas. »Auf euch beide und eure neue kleine Firma.«

Nicole schüttelt den Kopf. »So klein ist die gar nicht, wir können uns vor Aufträgen nämlich überhaupt nicht retten.«

Helena greift ebenfalls zum Glas. Die Kooperation mit Nicole war eine geniale Idee. Neben ihren Einfamilienhäusern hat sie nun ein zweites Standbein. Dadurch hat sie, was sie immer wollte: Wasser. Springbrunnen, künstlerische Wasserelemente, Wasserspiele. In Parks, auf Plätzen oder in Gärten. Ihre Projekte sind zwar wesentlich kleiner als Stauanlagen in Kalifornien, dafür bauen sie und ihre geniale Architektin in völliger Eigenregie. Besser konnte es nicht kommen. »Ja, darauf lasst uns anstoßen!«

Nicole formt ihren rot lackierten Mund zu einem Lächeln. Helena erwidert es. Wer hätte gedacht, dass sie sich einmal so gut verstehen würden. Sogar Tennis haben sie letztens gegeneinander gespielt. Und das ohne jegliche Blessuren.

Sie trinken und plaudern, dann zieht Nicole weiter. Dafür kommen zwei Herren an ihren Tisch. Der Präsident der Bundesarchitektenkammer und der Moderator, der durch den offiziellen Teil geführt hat. Derselbe wie vor zwei Jahren in Schwerin.

»Schön, Sie beide wiederzusehen.«

»Danke, dass wir hier sein dürfen.«

Helena lächelt ihn an. »Für uns ist das eine sehr bedeutsame Veranstaltung, müssen Sie wissen.«

Von Clara kommt ein Schmunzeln.

»Freut mich, dass es Ihnen gefällt«, sagt der Präsident.

Der Moderator schaut zu Clara. »Dann haben Sie also diesmal nicht nur die Bauunternehmerin mitgebracht, sondern auch die Architektin.«

Clara schmunzelt erneut. »Das stimmt so nicht ganz. Ich habe die Architektin mitgebracht und meine Partnerin.«

Claras Arm legt sich um ihre Taille. Helena wächst innerlich. Wahrscheinlich wird sie gerade wieder ein kleines bisschen rot. Wie jedes Mal, wenn sie von Clara so vorgestellt wird.

»Ach. Na dann, umso besser«, sagt der Präsident, und es folgt eine Runde lockeren Smalltalks. Dann ziehen die beiden Herren weiter.

Helena streift über Claras Arm. »Komm, lass uns nach draußen gehen.«

Clara nickt und kommt mit. »Ich finde, du machst dich inzwischen richtig gut als meine begleitende Ehefrau.«

»Ehefrau!«

»Warum denn nicht? Vielleicht mal irgendwann? Oder hört sich das falsch für dich an?«

Helena bleibt stehen. Sie zieht Clara ein Stück zu sich und haucht ihr einen zärtlichen Kuss auf die Lippen. »Nein. Tut es nicht. Ganz und gar nicht.«

Clara lächelt und deutet ein Zwinkern an. »Komm.«

Draußen spielt Musik. Plaudern und Lachen. Menschen stehen, locker, bunt gekleidet, im Licht der Laternen und Fackeln. Gläser klirren, Cocktails werden geschwenkt, Sekt prickelt in Kelchen.

Helena greift nach Claras Hand und schaut in den Himmel.

Neben ihnen ist ein Brunnen.

Das Wasser läuft über einen flachen Stein, von dort fällt es abwärts und ergießt sich wie ein Vorhang aus Klarsichtfolie.

Danksagung

Lieben Dank an Heike für die fachliche Unterstützung als Architektin, für das Probelesen, deine hilfreichen Tipps und die kleinen Anekdoten des Baualltags, die unserem Buch die gewisse Würze geben.

Danke auch an dich, Laura, für das wieder geniale Cover. Wir wissen, wir sind nicht einfach mit unserem Perfektionismus und schätzen deine Geduld daher unendlich.

Und von ganzem Herzen danke an die Menschen, die Verständnis zeigten, wenn es wieder darum ging, abzutauchen, um am Roman zu arbeiten, die uns Raum und Zeit für das Schreiben ließen, weil sie wussten, was es uns bedeutet.

Liebe Leserin

Danke für die Zeit, die du diesem Buch gewidmet hast. Für Fragen oder Anregungen und auch bei Kritik schreib uns gern eine E-Mail. Eine Antwort kommt bestimmt.

LineSophie.Halberg@gmail.com

Printed in Poland
by Amazon Fulfillment
Poland Sp. z o.o., Wrocław

18585837R00237